La Religieuse

DIDEROT

La Religieuse

PRÉSENTATION

NOTES

DOSSIER

CHRONOLOGIE

BIBLIOGRAPHIE

par Florence Lotterie

GF Flammarion

Florence Lotterie, maître de conférences en littérature française du XVIIIᵉ siècle à l'École normale supérieure (Lyon), est notamment l'auteur de *Progrès et perfectibilité : un dilemme des Lumières françaises (1755-1814)* (Voltaire Foundation, 2006) ; elle a dirigé, avec Claire Jaquier et Catriona Seth, l'anthologie *Destins romanesques de l'émigration* (Desjonquères, 2007) et le premier volume des *Œuvres complètes* de Mme de Staël (Champion, 2008).

© Éditions Flammarion, Paris, 2009.
ISBN : 978-2-0812-0821-6

SOMMAIRE

La Religieuse

Présentation

Ce n'est pas chez moi, c'est dans mon château
en Espagne que je suis pleinement satisfait.

Diderot, *Lettre à Falconet* (1766).

GENÈSE DE L'ŒUVRE

DU JEU DE SOCIÉTÉ AU ROMAN

Avant de devenir un roman, *La Religieuse* fut une plaisanterie ou, selon un mot mis en vogue à l'époque, une « mystification ». Dans l'ordinaire du 15 mars 1770 de la *Correspondance
littéraire*, périodique manuscrit destiné à un public d'abonnés
choisis, en particulier aux grandes cours d'Europe, parut un
texte assez singulier de Grimm. Cet ami de longue date de
Diderot prétendait dévoiler un étrange pot aux roses. Il racon-
tait comment, dix ans plus tôt, une petite coterie amicale – dont
faisaient partie Grimm et sa maîtresse, Mme d'Épinay –, constituée autour du célèbre philosophe, s'était mise en tête d'arracher à ses terres de Normandie et de faire revenir dans la
capitale le marquis de Croismare, aimable compagnon dont
l'esprit avait longtemps fort égayé les sociétés parisiennes des
« philosophes ». On lui joua pour ce faire un tour pendable :
comme il s'était intéressé à la situation d'une religieuse, Marguerite Delamarre, dont le procès en résiliation de vœux, finalement perdu, avait fait un certain bruit en 1757 et 1758, on
imagina, vers le début de l'année 1760, de rédiger de fausses
lettres de cette religieuse, présentée comme évadée de son
couvent et en quête de soutien pour échapper aux poursuites

judiciaires. Une certaine Mme Madin [1] servit à la fois de boîte postale et de signature : c'est elle qui était censée héberger la malheureuse et chercher à lui trouver une place. Grimm joignait à sa relation le dossier des lettres, dont il avait gardé copie.

L'esprit du jeu, qui dura quatre mois, entre février et mai 1660, est très diderotien : l'homme a toujours aimé monter des plaisanteries mystifiantes, en particulier celles où son talent épistolaire est mis à contribution [2]. Si la correspondance fut une œuvre collective, il est donc assez vraisemblable qu'il domina rapidement le petit atelier d'écriture, dont l'objet relevait aussi du défi littéraire : comment être assez touchant, assez pathétique pour persuader le marquis de revenir à Paris voler au secours d'une malheureuse ? La personnalité puissante, voire autocentrée, de Diderot, se manifeste également dans la crainte d'être exclu de la mystification. La perversité suprême de ce qui est alors un jeu de société mondain, en effet, tient à son inquiétante réversibilité : celui qui mystifie peut être à son tour mystifié. Dans une lettre du 10 février à Mme d'Épinay, Diderot, apprenant que le marquis avait répondu, doutait de son adhésion : « Et cela est bien vrai ? Son cœur est-il bien fou ? Sa tête est-elle bien en l'air ? N'y a-t-il point là-dedans quelque friponnerie ? Car je me méfie un peu de vous tous [3]. »

Cette hantise de la relégation a pour contrepoint un processus d'annexion de ce qui est originellement une œuvre collective. Lorsque la plaisanterie tourne court, en mai, Diderot conserve à titre de projet personnel d'écriture le récit de vie de la fausse religieuse, inscrit en creux de la fausse correspondance comme une sorte de roman virtuel dont il n'est pas facile de savoir, au demeurant, s'il n'a pas constitué d'emblée un élément du programme des conjurés : la lettre datée du 13 avril évoque, par le biais de Mme Madin, un « gros volume » que la jeune fille soi-disant malade écrirait au péril de sa santé (p. 217). C'est « l'histoire de sa vie chez ses parents et dans les trois maisons religieuses où elle a demeuré, et ce qui s'est passé après sa sortie », selon la lettre datée du 10 mai (p. 220). On tient là le résumé quasi exact de l'intrigue, dans sa simplicité dépouillée.

---

1. Elle existait vraiment et rencontra Mme d'Épinay plus tard, en 1768.
2. Voir J. Catrysse, *Diderot et la mystification*, Nizet, 1970, p. 28 *sq.*, et P. Chartier, « Diderot ou le rire du mystificateur », *Dix-Huitième Siècle*, 32, 2000, p. 145-164.
3. Diderot, *Correspondance*, éd. G. Roth, Minuit, 1957, t. III, p. 19.

Le roman que nous lisons aujourd'hui sous le [...] *gieuse* est en effet un récit en première personne, [...] trice revient sur son existence passée, au titre d'un bilan rétrospectif présenté comme nécessaire dans une perspective de construction identitaire : se raconter, prendre en charge sa propre histoire, c'est aussi apprendre qui on est, à soi-même comme aux autres, ici figurés par la présence d'un destinataire fictif auquel le récit est adressé – le « marquis », résidu du personnage réel de la mystification. Au XVIIIᵉ siècle, ce dispositif narratif articulé sur une entreprise de connaissance et d'affirmation de soi fonde une forme littéraire neuve, que la critique moderne a nommée « roman-mémoires » pour souligner le fait qu'elle s'est inspirée des « mémoires » historiques du siècle précédent [1]. Les grands modèles en sont l'*Histoire de Gil Blas de Santillane* de Lesage (1715), *La Vie de Marianne* de Marivaux (1731), *Le Philosophe anglais* et l'*Histoire du chevalier Des Grieux et de Manon Lescaut* de Prévost (1731), *Les Égarements du cœur et de l'esprit* de Crébillon fils (1736) : leur influence est patente sur *La Religieuse*. Leurs titres évoquent souvent une « vie » ou une « histoire », parfois même une « confession [2] », et font signe vers l'authenticité d'un parcours individuel, contre les artifices du romanesque : il y a dans le roman-mémoires un effet de réel, porté par la vigueur de la première personne, dont il n'est pas étonnant que Diderot se soit emparé, après avoir joué pendant des mois à donner à une fausse épistolière toute la vraisemblance d'une incarnation.

La Religieuse n'apparaît comme roman constitué et portant ce titre que vingt ans après la mystification initiale : entre octobre 1780 et mars 1782, Diderot le donne à la *Correspondance littéraire*, où il paraît en neuf livraisons successives, intercalées entre *Jacques le Fataliste* et *Le Rêve de d'Alembert*. Il en assume alors clairement la paternité, d'autant que cette salve de parutions correspond à un moment particulier de son existence où il rassemble et fait copier ses manuscrits dans le but de constituer, pour la postérité, un ensemble des œuvres qu'il consent à avouer, lui qui aura vécu en ne publiant presque rien, de son vivant, des grands textes que nous lisons aujourd'hui.

---

1. Ceux du cardinal de Retz, par exemple.
2. Voir, par exemple, le roman libertin, très lu alors, de Duclos, *Les Confessions du comte de* *** (1741), fortement inspiré par Crébillon.

Le texte de Grimm n'est alors pas intégré, pas plus que la correspondance originale.

ITINÉRAIRE D'UNE RELIGIEUSE FORCÉE

Les quelques lecteurs choisis de 1780-1782 lisent donc directement l'histoire, racontée par elle-même, de Suzanne Simonin, née la troisième et dernière fille dans une famille de la petite bourgeoisie parisienne de palais, et contrainte de prononcer des vœux religieux sans vocation aucune, à la fois parce que la nécessité matérielle sacrifie la benjamine au profit des aînées à marier – donc à doter – et, surtout, parce que Suzanne est une bâtarde, fruit d'un adultère maternel qui constitue un dévorateur secret de famille et la voue à la haine inextinguible de son père officiel, au mépris jaloux de ses sœurs, socialement plus présentables mais infiniment moins belles[1], et à l'effrayant chantage affectif de sa mère, dévote apeurée qui n'en finit pas d'expier son moment d'égarement et entend s'en décharger sur sa fille. L'entrée au couvent est présentée à Suzanne comme une « œuvre » visant à racheter Mme Simonin, qui craint pour son salut ; mais c'est aussi une manière de lui refuser l'accès au savoir et à l'expérience de l'amour et du sexe, car la famille accélère le processus conduisant à la prise de voile au moment où Suzanne devient l'objet de l'intérêt érotique d'un garçon promis à l'une de ses sœurs.

Ainsi censurée, Suzanne pénètre dans l'espace par excellence du non-dit sexuel, le couvent. Elle traverse, observe et subit les effets de ce non-dit en trois lieux successifs : Sainte-Marie, le couvent du noviciat et de l'hypocrisie ; Longchamp, celui de l'exaltation religieuse, visionnaire et aimante avec la mère de Moni, fanatique et persécutrice avec la mère Sainte-Christine qui lui succède ; Saint-Eutrope, enfin, celui de la rébellion des corps et des esprits exaspérés par les censures disciplinaires de la religion. Suzanne y est transférée à la suite d'une demande de résiliation de ses vœux pour laquelle elle a fait intervenir un avocat, M. Manouri, sans succès : elle a seulement gagné la

---

1. De nombreux critiques ont fait le lien avec la figure de Cendrillon. Le scénario de persécution paradoxale de la mal-aimée trop aimable se rejoue d'ailleurs au couvent de Longchamp, en particulier dans la scène où Suzanne est privée de réfectoire et où on mêle ses aliments avec de la *cendre* (*infra*, p. 81).

haine des autres religieuses de Longchamp, dont les agissements seront heureusement démasqués par un prêtre vertueux venu enquêter, M. Hébert. En chaque couvent, elle est confrontée à une supérieure avec laquelle quelque chose du scénario d'éviction de l'amour maternel tente de se rejouer en sa faveur. Elle est la fille mal-aimée, mais également la « bonne » religieuse, se posant comme objet idéal : même la mère Christine, à l'origine des pires traitements infligés à la jeune fille, laisse entendre qu'elle a été déçue de n'être pas préférée par elle à la mère de Moni. S'il y a gradation dans l'organisation de l'intrigue, c'est au niveau de la violence des passions, qui culmine avec l'épisode de Saint-Eutrope où la question du *conflit* sexuel, posée dans les termes d'une sorte d'économie clandestine généralisée du lesbianisme, devient centrale. Cette question trouve une ultime expression dans l'épisode final, inspiré de toute une tradition romanesque libertine de la « courtisanerie » : Suzanne, évadée avec l'aide d'un moine lui-même en rupture de ban, dom Morel [1], est plongée dans le monde de la prostitution et ne trouve de salut qu'en se réfugiant à l'hôpital, avant de prendre une place de blanchisseuse, sous un faux nom, hors de la ville.

Le roman reste en suspens sur le devenir de l'héroïne. Diderot, qui le revoit fébrilement avant, mais aussi après son insertion dans la *Correspondance littéraire*, l'a malgré tout laissé inachevé, à la fois parce que le temps lui a manqué – il était alors malade, et la révision générale de ses œuvres constituait une tâche écrasante – et peut-être aussi parce que le destin de Suzanne a été construit de telle sorte qu'il est impossible de résoudre à son profit la question de la connaissance sexuelle et de l'expérience du « monde » (où elle n'a jamais pu vivre vraiment). Être religieuse, semble dire le romancier, c'est cela : ne pas être apte à la dimension de l'aventure, de la vie avec les autres, de la vie tout court. Suzanne n'est pas une héroïne picaresque. D'un autre côté, l'inachèvement, témoignant des vicissitudes concrètes de la vie, confère au récit un effet de réel : Suzanne n'a pas encore terminé ses mémoires lorsque le temps de l'histoire rejoint, à la fin, celui de la narration, parce qu'elle ne peut pas écrire comme elle le souhaite, pour des raisons de

---

1. Si toutefois on accepte que le moine de la fin (qui tente de violer Suzanne) et le doux Morel, qui remplace le sévère père Le Moine comme confesseur à Longchamp, soient une seule et même personne : le texte est ici assez allusif.

discrétion et parce qu'elle est fortement requise par ses travaux. L'inachèvement témoigne des limites d'une existence : il peut être relié à la vraisemblable disparition tragique de l'héroïne.

On peut supposer que le roman fut l'affaire de Diderot seul. Si les preuves matérielles manquent, les indices internes à l'œuvre semblent plus probants : s'y concentrent, en effet, bien des motifs et des obsessions propres à l'imaginaire de l'écrivain. La révolte contre le despotisme familial est largement thématisée dans la fiction du siècle, et Diderot n'invente pas non plus la figure pathétique de la jeune fille soumise à des vœux forcés [1], non plus que les attaques contre l'institution monastique et les effets déplorables du célibat des prêtres, alors banalisées par le militantisme des Lumières ; sur ce point, le texte se fait même l'écho manifeste de certaines des *Lettres persanes* de Montesquieu (1721). Mais l'éclairage, au propre et au figuré, est neuf. Auteur de *Salons* (1759-1781), écrits pour la *Correspondance littéraire*, qui fondent le discours moderne de la critique d'art, promoteur d'un renouveau de l'esthétique théâtrale, Diderot transforme les espaces du roman (cadre domestique, cadres conventuels, cadres urbains « crapuleux » de l'épisode final) en oppressants poèmes sonores et visuels de l'incarcération où les jeux du clair-obscur, la composition scénographique et une bande-son obsédante mêlant froissements d'étoffes, bruits de pas et courses folles, cris et chuchotements, litanies murmurées, chants religieux et profanes de l'amour et de la mélancolie funèbre, se constituent en actants à part entière, dont la sensible présence sert de révélateur aux flux incontrôlables du désir et aux contagions du délire et de la folie. Nous sommes loin de la tonalité badine dans laquelle baigne le récit de la plaisanterie originelle !

UNE ŒUVRE POSTHUME

En 1796, soit douze ans après la mort de Diderot, *La Religieuse* fut pour la première fois publiée sous forme imprimée. Mais cette fois, le roman était accompagné du texte de Grimm de 1770, revu et corrigé, et de la correspondance initiale, elle-même largement révisée. L'éditeur, Buisson, avait bénéficié de

---

1. Voir Dossier, *infra*, p. 235 *sq.*

documents provenant de la saisie au titre des « biens d'émi-
grés », pendant la Terreur, de la bibliothèque parisienne de
Grimm, lequel avait, comme tant d'autres, fui la France. Naigeon, secrétaire et ami de Diderot, n'apprécia guère cette initia-
tive, jugeant qu'il était malvenu, voire indiscret, de présenter
l'œuvre achevée avec son échafaudage, et l'édition des *Œuvres*
qu'il donna lui-même en 1798 illustra cette position. Selon lui,
Diderot ne souhaitait nullement faire apparaître les traces de la
mystification. Cela ne correspond pourtant pas à ce que
révèlent les manuscrits. *La Religieuse* résulte en effet d'une
hybridation complexe : s'il apparaît comme une sorte d'amplifi-
cation fictionnelle du « volume » annoncé par la fausse
Mme Madin, on constate aussi que le roman a intégré et
refondu des éléments issus du matériau initial. Au moment où il
le donne à la *Correspondance littéraire*, Diderot, qui s'est assuré
d'avoir récupéré toutes les pièces du « dossier » de la mystification (notamment en sollicitant Grimm), est encore en train de
corriger le texte pour créer une plus grande homogénéité entre
le récit de Suzanne et ledit dossier. La version du roman parue
dans le périodique n'est donc pas la dernière, comme le montre
une copie conservée à la Bibliothèque nationale : Diderot a
bien fait inscrire dans un second temps, en fin du roman, un
ensemble auquel a été donné le titre sous lequel il est présenté
ici [1].

Diderot n'a pas seulement réadapté le récit de Grimm, il en
a aussi supprimé une partie, que nous donnons en appendice [2].
Ses révisions vont également dans le sens d'une réappropria-
tion, car Grimm s'était, dans la version de 1770, beaucoup mis
en valeur. Or, la décennie qui s'est écoulée a vu se refroidir les
relations entre les deux hommes, et tout se passe comme si cette
distance s'était manifestée dans les corrections : les « nous »,
voire les « je » de Grimm sont presque partout remplacés par
un fier « M. Diderot », devenu auteur dans tous les sens du
terme : *autorité* centrale de la mystification, qui paraît du coup
plus que jamais dépendante du projet romanesque, et *créateur*
de ce projet. Une des corrections affirme que « la plupart des
lettres sont postérieures au roman » (p. 223). C'est prétendre

---

1. Voir la Note sur le texte, *infra*, p. LI.
2. Voir Appendice, *infra*, p. 225 : ce passage est en particulier nécessaire pour
comprendre à qui fait référence le démonstratif dans « Ce charmant marquis »,
qui constitue l'attaque de la version diderotienne.

que l'idée d'insérer le récit de vie de la fausse religieuse était présente dès le début et que ce récit était déjà largement écrit, mais comme toute l'affaire est présentée comme méditée et contrôlée essentiellement par Diderot, c'est dire aussi qu'il a presque tout écrit : le roman de Suzanne et le gros des lettres de la fausse religieuse de 1760.

ÉCRIRE EN DES TEMPS DE DÉTRESSE PHILOSOPHIQUE

Dans son récit, Grimm insistait beaucoup sur l'atmosphère de franche gaieté dans laquelle les complices se donnèrent le mot et rivalisèrent de trouvailles pour écrire les fausses lettres. Pour les philosophes des « Lumières » et leurs proches, l'heure n'était cependant pas propice aux débordements ludiques, et l'on peut s'étonner des « éclats de rire » qu'évoque le texte (p. 197). Diderot avait plus de raisons que quiconque d'être affecté par un contexte devenu dangereux, voire franchement répressif[1]. La suppression du privilège de l'*Encyclopédie* en 1759 s'inscrit dans une vaste offensive contre ceux qu'on appelle déjà les « philosophes », et qui furent brocardés sous ce titre en mars 1760, dans une comédie satirique de Charles Palissot, dont la première représentation fit grand bruit. Dans le texte de 1770, Grimm rappelle cette circonstance et souligne : « Tandis que ce scandale occupait tout Paris, M. Diderot, que ce polisson d'Aristophane français avait choisi pour son Socrate, fut le seul qui ne s'en occupait pas[2]. » Pourquoi la pièce *Les Philosophes* fit-elle « scandale » ? Elle fut comparée, dans le cours de la polémique, aux *Nuées* d'Aristophane, qui se moquait de Socrate, figure par excellence du sage auquel Diderot s'identifiait volontiers ; construite sur le modèle croisé des *Femmes savantes* et du *Tartuffe* de Molière, elle mettait en scène un groupe d'intrigants qui constituait une image dégradée et parfois grotesque, mais surtout inquiétante, du cercle encyclopédiste. Sous la figure du ridicule Dortidius, Diderot apparaissait comme l'une des cibles principales de Palissot.

---

1. Voir Chronologie, *infra*, p. 277 *sq*.
2. Voir Appendice, *infra*, p. 226.

Grimm souligne qu'il n'intervint pas directement dans ce qui allait devenir une des grandes querelles littéraires et idéologiques du siècle : les ripostes, immédiates et sanglantes, vinrent de proches, comme Morellet, et surtout Voltaire qui, orchestrant de loin l'hallali contre l'auteur de la pièce [1], s'étonna, dans une lettre à Diderot, que ce dernier soit resté si discret. Diderot invoqua la posture du sage situé au-dessus de la mêlée, mais le fait est qu'il convenait d'être prudent s'il souhaitait poursuivre l'impression de l'*Encyclopédie*, grâce à d'occultes tractations avec le directeur de la Librairie, Malesherbes [2], et ne pas reproduire l'épisode, pour lui traumatisant, de l'emprisonnement à Vincennes en 1749. C'est sans doute pourquoi il se lance dans l'écriture de la future *Religieuse* sans projet de publication : comment assumer publiquement la paternité d'un roman qui ne pouvait manquer d'apparaître comme un brûlot anticlérical, donc comme un manifeste du parti philosophique ?

La pratique secrète, clandestine, réservée à une petite communauté d'initiés, de l'écriture, ne serait-elle pas alors à comprendre à la fois comme une forme de compensation imaginaire à une situation réelle difficile, et comme une réaction de repli jaloux face à ce qui était sûrement perçu, avec le succès « médiatique » des *Philosophes*, comme la bêtise du « vulgaire », si prompt à se gausser des vrais sages ? Car à peu près au même moment, autour de 1762, Diderot commence aussi à rédiger *Le Neveu de Rameau*, tout aussi impubliable : outre le déploiement d'une philosophie matérialiste qui conduit droit à l'athéisme, on peut y lire la satire féroce des milieux « antiphilosophiques » qui ont soutenu Palissot.

C'est de bonne guerre : le rire suscité par la comédie satirique fut perçu, par les défenseurs des philosophes, comme déloyal en raison des « personnalités », c'est-à-dire des attaques *ad*

---

1. Sur le contexte de cette affaire et la production satirique et pamphlétaire qui en résulta, on consultera avec profit l'anthologie commentée de O. Ferret, *Palissot. La comédie des Philosophes et autres textes*, Publications de l'université de Saint-Étienne, « Lire le XVIIIᵉ siècle », 2002.

2. Sous l'Ancien Régime, la censure repose sur trois niveaux : le privilège (autorisation officielle), la « permission tacite » (autorisation officieuse) et la « tolérance simple » (le pouvoir ferme les yeux et ne dit rien, mais se réserve le droit d'intervenir s'il estime que l'ordre public est menacé). Malesherbes, chargé de la gestion politique du monde du livre (d'où son titre – la « Librairie » désigne toute la chaîne du livre et ses acteurs, de la fabrication technique à la vente) et sympathisant des idées des Lumières, joua sur ces ambiguïtés pour laisser paraître l'*Encyclopédie* privée de privilège.

hominem (contre des individus existants et faciles à reconnaître)[1]. Face à cette agression, le rire des complices de la mystification, sur fond d'allers et retours entre Paris et le refuge de propriétés amicales – durant l'année 1760, Diderot séjourne à La Chevrette de Mme d'Épinay, puis au Grandval du baron d'Holbach, philosophe matérialiste –, restaure l'harmonie sécurisante d'un groupe ridiculisé et menacé comme tel, et qui revendique par là un type de solidarité fondée sur une gaieté de bon aloi.

Ces amis[2] qui s'enchantent de leur propre malice et de la naïveté supposée de Croismare, lequel répond en effet à la religieuse de papier, semblent bien prendre une revanche sur ce que Thierry Belleguic, dans une très stimulante étude, propose d'appeler des « défaites de la sympathie[3] », particulièrement sensibles au Diderot de cette époque : rupture avec Rousseau, défection de d'Alembert à la direction de l'*Encyclopédie* (1758), mort de son père (1759) et déboires sentimentaux lestent en effet les mésaventures de la vie publique du douloureux contrepoint d'une expérience personnelle de la séparation et du deuil. Cette expérience s'investit peut-être dans le passage de la pseudo-correspondance au roman : Suzanne, bâtarde et objet de scandale, exclue du groupe familial des Simonin et splendidement isolée dans la grisaille disciplinaire du couvent (Longchamp) comme dans ses étranges plaisirs collectifs (Saint-Eutrope), inapte même à la vie sociale séculière dont on la retire trop tôt, peut être perçue comme une projection du « sujet Diderot », qui éprouve toutes les douleurs de la solitude, dans un moment critique de réévaluation nécessaire de son identité personnelle (deuil du père), intellectuelle (fin des amitiés anciennes) et institutionnelle (danger sur l'*Encyclopédie*).

---

1. Pour une analyse de ce qui est aussi une discussion poétique sur la définition et les usages des « ridicules » dans le genre comique, voir O. Ferret, « Mises en scène satiriques des encyclopédistes : autour de la querelle des philosophes », dans *Le Philosophe sur les planches. L'image du philosophe dans le théâtre des Lumières : 1680-1815*, dir. P. Hartmann, Strasbourg, Presses de l'université de Strasbourg, 2003, p. 113-128.

2. Pour l'essentiel, sans doute, le trio composé de Grimm, Diderot et Mme d'Épinay.

3. T. Belleguic, « Suzanne ou les avatars matérialistes de la sympathie : figures de la contagion dans *La Religieuse* de Denis Diderot », dans *Les Discours de la sympathie. Enquête sur une notion de l'âge classique à la modernité*, dir. T. Belleguic, E. Van der Schueren et S. Vervacke, Sainte-Foy, Presses de l'université Laval, 2008, p. 260.

Mais il serait tout aussi vrai de dire que le calvaire de l'évadée renvoie à une expérience autobiographique traumatisante bien antérieure : en 1743, Diderot n'avait-il pas été conduit à s'échapper du monastère où son père, opposé à ses projets de mariage avec Antoinette Champion, l'avait fait enfermer[1] ?

On peut enfin remarquer qu'en 1770, quand Grimm relate toute cette histoire, il s'agit encore de riposter au camp antiphilosophique : cette année-là, en effet, n'est guère plus confortable, émaillée qu'elle se trouve par une nouvelle offensive de censure de « livres philosophiques », en particulier le *Système de la nature* du baron d'Holbach, radicalement matérialiste et violemment anticlérical et athée, et l'*Histoire des deux Indes* de l'abbé Raynal, à laquelle Diderot a collaboré. Il convient d'y joindre la censure de la pièce de La Harpe, dont Voltaire saluera la vertu propagandiste et à laquelle Grimm fait allusion, *Mélanie, ou la Religieuse*, alors connue par des lectures dans des cercles choisis[2].

MYSTIFICATION ET PERSIFLAGE : UN LECTEUR « FLOUÉ » ?

La part de la mystification, moquerie aux dépens d'un tiers qui tombe dans le piège d'un mensonge bien construit, pose le problème de la moralité du rire : le mystifié, c'est aussi celui qui est le seul à ne pas comprendre ce qui, autour de lui, fait rire toute la compagnie. Se révélerait alors une forme de méchanceté railleuse pas si éloignée de la virulence satirique d'un Palissot. Le dispositif mystificateur de 1760 privilégie tout de suite le pouvoir de séduction de la religieuse. À lire attentivement cet échange de lettres, on constate que l'invention du personnage déborde rapidement le cadre plaisant du jeu de société au profit de la construction d'une machine à (se) faire désirer qui cherche, en la personne de Croismare, non seulement la dupe d'une plaisanterie, mais aussi la cible d'un trouble qui

---

1. Voir l'émouvante lettre qu'il écrit à Antoinette en janvier : « Je me suis jeté par les fenêtres la nuit du dimanche au lundi. J'ai marché jusqu'à présent que je viens d'atteindre le coche de Troyes qui me transportera à Paris. Je suis sans linge » (*Correspondance inédite*, éd. A. Babelon, Gallimard, 1931, t. II, p. 37).

2. Voir Appendice, *infra*, p. 225. Ce drame en trois actes et en vers ne sera représenté qu'en 1791.

ne relèvera pas seulement de la compassion pour l'innocence souffrante : se manifeste ici une sorte de cruauté expérimentale, très caractéristique de l'homme Diderot et de son imaginaire créateur, où le goût de la mystification se met à la fois au service du plaisir de jouer et de la satisfaction d'égarer [1]. « Touche-moi, étonne-moi, *déchire-moi, fais-moi tressaillir,* pleurer, frémir, m'indigner d'abord ; tu récréeras mes yeux après, si tu peux [2] », demande Diderot à l'artiste selon son cœur dans les *Essais sur la peinture* de 1765. C'est précisément la mission qu'il donnera au conteur dans une célèbre définition de l'art de l'illusion narrative, placée en épilogue au conte des *Deux Amis de Bourbonne* : « faire frissonner la peau et couler les larmes [3] ». Si la mystification est un test de l'habileté créatrice pour Diderot plus que pour ses complices, c'est qu'il a intérêt à se prouver à lui-même qu'il est un bon écrivain et un bon metteur en scène des émotions, au moment où on le conteste comme philosophe et où il cherche aussi sa légitimité comme auteur dramatique avec *Le Père de famille* (1758). La fausse correspondance orchestre alors la mise en condition pathétique de Croismare, la figure textuelle du chef d'orchestre étant Mme Madin, voix manipulatrice s'il en est.

Cette prétendue bienfaitrice, censée avoir recueilli la pseudo-religieuse en attendant mieux, constitue à coup sûr, sous la plume de Diderot et de ses comparses, une idéale caisse de résonance des séductions de la fugitive. Figuration textuelle du spectateur conquis, elle relève d'un dispositif typiquement diderotien de triangulation du désir. Son regard enamouré impose la jeune fille en bel objet ambigu, au charme à la fois candide et dangereux, et en conditionne une réception pathétique : porteuse du regard d'amour maternel, Mme Madin déclare la religieuse si adorable qu'elle la voudrait pour fille, et cette focalisation envoûtée contribue à l'érotisation du personnage. Ce sera un élément capital de l'esthétique du roman lui-même, non sans ambiguïté d'ailleurs, car dans le passage à la première

---

1. On pourra, à titre d'illustration exemplaire de ce dispositif cruel, parce que la cible de la plaisanterie est une femme à la fois malade et délaissée par son amant, lire le conte justement intitulé *Mystification* (1768-1769), que Diderot n'a pas publié et qui développe, sur le mode d'un dialogue fictif, une de ses tromperies du moment.

2. Diderot, *Essais sur la peinture. Salons de 1759, 1761, 1763*, Hermann, 1984, p. 57 (nous soulignons). Le texte a été écrit pour servir de suite au *Salon de 1765*.

3. Voir l'extrait de ce texte donné dans le Dossier, *infra*, p. 262.

personne, Suzanne sera amenée à se décrire elle-même de l'extérieur comme cet objet du désir qui capte toutes les attentions.

Son charme est censé être celui de la candeur vertueuse. Le catalogue des qualités de l'héroïne tire la correspondance du côté de la lettre de motivation, voire de l'argumentaire commercial. Car la « lettre ostensible [1] » de la soi-disant Mme Madin au marquis fait littéralement l'article : religieuse à vendre, état neuf, jamais servi. Il n'est jusqu'au nom qui ne puisse apparaître comme une suggestion de scénariste : « Monsieur, la personne que je vous propose s'appellera Suzanne Simonin » (p. 206). La situation dramatique choisie (la nécessité du pseudonyme pour une fugitive), comme le dispositif rhétorique de l'épistolaire dans lequel elle s'inscrit, exhibent peut-être plus qu'ils ne dissimulent le geste par excellence du romancier tel que le définira à la même période Diderot : faire au lecteur une proposition d'illusion consentie au nom de la prime de plaisir que donne le charme du pathétique. De fait, la correspondance est saturée par les codes et les *topoï* du roman « sensible » de la vertu infortunée auxquels les lecteurs de 1760, nourris de Prévost et de Richardson, sont déjà habitués, en particulier les larmes. Dans cette perspective, rien ne nous empêche de saisir, dans les réponses du fin et cultivé Croismare, bon lecteur lui-même, le travail ironique du double sens : lorsqu'il refuse d'écrire directement à « mademoiselle Simonin », par exemple, et exhorte « madame Madin » à continuer de lui en donner des nouvelles (p. 212), ne laisse-t-il pas entendre qu'il a conscience de s'adresser à une pourvoyeuse de fictions *intéressantes*, comme la langue du temps qualifie les représentations qui provoquent un attendrissement, allant de préférence jusqu'aux larmes, pour l'héroïsme de la « vertu » ?

Grimm assure pourtant que le sensible marquis, n'écoutant que son bon cœur, serait bel et bien tombé dans le panneau ; mais comme il se donne, dans toute cette histoire, un rôle très actif – que les corrections ultérieures de Diderot effaceront –, on se demande s'il ne cherche pas surtout à se mettre en valeur. On peut douter qu'un homme, nécessairement au fait de ces jeux mondains que sont mystifications et énigmes par sa propre fréquentation des cercles et des salons, s'y soit laissé prendre si facilement. Certes, la supercherie put durer quelques mois ;

---

1. Voir la « lettre ostensible » datée du 16 février 1760 dans la pseudo-correspondance, *infra*, p. 206.

mais elle ne parvint à aucun moment à persuader Croismare de la nécessité de rentrer à Paris. Il s'en tint en effet obstinément à la proposition de placer sa protégée en Normandie, auprès de sa propre fille, Angélique[1]. La conclusion de toute l'affaire illustre donc bien un échec rhétorique : ne sachant plus comment s'en sortir, les conjurés décidèrent de faire mourir leur héroïne, qui n'avait évidemment pas les moyens de sauter dans la diligence de Caen pour s'aller mettre au service d'une fort réelle demoiselle de Croismare...

Le mystifié, quand il l'est vraiment, prouve, par sa naïve propension à y céder, l'efficacité des techniques d'illusion ; mais est-il sûr, et même souhaitable, qu'il n'y discerne pas le travail de l'artifice ? Élisabeth Bourguinat a montré en quoi le mécanisme de la mystification relevait de ce que le siècle appelle « persiflage », qui en est la traduction sur le plan du discours[2]. Il désigne la pratique d'une plaisanterie à double destination : un interlocuteur spécifique est soumis à l'épreuve mystifiante d'un double sens dont il ne perçoit qu'un versant, l'autre étant réservé à un public qui dispose au préalable des informations nécessaires à l'entente polyphonique. Dans cette dissymétrie, certains, comme Mercier, perçoivent une inégalité inacceptable, où s'introduit la possibilité de la domination, voire de l'humiliation :

> Le persiflage est une raillerie continue, sous le voile trompeur de l'approbation. On s'en sert pour conduire la victime dans toutes les embuscades qu'on lui dresse ; et l'on amuse ainsi une société entière, aux dépens de la personne qui ignore qu'on la traduit en ridicule, abusée qu'elle est par les dehors ordinaires de la politesse.
> Ce n'est point là de la bonne plaisanterie. La Bruyère a dit : Railler heureusement, c'est créer. Mais quel esprit y a-t-il à abuser de la simplicité ou de la confiance d'un homme qui s'offre aux coups sans le savoir, et qui tombe d'autant plus profondément dans le piège, qu'il le soupçonne moins ? [...] Cette manière de railler est donc pitoyable, parce qu'il n'y a point d'égalité[3].

En 1770, Grimm aura soin de tempérer ce que cette pratique comporte en effet de menaçant pour les valeurs mêmes de la

---

1. C'est aussi le nom de la sœur de Diderot devenue religieuse et morte folle en couvent en 1748 : il envisagea d'abord de le donner à son héroïne.

2. E. Bourguinat, *Le Siècle du persiflage, 1734-1789*, PUF, 1998.

3. L.S. Mercier, *Tableau de Paris*, éd. J.-C. Bonnet, Mercure de France, 1994, t. II, p. 384. Notons que le chapitre qui suit immédiatement « Du persiflage » s'intitule « Mystifier. Mystification ».

solidarité et de l'amitié en amplifiant, au titre de l'hommage affectueux, le portrait élogieux du marquis, « appelé par ses amis le charmant marquis par excellence [1] ». Ce « charmant marquis », longtemps reçu et apprécié dans le cercle des « philosophes », peut-il être un lecteur naïf et mystifié ? Ne se divertirait-il pas à jouer le jeu sans le dire ? Sans doute le dupé peut-il se faire à son tour dupeur ; mais l'anxiété de Diderot à cet égard est-elle bien réelle ? N'est-il pas envisageable qu'il ait, plus ou moins consciemment, attendu de Croismare qu'il soit dans le même temps un lecteur envoûté et un lecteur critique ? Une telle hypothèse tempérerait en tout cas la malignité latente du procédé mystificateur [2].

Tout pourrait alors se passer comme si les fomenteurs de la plaisanterie avaient semé dans les lettres, à l'intention de leur destinataire, des indices de connivence lui permettant de démonter le mécanisme de sa propre adhésion, en reconnaissant l'énoncé de fiction. Certains passages invitent à cette interprétation. Ainsi, lorsque Mme Madin écrit à Croismare : « Vous seriez trop heureux, vous, Monsieur, *de ne l'avoir point vue* » (p. 218) [3], on peut imaginer que ce dernier, connu pour ses convictions religieuses [4], ait su percevoir une ironique allusion à un célèbre passage des Évangiles consacré aux motivations de la foi, lorsque le Christ ressuscité se présente à Thomas, jusque-là incrédule et réclamant la preuve du visible, en lui disant : « Bienheureux ceux qui, sans avoir vu, ont cru [5]. » L'épisode du doute de Thomas, qui a eu besoin de voir pour croire, ne trouve-t-il pas sa traduction profane dans la question des conditions d'adhésion du spectateur ou du lecteur au simulacre de l'œuvre d'imagination ? Au marquis de comprendre à demi-mot qu'il n'est pas un nouveau Thomas et qu'on espère de lui qu'il n'aura pas besoin de voir la religieuse en chair et

---

1. Voir Appendice, *infra*, p. 227. Diderot préserve également ces caractérisations dans ses corrections.

2. Jean Catrysse propose ainsi de ranger cette mystification dans la catégorie des « mensonges par amitié » (*Diderot et la mystification, op. cit.*, p. 40) : à l'intérieur d'une communauté d'égaux, persiflés et persifleurs doivent pouvoir échanger leurs qualités à tout moment, une complicité latente les unissant toujours.

3. Nous soulignons.

4. Croyant éclairé, animé d'une piété douce et tolérante, Croismare incarnait sans doute, pour les philosophes, le « bon » chrétien, loin des manifestations de fanatisme et de superstition qu'ils s'étaient donné pour tâche de dénoncer et de combattre.

5. Jean 20, 29.

en os pour avoir foi en son existence ; et aux rédacteurs des fausses lettres de suggérer avec suffisamment d'énergie cette présence par le verbe pour, malgré tout, la rendre *visible*. Deux ans plus tard, en écrivant son *Éloge de Richardson* (1762), Diderot célébrera justement l'art du roman comme un art de l'illusion, proche du théâtre et de la peinture selon son cœur, car fondé sur le pouvoir hallucinatoire de la scène représentée.

LE PARADOXE DU ROMANCIER

L'*Éloge de Richardson* retrouve, à propos des héroïnes de l'écrivain anglais, la formulation de Mme Madin à propos de la fausse Suzanne : « Vous ne connaissez pas Lovelace ; vous ne connaissez pas Clémentine ; vous ne connaissez pas l'infortunée Clarisse ; vous ne connaissez pas miss Howe, sa chère et tendre miss Howe, *puisque vous ne l'avez point vue* échevelée et étendue sur le cercueil de son amie, se tordant les bras, levant ses yeux noyés de larmes vers le ciel, remplissant la demeure des Harlowe de ses cris aigus [1]. » Cet écho n'est pas fortuit, d'autant que Diderot se prend précisément de passion pour Richardson et en nourrit ses lettres à Sophie Volland à l'été 1760, alors qu'il commence à écrire le roman proprement dit de *La Religieuse*.

La représentation romanesque jouera plus encore que les fausses lettres sur la séduction hypnotique d'une héroïne régulièrement traitée comme une véritable apparition : traînant presque tous les cœurs après soi [2], Suzanne personnifiera les pouvoirs de la fiction-spectacle, jusque dans leur dimension aliénante [3]. De même que, selon une conception du genre déjà

---

1. Diderot, *Contes et romans*, éd. M. Delon, Gallimard, « Bibliothèque de la Pléiade », 2004, p. 903. Diderot énumère les protagonistes du roman par lettres qui raconte la séduction de la vertueuse Clarisse par le libertin Lovelace, et s'achève sur la mort de l'héroïne et le chagrin spectaculaire de son amie, miss Howe. Succès foudroyant, le livre de Richardson inspira *La Nouvelle Héloïse* de Rousseau (1761) comme *Les Liaisons dangereuses* de Laclos (1782).

2. Tous, cependant, ne sont pas frappés, puisqu'il y a de « mauvaises mères » qui résistent (Mme Simonin, la mère Sainte-Christine) et qui ont les moyens d'entraîner autrui…

3. Roger Kempf la définit bien comme « femme-spectacle » (*Diderot et le roman ou le Démon de la présence*, Seuil, 1964, p. 167).

ancienne, mais qui persiste au XVIIIe siècle [1], on peut provisoire-
ment, en lisant un roman, se rendre, d'une certaine manière,
fou par identification à ce qui n'est pas la réalité, la supérieure
du couvent de Saint-Eutrope, durant le délire qui précède sa
mort, se montre hantée par le souvenir visuel et auditif du
« fantôme » d'amour qu'est devenue Suzanne pour elle [2]. Et
c'est alors que Diderot lui prête des mots qui font écho, dans un
registre cette fois nettement orienté par la culpabilité tragique, à
ceux de Mme Madin : « Je voudrais être morte, je voudrais
n'être point née ; *je ne l'aurais point vue* » (p. 186) [3]. Ce terrible
cri de l'enfer intérieur renvoie à une conception de l'effet esthétique proche de la « cruauté expérimentale » dont nous avons
parlé plus haut : le plaisir de l'œuvre – et Suzanne, vue par les
yeux de la passion amoureuse, est une œuvre d'art [4] – subjugue
et martyrise, tant il incite aux états extrêmes. Le frisson que
réclame le Diderot critique des *Salons* à ses peintres favoris parcourt aussi de ses ondes, cette fois mortifères, la malheureuse
supérieure, révélant l'emprise obsidionale de l'amour [5].

   « Son cœur est-il bien *fou* ? Sa tête est-elle *bien en l'air* [6] ? » Au-
delà d'une inquiétude personnelle, le mystificateur de 1760 expri-
mait crûment la visée inquiétante de l'art de fictionner : créer
chez sa victime une forme de démence de la sensibilité compa-
rable aux désordres de l'amour fou et inscrire la douleur au cœur

---

1. Avec cette différence qu'elle peut se mettre alors au service d'une apologie
du genre.
2. Remarquons que c'est à Diderot que l'on doit les articles « Apparition » et
« Fantôme » de l'*Encyclopédie*.
3. Nous soulignons. La question angoissée de la supérieure, quelques lignes
plus loin (« Vous l'avez vue ? », p. 187), confirme l'assimilation de Suzanne non
seulement au Christ, mais à Dieu lui-même ; si on veut lire cette scène de délire
religieux du point de vue d'une satire philosophique blasphématoire, on peut
aussi y voir un souvenir de Rabelais et de son évocation des « papimanes » dans
le célèbre chapitre XLVIII du *Quart Livre*, où les sectateurs du pape lui rendent
un culte qui le confond avec la divinité : « Dès qu'ils eurent rejoint notre navire,
ils demandèrent tous ensemble à hauts cris : L'avez-vous vu, messieurs les voya-
geurs ? L'avez-vous vu ? » (Rabelais, *Les Cinq Livres*, éd. J. Céard, G. Defaux et
M. Simonin, LGF, « La Pochothèque », 1994, p. 1117. Nous modernisons
l'orthographe.). L'épisode parodie aussi l'Évangile de Jean.
4. « N'est-il pas vrai que personne n'a la même douceur ? comme elle marche !
Quelle décence ! Quelle noblesse ! » (p. 187). L'esthétisation de Suzanne est bien
sûr indissociable de son assimilation au Christ (sur ce lien entre l'art et la religion,
voir le Dossier, *infra*, p. 254 *sq.*).
5. Voir la réplique très racinienne « Je tremble, je frissonne, je suis comme un
marbre... », dans la scène nocturne où la supérieure tente de s'immiscer dans le
lit de Suzanne (p. 152).
6. Voir *supra*, p. II. Nous soulignons.

du plaisir. C'est en partie sur ce mode que la supérieure d'Arpajon réagira à ce « roman dans le roman » qu'est le récit de ses malheurs par Suzanne, en se montrant fascinée par l'évocation du corps martyrisé de l'héroïne [1]. Entendre le récit pathétique ou lire le roman, car c'est tout un, fait compatir, littéralement *souffrir avec*. Un passage de l'*Éloge de Richardson* raconte dans quel état de crise la lecture du dénouement pathétique d'un roman du maître anglais a laissé un ami de Diderot : « Cet ami est un des hommes les plus sensibles que je connaisse et un des plus ardents fanatiques de Richardson : *peu s'en faut qu'il ne le soit autant que moi. Le voilà qui s'empare des cahiers, qui se retire dans un coin et qui lit*. Je l'examinais : d'abord je vois couler des pleurs, bientôt il s'interrompt, il sanglote ; tout à coup il se lève, il marche sans savoir où il va, il pousse des cris comme un homme désolé [2]. » L'*Éloge* paraît en 1762 : sa gestation suit immédiatement celle de *La Religieuse*. Pareille scène – qu'il serait anachronique de juger ridicule, car elle relève bien d'un esprit du temps – pourrait constituer le scénario rêvé de ce que Diderot attendait aussi de Croismare. Dès le début de la supercherie, le problème de la réception s'est posé chez Diderot dans les termes qui vont faire pour lui tout l'intérêt du modèle richardsonien, dont un critique a résumé naguère avec une juste concision l'enjeu essentiel : « Ce n'est plus le lecteur qui s'empare de l'œuvre, c'est l'œuvre qui s'empare du lecteur [3]. »

Diderot se montre fasciné par cette énergie du ravissement à soi-même sous l'emprise de la vision séductrice, qui implique aussi bien le créateur que son public. C'est aux artistes inspirés qu'il s'identifie d'ailleurs volontiers dès cette période [4], comme au Greuze du *Salon de 1761* : « Lorsqu'il travaille, il est tout à son ouvrage. Il s'affecte profondément [5]. » Il se trouve qu'il a lui-même souhaité laisser cette image de romancier habité par sa *Religieuse*. Dans les ultimes révisions de la « Préface », il ajouta ainsi l'anecdote où on le voit surpris en larmes par d'Allainville, un ami comédien, alors qu'il est dans l'écriture du roman, et

---

1. Nous reviendrons plus loin sur l'ambivalence de cette réaction, qui n'est pas seulement compatissante.
2. *Contes et romans, op. cit.*, p. 908. Nous soulignons : ce soi-disant « ami » est probablement Diderot lui-même.
3. R. Kempf, *Diderot et le roman ou le Démon de la présence, op. cit.*, p. 34.
4. Il les met aussi en scène, à l'instar de Dorval dans les *Entretiens sur le Fils naturel*.
5. Diderot, *Salons de 1761 et 1763, op. cit.*, p. 158.

s'expliquant en ces termes : « Je me désole d'un conte que je me fais » (p. 198). L'épisode constitue avec celui de l'*Éloge de Richardson* un édifiant diptyque : l'émotion du lecteur et celle de l'auteur sont en miroir. L'acte de lecture se transforme ici en échange intime, fraternel et empathique, où l'émotion réciproque est le gage de la valeur esthétique et éthique de l'œuvre. Cette scénographie rétrospective de la gestation de *La Religieuse*, appuyée sur la tradition rhétorique venue de Quintilien qui veut que, pour émouvoir, l'orateur soit lui-même ému, place l'écrivain dans le camp de la vertu souffrante, d'autant plus capable de la peindre et de la comprendre qu'il est capable d'en vivre les épreuves. Elle fait aussi de lui un inspiré, mû par la violence « sublime » de l'énergie créatrice : représentation en phase avec le souci de se construire une image posthume dont la solennité et le sérieux contrebalanceraient la légèreté suspecte de l'expert en tromperies. En 1780, le problème est bien, pour Diderot, de veiller à une postérité présentable [1].

Dès 1760, sa correspondance semblerait devoir confirmer que le goût ludique de la mystification a vite cédé le pas à l'ivresse identificatoire de l'invention. C'est durant l'été et l'automne de cette année-là qu'il développe l'histoire, racontée par elle-même, de Suzanne Simonin. Diderot écrit dans une certaine fièvre, ou du moins il le prétend. Le 1er août 1760, il mande à Damilaville : « Je suis après ma *Religieuse*. Mais cela s'étend sous la plume, et je ne sais plus quand je toucherai la rive [2]. » En septembre, il emporte son manuscrit chez Mme d'Épinay, puis chez son ami le baron d'Holbach. De Paris, il écrit à Mme d'Épinay, début novembre, exprimant alors nettement la conscience de *faire œuvre* et d'en construire sciemment les effets émouvants, mais toujours dans une irrépressible frénésie : « Je me suis mis à faire *La Religieuse*, et j'y étais encore à trois heures du matin. Ce n'est plus une lettre, c'est un livre. Il y aura là-dedans des choses vraies, de pathétiques, et il ne tiendrait qu'à moi qu'il y en eût de fortes. Mais je ne m'en donne pas le temps. Je laisse aller ma tête ; aussi bien ne pourrais-je guère la maîtriser [3]. »

---

1. Voir J. Chouillet, *Diderot*, SEDES, 1977.
2. Diderot, *Correspondance*, *op. cit.*, p. 40. Noter le possessif : « *ma* religieuse » – signe parmi d'autres de ce que Diderot se réapproprie ce qui était d'abord une création collective. Le passage au roman engage un transfert d'auctorialité.
3. *Ibid.*, p. 221. Les « choses fortes » peuvent désigner à la fois les audaces philosophiques (celles des « esprits forts », formulation qui désigne à l'âge clas-

Le fait même que le roman s'est greffé sur le dispositif duplice d'une mystification incite pourtant à s'interroger sur cette prétendue défaite de la maîtrise. Diderot se présente volontiers comme l'enthousiaste, la tête folle, le poète sensible surpris par la spontanéité vivante de sa propre création, alors même que le caractère concerté, contrôlé, du *projet* littéraire s'exprime ici sans ambiguïté dans l'usage du futur programmatique et dans le désinvolte « il ne tiendrait qu'à moi », qui servira plus tard de *leitmotiv* au narrateur interventionniste de *Jacques le Fataliste*[1]. L'ambivalence du visionnaire habité par des mystères dont il est cependant le lucide organisateur, se manifeste, à des degrés et à des niveaux divers, dans toute l'œuvre diderotienne. C'est ainsi que le critique d'art s'interrogera, à la faveur de son expérience de spectateur séduit par les belles *illusions* du peintre :

> De deux lettres, par exemple d'une mère à sa fille, l'une pleine de beaux et grands traits d'éloquence et de pathétique sur lesquels on ne cesse de se récrier, mais qui ne font illusion à personne, l'autre simple, naturelle, et si naturelle et si simple que tout le monde s'y trompe et la prend pour une lettre réellement écrite par une mère à sa fille, quelle est la bonne et même quelle est la plus difficile à faire[2] ?

L'écho est évident de cette question à la conclusion de la « préface » de *La Religieuse*, la « Question aux gens de lettres », qui formule une esthétique paradoxale du *vrai* à partir de la définition des « bonnes » lettres : « Sont-ce celles qui auraient peut-être obtenu l'admiration ? Ou celles qui devaient certainement produire l'illusion ? » (p. 223). Il y a chez Diderot un perpétuel dédoublement critique du créateur : en quête réfléchie des effets pathétiques à produire, à l'instar de l'acteur du *Paradoxe du comédien*, il superpose la figure équivoque du manipulateur des affects à celle du « génie » enthousiaste[3] et prompt

---

sique les penseurs affranchis de la tutelle de la religion) et les libertés de la représentation érotique. Elles recouvrent ainsi les deux sens du mot « libertin » à cette époque.

1. C'est ici le moment de remarquer que Diderot livre, entre 1780 et 1782, les deux romans coup sur coup à la *Correspondance littéraire*, et qu'il a tenu à ce qu'on les lise en regard l'un de l'autre.

2. Diderot, *Salon de 1765*, Hermann, 1984, p. 201.

3. Sous l'entrée « Génie » d'un article célèbre de l'*Encyclopédie*, Diderot écrit que « dans la chaleur de l'enthousiasme, il ne dispose ni de la nature ni de la suite de ses idées ; il est transporté dans la situation des personnages qu'il fait agir ; il a pris leur caractère » (*Œuvres esthétiques*, éd. P. Vernière, Classiques Garnier, 1994, p. 10).

aux larmes. L'artiste, le romancier, est aussi un *comédien de l'extase*, assumant le paradoxe de provoquer une émotion intense au prix d'un suspens de sa propre sensibilité, dont il imite à la perfection les signes extérieurs [1]. Replaçons dans cette perspective et l'admiration pour le héros de Richardson, le libertin Lovelace, mystificateur par excellence (qui usurpe des identités et fabrique... de fausses lettres), et les larmes de Diderot face à d'Allainville, alors que cette scène a été ajoutée après coup, qu'elle n'est pas vérifiée et que d'Allainville est lui-même comédien de son état. La gestation de *La Religieuse* est contemporaine d'une confrontation de plus en plus vive des pouvoirs de la peinture à ceux de la littérature, mais Diderot venait aussi, en 1760, de théoriser, dans sa réflexion sur le pathétique au théâtre [2], l'art de *faire tableau* pour produire une vérité dont l'évidence ne s'imposerait qu'à la faveur d'une machinerie à émouvoir par le spectacle des passions. Si l'on nous permet de paraphraser, voire de parodier l'auteur de *La Religieuse*, on dira qu'il y a chez lui toujours un peu d'affectation dramatique au fond de la sensibilité... [3].

« CE QUE SAVAIT SUZANNE [4] » : TROUBLE DANS LA NARRATION

L'IGNORANCE DE SUZANNE ET L'ADRESSE INDIRECTE AU LECTEUR

À notre sens, la plaisanterie faite à Croismare n'a donc pas été seulement prétexte ou occasion accidentelle au déploiement de l'écriture romanesque. Il nous semble plutôt que la dernière version de *La Religieuse* telle qu'elle nous est parvenue est

---

1. C'est, là encore, la thèse du *Paradoxe du comédien*.
2. Le *Discours sur la poésie dramatique* date de 1758.
3. Cette capacité de Diderot à démystifier les manifestations de l'« âme sensible » a quelque chose à voir avec la lucidité du matérialiste qui écrit plaisamment à Damilaville, toujours en 1760 (le 3 novembre), qu'« il y a toujours un peu de testicule au fond de nos sentiments les plus sublimes »...
4. Nous nous permettons de reprendre l'écho au roman célèbre de Henry James, *What Maisie knew*, proposé naguère par V. Mylne, « What Suzanne knew : lesbianism and *La Religieuse* », *Studies on Voltaire and the Eighteenth Century*, 208, 1982, p. 167-173.

structurellement tributaire de la situation d'énonciation ludique initiale, dont Diderot a lié le sens à celui de son travail de romancier. On peut imaginer qu'il aurait voulu donner à son lecteur les moyens de comprendre que le « vrai », l'effet de réel d'une *mimésis* qui l'entraîne, a toujours partie liée avec la dimension ironique d'une machinerie de l'illusion à la fois parfaite dans son « art » et identifiable dans sa perfection même par qui sait la reconnaître.

Le « lecteur implicite » auquel le romancier, au-delà de sa figuration fictive dans le texte (le marquis), s'adresse est invité à ne pas prendre pour argent comptant le récit de la séduisante Suzanne [1]. On a beaucoup commenté le problème de l'ignorance et de l'innocence proclamées de l'héroïne, qui ne résistent pas à la règle de rétrospection du récit : il est impossible de prétendre ne pas savoir ce que désirait d'elle la supérieure d'Arpajon, alors que la narratrice dispose, au moment où elle écrit, de toutes les informations nécessaires. Jusqu'au bout, Suzanne affirme ne rien comprendre aux désirs de Mme de ***, alors qu'elle a par ailleurs pu reconnaître, dans le récit de faits antérieurs (puisqu'ils ont eu lieu à Longchamp), qu'une des raisons de l'acharnement de la mère Christine contre elle a tenu à l'indiscipline de sa curiosité : « Je m'étais échappée en propos indiscrets sur l'intimité suspecte de quelques-unes des favorites » (p. 53). Comment désigner comme « suspect » ce qu'on n'est pas même censé décrypter ? S'agit-il de « bévues » ou d'un jeu concerté à l'usage du lecteur ?

Certains énoncés relèvent à cet égard d'une modalité dénégatrice tellement forte qu'ils détruisent d'eux-mêmes leur crédibilité, à force d'insister sur ce qui précisément pose problème, notamment lorsqu'il s'agit de revenir sur les relations avec la supérieure de Saint-Eutrope : « Par exemple, qu'est-ce qu'il [le confesseur] trouvait de si étrange dans la scène du clavecin ? » (p. 166). Or, pendant cette « scène », où Suzanne donne une leçon de musique à la supérieure, celle-ci, appuyée contre la jeune fille, atteint manifestement l'orgasme. Du point de vue de la diégèse, la perplexité de l'héroïne outrepasse les limites du vraisemblable. Mais le terme de « scène » renvoie à la pratique même du romancier et conduit à saisir là une ironie de mention : Diderot en appelle indirectement à son lecteur comme à

---

1. A. Coudreuse, « Pour un nouveau lecteur : *La Religieuse* de Diderot et ses destinataires », *Recherches sur Diderot et sur l'Encyclopédie*, n° 27, 1999, p. 52-53.

l'arbitre de l'efficacité picturale et dramatique d'un épisode, mais aussi comme à une conscience critique s'interrogeant sur les critères du licite et de l'illicite en matière de sexualité : la parole du confesseur est-elle vraiment celle de la vérité ? Une pluralité de voix traverse ainsi la question de Suzanne : l'interrogative renvoie aussi, chez un romancier qui s'adresse volontiers au lecteur, à la manière de *recevoir* la scène possiblement obscène ; l'étonnement faussement naïf du personnage sert de masque à Diderot, qui met au défi de trouver quoi que ce soit de criminel dans l'expression du plaisir sexuel.

Récit homodiégétique, le roman-mémoires s'écrit sur le mode de la focalisation interne ; nous voyons ce que le personnage voit, perspective d'autant plus fortement revendiquée que le plaidoyer *pro domo* de Suzanne adressé au marquis, supposant sa pureté maintenue dans un univers trompeur et dévoyé, conduit à exagérer la restriction de champ, tant il est vrai que, chez Suzanne, il suffit de fermer les yeux pour ne pas voir ce qui les crève. En outre, nous n'entendons que ce que la narratrice veut bien nous dire : la forme du « roman-mémoires » autorise le jeu sur une sorte de duplicité narrative, dans la mesure où l'instance de la narration (je narrant) y organise à son gré l'ordre des événements et le sens à leur donner, qui doit toujours être favorable au héros (je narré). De là, le refrain insistant du « je ne sais », convoqué chaque fois qu'il serait nécessaire de nommer l'indicible par excellence, c'est-à-dire ce qui relève de la vie sexuelle et de ses manifestations physiologiques.

Diderot contraint son personnage à maintenir coûte que coûte la fiction de son ignorance, gage de sa vertu, au prix de distorsions narratives qui ne peuvent qu'alerter le lecteur : on suit difficilement Georges May lorsqu'il montre que l'aveuglement de l'héroïne permet une progression du suspens vers le « coup de théâtre » révélant l'homosexualité de la supérieure de Saint-Eutrope. Il est clair, en revanche, que les anomalies formelles du récit manifestent un blocage de la révélation à soi-même, de la connaissance de soi comme sujet de désir – de là, les moments d'interrogation, au niveau de la narration comme au niveau diégétique, de Suzanne face à l'*énigme* de ses propres sensations. L'héroïne ne mûrit pas : la durée diégétique – près de dix ans – ne se constitue guère en temps de « formation », son âge étant artificiellement revu à la baisse dans les corrections mêmes de Diderot [1], qui ne renonce pas à la pureté enfantine de sa religieuse : tout se passe comme si, l'immergeant dans des milieux où rôde nécessairement le danger du « libertinage », il avait voulu marquer, par la résistance de Suzanne, son propre refus d'écrire un roman libertin [2]. On peut considérer qu'il a reversé ce dernier dans *Jacques le Fataliste*, où existe un épisode de couvent marqué par la figure débauchée d'un ecclésiastique, le père Hudson.

ENTRE IRONIE ET PATHÉTIQUE

De manière plus générale, la parution successive de *La Religieuse* et de *Jacques le Fataliste* dans la *Correspondance littéraire* a été explicitement proposée par Diderot comme une façon d'offrir un diptyque des tons et des registres romanesques : dans la lettre à Meister par laquelle il accompagne, le 27 septembre 1780, l'envoi du manuscrit à la *Correspondance littéraire*, il explique ainsi :

> C'est la contrepartie de *Jacques le Fataliste*. Il est rempli de tableaux pathétiques. Il est très intéressant, et tout l'intérêt est rassemblé sur le personnage qui parle. Je suis bien sûr qu'il affligera plus vos lecteurs que Jacques ne les a fait rire ; d'où il pourrait arriver qu'ils en désireront plus tôt la fin [3].

Ce parallèle suggérait un principe de lecture poétique, procédant par réseaux transversaux d'un texte à l'autre. Certaines scènes sont manifestement à coupler. La scène d'orgasme pendant « la petite leçon de clavecin » (p. 135) [4], mais surtout celle qui suit quelques pages plus loin (p. 139), repose sur un non-dit qui fait appel à la complicité ironique du public autour d'un savoir de « connaisseurs », car elle s'éclaire à la relecture d'une scène de jouissance féminine tout à fait analogue, celle de Marguerite avec Jacques – narrateur qui, contrairement à Suzanne, reconnaît nettement la *feintise* de sa posture d'ignorance face

---

1. Nous signalons l'essentiel de ces décalages dans les notes.
2. Sur le *topos* du couvent libertin, voir le Dossier, *infra*, p. 342 *sq*. C'est au moment où il faudrait nommer la chose *obscène* (le « vice » de la supérieure) que le roman se suspend, refuse ce changement de régime.
3. Diderot, *Correspondance*, Minuit, 1970, t. XV, p. 191.
4. Autre motif libertin, que l'on trouve comme tel dans *Le Neveu de Rameau*.

au phénomène [1]. Ainsi, le lecteur de *La Religieuse* est invité à comparer des techniques narratives pour mieux en percevoir les effets différentiels : autant *Jacques le Fataliste* assume la tradition gauloise, autant l'érotique de *La Religieuse*, qui se veut un roman pathétique et sérieux, reste « gazée », pour parler comme au XVIIIe siècle, c'est-à-dire qu'elle n'est évoquée qu'indirectement, par diverses techniques d'atténuation ou de double entente qui révèlent le savoir-faire de l'auteur. Leur motivation narrative, par ailleurs, tient à la proclamation d'innocence de l'héroïne, gage de son *ethos* vertueux au moment où elle se raconte. C'est pourquoi le récit doit échapper au registre des obscénités [2]. Diderot répugnera logiquement à donner des « idées obscènes » à Suzanne : lorsqu'elle tente de comprendre son trouble, après ce qu'il faut bien appeler un rapport sexuel avec la supérieure, alors qu'elle est sur le point de mettre enfin les mots sur les choses, elle écarte « des idées si vagues, si folles, si ridicules » (p. 142), mais un état antérieur du texte portait « des idées si vagues, si *obscènes*, si folles »…

La narratrice n'est pas supposée blasée, comme le serait un narrateur libertin, par une expérience vécue qui lui aurait donné tous les codes de lecture des jeux de l'amour et du sexe : la Suzanne qui raconte ne se regarde pas de haut, avec une indulgence amusée. Diderot récuse l'ironie du double registre propre à un certain usage du roman-mémoires, qu'on trouve chez Marivaux, mais aussi, précisément, dans la veine libertine, en particulier chez Crébillon. L'écart temporel et moral entre les deux plans (le temps du vécu et le temps du récit) ne le permet pas : Suzanne n'a *pas changé*, et sa situation non plus, puisque même évadée elle passe d'une prison à l'autre, toujours dans l'angoisse d'une menace latente. C'est pourquoi le texte croise régulièrement les deux sites d'énonciation, celui du présent de la narratrice et celui du passé raconté, ce qui redouble

---

1. « Sa bouche était entrouverte, elle poussa un profond soupir, elle défaillit, et *je fis semblant de croire* qu'elle était morte… » (*Contes et romans*, *op. cit.*, p. 829. Nous soulignons.)

2. Quand Suzanne explique, par exemple, qu'elle n'attache pas d'« idée distincte » (p. 166) aux discours qu'on lui tient, elle retrouve la catégorie des « idées accessoires » analysée par les grammairiens de Port-Royal et dont le philosophe Pierre Bayle, mais aussi Diderot, qui a évidemment lu l'*Éclaircissement sur les obscénités* de ce dernier, se saisissent pour expliquer le fonctionnement de l'obscène : la « gaze » ne garantit rien, au contraire, même, car sa dynamique allusive sollicite le complément imaginaire du lecteur : ce sont les « idées accessoires ».

l'effet pathétique : le récit est parasité par la vie intérieure, émotionnelle, au présent, de celle qui le fait, et la rétrospection tend à s'annuler, parfois au prix de vraies confusions diégétiques, même s'il convient sur ce point de faire la part des circonstances matérielles d'une rédaction au long cours[1]. Dans ce roman revu un peu en catastrophe par un écrivain essoufflé, se heurtent des strates d'intervention dont l'unité n'a pu être trouvée. Diderot est parfois allé un peu vite en besogne pour « lisser » certaines incohérences[2]. C'est ainsi que, revenant sur une phase antérieure d'écriture du texte où Suzanne évoquait sœur Ursule comme encore vivante en la recommandant à la prudence du marquis, alors qu'elle raconte sa mort plus loin, il se contente d'un ajout dont Georges May[3] pointe la maladresse : « Voilà ce que je vous disais alors ; mais hélas elle n'est plus, et je reste seule » (p. 65).

Le passage au présent manifeste la coïncidence du plan de l'histoire vécue et de celui de la narration. Une telle coïncidence, qui n'est pas isolée dans le roman, contrarie la posture du « détachement du mémorialiste[4] ». Les appels au marquis, qui tournent parfois au chantage au suicide, réinvestissent à cet égard le roman-mémoires des techniques de « présence » propres à la forme épistolaire, et que Richardson avait justement soulignées dans la préface de *Clarisse Harlowe* : une lettre, écrivait-il, autorise « une bien plus grande énergie de sentiment et de vie dans le style de celui qui écrit au sein même de sa détresse[5] ». Nous sommes loin de *La Vie de Marianne* de Marivaux, où la narratrice s'amuse de son propre personnage passé

---

1. L'ajout de certains épisodes après coup a nécessité des « raccords » pour préserver la logique du roman-mémoires, qui veut que la narratrice en sache plus que l'héroïne : par exemple, si Suzanne se dit d'abord incertaine de son statut de fille naturelle, puis le révèle en toute certitude, c'est que cet aspect du « roman familial » a constitué une phase d'écriture tardive.

2. Nous en signalons l'essentiel dans les notes. Pour la plus éclatante, et sans doute la plus commentée, qui concerne la lettre posthume de la mère de Suzanne, voir p. 50, note 1. Pour un relevé détaillé, voir les présentations du texte par G. May et R. Mauzi dans leurs éditions respectives.

3. G. May, *Diderot et La Religieuse*, Yale University Press/Paris, PUF, 1954, p. 208.

4. J. Rustin, « *La Religieuse* de Diderot : mémoires ou journal intime ? », dans *Le Journal intime et ses formes littéraires*, dir. V. Del Litto, Droz, 1978, p. 37.

5. Cité par R. Kempf, *Diderot et le roman ou le Démon de la présence, op. cit.*, p. 25. Diderot a lui aussi été très sensible au problème de la distance entre temps de l'émotion et temps de l'écriture. Voir, par exemple, la belle clausule de l'introduction aux *Entretiens sur le Fils naturel*, où se retrouve le motif de la vision de l'artiste : « C'est en vain que je cherche en moi l'impression que le spectacle de

– il est vrai à bonne distance temporelle, comme dans le roman libertin : c'est une vieille femme installée et tranquillement philosophe qui raconte une jeunesse tumultueuse – et assume parfaitement l'artifice de la « coquetterie », là où Suzanne a au contraire soin de le récuser. C'est que Marivaux entend faire explicitement sourire de l'entreprise de séduction, volontiers érotisée, d'un ou d'une narrataire par *une* narratrice, tandis que Diderot doit masquer cette posture équivoque au nom de l'effet pathétique. Même si *La Vie de Marianne* est incontestablement un modèle, *La Religieuse*, à cet égard, est sans doute plus proche des romans-mémoires de Prévost [1].

« JE SUIS UNE FEMME [2] »

Par cette situation rhétorique, Suzanne échappe au type littéraire de la religieuse « libertine » ou galante, qui se révolte contre son incarcération par amour et goût de l'amour. Les points de vue sur l'héroïne donnés par d'autres personnages contribuent à l'image d'une jeune fille étrangère à la sensibilité, mais ces témoignages sont eux-mêmes à prendre avec précaution puisqu'ils relèvent de la sélection narrative – dans le roman-mémoires, non seulement le narrateur raconte ce qu'il veut, mais il oriente les éclairages le concernant en contrôlant de près la parole des autres [3]. Ce qui est ici en jeu, c'est l'accès à une *scientia sexualis* : Suzanne est caractérisée par un comportement très ambivalent à l'égard de la curiosité, voulant et ne voulant pas savoir, que redouble l'ambivalence à l'égard de la jouissance, et cette dualité, qui crée des altérations dans la narration (serait-elle de mauvaise foi ?), manifeste également le pouvoir de la censure imposée aux femmes, en particulier si elles sont religieuses, bien sûr. Si Diderot s'intéresse de près à

la nature et la présence de Dorval y faisaient. Je ne la retrouve point ; je ne vois plus Dorval ; je ne l'entends plus. Je suis seul, parmi la poussière des livres et dans l'ombre d'un cabinet… et j'écris des lignes faibles, tristes et froides » (Diderot, *Œuvres esthétiques, op. cit.*, p. 79).
1. Les narrateurs prévostiens ont tendance à afficher leur désir de sincérité pour mieux opposer la transparence de leur récit à la fausseté supposée d'autrui : c'est le cas de Des Grieux dans l'*Histoire de Manon Lescaut*, de Cleveland dans *Le Philosophe anglais* ou de l'ambassadeur dans l'*Histoire d'une Grecque moderne*.
2. C'est ce qu'affirme Suzanne, p. 98.
3. Voir F. Magnot, *La Parole de l'autre dans le roman-mémoires (1720-1770)*, Louvain, Peeters, 2004.

la destinée féminine, c'est aussi en philosophe matérialiste, dont le dernier ouvrage s'appellera *Éléments de physiologie*. Son essai *Sur les femmes* (1772) l'affirme : non seulement il y a une sensibilité sexuelle féminine spécifique (qui suscite d'ailleurs une ardente fascination), mais elle est d'autant plus susceptible de dévoiements qu'on maintient les femmes dans une coupable ignorance des choses du corps. Diderot réactive alors un motif libertin de la fiction de couvent : rien de tel qu'un directeur de conscience pour apprendre, y compris par le déchiffrement à rebours de ses précautions de langage, ce qui est interdit et dont on ne parle jamais que là, au confessionnal. Le conflit entre Suzanne et la supérieure, qui voudrait l'empêcher de se confesser au père Le Moine [1], est ici original : il manifeste le souci de préserver l'ordre clandestin d'une érotique strictement féminine contre la domination masculine réglant les conditions de l'infamie.

Dans le dispositif de séduction narrative, cependant, Suzanne doit donner des gages de soumission au marquis : elle est « femme » pour cet homme en ce qu'elle exhibe son accord avec la loi symbolique par un discours adéquat sur la supérieure « damnée » : « Quelle femme, M. le marquis ! quelle *abominable* femme !... » (p. 183) [2]. Les discordances de sa voix et de son point de vue tiennent à cette ambivalence fondamentale qui la maintient à la fois dedans et dehors, appartenant au couvent et l'observant avec une sorte de distance clinique. Elle est alors parasitée par la voix de l'auteur, qui la fait curieusement méditer sur « la bizarrerie des têtes de femme » (p. 137) : aucune perspective de solidarité féminine ne peut s'exprimer dans une telle schizophrénie narrative, particulièrement sensible dès lors qu'il s'agit du secret des jouissances homosexuelles. Est-ce un effet des limites idéologiques et culturelles de l'auteur lui-même ? La question, qui a beaucoup occupé un pan des *gender studies*, ne nous semble pas spécialement pertinente : il ne s'agit pas, en effet, de savoir si Diderot (ou le roman) est « homophobe » ou « homophile », car sa perspective anthropologique relève d'un autre partage, conforme aux problématiques des Lumières : celui qui, se manifestant à travers la vie sexuelle,

---

1. L'onomastique est ironique : elle désigne un type, un emploi de roman.
2. Nous soulignons : l'adjectif, comme le registre théologique, signale aussi une évaluation judiciaire. Dans *Le Rêve de d'Alembert* (1769), Julie de Lespinasse demande ainsi à Bordeu d'où viennent les « goûts abominables » des sodomites.

régit l'équilibre entre nature et culture. Certes, tout se passe comme si l'entrée dans le discours de la philosophie, pour une femme, ne pouvait avoir lieu qu'au prix d'une récusation préalable de son *genre* sexué (quand Suzanne commence à réfléchir sur des questions générales qui requièrent alors les philosophes, c'est l'auteur qui parle derrière elle). On verra toutefois plus loin que ce problème est plutôt le résultat d'une recherche de perspective énonciative *universaliste* caractéristique de l'appel des Lumières à l'humanité tout entière : Suzanne est alors un porte-parole.

ESTHÉTIQUE PICTURALE ET ÉROTISATION

Revenons au Diderot, sinon féministe, du moins curieux de la destinée sexuelle féminine. Déjà obsédé par un fantasme d'effraction dans le désir féminin au moment des *Bijoux indiscrets* (1748), ne reprocha-t-il pas à Thomas, auteur d'un éloge des femmes auquel l'*Essai sur les femmes* entend répondre, d'avoir écrit un texte « hermaphrodite », par incapacité à sentir comme elles ? Suivant Suzanne dans le secret des couvents, il s'identifie aussi à une situation de désir, et donne à voir le travail souterrain de la censure sexuelle, en particulier grâce à l'esthétique picturale du roman et à son articulation sur des procédés narratifs de rétention ou d'altération de l'information.

On s'arrêtera sur l'exemple fameux de la scène du goûter à Saint-Eutrope chez la supérieure, où l'altération relève d'une omission (Suzanne ne dit pas tout) incompatible avec la focalisation (elle voit nécessairement tout) : ici, la construction du *tableau* manifeste à la fois l'encadrement des pulsions vitales dans les régulations illusoires d'une harmonie factice (la scénographie se désigne alors comme code à démasquer)[1] et leur débordement (elle révèle le mouvement de la pulsion sous la fausse immobilité de la scène)[2]. Ce moment par excellence de concorde et d'équilibre est significativement inscrit dans l'espace d'un « atelier » (p. 155). Celui du peintre dont l'œil invisible travaille la représentation ? Sans doute, car la scène est

---

1. Suzanne dit d'emblée qu'il est très facile de distinguer les camps, les « ennemies » et les « amies » (p. 156)...
2. Sur cette artificialité du pathétique, voir A. Coudreuse, *Le Goût des larmes*, PUF, 1999, et surtout *Le Refus du pathos au XVIIIᵉ siècle*, Champion, 2001.

en réalité livrée au désir voyeuriste du destinataire, le marquis, par une adresse insistante de la narratrice qui en rappelle l'étiquette d'amateur d'art éclairé : ainsi se crée, à la faveur du point de vue narratif, un effet de « collection » qui rattache la scène à un fantasme libertin d'intrusion dans l'intimité des femmes, retournant le couvent en sérail que parcourt également l'œil curieux du lecteur masculin [1].

Cette prééminence retrouvée de l'homme signale un changement de position de Suzanne : elle offre la scène au narrataire de l'extérieur, dans l'épisode d'élection qui renouvelle le *topos* libertin, fréquemment illustré par les peintres, du « choix de Pâris » (entre trois déesses, pour prix de la Beauté, Pâris choisit Vénus) [2], et où l'héroïne est montrée comme regardée par les autres alors que la supérieure fait le geste qui la consacre favorite. Ce déplacement focal spectacularise Suzanne en tant qu'objet du désir, et on ne saurait s'étonner de le retrouver en maints endroits du récit, surtout lorsque les circonstances permettent d'accentuer le pouvoir esthétisant de la picturalité : par exemple, lorsqu'elle raconte que la supérieure la contemple endormie, ce qui est techniquement malaisé (comment le sait-elle et le voit-elle ?) mais permet d'activer un autre *topos* de la peinture, celui du sommeil surpris d'Endymion [3]. Il y a là un scénario récurrent de mise en vedette compensatoire qu'il convient de rapporter, par contraste, au destin familial de Suzanne : entre les trois sœurs Simonin, elle est la plus belle, mais ne peut pour autant être l'élue. Si Mme Simonin fait porter à sa fille le poids du déni de l'Éros en la retranchant du monde où serait possible sa propre autonomie sexuelle et intellectuelle, Suzanne n'aura de cesse de se placer sous le regard de mères substitutives comme un objet de désir.

Dans l'épisode du goûter, c'est son érotisation qui fait affleurer le trouble du désir sous le vernis du tableau : la supérieure « circul[e] » comme un germe contagieux (p. 157), alors que

---

1. Pour une analyse, en ce sens, de l'épisode, voir Ch. Martin, *Espaces du féminin dans le roman français du XVIIIᵉ siècle*, Oxford, SVEC, 2004, p. 492-493. Sur le traitement libertin du milieu des couvents, voir le Dossier, *infra*, p. 242 *sq*.

2. Ce motif contribue à superposer l'espace du sérail à celui du couvent ; on le trouve notamment au début des *Lettres persanes* de Montesquieu.

3. Sur ces jeux de regard captateur, la critique a souvent fait le parallèle avec les commentaires, qu'on lira avec profit, de Diderot dans les *Salons* de 1765 et 1767 sur les tableaux représentant *Suzanne et les vieillards* : ils donnent une résonance particulière au choix du prénom de l'héroïne...

cette métaphore médicale a déjà largement innervé l'épisode de Saint-Eutrope [1], exprimant indirectement la part de l'attirance amoureuse et sexuelle dans les rapports entre les religieuses : Suzanne évoque ainsi la « maladie » de la supérieure pour désigner ce qui est en réalité une manifestation physiologique parfaitement claire de sa jouissance (p. 142), et c'est aussi à la faveur d'un fantasme de contagion que se trouve manifesté l'amour oblatif de la sœur Ursule pour l'héroïne à Longchamp [2]. Ici, des indices spatiaux d'un déséquilibre profond sont disséminés, dans le cadre général d'une chorégraphie en apparence sans heurts : Suzanne est la seule à ne pas travailler (elle le répète d'ailleurs), et pour cause, puisque sa « place », un instant usurpée par une autre religieuse tandis qu'elle va ouvrir à la sœur Thérèse, est « au bord du lit » et entre les jambes de la supérieure (p. 157), où le relais semble décidément bien assuré : si on lit attentivement cette fin de scène, on relève en effet le trouble érotique de la supérieure – les yeux clos, signe déjà vu –, et on peut se demander dans quelle mesure il n'est pas le résultat d'une très tangible intervention de la « remplaçante » temporaire de Suzanne...

La rétention d'information narrative porte précisément sur ce moment où Suzanne s'est détournée : quand elle revient, elle constate une « distraction » chez la supérieure (p. 157), et l'on sait que le mot désigne ailleurs l'état orgasmique. Mais nous sommes dans le régime de l'allusif, de l'indirect : la narratrice se garde bien de préciser ce qu'elle est réellement en mesure de voir. Au lecteur à mettre en série les divers tableaux de la vie conventuelle et à repérer les rappels lexicaux ou thématiques qui permettent de mobiliser des interprétations « ésotériques » de phénomènes « exotériques » : c'est ainsi que la scène du goûter apparaît comme une sorte de ballet des places à prendre ou à perdre, qui trouve sa signification sexuelle essentielle dans la scène où Suzanne semble découvrir que Thérèse craint « qu'[elle] ne lui ravisse la *place* qu'elle occupait dans les bonnes grâces et l'intimité de la supérieure » (p. 131). La « place » évoque la position de pouvoir symbolique, que marque l'épisode du goûter, mais aussi une « intimité » qui, dans ce

---

1. Voir, sur ce point, les remarques éclairantes de T. Belleguic dans « Suzanne ou les avatars matérialistes de la sympathie : figures de la contagion dans *La Religieuse* de Denis Diderot », art. cité.
2. Suzanne exprime en effet la crainte d'avoir donné son mal à son amie.

contexte, est de nature érotique. Le sens concret de l'emplacement physique, de la position spatiale, qui organise les équilibres du « tableau d'atelier [1] », se charge d'une connotation sexuelle : la « place », c'est bien aussi la *posture* érotique.

LA DUPLICITÉ DU ROMAN

On tient là une belle illustration de la poétique de la « gaze », qui jette un voile sur la réalité licencieuse que la bienséance exige de ne pas restituer littéralement. On peut, dans *La Religieuse*, attribuer plusieurs fonctions à cette « gaze ». D'abord, l'écriture romanesque suit la dynamique des détours de la censure par où s'affiche une énergie vitale mais, dans le contexte claustral, déformée, déguisée comme le sont les manifestations de l'inconscient. Faussement statique [2], la scène du goûter saisit des corps en mouvement, soumis à un régime souvent intensif de circulations d'affects et de somatisations : c'est là que la picturalité, comme dans les *Salons*, croise l'intérêt du philosophe matérialiste et bientôt physiologiste qu'est Diderot pour l'énergie des flux vitaux et les pathologies de l'Éros [3]. La représentation « latérale » des pulsions sexuelles qu'il est impossible d'exprimer littéralement repose sur des usages de la langue dont le statut est variable : quand la supérieure lesbienne utilise le verbe « aimer » pour évoquer devant Suzanne ses relations avec ses religieuses, il s'agit d'une « gaze » de précaution qui manifeste un usage *libertin* de la langue : comme chez les roués de Crébillon, « aimer » veut dire « désirer », voire consommer

---

1. Notons ici que le motif de l'atelier du peintre peut constituer un sujet topique de la peinture de « petit genre » galant : dans *Les Débuts du modèle* (1772) de Fragonard, le peintre examine nonchalamment la jeune fille que lui présente une « mère » possiblement maquerelle en soulevant son jupon à l'aide d'un bâton (!). La dramaturgie de la scène de *La Religieuse* entretient une trouble proximité à ce scénario : Suzanne (re)présente Thérèse à une supérieure nonchalante (et maîtresse de « l'atelier », comme le peintre) qui doit en (ré)évaluer le potentiel – tous les potentiels...

2. J.-M. Apostolidès définit le tableau comme « une représentation figée d'attitudes qui facilite la circulation des émotions. [...] Le tableau est moins figé qu'il n'évoque par avance un procédé cher au cinéma, l'arrêt sur image » (« *La Religieuse* et ses tableaux », *Poétique*, 137, 2004, p. 74). Il nous semble cependant que Diderot joue plutôt avec les possibilités de suggestion de *ce qu'on ne verra pas* dans les interstices entre le statique et le dynamique.

3. Sur ce point, voir le Dossier, *infra*, p. 249 *sq*.

l'acte sexuel. Suzanne, en revanche, doit être posée comme extérieure à cet ordre du libertinage[1].

Résultat : nous lisons tout de même à la fois un roman de la vertu malheureuse et un roman ironiquement tourné vers les modèles libertins. Cette duplicité procède d'exigences contradictoires : comment faire désigner une infamie par quelqu'un qui n'est pas censé savoir ce qui est bien ou mal en matière de sexe ? C'est sans doute animé par le goût du persiflage et des discours à double entente qui l'ont tant amusé en 1760 que Diderot place dans la bouche de Suzanne un langage de l'ambiguïté, colorant assez cruellement, en particulier, ses questions soi-disant naïves dans nombre de scènes dialoguées avec la supérieure : « Ah ! Chère Mère, serais-je assez heureuse pour *avoir quelque chose* qui vous plût et qui vous apaisât ? » (p. 134)[2]. Il arrive même que la question prenne la forme éventuellement agressive de l'interrogatoire : « Eh bien, que vous suis-je ? que m'êtes-vous ? » (p. 147).

Dans ces cas précis, l'énonciation manifeste la polyphonie de l'énoncé, adressée aussi bien au lecteur-spectateur (et à son double fictif, le marquis) au titre d'une complicité dans le persiflage de la pauvre supérieure. Regardez comme je la maintiens à distance, et comme elle souffre, semble dire le texte : car l'un des signes irréfragables de la misère conventuelle qui indigne si fort le philosophe éclairé, c'est la méchanceté sadique, le goût de nuire, justement saisis au cœur de la pulsion érotique. Si la *doxa* philosophique du roman, comme on le verra ci-après, est constituée par la promotion de la valeur de sympathie (avec son cortège terminologique positif : sensibilité, humanité, bonté, pitié, etc.), elle se trouve singulièrement parasitée par la souterraine noirceur de la haine de soi et de l'autre, sous les dehors lisses de l'onction religieuse. Quoi qu'elles proclament[3], les héroïnes du roman ne peuvent réaliser dans l'investissement libidinal leur soi-disant vertu de compassion : elle se renverse

---

1. Les seules occurrences de « libertin » concernent la fin du roman : la supérieure est dite « libertine » par Le Moine, et les mauvais lieux où se retrouve Suzanne évadée sont « libertins » (p. 164 et 191).

2. Nous soulignons : il y aurait beaucoup à dire sur le choix du neutre *via* le déterminant indéfini et l'incertitude sur la fameuse « chose » qu'on a ou qu'on n'a pas.

3. « Je suis naturellement compatissante », affirme Suzanne (p. 173), qui vient précisément d'éconduire la supérieure sans ménagement aucun.

en agressivité possessive. Dans son célèbre commentaire du passage où Mme *** réagit avec une douloureuse emphase au récit du martyre de Suzanne, Leo Spitzer, soulignant les rapports entre perversion érotique et hypocrisie, a montré que cette réception pathétique n'était que la parodisation de la cruauté effectivement exercée à Longchamp sur Suzanne : le « blason » de la supérieure énumérant les parties du corps tourmenté laisse percevoir l'envahissement de la pitié par une jouissance suspecte, où Suzanne se retrouve soumise à des caresses publiquement compassionnelles et, secrètement, de l'ordre du viol fantasmé [1].

Un mot d'ordre semble émerger de tout cela : ne pas s'y fier ! *La Religieuse* est travaillée dans deux directions opposées que Diderot s'efforce de rendre complémentaires. D'un côté, il cultive le pathétique sérieux nécessaire à un certain type d'adhésion du lecteur, suscitée par la qualité victimaire, si l'on peut s'exprimer ainsi, de l'héroïne ; mais de l'autre, les situations sont données comme trop claires (que dire de la précision clinique dans la description de la jouissance de la supérieure, dans la scène du clavecin ?) pour que l'ignorance de la religieuse ne semble pas suspecte, ce qui entretient chez le lecteur une activité démystificatrice. C'est pour susciter une lecture à distance des épisodes même les plus attendrissants que Diderot a projeté d'exhiber l'atelier de fabrication, à savoir la postface de *La Religieuse*, dont il maintient la dénomination de « Préface » en dépit de sa position, associant l'après-coup du démantèlement de l'illusion à une révélation sur l'origine du roman [2].

Un roman des Lumières militantes : vie privée et « espace public »

Cette conception de l'écriture de fiction renvoie aussi à une interrogation typique des Lumières sur le travail de l'imposture

---

1. « The style of Diderot », dans *Linguistics and Literary History* : *Essays in Stylistics*, Princeton Press, 1948, p. 137-151.
2. Dans leur grande édition des *Œuvres* de Diderot en 1875, Tourneux et Assézat, incertains du statut de ce texte (pièce rapportée ou constitutive de l'ensemble du roman ?), ont proposé l'expression « Préface-annexe », qui a depuis été régulièrement utilisée par la critique. Compte tenu de son caractère ambigu, nous l'évitons ici.

et de l'usurpation dans l'ordre politique et religieux : à cet égard, la conscience critique du lecteur de romans est partie prenante d'une éducation philosophique. Dans la seconde moitié du siècle, la promotion du genre romanesque passe par cette ambition pédagogique, qui suppose de le doter de la noblesse des *savoirs*. La pierre du roman à l'édifice encyclopédiste, c'est la connaissance de l'homme, arrachée au domaine des moralistes et des philosophes. Représenter les passions suppose de les connaître : le romancier de l'*Éloge de Richardson*, nouvel avatar de l'homme des Lumières, est habité en vrai philosophe par une intelligence toute expérimentale de la complexité humaine. La « scène » romanesque manifeste la vigilance intellectuelle de celui qui dévoile le jeu caché des « passions » et autorise une identification toute morale :

> J'avais parcouru dans l'intervalle de quelques heures un grand nombre de situations que la vie la plus longue offre à peine dans toute sa durée. J'avais entendu les vrais discours des passions ; j'avais vu les ressorts de l'intérêt et de l'amour-propre jouer en cent façons diverses ; j'étais devenu spectateur d'une multitude d'incidents ; je sentais que j'avais acquis de l'expérience. [...] Le monde où nous vivons est le lieu de la scène ; le fond de son drame est vrai ; ses personnages ont toute la réalité possible ; ses caractères sont pris du milieu de la société ; ses incidents sont dans les mœurs de toutes les nations policées ; *les passions qu'il peint sont telles que je les éprouve en moi* [...] il me montre le cours général des choses qui m'environnent [1].

Cette définition de l'art du roman, écrite parallèlement aux premières rédactions de *La Religieuse*, en fait l'adjuvant rêvé à l'entreprise philosophique : écrire du destin inique des jeunes gens condamnés au cloître, plonger pour cela dans d'obscures affaires de famille, y saisir le travail de « passions » inavouables, tel est aussi le projet de *La Religieuse*, qui suppose à l'évidence de s'intéresser au monde tel qu'il va, voire d'en dénoncer les abus.

Quand il adresse à Henri Meister le manuscrit de *La Religieuse*, Diderot le présente comme un ouvrage « rempli de tableaux pathétiques » et « à feuilleter sans cesse par les

---

1. *Contes et romans, op. cit.*, p. 898. Nous soulignons.

peintres », à telle enseigne que « *Son pittor anch'io* » y est proposé comme épigraphe idéale [1]. Les grandes scansions de l'intrigue, liées aux différents lieux (toujours carcéraux) que traverse Suzanne, obéissent aussi à un principe pictural de variations chromatiques, jouant en particulier sur le clair-obscur et privilégiant les scènes de nuit [2]. Le délire conventuel se tisse dans les plis inquiétants d'ombres fantastiques qui sont autant de tableaux à travers lesquels l'habileté du romancier construit une illusion de présence et en figure dans la diégèse la puissance de contagion. Car Suzanne elle-même, spectatrice tantôt horrifiée, tantôt méprisante des crises de folie des unes et des accès de terreur superstitieuse des autres – à Longchamp, elle rencontre une jeune religieuse qui s'évanouit de peur à l'idée d'avoir croisé l'incarnation du diable –, est à son tour la victime de cette illusion, dans l'épisode nocturne de l'église à Saint-Eutrope, où elle croit voir Satan en la personne de la supérieure à cause d'un effet trompeur de lumière. L'unité poétique du texte tient notamment à la construction de ce type d'échos, à travers des scènes à lire en miroir, parce qu'elles sont manifestement conçues en diptyque. S'organise ainsi indirectement une idéologie « philosophique », qui passe par ailleurs explicitement dans les insertions dissertatives des mémoires de l'avocat Manouri et des diatribes du père Morel, voire de Suzanne elle-même lorsqu'elle s'en prend à « l'effet de la retraite » (p. 137), adoptant un ton et un style qui, l'arrachant momentanément à sa caractérisation fictive de pure jeune fille déstabilisée par un monde semé de dangers [3], font d'elle un porte-parole du philosophe des Lumières : l'obscurité conventuelle engendre des monstres, la folie des cloîtres révèle le caractère contre-nature de leurs disciplines et de leurs censures, destructives de l'ordre social [4].

---

1. Diderot, *Correspondance, op. cit.*, p. 191. La formule « Et moi aussi je suis peintre », prêtée au Corrège, apparaît dans les *Salons*.

2. Sur cette picturalité, voir en particulier la « Notice » de M. Delon (*Contes et romans, op. cit.*, p. 978-983) et le Dossier, *infra*, p. 258 *sq*.

3. Sur ce changement de « voix », voir C. Duflo, « Suzanne un instant philosophe. Amour, sexualité, violence à la lumière de quelques lignes de *La Religieuse* de Diderot », dans *Amour, violence, sexualité. De Sade à nos jours. Hommage à Svein-Eirik Fauskevåg*, L'Harmattan/Solum Forlag, 2007, p. 43-54.

4. La société est détruite par le célibat monastique : Diderot le dénonce vigoureusement dans l'article « Célibat » de l'*Encyclopédie*. Voir, sur ce thème, le Dossier, *infra*, p. 231 *sq*.

ROMAN ET POLITIQUE

La polyphonie du texte autorise la superposition d'une énonciation « privée » (celle du récit personnel de vie de Suzanne) à une énonciation « publique » (celle qui commande le « roman politique » de la révolte contre les vœux et de la demande juridique de liberté). Le roman s'écrit également à l'horizon d'une réception par ce qu'on commence à appeler « l'opinion publique », dont le philosophe des Lumières se propose l'éclairement : il accueille donc des formes clés du discours militant. Diderot en garde longtemps le manuscrit par-devers lui, dira-t-on : certes, mais s'il est contraint, pour les raisons évoquées plus haut, à rester discret en 1760, c'est à une série d'apostrophes d'un public *rêvé* qu'il se livrera dans la secrète intimité de l'écriture, où il peut aussi jouer à se multiplier. Les emprunts à la rhétorique judiciaire du mémoire ou *factum* d'avocat, du plaidoyer de Dom Morel ou de la diatribe de Suzanne elle-même, font affleurer des sites pluriels et mobiles de l'énonciation philosophique, que Diderot, en vertu d'une compréhensible stratégie d'esquive, mais aussi pour maintenir le libre arbitre d'un lecteur invité à y saisir de lui-même des liens, ainsi qu'entre ces discours et la situation fictionnelle, ne souhaite pas unifier. Le roman y gagne sur deux tableaux. D'une part, il évite la monologie du « roman à thèse ». D'autre part, il accroît son potentiel pathétique d'une charge politique.

Les adresses au marquis relèvent bien de l'esthétique romanesque proposée dans l'*Éloge de Richardson* : elles créent, autour du spectacle de soi, une complicité profonde avec celui qui regarde, constituant la lecture en expérience compassionnelle tenant lieu d'apprentissage et d'exercice [1], par l'imaginaire, de la préférence pour la victime du « vice ». Analysant cette dimension du roman typique du XVIIIe siècle, Jürgen Habermas, dans un ouvrage devenu classique, suggère qu'il fait signe vers un espace de solidarités imaginaires (entre l'auteur, les personnages, les lecteurs) allant vers une possible « publicité » : tout se passe comme si les rapports interpersonnels, manifestés sur

---

1. Diderot définit d'ailleurs le roman, dans ce texte, comme « morale en action ». Le mot « action » peut être entendu au sens de « mise en intrigue » qui structure la réception « morale » du lecteur, en lui proposant une vision du monde orientée par certaines valeurs qui n'existent pas dans la réalité, mais dont il désirera alors la doter.

la scène privée des individus et des familles par un narrateur fortement individualisé, constituaient le paradigme des rapports sociaux dans la « sphère publique bourgeoise », telle que la promeuvent, voire l'idéalisent, les philosophes des Lumières [1]. Ces rapports sont fondés sur les valeurs du sentiment et de la compassion : et ce sont bien celles auxquelles se réfère Suzanne, porte-parole d'une conception affective de la famille (alors qu'on lui refuse l'amour filial) et d'un désir de justice compatissante dans l'ordre social. Sa tragédie *personnelle* mobilise alors des discours d'intérêt *commun* visant à redéfinir le lien social selon le critère « éclairé [2] » d'une aptitude à la fois sentimentale et raisonnée à se vivre comme partie prenante de l'humanité tout entière. Ainsi Diderot définit-il le « philosophe » dans l'article éponyme de l'*Encyclopédie* :

> Mais notre *philosophe* qui sait se partager entre la retraite et le commerce des hommes, est plein d'humanité. C'est le Chrémès de Térence qui sent qu'il est homme, et que la seule humanité intéresse à la mauvaise ou à la bonne fortune de son voisin. *Homo sum, humani a me nihil alienum puto* [3].

Cette « humanité » du philosophe est précisément, on l'a vu plus haut, ce qui manque au monde conventuel, marqué, dans *La Religieuse*, par une cruauté et une violence qui, du temps de Diderot, ne sont pas seulement romanesques. Il appartient au style du mémoire juridique, pièce de procès rédigée par un avocat, d'y faire appel : ces zones discursives [4], qui correspondent aux moments où Suzanne rapporte le contenu des textes rédigés pour la défendre par Manouri, mais aussi à des

---

1. J. Habermas, *L'Espace public. Archéologie de la publicité comme constitutive de la société bourgeoise*, Payot, 1992 [1962], p. 60-65.

2. Critère qu'on peut, comme Habermas, qualifier de « bourgeois », en tant qu'il s'affronte alors à la conception monarchique de la société, fondé sur des rapports hiérarchiques d'ordres, et non sur des rapports « horizontaux » entre individus se vivant d'abord comme membres d'une espèce commune.

3. *Encyclopédie ou Dictionnaire raisonné des sciences, des arts et des métiers*, Paris, 1765, vol. 12, p. 510. La phrase latine se traduit ainsi : « Je suis homme et rien de ce qui est humain ne m'est étranger. » Elle sert régulièrement de slogan aux Lumières : voir M. Delon, « *Homo sum, humani nihil a me alienum puto* : un vers de Térence comme devise des Lumières », *Dix-Huitième Siècle*, 16, 1984, p. 279-296.

4. Il semble difficile de considérer, ainsi que le fait R. Ellrich, la *totalité* du roman comme un mémoire judiciaire (« The Rhetoric of *La Religieuse* », *Diderot Studies*, n° 3, 1961).

pauses dissertatives comme la diatribe de Morel, sont bien dirigées vers un « public » et manifestent le potentiel politique du
litige privé[1], en l'occurrence, une réclamation individuelle
contre des vœux religieux[2]. Sarah Maza a souligné la « fiction-
nalisation » des mémoires judiciaires dans la seconde moitié du
siècle : pour toucher le public, ils empruntent aux techniques
pathétiques du roman, de manière à conférer au cas d'un individu une exemplarité victimaire, comme le fait Voltaire, au
début des années 1760, pour l'affaire Calas ; le destin personnel
et la revendication politique échangent leurs qualités, le motif
de l'innocence persécutée ou du drame familial apparaissant
comme figurations d'un combat contre l'oppression en général,
et en faveur d'un contrat social plus juste[3]. Le roman et le
mémoire se rencontrent naturellement sur le terrain de la lutte
philosophique, pour autant que celle-ci s'identifie partiellement
à l'exercice d'une morale de la sensibilité, tandis que l'art romanesque, modèle de pathétique, se veut aussi un mode d'explora-
tion des passions qui dévoile les impostures et les désirs cachés.
Dans l'*Éloge de Richardson*, Diderot définit ainsi le romancier,
à la faveur d'une célèbre image platonicienne :

> C'est lui qui porte le flambeau au fond de la caverne ; c'est lui qui
> apprend à discerner les motifs subtils et déshonnêtes, qui se cachent
> et se dérobent sous d'autres motifs qui sont honnêtes et qui se hâtent
> de se montrer les premiers[4].

Le romancier n'oublie pas qu'il est aussi un philosophe attaché à démasquer les appareils de tromperie et d'égarement des
consciences, et s'il fait réfléchir son lecteur à l'aisance troublante avec laquelle il se confie au mensonge séduisant de la
fiction, c'est pour mieux l'inviter à suivre Suzanne avec empa-
thie dans son expérience révoltée de cette grande *mystification*

---

1. S. Maza, *Vies privées, affaires publiques. Les Causes célèbres dans la France
prérévolutionnaire*, Fayard, 1977, p. 11.
2. Faisons aussi la part du biographique. Diderot a prêté à ses personnages
(en particulier dans le mémoire de Manouri cité par Suzanne) les mots de son
indignation face à son propre frère, prêtre janséniste intransigeant dont il récusait
le fanatisme. Il est en conflit ouvert avec lui durant la première phase d'écriture
du roman, en 1760 : « L'esprit ne peut acquiescer qu'à ce qui lui paraît vrai ; le
cœur ne peut aimer que ce qui lui semble bon. La contrainte fera de l'homme un
hypocrite s'il est faible, un martyr s'il est courageux. » (Lettre à l'abbé Diderot
du 29 décembre 1760, *Correspondance, op. cit.*, t. III, p. 283).
3. S. Maza, *Vies privées, affaires publiques..., op. cit.*, p. 13-14.
4. *Contes et romans, op. cit.*, p. 899.

sociale et religieuse qu'est le recours aux vœux forcés [1], par la peur et la manipulation, pour se débarrasser d'une progéniture encombrante.

Suzanne tient de son créateur la posture de narratrice défiante à l'égard des couvents, qu'elle refuse absolument de reconnaître comme légitimes du point de vue du sujet libre qu'elle demande à être ; elle est donc aussi la voix qui donne à entendre la facticité des discours disciplinaires du religieux. C'est pourquoi elle peut se fondre par instants dans la rhétorique du *factum*, sorte de « contre-sermon » sécularisant les valeurs morales [2]. L'habileté de Diderot a consisté à ne pas faire de son héroïne un simple personnage-support de l'anticléricalisme, voire de l'irréligion propre à un certain militantisme philosophique, mais plutôt l'incarnation d'un christianisme vertueux – en résonance avec celui du vrai Croismare – qui déteste les « momeries » et autres traits de bigoterie, se défie des impostures, à la façon du Christ de combat chassant les marchands du Temple, et récuse l'autoritarisme du catholicisme dogmatique au profit d'une conception dangereusement émancipée de la foi. Elle se heurte à une supérieure « constitutionnaire », c'est-à-dire favorable à l'application de la constitution *Unigenitus*, cette fameuse bulle papale de 1713 condamnant les propositions d'un théologien janséniste qui a rouvert, pour tout le XVIIIe siècle, la querelle des jésuites (ou « molinistes ») et des jansénistes. La mère Christine est donc du côté de la répression des tendances « jansénisantes » dans les couvents et les monastères.

Suzanne est-elle janséniste ? Cela ferait d'elle une rebelle, car le jansénisme militant de la période est pourchassé, entre autres parce qu'il en appelle au droit à témoigner de sa foi en dehors des cadres prescrits par la hiérarchie ecclésiastique : or, Suzanne se fait confisquer une Bible qu'elle prétend lire seule, de même qu'elle entend ne pas prendre parti dans la querelle des jansénistes et des molinistes, ce qui est une manière de ne pas rejoindre officiellement le « bon » camp. Diderot ne lui fait-il

---

1. Sur ce motif, voir le Dossier, *infra*, p. 235.
2. J.-P. Sermain, « Diderot et l'éloquence religieuse », dans *Nicht allein mit den Worten, Festschrift fuer Joachim Dyck*, dir. T. Mueller, J.G. Pankau et G. Ueding, Stuttgart-Bad Cannstatt, Frommann-Holzboog, 1995, p. 285. L'auteur montre à juste titre que ce transfert rhétorique correspond à un transfert de magistère moral à l'orateur-écrivain des Lumières, non sans que ce dernier préserve l'élément esthétique du religieux comme instrument de la fonction émotive.

pas avouer aussi qu'elle a pu avoir une activité de « factieuse » ? Son recours à un avocat, son origine sociale même (un père avocat de la petite bourgeoisie) l'identifient comme de milieu et d'habitudes jansénisants : le mouvement recrute largement dans cette profession, et se distingue rapidement par sa capacité aux mobilisations judiciaires. C'est lui qui, dès les années 1720-1730, commence à populariser la littérature publique des mémoires et autres *factums*.

FOLIES DU CLOÎTRE ET DE LA CROIX

L'enjeu est cependant ici moins l'identité idéologique et religieuse précise de Suzanne, en réalité fuyante, que ce qu'elle permet de suggérer des fonctions « philosophiques » du personnage : le sens de la contestation et la capacité à la démystification[1]. Comme « factieuse » récusant le fanatisme, elle porte le flambeau dans la caverne du couvent, et découvre des passions secrètes, qu'elle voudrait « déshonnêtes » (p. 84), à l'œuvre derrière les apparences. Diderot se sert aussi de son héroïne comme d'un anneau de Gygès : observatrice critique et mobile, elle organise les indiscrétions ouvrant les murs fermés de l'institution monastique, semblable, à cet égard, à l'Asmodée du *Diable boiteux* de Lesage et même au Mangogul des *Bijoux indiscrets*. Après tout, il s'agit bien toujours de faire entendre ce que disent les sexes féminins. Le matérialisme diderotien articule ici le militantisme des Lumières à un discours sur le droit à la sexualité et contre la répression organisée par le couvent. Défini comme une contre-société, celui-ci pose pour le philosophe la question de tout ordre collectif en tant qu'il parvient, ou non, à articuler la destination sociable de l'homme à la naturalité de sa vie instinctuelle. La socialité conventuelle, qui ne le permet pas, et même qui l'interdit, est monstrueuse. Les vœux exigent une discipline, lit-on dans le roman, tellement en dehors de la « nature » qu'elle ne peut convenir qu'à des « créatures mal organisées » (p. 101), formulation typique du vocabulaire

---

1. De ce point de vue, Suzanne défend en général le droit à disposer de soi-même ; elle ne peut être motivée par un désir amoureux contrarié. Diderot semble s'être beaucoup souvenu de Brunet de Brou, *La Religieuse malgré elle. Histoire galante, morale et tragique* (1720), non pas pour les évasions multiples de Florence, l'héroïne, en compagnie de ses amants, mais parce qu'elle réclame officiellement, quoique en vain, contre ses vœux.

matérialiste. Les autres entrent en résistance, au risque d'en mourir : la supérieure de Saint-Eutrope n'est pas tant monstrueuse par sa nature, qu'elle ne le devient sous la pression qu'inflige à ses penchants le système carcéral du couvent [1].

Le style du mémoire retrouve l'horreur fascinée devant les discordances du corps et de l'esprit sous la pression d'une religiosité mal entendue : à en croire certains contemporains, l'une des sources d'inspiration de Diderot serait les *Causes célèbres et intéressantes* de Gayot de Pitival (1734-1743), en particulier l'affaire des « possédées » de Loudun, et Jean Sgard a rappelé que l'hystérisme qui fascine Diderot ouvre sur des représentations d'états physiques extrêmes qui font écho à un autre aspect du jansénisme, les « convulsions [2] ». Diderot a été troublé par les délires des « convulsionnaires » jansénistes : ces croyants (surtout des femmes) ont commencé à se distinguer en 1730 sur la tombe du diacre Pâris, lieu de dévotion populaire intense du Quartier latin, à Saint-Médard, d'abord par des guérisons miraculeuses, puis par des manifestations physiologiques impressionnantes de convulsions, avant que le mouvement dégénère en pratiques mortifiantes de plus en plus extrêmes. Il s'est souvenu à l'évidence de ces expériences pour écrire *La Religieuse*, d'autant que, lorsqu'il commença, en 1760, une affaire défrayait la chronique : durant la semaine sainte fut arrêté l'avocat Pierre de la Barre, au domicile duquel se pratiquaient clandestinement des séances de crucifixions [3].

Diderot a saisi dans le couvent un *locus hystericus*, un milieu expérimental idéal de mise en évidence de la folie, dont il a pu trouver un modèle, au-delà de sa dimension érotico-libertine, dans le classique *Vénus dans le cloître ou la Religieuse en*

---

1. L'orientation sexuelle de la supérieure de Saint-Eutrope relève dans cette économie d'une perversion suscitée, et non d'une perversion native, parce que ce serait une contradiction dans les termes : la perspective philosophique du texte fait le départ de l'inné et de l'acquis pour mieux saisir le travail de « torsion » et de déformation que la *culture* disciplinaire impose despotiquement à la « nature », au regard de laquelle, pour le matérialiste, il n'y a ni bien ni mal, ni perversion ni transgression.

2. « La beauté convulsive de *La Religieuse* », dans *L'Encyclopédie, Diderot, l'esthétique. Mélanges en hommage à J. Chouillet*, PUF, 1991.

3. Il n'est pas indifférent de noter l'importance de ce calendrier dans le roman. On peut en outre superposer à ce contexte le souvenir de la sœur religieuse morte folle, Angélique, mais surtout songer à l'identification christique, qui joue un rôle si important dans le roman.

chemise (1683)[1]. Les femmes enfermées entre elles seraient exemplairement soumises à une irritabilité pathologique. La déraison a plusieurs visages dans *La Religieuse* : celui de l'inspirée (Mme de Moni) ; celui de la fanatique (mère Christine) ; celui de la maniaque sexuelle (Mme ***, supposément la plus obscène et donc la seule à rester anonyme) ; celui de la mélancolique (Ursule) ; sans parler des crises de nerfs de Suzanne, faisant écho à l'ombre passagère de telle folle hurlante. Le couvent, comme plus tard la prison moderne analysée par Michel Foucault, se veut fabrique de « corps dociles[2] », mais le romancier, en philosophe des Lumières, privilégie les représentations des résistances vitales à cet enrégimentement, y compris sous la forme de délires qu'il perçoit comme de véritables manifestations cliniques du refoulé. Ainsi, quand Suzanne parle de « maladie », il ne s'agit peut-être pas seulement de faire flotter la gaze métaphorique sur l'évocation de cet *indicible* du désir féminin que serait la circulation homosexuelle, mais bien aussi de formuler le discours philosophique sur le mode du *diagnostic*, de manière à faire entendre dans le texte la modalité du souci de réforme des mœurs.

Dans le dialogue du *Rêve de d'Alembert*, cette voix philosophique sera très logiquement, du point de vue du matérialisme expérimental, celle du médecin, Bordeu, parce qu'il est celui qui peut énoncer comme une valeur sociale la loi de la santé des corps : « Je veux qu'on se porte bien, je le veux absolument, entendez-vous[3] ? » L'apostrophe adressée à Julie de Lespinasse concerne ici le droit à la sexualité comme à un besoin vital, quel qu'en soit le genre, et ce droit est défini dans le texte comme une condition de l'harmonie sociale. Or en l'écrivant, Diderot s'est fait écho à lui-même, puisque tel est aussi le souhait de la mère de Moni, la seule « bonne » supérieure : « Elle voulait que ses religieuses se portassent bien et qu'elles eussent le corps sain et l'esprit serein » (p. 51)[4]. Inversement, le dérèglement lié à la

1. Voir sur ce point J. Sgard, « Diderot et *La Religieuse en chemise* », *Recherches sur Diderot et l'Encyclopédie*, 43, 2008, p. 49-56.

2. M. Foucault, *Surveiller et punir. Naissance de la prison*, Gallimard, 1975, p. 137.

3. Diderot, *Le Rêve de d'Alembert*, éd. C. Duflo, GF-Flammarion, 2002, p. 173.

4. Diderot a placé dans la bouche de son personnage une célèbre formule de la dixième des *Satires* de Juvénal qui définit la sagesse comme capacité à une demande mesurée et simple : la santé du corps et de l'esprit. La mère de Moni est donc bien ici une figure de « philosophe ».

claustration se manifeste dans la politique interne des mauvaises supérieures. Si la mère Christine est du côté de la macération et de la haine du corps, elle n'a pas non plus grand soin de ses religieuses, à en juger par le destin de la malheureuse sœur Ursule : « Je voulais qu'on la mît à l'infirmerie, qu'on la dispensât des offices et des autres exercices pénibles de la maison, qu'on appelât un médecin, mais on me répondait toujours que ce n'était rien » (p. 115). Ce « on » n'est pas ici caméléon : Suzanne dit bien qu'elle a porté ses instances à la supérieure, qui manifeste une répugnance pour le corps médical tristement révélatrice [1].

L'ARME SATIRIQUE

La lettre à Meister de 1780 évoquée plus haut souligne fièrement qu'on n'a « jamais écrit une plus effrayante satire des couvents [2] ». La folie résulte en effet aussi de la manipulation religieuse d'esprits faibles : le roman démonte les causes et les effets d'une véritable politique de la peur [3]. Son autre cible satirique est, selon le mot du père Séraphin à la malheureuse Suzanne, « l'intérêt » (p. 31). C'est peu dire que *La Religieuse* est tissée de sombres histoires d'argent témoignant du désordre des familles et de l'organisation injuste de la société. L'adultère de la mère et les âpres conflits, nourris par de mauvaises stratégies d'alliances, autour de l'héritage des Simonin, sont autant de crimes domestiques dont profite l'Église. Cette dernière est si peu étrangère au sens des affaires que même une supérieure aussi évaporée que celle d'Arpajon peut encore songer à récupérer la dot de Suzanne, laissée au couvent de

---

1. Voir le dépit affiché par cette dernière lorsque le médecin qui soigne Suzanne épuisée par les mauvais traitements annonce qu'elle « s'en tirera » (p. 113). On notera que Diderot a passé sous silence le fait que Saint-Eutrope accueillait, dans les faits, un ordre soignant, qui s'occupait des malades de l'hôpital annexé au monastère : il faut en sorte que tous ses couvents soient marqués du sceau de *l'inutilité sociale* et de son corollaire, l'absence de bienfaisance et de souci sanitaire.

2. Diderot, *Correspondance, op. cit.*, p. 191.

3. Les religieuses en proie aux terreurs sataniques sont dignes de l'univers baroque des *Histoires tragiques* de François de Rosset (1614-1619), où la visée édifiante passe par une explication des fureurs du cloître en termes de possession par le malin : voir *Des horribles excès commis par une religieuse à l'instigation du diable*. Mais on comprend que, dans la perspective matérialiste et critique de Diderot, la folie furieuse ne peut recevoir une explication « magique ».

Longchamp ! Il est vrai qu'elle a sans doute pour cela des motifs moins nobles que ceux dont elle se pare : le lecteur sait déjà qu'elle a été jadis pensionnaire en compagnie de la mère Sainte-Christine et qu'elles ne se sont guère entendues. Une rivalité personnelle est aussi en jeu, avec une composante possiblement érotique : en témoigne la concurrence symbolique autour de Suzanne, où l'argent investit, comme de juste, la sphère libidinale.

L'« aliénation » de l'héroïne, selon un mot clé du roman [1], est à entendre en tous sens : suscitation de la folie, privation d'entendement propre et privation d'autonomie économique, réduction à un statut de marchandise, sortie de la sphère des sujets humains pour passer à un état de minorité superlatif, celui du « tombeau » monacal. L'article « Religieux » de l'*Encyclopédie* permet d'associer cette métaphore à une condition juridique précise : les religieux « sont morts civilement du moment de leur profession, et conséquemment incapables de tous effets civils ; ils ne succèdent point à leurs parents, et personne ne leur succède [2] ». Dans cette société d'Ancien Régime où l'individu n'existe réellement que pris dans le poids du lignage, du « pays » et de tout un réseau d'appartenances et de solidarités verticales qui déterminent son trajet et sa condition, la fascination ambiguë qu'exerce la figure du religieux ou de la religieuse tient en large part à ce statut d'étrangers au monde qui fait d'eux des parias sociaux. Mais si on est « résolu à disposer [d'elle] sans [elle] » (p. 22), c'est aussi que Suzanne est entourée de mères indignes qui la font circuler comme un placement avantageux d'un couvent à l'autre, le premier de ces placements étant une assurance sur la vie éternelle : Suzanne paie (de sa personne) pour la faute d'une génitrice qui entend acheter son paradis en se débarrassant de sa fille. L'un des coups de génie du roman est bien d'avoir articulé le dispositif de séduction narrative à ce drame de famille : la narration manifeste le travail de récupération de l'amour dans la manière dont elle fabrique des scénarios de favoritisme systématique.

Mais s'il laisse ainsi entrevoir la duplicité du geste d'affirmation d'un « moi » qui ne perd pas de vue son amour-propre, voire sa vanité, le roman oppose la voix du désintéressement universaliste à celle de l'égoïsme. D'une manière générale, *La*

---

1. Voir Dossier, *infra*, p. 241 et 255.
2. *Encyclopédie*, Paris, 1765, vol. 14, p. 78.

Religieuse se démarque des « romans de couvent » en ce que Diderot y a représenté une révolte dont les motivations relèvent de l'affirmation plénière d'un sujet en quête d'autonomie : sujet affectif (le statut de l'enfant dans l'économie familiale), sujet du droit (la possibilité judiciaire de faire appel d'une décision le concernant), sujet intellectuel (la liberté de penser), sujet de désir (la liberté d'entendre et de jouir de la nature). Face à une coalition d'*egos* inaptes à accepter la liberté d'autrui et lui imposant la logique de leurs passions personnelles, Suzanne, cette religieuse dont Diderot n'a pas voulu que l'insurrection ressortisse du mobile anecdotique et intéressé de la déception amoureuse, échappe symboliquement à l'ordre de ces passions pour mieux porter la parole de refus d'enrégimentement sur le terrain de la raison et du bonheur humain. On comprend ainsi pourquoi, chez Diderot, écrire un roman *philosophique* suppose de ne pas écrire un roman *libertin*.

DESTINS DE SUZANNE

Reste que l'équilibre du roman tient à une double orientation : d'un côté, le combat des Lumières et la demande universaliste de liberté ; de l'autre, une histoire fortement individualisée, qui donne sa chair à l'abstraction militante, de quête identitaire grevée par le tabou de l'origine. Sarah Kofman [1] a naguère suggéré qu'on pouvait lire *La Religieuse* à la lumière du concept freudien de « roman familial » : le parcours de Suzanne est contrarié par un enfermement qui la frustre de son scénario d'enfant trouvé, ébauché au début du texte dans la demande sur l'identité du vrai père. Ne relèverait-elle pas alors plutôt du modèle de la « bâtarde » ? D'après Marthe Robert, « il n'y a que deux façons de faire un roman : celle du Bâtard réaliste, qui seconde le monde tout en l'attaquant de front ; et celle de l'Enfant trouvé qui, faute de connaissances et de moyens d'action, esquive le combat par la fuite ou la bouderie [2] ». Ce « Bâtard » s'incarne, selon elle, dans les grandes figures conquérantes du roman du XIXᵉ siècle, comme Julien

---

1. « Séduction, essai sur *La Religieuse* de Diderot », *Séductions. De Sartre à Héraclite*, Paris, Galilée, 1990, p. 9-60.

2. M. Robert, *Roman des origines et origines du roman*, Gallimard, 1972, p. 74.

Sorel ou Rastignac. Certes, Suzanne renverse bien la censure familiale en attitude combative pour faire entendre ses droits, mais elle est tout de même assez éloignée de pareils modèles : la « place vide » de son origine (sur laquelle on refuse de l'éclairer) n'est comblée par aucun récit de soi vraiment fonctionnel, c'est-à-dire susceptible de s'imposer socialement, là où la Marianne de Marivaux, par exemple, parvient à faire reconnaître aux autres son roman familial, à savoir sa foi proclamée en ses origines nobles, ce qui lui permet de gravir l'échelle sociale.

Suzanne, au contraire, est vite marquée par la passivité, signe de l'efficacité disciplinaire de l'institution conventuelle. Elle en observe les progrès en elle avec un certain effroi, faisant la liste des possibles en matière d'action auxquels elle renonce : le suicide, la mise à feu du couvent [1]. Christophe Martin suggère de voir dans l'inadaptation permanente de Suzanne au monde et son immobilisme claustral un désir régressif de retour au ventre maternel [2]. On peut, de fait, être attentif à la circularité du roman, qui enserre l'héroïne dans l'étouffante clôture de deux carrosses piégés : celui où elle affronte sa mère jusqu'à en être frappée au sang, et le « fiacre » dans lequel a lieu la tentative de viol crapuleux par le bénédictin. Le scénario de fantasme du roman oscille, à cet égard, entre modalité pathétique et modalité sadique, au service d'une insistance sur le *continuum* de l'enfermement : *La Religieuse*, c'est l'histoire de quelqu'un qui *ne s'en sort pas*. Ainsi la réalité conventuelle s'inscrit-elle dans un temps immobile, répétitif, où s'enlise la variabilité accidentelle de la vie [3].

---

1. Topiques romanesques, là encore : c'est ce que n'hésite pas à faire la religieuse « possédée » de François de Rosset (voir *supra*, p. XLIV, note 3). Dans une nouvelle de Rétif de la Bretonne contemporaine de la première parution de *La Religieuse*, c'est le frère de l'héroïne qui prévient abruptement sa mère de son intention de délivrer sa sœur adorée : « Madame, je n'ai qu'un mot à dire : ou ma sœur sera libre, ou je mets le feu au couvent » (*La Religieuse par force*, dans *Les Contemporaines*, XI-XII, Slatkine Reprints, 1988, p. 14). Le frontispice de 1782 représentait l'héroïne se donnant la mort publiquement à l'aide d'un stylet au moment de la cérémonie des vœux : suicide « militant », dans une posture à l'antique, cependant éloigné dans son esprit des obsessions morbides de la mélancolique Suzanne.

2. *Espaces du féminin dans le roman français du XVIIIe siècle, op. cit.*

3. De là, aussi, les oscillations, parfois abruptes, entre mode singulatif et mode itératif, même si elles sont en partie attribuables aux conditions elles-mêmes heurtées de la gestation du roman.

La précarité maintenue de la situation de Suzanne est néanmoins balancée par une insistance fascinée sur sa solidité physique et sa fermeté d'esprit redoutable, au milieu de l'ardente galerie des vierges folles à laquelle son créateur ne se résout pas à l'abandonner totalement. Cette résistance lui donne tout de même droit à une place parmi les héroïnes énergiques de Diderot [1]. Comme il l'écrira dans le *Supplément au Voyage de Bougainville*, « ces frêles machines-là renferment quelquefois des âmes bien fortes [2] ». Face aux violences que le couvent inflige aux besoins vitaux, Suzanne incarne « le désir de vivre lui-même [3] » en tant qu'il illustre aux yeux du matérialiste conséquent la commune appartenance à l'espèce humaine. Ce désir ne résiste pourtant pas à la sortie du cloître et de l'habit, seconde peau ou nouvelle tunique de Nessus qu'il est mortel de s'arracher [4]. Le contraste entre une humaine condition désespérément revendiquée et la brutalité de l'exclusion du monde, dont le symbole le plus patent est un vêtement fait pour dissimuler le charme et supprimer l'identité individuelle, nourrit, au XVIIIe siècle, un imaginaire pathétique de la victime immolée imprégné d'une tendresse ambivalente : entre protection paternaliste et attirance érotique, il satisfait aux exigences moralisatrices de la sensibilité typiques de la fin du siècle, tout en s'insinuant dans les plis de l'habit-tombeau en inavoué voyeur. Louis Sébastien Mercier, qui fut l'un des disciples du Diderot théoricien de l'art dramatique, en fournit un exemple très représentatif :

> Je n'ai jamais vu une religieuse placée derrière une grille de fer sans la trouver souverainement aimable ; il n'y a point d'ornement qui vaille cette guimpe. Ce voile, ces habits lugubres, la mélancolie de leurs regards, qui dément leur parole ordinairement vive et précipitée ; l'impossibilité de changer leur état, le sentiment que tant de charmes sont perdus, et que le soupir de l'amour malheureux sera

---

1. Comme Mme de La Pommeraye dans une des célèbres histoires insérées de *Jacques le Fataliste*.
2. *Contes et romans, op. cit.*, p. 552.
3. C. Duflo, « La nature pervertie. L'analyse des passions dans *La Religieuse* de Diderot », dans *De Rabelais à Sade. L'analyse des passions dans le roman français de l'âge classique*, dir. C. Duflo et L. Ruiz, Publications de l'université de Saint-Étienne, 2003, p. 88.
4. Voir la scène de crise où, face à la supérieure de Longchamp, Suzanne ôte violemment sa coiffe et hurle son horreur de la tenue monastique.

éternel dans leur cœur ; tout m'attriste devant la barrière impénétrable que rien ne peut briser. Quand je m'éloigne, je sens avec amertume qu'il n'est point au pouvoir d'un mortel d'adoucir les maux de ces infortunées [1].

Le texte de Mercier présente à la fois les signes de l'impatience réformatrice des Lumières, qui débouchera sur la suppression des ordres monastiques sous la Révolution, et ceux de la perception romantique du personnage sublimé de la religieuse, mais il reste étranger à la nature particulière du trouble sexuel qui baigne le roman de Diderot [2], dont la sensibilité baudelairienne, en revanche, fixera pour longtemps l'obsédante noirceur, au risque de dissoudre le roman des Lumières dans celui des « femmes damnées » et « impures », complices de la mélancolie du poète :

> L'œil plus noir et plus bleu que la Religieuse
> Dont chacun sait l'histoire obscène et douloureuse [3].

Les vers baudelairiens sont à prendre à la lettre : au XIXe siècle, *La Religieuse* fait partie de ces œuvres inavouables que la pudibonderie du temps censure, que les tribunaux même condamnent régulièrement, mais que tout le monde lit. Diderot, romancier obscène, philosophe athée et matérialiste, est à peu près aussi délicat à évoquer que Sade, ce qui n'empêche pas, bien au contraire, que dès sa publication imprimée, *La Religieuse* connaisse de multiples éditions et traductions, en France et dans toute l'Europe. C'est d'ailleurs la traduction anglaise, dès 1796, par l'éditeur Buisson, qui inspire l'imaginaire du roman gothique au début du XIXe siècle. Mais ce sont bien surtout les moiteurs suspectes de l'érotisme conventuel qui attirent et révulsent les consciences bourgeoises modernes, jusqu'à l'épisode navrant de la censure du film de Jacques Rivette, *La Religieuse* (1966), privé de visa d'exploitation après

---

1. L.S. Mercier, *Tableau de Paris, op. cit.*, t. II, p. 79.
2. En 1783, il n'aurait pu le lire que dans la *Correspondance littéraire* (ce qui n'est pas impossible, du reste, si on lit la fin du texte, qui fait écho au roman (p. 83) : « Voilà ce que fait la profonde retraite. Toutes les passions s'y corrompent ; l'orgueil y prend un caractère encore plus dur. Point de milieu dans ces murs solitaires ; c'est là que l'âme s'anéantit, ou qu'elle monte au plus haut niveau de perversité »).
3. Baudelaire, « À Sainte-Beuve » (1844), *Œuvres complètes*, éd. C. Pichois, Gallimard, « Bibliothèque de la Pléiade », 1975, t. I, p. 207.

sa projection à Cannes : on s'émouvait alors des scènes éro-
tiques, plus encore que de la mise en images de la violence.
Rivette ne représenta son film, en 1967, qu'au prix de diverses
précautions, dont un changement de titre lui retirant toute
inscription dans une actualité subversive en faisant retour vers
l'origine : *Suzanne Simonin, La Religieuse de Diderot*. Restent
le visage fermé et le jeu inquiétant d'Anna Karina, icône de la
Nouvelle Vague dont l'angélisme glacé et décalé, à l'instar de
la Jeanne d'Arc de Robert Bresson interprétée par Florence
Delay [1], leste du poids des révoltes de la jeunesse soixante-
huitarde et de leur désir d'absolu le théâtre d'ombres de
Diderot.

Florence LOTTERIE.

1. Robert Bresson, *Le Procès de Jeanne d'Arc*, France, 1962.

NOTE SUR LE TEXTE

L'histoire du texte de *La Religieuse*, dont la rédaction s'est étendue sur vingt-deux ans, entre le début de l'année 1760 et le début du printemps 1782, est fort complexe. Bien qu'il s'agisse de la seule œuvre romanesque de Diderot pour laquelle on dispose de plusieurs manuscrits dont un autographe, il est impossible de faire absolument toute la lumière sur les circonstances de sa composition, en raison de la longue durée du processus d'écriture et de correction, mais aussi du caractère partiellement collectif de l'entreprise, au moins au début. La présentation de la présente édition a rappelé l'essentiel des informations utiles à l'analyse des enjeux intellectuels du roman, et nous nous bornerons ici à ce qui doit éclairer nos choix d'établissement et de présentation du texte. La version en général choisie comme base de travail par les éditeurs scientifiques, et qui est aussi la nôtre, est ce qu'il est convenu d'appeler la « copie Girbal » du fonds Vandeul de la Bibliothèque nationale de France. Si la gestation de *La Religieuse* mérite ici qu'on y revienne succinctement, c'est parce que l'enquête philologique révèle combien Diderot a tenu à ce texte et y est revenu de manière presque obsessionnelle, ne cessant jamais de le corriger, jusqu'en mars 1782, date de la dernière livraison à la *Correspondance littéraire*, et au-delà.

Il faut bien garder à l'esprit que *La Religieuse* intègre le résultat de deux séries textuelles, celle de la fausse correspondance réellement adressée en 1760 au marquis de Croismare et celle du « roman-mémoires » de Suzanne Simonin, où la part de Diderot a fini par devenir prééminente [1]. Mais ces deux séries ont subi de profondes transformations au fil du temps, en raison même de leur interdépendance. On n'a retrouvé aucune

---

1. Voir la Présentation, *supra*, p. II-VI.

lettre « authentique » de la mystification initiale (celles qui apparaissent à la fin de la dernière version sont évidemment des copies revues), pas plus que les premières versions du roman, qui a sans doute fait l'objet d'un important travail de rédaction dans le courant des années 1760. Diderot a apporté des retouches jusqu'au dernier moment, comme si, suggère Georges May, il ne parvenait pas à se résoudre à une *Religieuse* achevée, close sur elle-même, et constituant un « tout homogène [1] ». Le fonds Vandeul, ainsi appelé parce qu'il contient les manuscrits de Diderot dont sa fille Angélique, devenue Mme de Vandeul par son mariage, avait hérité, a livré deux manuscrits : un autographe correspondant à la version de la *Correspondance littéraire*, avec des modifications de Diderot, mais comportant de sérieuses difficultés de déchiffrage compte tenu de son mauvais état, et une autre version, sous la forme d'une mise au net par Roland Girbal, un des copistes favoris de Diderot, où apparaissent de nouvelles corrections et, à la fin, le texte intitulé « Préface du précédent ouvrage, tiré de la *Correspondance littéraire* de M. Grimm, année 1760 », qui n'apparaît pas dans la version de 1780-1782 donnée au périodique, mais bien dans la première édition imprimée du roman, parue chez Buisson en 1796, où est préservé ce statut de « postface [2] ». Nous faisons de même ici.

Nous avons privilégié cet état du texte [3] pour fonder notre établissement, en tâchant de préserver autant que possible la ponctuation initiale, sauf cas localisés où elle pouvait heurter la compréhension grammaticale du lecteur moderne. Nous avons aussi corrigé ce qui apparaissait comme des « coquilles » par rapport à la version de l'autographe, de manière à préserver un sens cohérent. Dans la mesure où il existe des éditions scientifiques récentes, très complètes et accessibles en bibliothèque, avec lesquelles il ne saurait être question de rivaliser, nous avons signalé les variantes qui nous ont semblé essentielles à la perception de la logique d'écriture et des visées esthétiques et philosophiques de Diderot, sans viser à l'exhaustivité. On trouvera

---

1. G. May, « Introduction » à *La Religieuse*, dans *Œuvres complètes de Denis Diderot*, Hermann, 1975, t. XI, p. 3.

2. Cette « préface » est donc *intégrée* au roman, elle n'en constitue pas un élément rapporté. Sur la date de 1760, voir p. 196, note 1.

3. Il existe un autre manuscrit à Saint-Pétersbourg, mais dont les corrections procèdent d'une main non identifiée.

en particulier dans l'édition proposée par Jean Parrish [1] une confrontation systématique et détaillée des divers états du texte et des variantes.

Si l'on ignore dans quelle mesure Diderot a été informé, voire – ce qui est plus improbable – complice, de l'insertion du texte de Grimm dans la *Correspondance littéraire* de 1770, il est en tout cas avéré qu'il se l'est approprié, le modifiant pour l'intégrer (non sans en laisser de côté des passages entiers) à la fin du roman, de manière à établir des résonances étroites entre cette matière « réelle » et l'univers de la fiction. Nous avons tâché, dans les notes, de faire apparaître le sens des variantes diderotiennes : d'une manière générale, l'histoire de *La Religieuse*, à cet égard, est aussi l'histoire d'une *concentration des pouvoirs auctoriaux* sur la figure de Diderot, qui aura su « lisser » autant que possible la part des éléments allogènes d'une création qui fut d'abord celle d'un groupe.

REMERCIEMENTS

Il n'est pas possible de clore cette présentation générale sans exprimer ma reconnaissance à celles et ceux qui m'ont été d'une aide particulièrement précieuse dans la préparation de la présente édition. Pour son amical et tutélaire accompagnement, merci à Jean-Paul Schneider ; pour avoir généreusement signalé à mon ignorance telle ou telle référence et parfois inspiré, en commentateurs éclairés, certains développements de la Présentation, merci à Catriona Seth, Érik Leborgne et Jean-Christophe Abramovici ; et, pour sa patience bienveillante et la rigueur impitoyable de ses relectures, merci mille fois à Charlotte von Essen, éditrice.

Florence LOTTERIE.

---

1. *La Religieuse*, éd. J. Parrish, Genève, « Studies on Voltaire and the Eighteenth Century », Institut et Musée Voltaire, 1963.

La Religieuse

La réponse de M. le marquis de C***, s'il m'en fait une, me fournira les premières lignes de ce récit. Avant que de lui écrire, j'ai voulu le connaître. C'est un homme du monde ; il s'est illustré au service [1] ; il est âgé ; il a été marié ; il a une fille et deux fils qu'il aime et dont il est chéri. Il a de la naissance, des lumières, de l'esprit, de la gaieté, du goût pour les beaux-arts, et surtout de l'originalité [2]. On m'a fait l'éloge de sa sensibilité, de son honneur et de sa probité, et j'ai jugé par le vif intérêt qu'il a pris à mon affaire, et par tout ce qu'on m'en a dit, que je ne m'étais point compromise en m'adressant à lui ; mais il n'est pas à présumer qu'il se détermine à changer mon sort sans savoir qui je suis ; et c'est ce motif qui me

---

1. Croismare a été officier dans un régiment royal.
2. Le mot apparaît au XVIIIe siècle. Venu de la peinture, il s'applique par extension aux personnes, mais avec une signification équivoque : « l'original » est celui qui est à lui-même son modèle, mais cela peut faire de lui un être bizarre au regard des normes sociales et morales ; ainsi Diderot prévient-il le lecteur du *Neveu de Rameau* que l'étrange personnage qu'il va lui présenter est intéressant, à condition que « son originalité ne vous arrête pas » (*Contes et romans*, dir. M. Delon, Gallimard, « Bibliothèque de la Pléiade », 2004, p. 586). Féraud relève cette ambivalence du terme « originalité » à la fin du siècle : « Peut-il se prendre en bonne part, en parlant des personnes ? On peut répondre que non. Quand on parle de *l'originalité*, ou *des originalités* d'un homme, on ne prétend pas le louer » (*Dictionnaire critique de la langue française*, Marseille, 1788, p. 35). Ici le mot est légèrement ironique, mais avec bienveillance : le marquis est unique en son genre, à la fois « charmant » (selon la Préface, *infra*, p. 196) et susceptible d'une sensibilité particulière qui autorise la mystification.

résout à vaincre mon amour-propre et ma répugnance, en entreprenant ces mémoires où je peins une partie de mes malheurs sans talent et sans art, avec la naïveté d'un enfant de mon âge et la franchise de mon caractère. Comme mon protecteur pourrait exiger, ou que peut-être la fantaisie me prendrait de les achever dans un temps où des faits éloignés auraient cessé d'être présents à ma mémoire, j'ai pensé que l'abrégé qui les termine et la profonde impression qui m'en restera tant que je vivrai suffiraient pour me les rappeler avec exactitude.

Mon père était avocat. Il avait épousé ma mère dans un âge assez avancé ; il en eut trois filles. Il avait plus de fortune qu'il n'en fallait pour les établir solidement ; mais pour cela il fallait au moins que sa tendresse fût également partagée, et il s'en manque bien que j'en puisse faire cet éloge. Certainement je valais mieux que mes sœurs par les agréments de l'esprit et de la figure, le caractère et les talents, et il semblait que mes parents en fussent affligés. Ce que la nature et l'application m'avaient accordé d'avantages sur elles devenant pour moi une source de chagrins ; afin d'être aimée, chérie, fêtée, excusée toujours comme elles l'étaient, dès mes plus jeunes ans j'ai désiré de leur ressembler. S'il arrivait qu'on dît à ma mère : Vous avez des enfants charmants, jamais cela ne s'entendait de moi. J'étais quelquefois bien vengée de cette injustice, mais les louanges que j'avais reçues me coûtaient si cher quand nous étions seuls, que j'aurais autant aimé de l'indifférence ou même des injures. Plus les étrangers m'avaient marqué de prédilection, plus on avait d'humeur lorsqu'ils étaient sortis. Ô combien j'ai pleuré de fois de n'être pas née laide, bête, sotte, orgueilleuse, en un mot avec tous les travers qui leur réussissaient auprès de nos parents ! Je me suis demandé d'où venait cette bizarrerie dans un père, une mère, d'ailleurs honnêtes, justes et pieux ; vous l'avouerai-je, Monsieur ? Quelques discours échappés à mon père dans sa colère, car il était violent, quelques circonstances rassemblées à différents intervalles, des mots de voisins, des propos de valets m'en ont fait soupçonner une raison qui les excuserait un peu. Peut-être mon père avait-il quelque incertitude sur ma naissance ; peut-être rappelais-je à ma mère une faute qu'elle avait commise, et l'ingratitude d'un homme qu'elle avait trop écouté ; que sais-je ? Mais quand ces soupçons seraient mal fondés, que risquerais-je à vous les confier ? Vous brûlerez cet écrit, et je vous promets de brûler vos réponses. Comme nous étions venues au monde à peu de distance les unes des autres, nous devînmes grandes toutes les trois ensemble. Il se présenta des partis. Ma sœur aînée fut recherchée par un jeune homme charmant. Je m'aperçus qu'il me distinguait et qu'elle ne serait incessamment que le prétexte de ses assiduités [1] ; je pressentis tout ce que ses attentions pourraient m'attirer de chagrins, et j'en avertis ma mère. C'est peut-être la seule chose que j'ai faite en ma vie qui lui ait été agréable, et voici comment j'en fus récompensée. Quatre jours après, ou du moins à peu de jours, on me dit qu'on avait arrêté ma place dans un couvent, et dès le lendemain j'y fus conduite. J'étais si mal à la maison, que cet événement ne m'affligea point ; et j'allai à Sainte-Marie [2], c'est mon premier couvent, avec beaucoup de gaieté. Cependant l'amant de ma sœur ne me voyant plus m'oublia et devint son époux. Il s'appelle M. K***. Il est notaire et demeure à Corbeil, où il fait un assez mauvais ménage. Ma seconde sœur fut accordée à un M. Bauchon, marchand de soieries à Paris, rue Quincampoix, et vit bien avec lui.

Mes deux sœurs établies, je crus qu'on penserait à moi et que je ne tarderais pas à sortir du couvent. J'avais alors seize ans et demi. On avait fait des dots considérables à mes sœurs ; je me promettais un sort égal au leur,

---

1. Diderot emprunte ce scénario au roman de Richardson, *Clarissa Harlowe*, où le libertin Lovelace se trouve captivé par l'héroïne éponyme alors qu'il était censé courtiser sa sœur.
2. C'est le couvent de la Visitation, rue du Bac, à Paris, où est entrée en 1725 Marguerite Delamarre, le modèle de l'héroïne de Diderot. Suzanne se trouve ainsi chez les Visitandines.

et ma tête s'était remplie de projets séduisants, lorsqu'on me fit demander au parloir. C'était le père Séraphin, directeur [1] de ma mère ; il avait été aussi le mien, ainsi il n'eut pas d'embarras à m'expliquer le motif de sa visite. Il s'agissait de m'engager à prendre l'habit. Je me récriai sur cette étrange proposition, et je lui déclarai nettement que je ne me sentais aucun goût pour l'état religieux. Tant pis, me dit-il, car vos parents se sont dépouillés pour vos sœurs, et je ne vois plus ce qu'ils pourraient pour vous dans la situation étroite où ils se sont réduits. Réfléchissez-y, Mademoiselle ; il faut ou entrer pour toujours dans cette maison, ou s'en aller dans quelque couvent de province où l'on vous recevra pour une modique pension et d'où vous ne sortirez qu'à la mort de vos parents qui peut se faire attendre longtemps… Je me plaignis avec amertume et je versai un torrent de larmes. La supérieure était prévenue, elle m'attendait au retour du parloir. J'étais dans un désordre qui ne se peut expliquer. Elle me dit : Et qu'avez-vous, ma chère enfant ? (Elle savait mieux que moi ce que j'avais.) Comme vous voilà ! Mais on n'a jamais vu un désespoir pareil au vôtre, vous me faites trembler. Est-ce que vous avez perdu M. votre père ou madame votre mère ? – Je pensai lui répondre, en me jetant entre ses bras : Eh ! plût à Dieu !… je me contentai de m'écrier : hélas ! je n'ai ni père, ni mère ; je suis une malheureuse qu'on déteste et qu'on veut enterrer ici toute vive. – Elle laissa passer le torrent, elle attendit le moment de la tranquillité. Je lui expliquai plus clairement ce qu'on venait de m'annoncer. Elle parut avoir pitié de moi, elle me plaignit, elle m'encouragea à ne point embrasser un état pour lequel je n'avais aucun goût ; elle me promit de prier, de remontrer, de solliciter. Ô Monsieur, combien ces supérieures de couvent sont artificieuses ! vous n'en avez point d'idée. Elle écrivit en effet. Elle n'ignorait pas les réponses qu'on

---

1. Le directeur de conscience, qui remplit aussi souvent l'office de confesseur particulier.

lui ferait ; elle me les communiqua ; et ce n'est qu'après
bien du temps que j'ai appris à douter de sa bonne foi.
Cependant le terme qu'on avait mis à ma résolution arriva ; elle vint m'en instruire avec la tristesse la mieux étudiée. D'abord elle demeura sans parler, ensuite elle me
jeta quelques mots de commisération d'après lesquels je
compris le reste. Ce fut encore une scène de désespoir ;
je n'en aurai guère d'autres à vous peindre. Savoir se
contenir est leur grand art. Ensuite elle me dit, en vérité
je crois que ce fut en pleurant : Eh bien, mon enfant,
vous allez donc nous quitter ! chère enfant, nous ne vous
reverrons plus !... et d'autres propos que je n'entendis
pas. J'étais renversée sur une chaise ; ou je gardais le
silence ou je sanglotais ; ou j'étais immobile, ou je me
levais, ou j'allais tantôt m'appuyer contre les murs, tantôt exhaler ma douleur sur son sein. Voilà ce qui s'était
passé lorsqu'elle ajouta : Mais que ne faites-vous une
chose ? écoutez, et n'allez pas dire au moins que je vous
en ai donné le conseil ; je compte sur une discrétion
inviolable de votre part ; car pour toute chose au monde,
je ne voudrais pas qu'on eût un reproche à me faire.
Qu'est-ce qu'on demande de vous ? Que vous preniez le
voile. Eh bien, que ne le prenez-vous ? À quoi cela vous
engage-t-il ? à rien, à demeurer encore deux ans [1] avec
nous. On ne sait ni qui meurt ni qui vit ; deux ans, c'est
du temps, il peut arriver bien des choses en deux ans...
Elle joignit à ces propos insidieux tant de caresses, tant
de protestations d'amitié, tant de faussetés douces ; je
savais où j'étais, je ne savais où l'on me mènerait, et je
me laissai persuader. Elle écrivit donc à mon père ; sa
lettre était très bien ; oh pour cela on ne peut mieux :
ma peine, ma douleur, mes réclamations n'y étaient point
dissimulées ; je vous assure qu'une fille plus fine que moi
y aurait été trompée ; cependant on finissait par donner

---

1. La durée du noviciat (voir p. 17, note 3) peut être de deux ans,
comme chez les Ursulines où se trouvait la sœur de Diderot, Angélique ; mais elle est en principe d'un an chez les Visitandines.

mon consentement. Avec quelle célérité tout fut préparé ! Le jour fut pris, mes habits faits, le moment de la cérémonie arrivé sans que j'aperçoive aujourd'hui le moindre intervalle entre ces choses. J'oubliais de vous dire que je vis mon père et ma mère, que je n'épargnai rien pour les toucher, et que je les trouvai inflexibles. Ce fut un M. l'abbé Blin, docteur de Sorbonne, qui m'exhorta, et M. l'évêque d'Alep qui me donna l'habit [1]. Cette cérémonie n'est pas gaie par elle-même, ce jour-là elle fut des plus tristes. Quoique les religieuses s'empressassent autour de moi pour me soutenir, vingt fois je sentis mes genoux se dérober et je me vis prête à tomber sur les marches de l'autel. Je n'entendais rien, je ne voyais rien, j'étais stupide [2] ; on me menait et j'allais, on m'interrogeait et l'on répondait pour moi. Cependant cette cruelle cérémonie prit fin ; tout le monde se retira, et je restai au milieu du troupeau auquel on venait de m'associer. Mes compagnes m'ont entourée, elles m'embrassent et se disent : Mais voyez donc, ma sœur ; comme elle est belle ! Comme ce voile relève la blancheur de son teint ! Comme ce bandeau lui sied, comme il lui arrondit le visage, comme il étend ses joues ! Comme cet habit fait valoir sa taille et ses bras !… Je les écoutais à peine ; j'étais désolée ; cependant il faut que j'en convienne, quand je fus seule dans ma cellule je me ressouvins de leurs flatteries, je ne pus m'empêcher de les vérifier à mon petit miroir, et il me sembla qu'elles n'étaient pas tout à fait déplacées. Il y a des honneurs attachés à ce jour, on les exagéra pour moi, mais j'y fus peu sensible, et l'on affecta de croire le contraire et de me le dire, quoiqu'il fût clair qu'il n'en était rien. Le soir, au sortir de la prière, la supérieure se rendit dans ma cellule. En vérité, me dit-elle après m'avoir un peu considérée, je ne sais pourquoi vous avez tant de répugnance pour cet habit, il vous fait à merveille

---

1. La « prise d'habit » est la cérémonie qui précède le noviciat.
2. Hébétée.

et vous êtes charmante ; sœur Suzanne est une très belle religieuse ; on vous en aimera davantage. Ça, voyons un peu, marchez… Vous ne vous tenez pas assez droite, il ne faut pas être courbée comme cela… Elle me composa la tête, les pieds, les mains, la taille, les bras ; ce fut presque une leçon de Marcel [1] sur les grâces monastiques, car chaque état a les siennes. Ensuite elle s'assit et me dit : C'est bien, mais à présent parlons un peu sérieusement. Voilà donc deux ans de gagnés ; vos parents peuvent changer de résolution, vous-même vous voudrez peut-être rester ici quand ils voudront vous en tirer, cela ne serait point du tout impossible. – Madame, ne le croyez pas. – Vous avez été longtemps parmi nous, mais vous ne connaissez pas encore notre vie, elle a ses peines sans doute, mais elle a aussi ses douceurs… – Vous vous doutez bien tout ce qu'elle put ajouter du monde [2] et du cloître, cela est écrit partout et partout de la même manière, car grâce à Dieu on m'a fait lire le nombreux fatras de ce que les religieux ont débité de leur état qu'ils connaissent bien et qu'ils détestent, contre le monde qu'ils aiment, qu'ils déchirent et qu'ils ne connaissent pas.

Je ne vous ferai pas le détail de mon noviciat [3]. Si l'on observait toute son austérité, on n'y résisterait pas, mais c'est le temps le plus doux de la vie monastique. Une mère des novices est la sœur la plus indulgente qu'on a

---

1. Ce célèbre maître à danser, mort en 1759, est évoqué dans plusieurs textes de Diderot comme le parangon d'une conception de l'art fondée sur l'artifice, les « mines », les mouvements et les poses sans naturel.

2. « *Monde* se dit aussi de la vie séculière qu'on mène dans la société ordinaire des hommes. *Il a quitté le monde pour se mettre dans un cloître. Il est sorti du couvent et est entré, rentré dans le monde* » (*Dictionnaire de l'Académie française*, Paris, 1762, vol. 2, p. 161).

3. Le « temps pendant lequel on éprouve la vocation et les qualités de la personne qui est entrée en religion, avant de l'admettre à faire profession » (*Encyclopédie*, article « Noviciat », Paris, 1765, vol. 11, p. 260) doit durer au moins « un an entier » (*Encyclopédie*, article « Novice », *ibid.*, p. 259).

pu trouver. Son étude est de vous dérober toutes les épines de l'état ; c'est un cours de séduction [1] la plus subtile et la mieux apprêtée. C'est elle qui épaissit les ténèbres qui vous environnent, qui vous berce, qui vous endort, qui vous en impose, qui vous fascine [2] ; la nôtre s'attacha à moi particulièrement. Je ne pense pas qu'il y ait aucune âme jeune et sans expérience à l'épreuve de cet art funeste. Le monde a ses précipices, mais je n'imagine pas qu'on y arrive par une pente aussi facile. Si j'avais éternué deux fois de suite, j'étais dispensée de l'office, du travail, de la prière ; je me couchais de meilleure heure, je me levais plus tard ; la règle cessait pour moi. Imaginez, Monsieur, qu'il y avait des jours où je soupirais après l'instant de me sacrifier. Il ne se passe pas une histoire fâcheuse dans le monde qu'on ne vous en parle ; on arrange les vraies ; on en fait de fausses ; et puis ce sont des louanges sans fin et des actions de grâces à Dieu qui nous met à couvert de ces humiliantes aventures. Cependant il approchait ce temps que j'avais quelquefois hâté par mes désirs. Alors je devins rêveuse, je sentis mes répugnances se réveiller et s'accroître. Je les allais confier à la supérieure ou à notre mère des novices. Ces femmes se vengent bien de l'ennui que vous leur portez ; car il ne faut pas croire qu'elles s'amusent du rôle hypocrite qu'elles jouent et des sottises qu'elles sont forcées de vous répéter ; cela devient à la fin si usé et si

---

1. « Séduire » se prend au sens de « tromper, faire tomber dans l'erreur par ses insinuations, par ses écrits, par ses discours, par ses exemples » (*Dictionnaire de l'Académie française, op. cit.*, vol. 2, p. 703). « Si les vocations ne sont plus forcées, la séduction a toujours lieu dans les cloîtres, pour conduire l'inexpérience aux vœux monastiques et éternels », écrit encore Mercier en 1783 dans son *Tableau de Paris* (éd. J.-C. Bonnet, Mercure de France, t. II, 1994, p. 80). C'est ce qui arrive précisément à Suzanne avec la supérieure du premier couvent, dont la fausse douceur la conduit à prendre le voile malgré elle.

2. « Fasciner » a un sens fort : il est synonyme d'« ensorceler » et « signifie figurément, charmer, éblouir par un faux éclat, imposer par une belle apparence » (*Dictionnaire de l'Académie française, op. cit.*, vol. 1, p. 722).

maussade [1] pour elles, mais elles s'y déterminent, et cela pour un millier d'écus qu'il en revient à leur maison. Voilà l'objet important pour lequel elles mentent toute leur vie et préparent à de jeunes innocentes un désespoir de quarante, de cinquante années et peut-être un malheur éternel ; car il est sûr, Monsieur, que sur cent religieuses qui meurent avant cinquante ans, il y en a cent tout juste de damnées, sans compter celles qui deviennent folles, stupides ou furieuses [2] en attendant.

Il arriva un jour qu'il s'en échappa une de ces dernières de la cellule où on la tenait renfermée. Je la vis. Voilà l'époque de mon bonheur ou de mon malheur, selon, Monsieur, la manière dont vous en userez avec moi. Je n'ai jamais rien vu de si hideux. Elle était échevelée et presque sans vêtement ; elle traînait des chaînes de fer ; ses yeux étaient égarés ; elle s'arrachait les cheveux ; elle se frappait la poitrine avec les poings ; elle courait, elle hurlait ; elle se chargeait elle-même et les autres des plus terribles imprécations ; elle cherchait une fenêtre pour se précipiter. La frayeur me saisit, je tremblai de tous mes membres, je vis mon sort dans celui de cette infortunée, et sur-le-champ, il fut décidé dans mon cœur que je mourrais mille fois plutôt que de m'y exposer. On pressentit l'effet que cet événement pourrait faire sur mon esprit, on crut devoir le prévenir. On me dit de cette religieuse je ne sais combien de mensonges ridicules qui se contredisaient : qu'elle avait déjà l'esprit dérangé quand on l'avait reçue ; qu'elle avait eu un grand effroi dans un temps critique [3] ; qu'elle était devenue sujette à des

---

1. Sans grâce, sans agrément.
2. En proie à la furie.
3. Dans un moment de « crise », terme associé à la théorie médicale antique de Galien, qui a donné lieu à la doctrine dite des « jours critiques » à observer dans les états morbides ou fébriles. Elle est revisitée au XVIIIᵉ siècle par la médecine qui se veut « moderne » et éclairée, portée par l'École de Montpellier (voir l'article « Crise » de l'*Encyclopédie* dû à Bordeu, médecin que Diderot met en scène dans *Le Rêve de d'Alembert* comme la figure-type du médecin philosophe). En l'occurrence, il s'agit de l'époque des règles. La « crise » est aussi typiquement

visions ; qu'elle se croyait en commerce avec les anges ; qu'elle avait fait des lectures pernicieuses qui lui avaient gâté l'esprit ; qu'elle avait entendu des novateurs d'une morale outrée [1] qui l'avaient si fort épouvantée des jugements de Dieu, que sa tête en avait été renversée ; qu'elle ne voyait plus que des démons, l'enfer et des gouffres de feu ; qu'elles étaient bien malheureuses ; qu'il était inouï qu'il y eût jamais eu un pareil sujet dans la maison ; que sais-je quoi encore ? Cela ne prit point auprès de moi ; à tout moment ma religieuse folle me revenait à l'esprit, et je me renouvelais le serment de ne faire aucun vœu.

Le voici pourtant arrivé ce moment où il s'agissait de montrer si je savais me tenir parole. Un matin après l'office, je vis entrer la supérieure chez moi. Elle tenait une lettre. Son visage était celui de la tristesse et de l'abattement ; les bras lui tombaient ; il semblait que sa main n'eût pas la force de soulever cette lettre ; elle me regardait, des larmes semblaient rouler dans ses yeux ; elle se taisait et moi aussi ; elle attendait que je parlasse la première ; j'en fus tentée, mais je me retins. Elle me demanda comment je me portais ; que l'office avait été bien long aujourd'hui : que j'avais un peu toussé, que je lui paraissais indisposée. À tout cela je répondis : Non, ma chère Mère. Elle tenait toujours sa lettre d'une main pendante ; au milieu de ces questions elle la posa sur ses genoux et sa main la cachait en partie ; enfin après avoir tourné autour de quelques questions sur mon père, sur ma mère, voyant que je ne lui demandais point ce que c'était que ce papier, elle me dit : Voilà une lettre... À ce mot, je sentis mon cœur se troubler, et j'ajoutai d'une voix entrecoupée et avec des lèvres tremblantes : Elle est de ma mère. – Vous l'avez dit ; tenez, lisez... – Je me

---

féminine, liée à l'utérus (hystérie) : c'est un thème de *Sur les femmes*, de Diderot (1772) ; voir l'extrait donné dans le Dossier, *infra*, p. 252.

1. Une morale trop austère. Les « novateurs » sont ici les jansénistes. Diderot avait d'abord écrit « d'une morale relâchée », désignant alors plutôt les jésuites. Voir aussi p. 50, note 3.

remis un peu, je pris la lettre ; je la lus d'abord avec assez de fermeté ; mais à mesure que j'avançais, la frayeur, l'indignation, la colère, le dépit, différentes passions se succédant en moi, j'avais différentes voix, je prenais différents visages, et je faisais différents mouvements. Quelquefois je tenais à peine ce papier, ou je le tenais comme si j'eusse voulu le déchirer, ou je le serrais violemment comme si j'avais été tentée de le froisser et de le jeter loin de moi. Eh bien, mon enfant, que répondrons-nous à cela ? – Madame, vous le savez. – Mais non, je ne le sais pas. Les temps sont malheureux ; votre famille a souffert des pertes ; les affaires de vos sœurs sont dérangées ; elles ont l'une et l'autre beaucoup d'enfants[1] ; on s'est épuisé pour elles en les mariant ; on se ruine pour les soutenir. Il est impossible qu'on vous fasse un certain sort ; vous avez pris l'habit ; on s'est constitué en dépenses[2] ; par cette démarche vous avez donné des espérances ; le bruit de votre profession[3] prochaine s'est répandu dans le monde. Au reste, comptez toujours sur tous mes secours. Je n'ai jamais attiré personne en religion, c'est un état où Dieu nous appelle, et il est très dangereux de mêler sa voix à la sienne. Je n'entreprendrai point de parler à votre cœur si la grâce ne lui dit rien ; jusqu'à présent je n'ai point à me reprocher le malheur d'une autre ; voudrais-je commencer par vous, mon enfant, qui m'êtes si chère ? Je n'ai point oublié que c'est à ma persuasion que vous avez fait les premières démarches, et je ne souffrirai point qu'on en abuse pour vous engager au-delà de votre

---

1. Difficilement compatible avec la chronologie interne du roman, qui permet de supposer qu'à peine plus de deux ans se sont écoulés depuis leur mariage.
2. On a engagé des frais. L'allusion concerne le temps de séjour préliminaire au couvent et l'argent de la cérémonie, mais sans doute aussi la « dot » que reçoit le couvent au moment où y entre une religieuse après ses vœux définitifs. La mère de Suzanne lui expliquera plus loin qu'elle est forcée de lui constituer secrètement cette fameuse « dot ».
3. Moment des vœux définitifs.

volonté. Voyons donc ensemble, concertons-nous. Voulez-vous faire profession ? – Non, Madame. – Vous ne vous sentez aucun goût pour l'état religieux ? – Non, Madame. – Vous n'obéirez point à vos parents ? – Non, Madame. – Que voulez-vous donc devenir ? – Tout, excepté religieuse. Je ne le veux pas être, je ne le serai pas. – Eh bien, vous ne le serez pas ; mais, arrangeons une réponse à votre mère… – Nous convînmes de quelques idées. Elle écrivit et me montra sa lettre qui me parut encore très bien. Cependant on me dépêcha le directeur de la maison ; on m'envoya le docteur [1] qui m'avait prêchée à ma prise d'habit, on me recommanda à la mère des novices ; je vis M. l'évêque d'Alep ; j'eus des lances à rompre avec des femmes pieuses qui se mêlèrent de mon affaire sans que je les connusse ; c'étaient des conférences continuelles avec des moines et des prêtres ; mon père vint ; mes sœurs m'écrivirent ; ma mère parut la dernière ; je résistai à tout. Cependant le jour fut pris pour ma profession ; on ne négligea rien pour obtenir mon consentement, mais quand on vit qu'il était inutile de le solliciter, on prit le parti de s'en passer.

De ce moment, je fus renfermée dans ma cellule ; on m'imposa le silence ; je fus séparée de tout le monde, abandonnée à moi-même, et je vis clairement qu'on était résolu à disposer de moi sans moi. Je ne voulais point m'engager, c'était un point résolu, et toutes les terreurs vraies ou fausses qu'on me jetait sans cesse ne m'ébranlaient pas. Cependant j'étais dans un état déplorable, je ne savais point ce qu'il pouvait durer ; et s'il venait à cesser, je savais encore moins ce qui pouvait m'arriver. Au milieu de ces incertitudes je pris un parti dont vous jugerez, Monsieur, comme il vous plaira. Je ne voyais plus personne, ni la supérieure, ni la mère des novices, ni mes compagnes. Je fis avertir la première, et je feignis de

---

1. Titulaire d'une thèse de théologie, théologien. Le terme renvoie ici à l'abbé Blin, « docteur de Sorbonne » dont il a été question plus haut (p. 16).

me rapprocher de la volonté de mes parents ; mais mon dessein était de finir cette persécution avec éclat et de protester publiquement contre la violence qu'on méditait. Je dis donc qu'on était maître de mon sort, qu'on en pouvait disposer comme on voudrait, qu'on exigeait que je fisse profession et que je la ferais. Voilà la joie répandue dans toute la maison, les caresses revenues avec toutes les flatteries et toute la séduction. « Dieu avait parlé à mon cœur ; personne n'était plus faite pour l'état de perfection que moi. Il était impossible que cela ne fût pas, on s'y était toujours attendu. On ne remplit pas ses devoirs avec tant d'édification et de constance quand on n'y est pas vraiment destinée. La mère des novices n'avait jamais vu dans aucune de ses élèves de vocation mieux caractérisée ; elle était toute surprise du travers[1] que j'avais pris, mais elle avait toujours bien dit à notre mère supérieure qu'il fallait tenir bon et que cela passerait ; que les meilleures religieuses avaient eu de ces moments-là, que c'étaient des suggestions du mauvais esprit qui redoublait ses efforts lorsqu'il était sur le point de perdre sa proie ; que j'allais lui échapper, qu'il n'y aurait plus que des roses pour moi ; que les obligations de la vie religieuse me paraîtraient d'autant plus supportables que je me les étais plus fortement exagérées ; que cet appesantissement subit du joug était une grâce du Ciel qui se servait de ce moyen pour l'alléger. » Il me paraissait assez singulier que la même chose vînt de Dieu ou du diable, selon qu'il leur plaisait de l'envisager. Il y a beaucoup de circonstances pareilles dans la religion ; et ceux qui m'ont consolée m'ont souvent dit de mes pensées, les uns que c'étaient autant d'instigations de Satan, et les autres autant d'inspirations de Dieu. Le même mal vient ou de Dieu qui nous éprouve ou du diable qui nous tente.

---

1. « *Travers* signifie figurément, bizarrerie, caprice, irrégularité d'esprit et d'humeur. *Il a du travers dans l'esprit. Un homme plein de travers. Il a bien des travers dans l'humeur. Il a pris un travers dans cette affaire-là* » (*Dictionnaire de l'Académie française, op. cit.*, vol. 2, p. 872).

Je me conduisis avec discrétion. Je crus pouvoir me répondre de moi. Je vis mon père, il me parla froidement ; je vis ma mère, elle m'embrassa ; je reçus des lettres de congratulation de mes sœurs et de beaucoup d'autres. Je sus que ce serait un M. Sornin, vicaire de Saint-Roch, qui ferait le sermon, et M. Thierry, chancelier de l'Université [1], qui recevrait mes vœux. Tout alla bien jusqu'à la veille du grand jour, excepté qu'ayant appris que la cérémonie serait clandestine, qu'il y aurait très peu de monde, et que la porte de l'église ne serait ouverte qu'aux parents, j'appelai par la tourière [2] toutes les personnes de notre voisinage, mes amis, mes amies ; j'eus la permission d'écrire à quelques-unes de mes connaissances. Tout ce concours [3] auquel on ne s'attendait guère se présenta, il fallut le laisser entrer, et l'assemblée fut telle à peu près qu'il la fallait pour mon projet.

Ô Monsieur, quelle nuit que celle qui précéda ! Je ne me couchai point, j'étais assise sur mon lit. J'appelais Dieu à mon secours, j'élevais mes mains au Ciel, je le prenais à témoin de la violence qu'on me faisait. Je me représentais mon rôle au pied des autels, une jeune fille protestant à haute voix contre une action à laquelle elle paraît avoir consenti ; le scandale des assistants, le désespoir des religieuses, la fureur de mes parents. Ô Dieu ! que vais-je devenir ?... En prononçant ces mots, il me prit une défaillance générale, je tombai évanouie sur mon traversin ; un frisson dans lequel mes genoux se battaient et mes dents se frappaient avec bruit succéda à cette défaillance, à ce frisson une chaleur terrible. Mon esprit se troubla. Je ne me souviens ni de m'être déshabillée, ni d'être sortie de ma cellule ; cependant on me trouva nue en chemise, étendue par terre à la porte de la supérieure

---

1. C'est l'autorité suprême qui délivre les grades universitaires. Diderot désigne ici un personnage réel.

2. La sœur dite « tourière » est celle qui est chargée des relations avec l'extérieur du couvent et se trouve ainsi responsable des clefs.

3. Affluence de public.

sans mouvement et presque sans vie. J'ai appris ces choses depuis. On m'avait rapportée dans ma cellule ; et le matin, mon lit fut environné de la supérieure, de la mère des novices et de celles qu'on appelle les assistantes [1]. J'étais fort abattue. On me fit quelques questions ; on vit par mes réponses que je n'avais aucune connaissance de ce qui s'était passé, et l'on ne m'en parla pas. On me demanda comment je me portais, si je persistais dans ma sainte résolution, et si je me sentais en état de supporter la fatigue du jour. Je répondis que oui, et contre leur attente rien ne fut dérangé.

On avait tout disposé dès la veille. On sonna les cloches pour apprendre à tout le monde qu'on allait faire une malheureuse. Le cœur me battit encore. On vint me parer ; ce jour est un jour de toilette. À présent que je me rappelle toutes ces cérémonies, il me semble qu'elles auraient quelque chose de solennel et de bien touchant pour une jeune innocente que son penchant n'entraînerait point ailleurs. On me conduisit à l'église, on célébra la sainte messe. Le bon vicaire qui me soupçonnait une résignation que je n'avais point, me fit un long sermon où il n'y avait pas un mot qui ne fut à contresens ; c'était quelque chose de bien ridicule que tout ce qu'il me disait de mon bonheur, de la grâce, de mon courage, de mon zèle [2], de ma ferveur et de tous les beaux sentiments qu'il me supposait. Ce contraste de son éloge et de la démarche que j'allais faire me troubla, j'eus des moments d'incertitude, mais qui durèrent peu. Je n'en sentis que mieux que je manquais de tout ce qu'il fallait avoir pour être une bonne religieuse. Cependant le moment terrible arriva. Lorsqu'il fallut entrer dans le lieu où je devais prononcer le vœu de mon engagement, je ne me trouvai plus de jambes ; deux de mes

---

1. Entendre : celles qui assistent la supérieure.
2. « Affection ardente pour quelque chose. Il se dit principalement à l'égard des choses saintes et sacrées. *Zèle pour la gloire de Dieu. Zèle pour la Foi, pour les choses saintes* » (*Dictionnaire de l'Académie française, op. cit.*, vol. 2, p. 966).

compagnes me prirent sous les bras, j'avais la tête renversée sur une d'elles et je me traînais. Je ne sais ce qui se passait dans l'âme des assistants, mais ils voyaient une jeune victime mourante qu'on portait à l'autel, et il s'échappait de toutes parts des soupirs et des sanglots, au milieu desquels je suis bien sûre que ceux de mon père et de ma mère ne se firent point entendre. Tout le monde était debout, il y avait de jeunes personnes montées sur des chaises et attachées aux barreaux de la grille, et il se faisait un profond silence, lorsque celui qui présidait à ma profession me dit : Marie-Suzanne Simonin, promettez-vous de dire la vérité ? – Je le promets. – Est-ce de votre plein gré et de votre libre volonté que vous êtes ici ? – Je répondis, non, mais celles qui m'accompagnaient répondirent pour moi, oui. – Marie-Suzanne Simonin, promettez-vous à Dieu chasteté, pauvreté et obéissance ? – J'hésitai un moment, le prêtre attendit, et je répondis : Non, Monsieur. – Il recommença : Marie-Suzanne Simonin, promettez-vous à Dieu chasteté, pauvreté et obéissance ? – Je lui répondis d'une voix plus ferme : Non, Monsieur, non. – Il s'arrêta et me dit : Mon enfant, remettez-vous et écoutez-moi. – Monsieur, lui dis-je, vous me demandez si je promets à Dieu chasteté, pauvreté et obéissance, je vous ai bien entendu, et je vous réponds que non… Et me tournant ensuite vers les assistants entre lesquels il s'était élevé un assez grand murmure, je fis signe que je voulais parler ; le murmure cessa et je dis : « Messieurs, et vous surtout mon père et ma mère, je vous prends tous à témoin… » À ces mots une des sœurs laissa tomber le voile de la grille, et je vis qu'il était inutile de continuer. Les religieuses m'entourèrent, m'accablèrent de reproches ; je les écoutai sans mot dire. On me conduisit dans ma cellule où l'on m'enferma sous la clef.

Là, seule, livrée à mes réflexions, je commençai à rassurer mon âme ; je revins sur ma démarche, et je ne m'en repentis point. Je vis qu'après l'éclat que j'avais fait il était impossible que je restasse ici longtemps, et que peut-être on n'oserait pas me remettre en couvent. Je ne savais ce qu'on ferait de moi, mais je ne voyais rien de pis que d'être religieuse malgré soi. Je demeurai assez longtemps sans entendre parler de qui que ce fût. Celles qui m'apportaient à manger entraient, mettaient mon dîner à terre et s'en allaient en silence. Au bout d'un mois on me donna des habits de séculière [1], je quittai ceux de la maison ; la supérieure vint et me dit de la suivre. Je la suivis jusqu'à la porte conventuelle, là je montai dans une voiture où je trouvai ma mère seule qui m'attendait ; je m'assis sur le devant, et le carrosse partit. Nous restâmes l'une vis-à-vis de l'autre quelque temps sans mot dire ; j'avais les yeux baissés, je n'osais la regarder. Je ne sais ce qui se passa dans mon âme, mais tout à coup je me jetai à ses pieds et je penchai ma tête sur ses genoux ; je ne lui parlais pas, mais je sanglotais et j'étouffais. Elle me repoussa durement. Je ne me relevai pas ; le sang me vint au nez, je saisis une de ses mains, malgré qu'elle en eût, et l'arrosant de mes larmes et de mon sang qui coulait, appuyant ma bouche sur cette main je la baisais et je lui disais : Vous êtes toujours ma mère, je suis toujours votre enfant... Elle me répondit (en me poussant encore plus rudement et en arrachant sa main d'entre les miennes) : Relevez-vous, malheureuse, relevez-vous... Je lui obéis, je me rassis et je tirai ma coiffe sur mon visage. Elle avait mis tant d'autorité et de fermeté dans le son de sa voix, que je crus devoir me dérober à ses yeux. Mes larmes et le sang qui coulait de mon nez se mêlaient ensemble, descendaient le long de mes bras et j'en étais toute couverte sans que je m'en aperçusse. À quelques mots qu'elle dit je conçus que sa robe et son linge en avaient été tachés, et que cela lui déplaisait. Nous arrivâmes à la maison, où l'on me conduisit tout de suite à une petite chambre qu'on m'avait préparée. Je me jetai encore à ses genoux sur l'escalier, je la retins par son vêtement, mais tout ce que j'en obtins, ce fut de se

---

1. Entendre ici, où « séculier » est employé comme substantif désignant celui qui est dans la vie laïque et profane, ou encore dans le « siècle », des vêtements civils, par opposition à l'habit religieux.

retourner de mon côté et de me regarder avec un mouvement d'indignation de la tête, de la bouche et des yeux que vous concevez mieux que je ne puis vous le rendre.

J'entrai dans ma nouvelle prison où je passai six mois sollicitant tous les jours inutilement la grâce de lui parler, de voir mon père ou de leur écrire. On m'apportait à manger, on me servait, une domestique m'accompagnait à la messe les jours de fête et me renfermait. Je lisais, je travaillais, je pleurais, je chantais quelquefois, et c'est ainsi que mes journées se passaient. Un sentiment secret me soutenait, c'est que j'étais libre et que mon sort, quelque dur qu'il fût, pouvait changer. Mais il était décidé que je serais religieuse et je le fus. Tant d'inhumanité[1], tant d'opiniâtreté de la part de mes parents ont achevé de me confirmer ce que je soupçonnais de ma naissance. Je n'ai jamais pu trouver d'autres moyens de les excuser. Ma mère craignait apparemment que je ne revinsse un jour sur le partage des biens, que je ne redemandasse ma légitime[2], et que je n'associasse un enfant naturel à des enfants légitimes ; mais ce qui n'était qu'une conjecture va se tourner en certitude.

Tandis que j'étais enfermée à la maison je faisais peu d'exercices extérieurs de religion, cependant on m'envoyait à confesse la veille des grandes fêtes. Je vous ai dit que j'avais le même directeur que ma mère. Je lui parlai, je lui exposai toute la dureté de la conduite qu'on avait tenue avec moi depuis environ trois ans[3]. Il la savait. Je me plaignis de ma mère surtout avec amertume

---

1. L'article « Inhumanité » de l'*Encyclopédie* a été rédigé par Diderot, qui la définit comme « dureté de cœur » et rappelle que le prêtre doit avoir de l'humanité. L'article « Humanité » définit celle-ci comme « un sentiment de bienveillance pour tous les hommes », qui « se tourmente des peines des autres et du besoin de les soulager » (*Encyclopédie*, Paris, 1765, vol. 8, p. 348).

2. Terme juridique : portion de l'héritage qui ne peut en principe être soustraite à l'héritier.

3. Diderot avait d'abord écrit « cinq ans », mais corrigea en 1780-1782.

et ressentiment. Ce prêtre était entré tard dans l'état religieux, il avait de l'humanité. Il m'écouta tranquillement et me dit : Mon enfant, plaignez votre mère, plaignez-la plus encore que vous ne la blâmez. Elle a l'âme bonne, soyez sûre que c'est malgré elle qu'elle en use ainsi. – Malgré elle, Monsieur ! et qu'est-ce qui peut l'y contraindre ? Ne m'a-t-elle pas mise au monde, et quelle différence y a-t-il entre mes sœurs et moi ? – Beaucoup. – Beaucoup ! Je n'entends rien à votre réponse... J'allais entrer dans la comparaison de mes sœurs et de moi, lorsqu'il m'arrêta et me dit : Allez, allez, l'inhumanité n'est pas le vice de vos parents. Tâchez de prendre votre sort en patience et de vous en faire du moins un mérite devant Dieu. Je verrai votre mère, et soyez sûre que j'emploierai pour vous servir, tout ce que je puis avoir d'ascendant sur son esprit... Ce *beaucoup* qu'il m'avait répondu fut un trait de lumière pour moi, je ne doutai plus de la vérité de ce que j'avais pensé sur ma naissance.

Le samedi suivant, vers les cinq heures et demie du soir, à la chute du jour, la servante qui m'était attachée monta et me dit : Madame votre mère ordonne que vous vous habilliez... Une heure après : Madame veut que vous descendiez avec moi... Je trouvai à la porte un carrosse où nous montâmes la domestique et moi, et j'appris que nous allions aux Feuillants [1] chez le père Séraphin. Il nous attendait ; il était seul. La domestique s'éloigna et moi j'entrai dans le parloir. Je m'assis inquiète et curieuse de ce qu'il avait à me dire. Voici comme il me parla : Mademoiselle, l'énigme de la conduite sévère de vos parents va s'expliquer pour vous, j'en ai obtenu la permission de Madame votre mère. Vous êtes sage, vous avez de l'esprit, de la fermeté ; vous êtes dans un âge où l'on pourrait vous confier un secret même qui ne vous concernerait point. Il y a longtemps que j'ai exhorté pour la première fois Madame votre mère à vous révéler celui

---

1. Le monastère des Feuillants, moines placés sous la règle de saint Bernard, se trouvait rue Saint-Honoré, du côté des Tuileries.

que vous allez apprendre, elle n'a jamais pu s'y résoudre ;
il est dur pour une mère d'avouer une faute grave à son
enfant. Vous connaissez son caractère, il ne va guère avec
la sorte d'humiliation d'un certain aveu. Elle a cru pouvoir sans cette ressource vous amener à ses desseins ; elle
s'est trompée, elle en est fâchée, elle revient aujourd'hui
à mon conseil, et c'est elle qui m'a chargé de vous annoncer que vous n'étiez pas la fille de M. Simonin... Je lui
répondis sur-le-champ : Je m'en étais doutée... Voyez à
présent, Mademoiselle, considérez, pesez, jugez si
Madame votre mère peut sans le consentement, même
avec le consentement de M. votre père, vous unir à des
enfants dont vous n'êtes point la sœur ; si elle peut
avouer à M. votre père un fait sur lequel il n'a déjà que
trop de soupçons. – Mais, Monsieur, qui est mon père ?
– Mademoiselle, c'est ce qu'on ne m'a pas confié. Il n'est
que trop certain, Mademoiselle, ajouta-t-il, qu'on a pro-
digieusement avantagé vos sœurs, et qu'on a pris toutes
les précautions imaginables par les contrats de mariage,
par le dénaturer des biens, par les stipulations, par les
fidéicommis [1] et autres moyens de réduire à rien votre
légitime dans le cas que vous pussiez un jour vous adresser aux lois pour la redemander. Si vous perdez vos
parents vous trouverez peu de chose ; vous refusez un
couvent, peut-être regretterez-vous de n'y pas être. – Cela
ne se peut, Monsieur, je ne demande rien. – Vous ne savez
pas ce que c'est que la peine, le travail, l'indigence. – Je
connais du moins le prix de la liberté et le poids d'un
état auquel on n'est point appelée. – Je vous ai dit ce que

---

1. Les « stipulations » sont les clauses d'un contrat ; les « fidéicommis » sont les dispositions du testament selon lesquelles « un testateur
donne la totalité ou une partie de son bien à un homme de confiance,
avec l'intention déclarée de bouche, qu'il le remettra entre les mains
d'un autre à qui le testateur n'eût pas pu le donner par la loi » (*Dictionnaire de l'Académie française, op. cit.*, vol. 1, p. 740) : ainsi Suzanne
pourrait-elle être dessaisie de sa part « légitime » au profit d'un autre.
Le « dénaturer des biens » consiste à modifier par vente la nature de
biens propres, ce qui permet d'en changer les conditions de succession.

j'avais à vous dire, c'est à vous, Mademoiselle, à faire vos
réflexions... Ensuite il se leva... – Mais, Monsieur,
encore une question. – Tant qu'il vous plaira. – Mes
sœurs savent-elles ce que vous m'avez appris ? – Non,
Mademoiselle. – Comment ont-elles donc pu se résoudre
à dépouiller leur sœur, car c'est ce qu'elles me croient...
– Ah ! Mademoiselle, l'intérêt ! l'intérêt ! Elles n'auraient
point obtenu les partis considérables qu'elles ont trouvés.
Chacun songe à soi dans ce monde, et je ne vous conseille
pas de compter sur elles si vous venez à perdre vos
parents ; soyez sûre qu'on vous disputera jusqu'à une
obole la petite portion que vous aurez à partager avec
elles. Elles ont beaucoup d'enfants ; ce prétexte sera trop
honnête pour vous réduire à la mendicité [1]. Et puis elles
ne peuvent plus rien, ce sont les maris qui font tout. Si
elles avaient quelques sentiments de commisération, les
secours qu'elles vous donneraient à l'insu de leurs maris
deviendraient une source de divisions domestiques. Je ne
vois que de ces choses-là, ou des enfants abandonnés, ou
des enfants même légitimes, secourus aux dépens de la
paix domestique. Et puis, Mademoiselle, le pain qu'on
reçoit est bien dur. Si vous m'en croyez, vous vous récon-
cilierez avec vos parents, vous ferez ce que votre mère
doit attendre de vous, vous entrerez en religion ; on vous
fera une petite pension avec laquelle vous passerez des
jours sinon heureux, du moins supportables. Au reste, je
ne vous cèlerai pas que l'abandon apparent de votre
mère, son opiniâtreté à vous renfermer et quelques autres
circonstances qui ne me reviennent plus, mais que j'ai
sues dans le temps, ont produit exactement sur votre père
le même effet que sur vous ; votre naissance lui était suspecte, elle ne le lui est plus, et sans être dans la confidence, il ne doute point que vous ne lui apparteniez

---

1. Dépouiller Suzanne sera facile à justifier selon les normes sociales
et morales : une « bonne » mère se doit plus à ses enfants qu'à sa sœur.
La formulation paradoxale du père Séraphin n'est pas sans ironie : la
voix de l'auteur se laisse ici discrètement entendre.

comme enfant que par la loi qui les attribue à celui qui porte le titre d'époux. Allez, Mademoiselle, vous êtes bonne et sage, pensez à ce que vous venez d'apprendre.

Je me levai, je me mis à pleurer ; je vis qu'il était lui-même attendri, il leva doucement les yeux au Ciel et me reconduisit. Je repris la domestique qui m'avait accompagnée, nous remontâmes en voiture et nous rentrâmes à la maison.

Il était tard. Je rêvai[1] une partie de la nuit à ce qu'on venait de me révéler, j'y rêvai encore le lendemain. Je n'avais point de père, le scrupule m'avait ôté ma mère ; des précautions prises pour que je ne pusse prétendre aux droits de ma naissance légale ; une captivité domestique fort dure ; nulle espérance, nulle ressource. Peut-être que si l'on se fût expliqué plus tôt avec moi, après l'établissement de mes sœurs, on m'eût gardée à la maison qui ne laissait pas que d'être fréquentée, il se serait trouvé quelqu'un à qui mon caractère, mon esprit, ma figure et mes talents auraient paru une dot suffisante. La chose n'était pas encore impossible, mais l'éclat que j'avais fait en couvent la rendait plus difficile. On ne conçoit guère comment une fille de dix-sept à dix-huit ans[2] a pu se porter à cette extrémité sans une fermeté peu commune. Les hommes louent beaucoup cette qualité, mais il me semble qu'ils s'en passent volontiers dans celles dont ils se proposent de faire leurs épouses. C'était pourtant une ressource à tenter avant que de songer à un autre parti. Je pris celui de m'en ouvrir à ma mère, et je lui fis demander un entretien qui me fut accordé.

C'était dans l'hiver. Elle était assise dans un fauteuil devant le feu ; elle avait le visage sévère, le regard fixe et les traits immobiles. Je m'approchai d'elle, je me jetai à ses pieds et je lui demandai pardon de tous les torts que

---

1. Au sens de méditer profondément, penser fortement à une chose.
2. Les indications de chronologie interne autorisent plutôt à lui donner « de dix-neuf à vingt ans », comme l'avait d'abord écrit Diderot qui corrigea en 1780-1782.

j'avais. C'est, me répondit-elle, par ce que vous m'allez dire que vous le mériterez. Levez-vous. Votre père est absent, vous avez tout le temps de vous expliquer. Vous avez vu le père Séraphin, vous savez enfin qui vous êtes et ce que vous pouvez attendre de moi, si votre projet n'est pas de me punir toute ma vie d'une faute que je n'ai déjà que trop expiée. Eh bien, Mademoiselle, que me voulez-vous ? qu'avez-vous résolu ? – Maman, lui répondis-je, je sais que je n'ai rien et que je ne dois prétendre à rien. Je suis éloignée d'ajouter à vos peines de quelque nature qu'elles soient. Peut-être m'auriez-vous trouvée plus soumise à vos volontés, si vous m'eussiez instruite plus tôt de quelques circonstances qu'il était difficile que je soupçonnasse ; mais enfin je sais ; je me connais, et il ne me reste qu'à me conduire en conséquence de mon état. Je ne suis plus surprise des distinctions qu'on a mises entre mes sœurs et moi, j'en reconnais la justice, j'y souscris, mais je suis toujours votre enfant, vous m'avez portée dans votre sein, et j'espère que vous ne l'oublierez pas. – Malheur à moi, ajouta-t-elle vivement, si je ne vous avouais pas autant qu'il est en mon pouvoir ! – Eh bien, Maman, lui dis-je, rendez-moi vos bontés, rendez-moi votre présence, rendez-moi la tendresse de celui qui se croit mon père. – Peu s'en faut, ajouta-t-elle, qu'il ne soit aussi certain de votre naissance que vous et moi. Je ne vous vois jamais à côté de lui sans entendre ses reproches, il me les adresse par la dureté dont il en use avec vous. N'espérez point de lui les sentiments d'un père tendre. Et puis, vous l'avouerai-je ? vous me rappelez une trahison, une ingratitude si odieuse de la part d'un autre, que je n'en puis supporter l'idée. Cet homme se montre sans cesse entre vous et moi, il me repousse, et la haine que je lui dois se répand sur vous. – Quoi ! lui dis-je, ne puis-je espérer que vous me traitiez vous et M. Simonin comme une étrangère, une inconnue que vous auriez accueillie par humanité ? – Nous ne le pouvons ni l'un ni l'autre. Ma fille, n'empoisonnez pas ma vie plus longtemps ; si vous n'aviez point de sœurs, je sais ce que

j'aurais à faire, mais vous en avez deux, et elles ont l'une
et l'autre une famille nombreuse. Il y a longtemps que la
passion qui me soutenait s'est éteinte, la conscience a
repris ses droits. – Mais celui à qui je dois la vie… ? – Il
n'est plus ; il est mort sans se ressouvenir de vous, et c'est
le moindre de ses forfaits… En cet endroit son visage
s'altéra, ses yeux s'allumèrent, l'indignation s'empara de
son visage ; elle voulait parler, mais elle n'articulait plus,
le tremblement de ses lèvres l'en empêchait. Elle était
assise, elle pencha sa tête sur ses mains pour me dérober
les mouvements violents qui se passaient en elle. Elle
demeura quelque temps dans cet état, puis elle se leva,
fit quelques tours dans la chambre sans mot dire ; elle
contraignait ses larmes qui coulaient avec peine, et elle
disait : Le monstre ! il n'a pas dépendu de lui qu'il ne
vous ait étouffée dans mon sein par toutes les peines qu'il
m'a causées [1] ; mais Dieu nous a conservées l'une et
l'autre pour que la mère expiât sa faute par l'enfant…
Ma fille, vous n'avez rien, vous n'aurez jamais rien ; le
peu que je puis faire pour vous, je le dérobe à vos sœurs ;
voilà les suites d'une faiblesse. Cependant j'espère n'avoir
rien à me reprocher en mourant, j'aurai gagné votre dot
par mon économie. Je n'abuse point de la facilité de mon
époux, mais je mets tous les jours à part ce que j'obtiens
de temps en temps de sa libéralité. J'ai vendu ce que
j'avais de bijoux et j'ai obtenu de lui de disposer à mon
gré du prix qui m'en est revenu. J'aimais le jeu, je ne joue
plus ; j'aimais les spectacles, je m'en suis privée ; j'aimais
la compagnie, je vis retirée ; j'aimais le faste, j'y ai
renoncé. Si vous entrez en religion comme c'est ma
volonté et celle de M. Simonin, votre dot [2] sera le fruit
de ce que je prends sur moi tous les jours. – Mais,
Maman, lui dis-je, il vient encore ici quelques gens de
bien ; peut-être s'en trouvera-t-il un qui, satisfait de ma
personne, n'exigera pas même les épargnes que vous avez

---

1. Malgré les peines qu'il m'a causées, il n'aurait pu abréger ma gros-
sesse.

2. Voir p. 21, note 2.

destinées à mon établissement. – Il n'y faut plus penser, votre éclat vous a perdue. – Le mal est-il sans ressource ? – Sans ressource. – Mais si je ne trouve point un époux, est-il nécessaire que je m'enferme dans un couvent ? – À moins que vous ne veuillez perpétuer ma douleur et mes remords jusqu'à ce que j'aie les yeux fermés. Il faut que j'y vienne. Vos sœurs dans ce moment terrible seront autour de mon lit ; voyez si je pourrai vous voir au milieu d'elles. Quel serait l'effet de votre présence dans ces derniers moments ! Ma fille, car vous l'êtes malgré moi, vos sœurs ont obtenu des lois un nom que vous tenez du crime ; n'affligez pas une mère qui expire, laissez-la descendre paisiblement au tombeau ; qu'elle puisse se dire à elle-même, lorsqu'elle sera sur le point de paraître devant le grand juge, qu'elle a réparé sa faute autant qu'il était en elle ; qu'elle puisse se flatter qu'après sa mort vous ne porterez point le trouble dans la maison et que vous ne revendiquerez point des droits que vous n'avez point. – Maman, lui dis-je, soyez tranquille là-dessus. Faites venir un homme de loi, qu'il dresse un acte de renonciation et je souscrirai à tout ce qu'il vous plaira. – Cela ne se peut ; un enfant ne se déshérite pas lui-même ; c'est le châtiment d'un père et d'une mère justement irrités. S'il plaisait à Dieu de m'appeler demain ; demain il faudrait que j'en vinsse à cette extrémité et que je m'ouvrisse à mon mari, afin de prendre de concert les mêmes mesures. Ne m'exposez point à une indiscrétion qui me rendrait odieuse à ses yeux et qui entraînerait des suites qui vous déshonoreraient. Si vous me survivez, vous resterez sans nom, sans fortune et sans état ; malheureuse, dites-moi ce que vous deviendrez ; quelles idées voulez-vous que j'emporte en mourant ? Il faudra donc que je dise à votre père... que lui dirai-je ? que vous n'êtes pas son enfant !... Ma fille, s'il ne fallait que se jeter à vos pieds pour obtenir de vous... mais vous ne sentez rien, vous avez l'âme inflexible de votre père... – En ce moment M. Simonin entra. Il vit le désordre de sa femme, il l'aimait, il était violent ; il s'arrêta tout court, et tournant des regards terribles sur moi, il me dit : Sortez... S'il eût été mon père je ne lui aurais pas obéi, mais il ne l'était pas. Il ajouta en parlant au domestique qui m'éclairait : Dites-lui qu'elle ne reparaisse plus.

Je me renfermai dans ma petite prison. Je rêvai à ce que ma mère m'avait dit. Je me jetai à genoux, je priai Dieu qu'il m'inspirât ; je priai longtemps, je demeurai le visage collé contre terre. On n'invoque presque jamais la voix du Ciel que quand on ne sait à quoi se résoudre, et il est rare qu'alors elle ne nous conseille pas d'obéir. Ce fut le parti que je pris. On veut que je sois religieuse, peut-être est-ce aussi la volonté de Dieu, eh bien, je le serai ; puisqu'il faut que je sois malheureuse, qu'importe où je le sois ? Je recommandai à celle qui me servait de m'avertir quand mon père serait sorti. Dès le lendemain je sollicitai un entretien avec ma mère ; elle me fit répondre qu'elle avait promis le contraire à M. Simonin, mais que je pouvais lui écrire avec un crayon qu'on me donna. J'écrivis donc sur un bout de papier (ce fatal papier s'est retrouvé et l'on ne s'en est que trop bien servi contre moi). « Maman, je suis fâchée de toutes les peines que je vous ai causées, je vous en demande pardon, mon dessein est de les finir. Ordonnez de moi tout ce qu'il vous plaira ; si c'est votre volonté que j'entre en religion, je souhaite que ce soit aussi celle de Dieu... » La servante prit cet écrit et le porta à ma mère. Elle remonta un moment après et elle me dit avec transport : Mademoiselle, puisqu'il ne fallait qu'un mot pour faire le bonheur de votre père, de votre mère et le vôtre, pourquoi l'avoir différé si longtemps ? Monsieur et Madame ont un visage que je ne leur ai jamais vu depuis que je suis ici ; ils se querellaient sans cesse à votre sujet, Dieu merci, je ne verrai plus cela... Tandis qu'elle me parlait je pensais que je venais de signer mon arrêt de mort, et ce pressentiment, Monsieur, se vérifiera si vous m'abandonnez. Quelques jours se passèrent sans que j'entendisse parler de rien ; mais un matin, sur les neuf heures, ma porte s'ouvrit brusquement. C'était M. Simonin qui entrait en robe de chambre et en bonnet de nuit. Depuis que je savais qu'il n'était pas mon père sa présence ne me causait que de l'effroi. Je me levai, je lui fis la révérence. Il me sembla que j'avais deux cœurs ; je ne pouvais penser à ma mère sans m'attendrir, sans avoir envie de pleurer ; il n'en était pas ainsi de M. Simonin. Il est sûr qu'un père inspire une sorte de sentiments qu'on n'a pour personne au monde que lui ; on ne sait pas cela, sans s'être trouvée comme moi vis-à-vis d'un homme qui a porté longtemps et qui vient de perdre cet auguste caractère, les autres l'ignoreront toujours. Si je passais de sa présence à celle de ma mère, il me semblait que j'étais une autre. Il me dit : Suzanne, reconnaissez-vous ce billet ? – Oui, Monsieur. – L'avez-vous écrit librement ? – Je ne saurais dire que oui. – Êtes-vous du moins résolue à exécuter ce qu'il promet ? – Je le suis. – N'avez-vous de prédilection pour aucun couvent ? – Non, ils me sont indifférents. – Il suffit.

Voilà ce que je répondis, mais malheureusement cela ne fut point écrit. Pendant une quinzaine d'une entière ignorance de ce qui se passait, il me parut qu'on s'était adressé à différentes maisons religieuses et que le scandale de ma première démarche avait empêché qu'on ne me reçût postulante. On fut moins difficile à Longchamp, et cela sans doute parce qu'on insinua que j'étais musicienne et que j'avais de la voix [1]. On m'exagéra bien les difficultés qu'on avait eues et la grâce qu'on me faisait de m'accepter dans cette maison ; on m'engagea même à écrire à la supérieure. Je ne sentais pas les suites de ce témoignage écrit qu'on exigeait ; on craignait apparemment qu'un jour je ne revinsse contre mes vœux, on voulait avoir une attestation de ma propre main qu'ils avaient été libres ; sans ce motif, comment cette lettre,

---

1. L'abbaye royale de Longchamp fut célèbre dès le XVIIᵉ siècle pour ses concerts spirituels. Le modèle de Suzanne, Marguerite Delamarre, y avait prononcé ses vœux en 1736. Voir le Dossier, *infra*, p. 245.

qui devait rester entre les mains de la supérieure, aurait-elle passé dans la suite entre les mains de mes beaux-frères ? Mais fermons vite les yeux là-dessus, ils me montrent M. Simonin comme je ne veux pas le voir ; il n'est plus.

Je fus conduite à Longchamp, ce fut ma mère qui m'accompagna. Je ne demandai point à dire adieu à M. Simonin, j'avoue que la pensée ne m'en vint qu'en chemin. On m'attendait. J'étais annoncée et par mon histoire et par mes talents ; on ne me dit rien de l'une, mais on fut très pressé de voir si l'acquisition qu'on faisait en valait la peine. Lorsqu'on se fut entretenu de beaucoup de choses indifférentes, car après ce qui m'était arrivé vous pensez bien qu'on ne parla ni de Dieu, ni de vocation, ni des dangers du monde, ni de la douceur de la vie religieuse, et qu'on ne hasarda pas un mot des pieuses fadaises dont on remplit ces premiers moments ; la supérieure dit : Mademoiselle, vous savez la musique, vous chantez ; nous avons un clavecin, si vous vouliez, nous irions dans notre parloir. J'avais l'âme serrée, mais ce n'était pas le moment de marquer de la répugnance. Ma mère passa, je la suivis, la supérieure ferma la marche avec quelques religieuses que la curiosité avait attirées. C'était le soir ; on apporta des bougies, je m'assis, je me mis au clavecin, je préludai longtemps, cherchant un morceau de musique dans ma tête que j'en ai pleine et n'en trouvant point. Cependant la supérieure me pressa, et je chantai sans y entendre finesse, par habitude, parce que le morceau m'était familier : *Tristes apprêts, pâles flambeaux, jour plus affreux que les ténèbres...* [1]. Je ne sais ce que cela produisit, mais on ne m'écouta pas longtemps, on m'interrompit par des éloges que je fus bien

---

1. Air de *Castor et Pollux* de Rameau (1737), tragédie lyrique dont la deuxième version, en 1754, fit beaucoup parler d'elle en pleine querelle des Bouffons. Il s'agit de la déploration de la jeune Télaïre devant le cercueil de son amant Castor : « Tristes apprêts, pâles flambeaux/ Jour, plus affreux que les ténèbres,/Astres lugubres des tombeaux/ Non, je ne verrai plus que vos clartés funèbres. »

surprise d'avoir mérités si promptement et à si peu de frais. Ma mère me remit entre les mains de la supérieure, me donna sa main à baiser et s'en retourna.

Me voilà donc dans une autre maison religieuse et postulante [1] et avec toutes les apparences de postuler de mon plein gré. Mais vous, Monsieur, qui connaissez jusqu'à ce moment tout ce qui s'est passé, qu'en pensez-vous ? La plupart de ces choses ne furent point alléguées lorsque je voulus revenir contre mes vœux ; les unes, parce que c'étaient des vérités destituées de preuves ; les autres, parce qu'elles m'auraient rendue odieuse sans me servir ; on n'aurait vu en moi qu'un enfant dénaturé qui flétrissait la mémoire de ses parents pour obtenir sa liberté. On avait la preuve de ce qui était contre moi ; ce qui était pour ne pouvait ni s'alléguer ni se prouver. Je ne voulus pas même qu'on insinuât aux juges le soupçon de ma naissance ; quelques personnes étrangères aux lois me conseillèrent de mettre en cause le directeur de ma mère et le mien ; cela ne se pouvait, et quand la chose aurait été possible, je ne l'aurais pas soufferte. Mais à propos, de peur que je ne l'oublie et que l'envie de me servir ne vous empêche d'en faire la réflexion ; sauf votre meilleur avis, je crois qu'il faut taire que je sais la musique et que je touche du clavecin ; il n'en faudrait pas davantage pour me déceler ; l'ostentation de ces talents ne va point avec l'obscurité et la sécurité que je cherche ; celles de mon état [2] ne savent point ces choses et il faut que je les ignore. Si je suis contrainte de m'expatrier j'en

---

1. Ayant refusé de prononcer ses vœux, Suzanne refait tout le parcours dans la nouvelle maison : elle « postule », recommence le noviciat puis fait sa profession. C'est la procédure normale.
2. Cet « état » renvoie au présent de l'écriture : Suzanne est censée servir comme blanchisseuse sous un faux nom. Cependant elle suggérera à la fin du récit, lorsqu'elle demandera de nouveau à être placée par le marquis, de faire valoir ses talents de musicienne. Nous sommes en présence d'une des nombreuses « inconséquences » narratives du roman.

ferai ma ressource. M'expatrier ! Mais dites-moi pourquoi cette idée m'épouvante ? C'est que je ne sais où
aller ; c'est que je suis jeune et sans expérience ; c'est que
je crains la misère, les hommes et le vice ; c'est que j'ai
toujours vécu renfermée et que si j'étais hors de Paris, je
me croirais perdue dans le monde. Tout cela n'est peut-
être pas vrai, mais c'est ce que je sens. Monsieur, que je
ne sache pas où aller ni que devenir, cela dépend de vous.

Les supérieures à Longchamp ainsi que dans la plupart des maisons religieuses changent de trois ans en trois
ans [1]. C'était une madame de Moni qui entrait en charge
lorsque je fus conduite dans la maison. Je ne puis vous
en dire trop de bien ; c'est pourtant sa bonté qui m'a
perdue. C'était une femme de sens, qui connaissait le
cœur humain ; elle avait de l'indulgence, quoique personne n'en eût moins besoin ; nous étions tous ses
enfants. Elle ne voyait jamais que les fautes qu'elle ne
pouvait s'empêcher d'apercevoir ou dont l'importance ne
lui permettait pas de fermer les yeux. J'en parle sans intérêt, j'ai fait mon devoir avec exactitude, et elle me rendrait la justice que je n'en commis aucune dont elle eût
à me punir ou qu'elle eût à me pardonner. Si elle avait
de la prédilection, elle lui était inspirée par le mérite ;
après cela, je ne sais s'il me convient de vous dire qu'elle
m'aima tendrement et que je ne fus pas des dernières
entre ses favorites. Je sais que c'est un grand éloge que je
me donne, plus grand que vous ne pouvez l'imaginer, ne
l'ayant point connue. Le nom de favorites est celui que
les autres donnent par envie aux bien-aimées de la supérieure. Si j'avais quelque défaut à reprocher à madame
de Moni, c'est que son goût pour la vertu, la piété, la
franchise, la douceur, les talents, l'honnêteté l'entraînait
ouvertement, et qu'elle n'ignorait pas que celles qui n'y
pouvaient prétendre n'en étaient que plus humiliées. Elle
avait aussi le don, qui est peut-être plus commun en

---

1. C'est en effet le cas, depuis 1629.

couvent que dans le monde, de discerner [1] promptement
les esprits. Il était rare qu'une religieuse qui ne lui plaisait
pas d'abord lui plût jamais. Elle ne tarda pas à me
prendre en gré et j'eus tout d'abord la dernière confiance
en elle ; malheur à celles dont elle ne l'attirait pas sans
effort, il fallait qu'elles fussent mauvaises, sans ressource
et qu'elles se l'avouassent. Elle m'entretint de mon aventure à Sainte-Marie ; je la lui racontai sans déguisement
comme à vous, je lui dis tout ce que je viens de vous
écrire ; et ce qui regardait ma naissance et ce qui tenait
à mes peines, rien ne fut oublié. Elle me plaignit, me
consola, me fit espérer un avenir plus doux.

Cependant le temps du postulat se passa, celui de
prendre l'habit arriva et je le pris. Je fis mon noviciat sans
dégoût ; je passe rapidement sur ces deux années [2], parce
qu'elles n'eurent rien de triste pour moi que le sentiment
secret que je m'avançais pas à pas vers l'entrée d'un état
pour lequel je n'étais point faite. Quelquefois il se renou-
velait avec force, mais aussitôt je recourais à ma bonne
supérieure qui m'embrassait, qui développait mon âme [3],
qui m'exposait fortement ses raisons et qui finissait toujours par me dire : Et les autres états n'ont-ils pas aussi
leurs épines ? On ne sent que les siennes. Allons, mon
enfant, mettons-nous à genoux et prions... Alors elle se
prosternait, elle priait haut, mais avec tant d'onction,
d'éloquence, de douceur, d'élévation et de force qu'on
eût dit que l'esprit de Dieu l'inspirait. Ses pensées, ses
expressions, ses images pénétraient jusqu'au fond du
cœur ; d'abord on l'écoutait, peu à peu on était entraîné,
on s'unissait à elle, l'âme tressaillait et l'on partageait
ses transports. Son dessein n'était pas de séduire, mais

1. Au sens de faire le tri.
2. Indication permettant de dire que six ans environ ont alors passé
depuis le début de l'action : Suzanne aurait donc à peu près vingt-deux
ans au moment de sa prise de voile.
3. Qui débrouillait les obscurités de l'âme. La supérieure aide
Suzanne à se comprendre.

certainement c'est ce qu'elle faisait. On sortait de chez
elle avec un cœur ardent, la joie et l'extase étaient peintes
sur le visage, on versait des larmes si douces ! C'était
une impression qu'elle prenait elle-même, qu'elle gardait
longtemps et qu'on conservait. Ce n'est pas à ma seule
expérience que je m'en rapporte, c'est à celle de toutes
les religieuses. Quelques-unes m'ont dit qu'elles sentaient
naître en elles le besoin d'être consolées comme celui
d'un très grand plaisir, et je crois qu'il ne m'a manqué
qu'un peu plus d'habitude pour en venir là. J'éprouvai
cependant à l'approche de ma profession une mélancolie [1] si profonde qu'elle mit ma bonne supérieure à de
terribles épreuves ; son talent l'abandonna, elle me
l'avoua elle-même. Je ne sais, me dit-elle, ce qui se passe
en moi, il me semble quand vous venez que Dieu se retire
et que son esprit se taise ; c'est inutilement que je
m'excite, que je cherche des idées, que je veux exalter
mon âme, je me trouve une femme ordinaire et bornée ;
je crains de parler… Ah ! chère Mère, lui dis-je, quel pressentiment ! si c'était Dieu qui vous rendît muette !… Un
jour que je me sentais plus incertaine et plus abattue que
jamais, j'allai dans sa cellule, ma présence l'interdit
d'abord ; elle lut apparemment dans mes yeux, dans
toute ma personne que le sentiment profond que je portais en moi était au-dessus de ses forces, et elle ne voulait
pas lutter sans la certitude d'être victorieuse. Cependant
elle m'entreprit, elle s'échauffa peu à peu, à mesure que
ma douleur tombait son enthousiasme croissait ; elle se
jeta subitement à genoux, je l'imitai. Je crus que j'allais
partager son transport, je le souhaitais ; elle prononça
quelques mots, puis tout à coup elle se tut. J'attendis
inutilement. Elle ne parla plus ; elle se releva, elle fondait
en larmes, elle me prit par la main, et me serrant entre

---

1. Il s'agit de la « mélancolie religieuse » que définit l'*Encyclopédie*
(Paris, 1765, vol. 10) : un sentiment de tristesse inquiète qui s'attache
chez les jeunes gens à une vision excessivement sévère des devoirs
qu'impose la religion.

ses bras : Ah ! chère enfant, me dit-elle, quel effet cruel vous avez opéré sur moi ! Voilà qui est fait, l'Esprit s'est retiré, je le sens ; allez, que Dieu vous parle lui-même, puisqu'il ne lui plaît pas de se faire entendre par ma bouche. En effet je ne sais ce qui s'était passé en elle, si je lui avais inspiré une méfiance de ses forces qui ne s'est plus dissipée, si je l'avais rendue timide, ou si j'avais vraiment rompu son commerce avec le Ciel, mais le talent de consoler ne lui revint plus. La veille de ma profession j'allai la voir, elle était d'une mélancolie égale à la mienne ; je me mis à pleurer, elle aussi, je me jetai à ses pieds, elle me bénit, me releva, m'embrassa et me renvoya en me disant : Je suis lassée de vivre, je souhaite de mourir ; j'ai demandé à Dieu de ne point voir ce jour, mais ce n'est pas sa volonté. Allez, je parlerai à votre mère ; je passerai la nuit en prières, priez aussi, mais couchez-vous, je vous l'ordonne. Permettez, lui répondis-je, que je m'unisse à vous... Je vous le permets depuis neuf heures et demie jusqu'à onze, pas davantage. À neuf heures et demie je commencerai à prier et vous aussi, mais à onze vous me laisserez prier seule et vous vous reposerez. Allez, chère enfant, je veillerai devant Dieu le reste de la nuit.

Elle voulut prier, mais elle ne le put pas. Je dormais, et cependant cette sainte femme allait dans les corridors, à chaque porte éveillait les religieuses et les faisait descendre sans bruit dans l'église. Toutes s'y rendirent, et lorsqu'elles y furent elle les invita à s'adresser au ciel pour moi. Cette prière se fit d'abord en silence, ensuite elle éteignit les lumières, toutes récitèrent ensemble le *Miserere* [1], excepté la supérieure qui prosternée au pied des autels, se macérait [2] cruellement en disant : Ô Dieu !

---

1. Moment de prière qui constitue l'appel à la miséricorde divine dans la liturgie funèbre. Il s'agit du psaume 51 qui commence par les mots : « Aie pitié de nous. »

2. Ce verbe désigne la mortification du corps, par fustigation (c'est le cas ici) ou par jeûne.

si c'est par quelque faute que j'ai commise que vous vous êtes retiré de moi, accordez-m'en le pardon. Je ne demande pas que vous me rendiez le don que vous m'avez ôté, mais que vous vous adressiez vous-même à cette innocente qui dort tandis que je vous invoque ici pour elle. Mon Dieu, parlez-lui, parlez à ses parents, et pardonnez-moi.

Le lendemain elle entra[1] de bonne heure dans ma cellule. Je ne l'entendis point, je n'étais pas encore éveillée. Elle s'assit à côté de mon lit ; elle avait posé légèrement une de ses mains sur mon front ; elle me regardait ; l'inquiétude, le trouble et la douleur se succédaient sur son visage, et c'est ainsi qu'elle m'apparut lorsque j'ouvris les yeux. Elle ne me parla point de ce qui s'était passé pendant la nuit, elle me demanda seulement si je m'étais couchée de bonne heure. Je lui répondis, à l'heure que vous m'avez ordonnée. – Si j'avais reposé. – Profondément. – Je m'y attendais… Comment je me trouvais. – Fort bien. Et vous chère Mère ? – Hélas ! me dit-elle, je n'ai vu aucune personne entrer en religion sans inquiétude, mais je n'ai éprouvé sur aucune autant de trouble que sur vous. Je voudrais bien que vous fussiez heureuse. – Si vous m'aimez toujours, je le serai. – Ah ! s'il ne tenait qu'à cela ! N'avez-vous pensé à rien pendant la nuit ? – Non. – Vous n'avez fait aucun rêve ? – Aucun. – Qu'est-ce qui se passe à présent dans votre âme ? – Je suis stupide[2] ; j'obéis à mon sort sans répugnance et sans goût ; je sens que la nécessité m'entraîne et je me laisse aller. Ah ! ma chère Mère, je ne sens rien de cette douce joie, de ce tressaillement, de cette mélancolie, de cette douce inquiétude que j'ai quelquefois remarquée dans celles qui se trouvaient au moment où je suis. Je suis imbécile[3], je ne saurais même pleurer. On le veut, il le

---

1. Curieusement, les dernières corrections de Diderot ont supprimé le verbe, que nous rétablissons ici pour la cohérence de la phrase.
2. Voir p. 16, note 2.
3. Faible, sans vigueur.

faut est la seule idée qui me vienne... Mais vous ne me
dites rien. – Je ne suis pas venue pour vous entretenir,
mais pour vous voir et pour vous écouter. J'attends votre
mère. Tâchez de ne pas m'émouvoir ; laissez les sentiments s'accumuler dans mon âme, quand elle en sera
pleine je vous quitterai. Il faut que je me taise, je me
connais ; je n'ai qu'un jet, mais il est violent, et ce n'est
pas avec vous qu'il doit s'exhaler. Reposez-vous encore
un moment, que je vous voie ; dites-moi seulement
quelques mots et laissez-moi prendre ici ce que je viens
y chercher. J'irai et Dieu fera le reste... – Je me tus, je
me penchai sur mon oreiller, je lui tendis une de mes
mains qu'elle prit. Elle paraissait méditer, et méditer profondément ; elle avait les yeux fermés avec effort, quelquefois elle les ouvrait, les portait en haut et les ramenait
sur moi ; elle s'agitait, son âme se remplissait de tumulte,
se composait et se ragitait ensuite. En vérité cette femme
était née pour être prophétesse, elle en avait le visage et
le caractère. Elle avait été belle, mais l'âge en affaissant
ses traits et y pratiquant de grands plis avait encore
ajouté de la dignité à sa physionomie ; elle avait les yeux
petits, mais ils semblaient ou regarder en elle-même, ou
traverser les objets voisins et démêler au-delà, à une
grande distance ; toujours dans le passé ou dans l'avenir.
Elle me serrait quelquefois la main avec force. Elle me
demanda brusquement quelle heure il était. – Il est bientôt six heures. – Adieu, je m'en vais. On va venir vous
habiller ; je n'y veux pas être, cela me distrairait. Je n'ai
plus qu'un souci, c'est de garder de la modération dans
les premiers moments.

Elle était à peine sortie, que la mère des novices et mes
compagnes entrèrent ; on m'ôta les habits de religion ; et
l'on me revêtit des habits du monde ; c'est un usage que
vous connaissez. Je n'entendis rien de ce qu'on disait
autour de moi, j'étais presque réduite à l'état d'automate,
je ne m'aperçus de rien. J'avais seulement par intervalles
comme de petits mouvements convulsifs. On me disait ce
qu'il fallait faire ; on était souvent obligé de me le répéter,

car je n'entendais pas de la première fois, et je le faisais ;
ce n'était pas que je pensasse à autre chose, c'est que
j'étais absorbée, j'avais la tête lasse comme quand on
s'est excédé de réflexion. Cependant la supérieure s'entretenait avec ma mère. Je n'ai jamais su ce qui s'était passé
dans cette entrevue qui dura longtemps ; on m'a dit seulement que, quand elles se séparèrent, ma mère était si
troublée qu'elle ne pouvait retrouver la porte par laquelle
elle était entrée, et que la supérieure était sortie les mains
fermées et appuyées contre le front.

Cependant les cloches sonnèrent ; je descendis.
L'assemblée était peu nombreuse ; je fus prêchée bien ou
mal, je n'entendis rien. On disposa de moi pendant toute
cette matinée qui a été nulle dans ma vie, car je n'en ai
jamais connu la durée ; je ne sais ni ce que j'ai fait, ni ce
que j'ai dit. On m'a sans doute interrogée, j'ai sans doute
répondu, j'ai prononcé des vœux, mais je n'en ai nulle
mémoire, et je me suis trouvée religieuse aussi innocem-
ment que je fus faite chrétienne : je n'ai pas plus compris
à toute la cérémonie de ma profession qu'à celle de mon
baptême, avec cette différence que l'une confère la grâce
et que l'autre la suppose [1]. Eh bien, monsieur, quoique
je n'aie pas réclamé à Longchamp comme j'avais fait à
Sainte-Marie, me croyez-vous plus engagée ? J'en appelle
à votre jugement, j'en appelle au jugement de Dieu.
J'étais dans un état d'abattement si profond que quelques
jours après, lorsqu'on m'annonça que j'étais de chœur, je
ne sus ce qu'on voulait dire. Je demandai s'il était bien
vrai que j'eusse fait profession ; je voulus voir la signature de mes vœux ; il fallut joindre à ces preuves le témoignage de toute la communauté, celui de quelques
étrangers qu'on avait appelés à la cérémonie. M'adressant plusieurs fois à la supérieure, je lui disais : Cela est
donc bien vrai ?... et je m'attendais toujours qu'elle
m'allait répondre : Non, mon enfant, on vous trompe...

1. L'eau du baptême efface le péché originel.

Son assurance réitérée ne me convainquait pas, ne pouvant concevoir que dans l'intervalle d'un jour entier aussi tumultueux, aussi varié, si plein de circonstances singulières et frappantes je ne m'en rappelasse aucune, pas même le visage ni de celles qui m'avaient servie, ni celui du prêtre qui m'avait prêchée, ni de celui qui avait reçu mes vœux ; le changement de l'habit religieux en habit du monde est la seule chose dont je me ressouvienne ; depuis cet instant j'ai été ce qu'on appelle physiquement aliénée [1]. Il a fallu des mois entiers pour me tirer de cet état ; et c'est à la longueur de cette espèce de convalescence que j'attribue l'oubli profond de ce qui s'est passé ; c'est comme ceux qui ont souffert une longue maladie, qui ont parlé avec jugement, qui ont reçu les sacrements et qui rendus à la santé, n'en ont aucune mémoire. J'en ai vu plusieurs exemples dans la maison, et je me suis dit à moi-même, voilà apparemment ce qui m'est arrivé le jour que j'ai fait profession. Mais il reste à savoir si ces actions sont de l'homme, et s'il y est, quoiqu'il paraisse y être.

Je fis dans la même année trois pertes intéressantes [2] : celle de mon père ou plutôt de celui qui passait pour tel, il était âgé, il avait beaucoup travaillé, il s'éteignit ; celle de ma supérieure et celle de ma mère.

Cette digne religieuse sentit de loin son heure approcher ; elle se condamna au silence ; elle fit porter sa bière dans sa chambre. Elle avait perdu le sommeil, et elle passait les jours et les nuits à méditer et à écrire ; elle a laissé quinze Méditations qui me semblent à moi de la plus grande beauté. J'en ai une copie ; si quelque jour vous

---

1. Suzanne évoquera plus tard devant la nouvelle supérieure, Sainte-Christine, son « aliénation ». Sur les usages de cette notion chez Diderot, voir le Dossier, *infra*, p. 255. Plus haut, la prise d'habit avait eu lieu dans les mêmes conditions de vide psychique.

2. Qui doit provoquer un « intérêt », au sens fort d'émotion compassionnelle. L'adjectif est ainsi presque synonyme de « pathétique » (A. Coudreuse, *Le Goût des larmes au XVIIIe siècle*, PUF, 1999, p. 5). Comme tel, il désigne un objet esthétique à l'attention du lecteur.

étiez curieux de voir les idées que cet instant suggère, je vous les communiquerais ; elles sont intitulées *Les Derniers Instants de la sœur de Moni*.

À l'approche de sa mort elle se fit habiller ; elle était étendue sur son lit ; on lui administra les derniers sacrements, elle tenait un Christ entre ses bras. C'était la nuit, la lueur des flambeaux éclairait cette scène lugubre. Nous l'entourions, nous fondions en larmes, sa cellule retentissait de cris, lorsque tout à coup ses yeux brillèrent ; elle se releva brusquement, elle parla, sa voix était presque aussi forte que dans l'état de santé ; le don qu'elle avait perdu lui revint, elle nous reprocha des larmes qui semblaient lui envier un bonheur éternel. Mes enfants, votre douleur vous en impose. C'est là, c'est là, disait-elle en montrant le Ciel, que je vous servirai : mes yeux s'abaisseront sans cesse sur cette maison, j'intercéderai pour vous et je serai exaucée. Approchez toutes que je vous embrasse ; venez recevoir ma bénédiction et mes adieux... C'est en prononçant ces dernières paroles que trépassa cette femme rare qui a laissé après elle des regrets qui ne finiront point [1].

Ma mère mourut au retour d'un petit voyage qu'elle fit sur la fin de l'automne chez une de ses filles. Elle eut du chagrin : sa santé avait été fort affaiblie. Je n'ai jamais su ni le nom de mon père ni l'histoire de ma naissance. Celui qui avait été son directeur et le mien me remit de sa part un petit paquet ; c'étaient cinquante louis avec un billet, enveloppés et cousus dans un morceau de linge. Il y avait dans ce billet : « Mon enfant, c'est peu de chose, mais ma conscience ne me permet pas de disposer d'une plus grande somme. C'est le reste de ce que j'ai pu économiser sur les petits présents de M. Simonin. Vivez saintement, c'est le mieux même pour votre bonheur en ce monde. Priez pour moi. Votre naissance est la seule faute importante que j'aie commise ; aidez-moi à l'expier, et

---

1. Cette scène des derniers moments a été ajoutée par Diderot en 1780-1782.

que Dieu me pardonne de vous avoir mise au monde, en
considération des bonnes œuvres que vous ferez. Surtout
ne troublez point la famille ; et quoique le choix de l'état
que vous avez embrassé n'ait pas été aussi volontaire que
je l'aurais désiré, craignez d'en changer. Que n'ai-je été
renfermée dans un couvent pendant toute ma vie ! je ne
serais pas si troublée de la pensée qu'il faut dans un
moment subir le redoutable jugement. Songez, mon
enfant, que le sort de votre mère dans l'autre monde
dépend beaucoup de la conduite que vous tiendrez dans
celui-ci ; Dieu qui voit tout m'appliquera dans sa justice
tout le bien et tout le mal que vous ferez. Adieu,
Suzanne ; ne demandez rien à vos sœurs, elles ne sont
pas en état de vous secourir ; n'espérez rien de votre père,
il m'a précédée ; il a vu le grand jour, il m'attend, ma
présence sera moins terrible pour lui que la sienne pour
moi. Adieu encore une fois. Ah ! malheureuse mère ! ah !
malheureuse enfant ! Vos sœurs sont arrivées, je ne suis
pas contente d'elles ; elles prennent, elles emportent :
elles ont sous les yeux d'une mère qui se meurt des querelles d'intérêt qui m'affligent. Quand elles s'approchent
de mon lit, je me retourne de l'autre côté ; que verrais-je
en elles ? deux créatures en qui l'indigence a éteint le sentiment de la nature. Elles soupirent après le peu que je
laisse, elles font au médecin et à la garde des questions
indécentes qui marquent avec quelle impatience elles
attendent le moment où je m'en irai et qui les saisira [1] de
tout ce qui m'environne. Elles ont soupçonné, je ne sais
comment, que je pouvais avoir quelque argent caché
entre mes matelas ; il n'y a rien qu'elles n'aient mis en
œuvre pour me faire lever et elles y ont réussi ; mais heureusement mon dépositaire était venu la veille et je lui
avais remis ce petit paquet avec cette lettre qu'il a écrite

---

1. Les rendra maîtresses, propriétaires. Le verbe relève ici du
domaine juridique.

sous ma dictée [1]. Brûlez la lettre, et quand vous saurez que je ne suis plus, ce qui sera bientôt, vous ferez dire une messe pour moi, et vous y renouvellerez vos vœux car je désire toujours que vous demeuriez en religion ; l'idée de vous imaginer dans le monde sans secours, sans appui, jeune, achèverait de troubler mes derniers instants. »

Mon père mourut le 5 janvier ; ma supérieure sur la fin du même mois, et ma mère la seconde fête de Noël [2].

Ce fut la sœur Sainte-Christine qui succéda à la mère de Moni. Ah ! Monsieur, quelle différence de l'une à l'autre ! Je vous ai dit quelle femme c'était que la première. Celle-ci avait le caractère petit, une tête étroite et brouillée de superstitions ; elle donnait dans les opinions nouvelles [3] ; elle conférait avec des sulpiciens [4], des jésuites. Elle prit en aversion toutes les favorites de celle qui l'avait précédée ; en un moment la maison fut pleine de troubles, de haines, de médisances, d'accusations, de calomnies et de persécutions. Il fallut s'expliquer sur des questions de théologie où nous n'entendions rien, souscrire à des formules, se plier à des pratiques singulières. La mère de Moni n'approuvait point ces exercices de pénitence qui se font sur le corps ; elle ne s'était macérée que deux fois en sa vie, une fois la veille de ma profession, une autre fois dans une pareille circonstance. Elle disait de ces pénitences qu'elles ne corrigeaient d'aucun défaut, et qu'elles ne servaient qu'à donner de l'orgueil.

---

1. C'est la plus marquante des « incohérences » narratives du roman : la lettre continue à raconter des événements arrivés *après* son expédition.

2. Cette année scandée par les deuils est la septième du temps diégétique : Suzanne a donc au moins vingt-trois ans.

3. Les « novateurs » (voir p. 20, note 1) sont donc ici les ennemis des jansénistes, les jésuites. Le texte de Diderot, en les désignant de la même manière par une formule où l'idée de nouveauté apparaît comme polémique, les renvoie ainsi dos à dos.

4. Membres de la congrégation de Saint-Sulpice, fondée en 1642 pour former les ecclésiastiques.

Elle voulait que ses religieuses se portassent bien et qu'elles eussent le corps sain et l'esprit serein. La première chose, lorsqu'elle entra en charge, ce fut de se faire apporter tous les cilices avec les disciplines [1] et de défendre d'altérer les aliments avec de la cendre, de coucher sur la dure, et de se pourvoir d'aucun de ces instruments. La seconde au contraire renvoya à chaque religieuse son cilice et sa discipline et fit retirer le Nouveau et l'Ancien Testament. Les favorites du règne antérieur ne sont jamais les favorites du règne qui suit. Je fus indifférente, pour ne rien dire de pis, à la supérieure actuelle, par la raison que sa précédente m'avait chérie ; mais je ne tardai pas à empirer mon sort par des actions que vous appellerez ou imprudence ou fermeté selon le coup d'œil sous lequel vous les considérerez. La première, ce fut de m'abandonner à toute la douleur que je ressentais de la perte de notre première supérieure, d'en faire l'éloge en toute circonstance ; d'occasionner entre elle et celle qui nous gouvernait des comparaisons qui n'étaient pas favorables à celle-ci ; de peindre l'état de la maison sous les années passées ; de rappeler au souvenir la paix dont nous jouissions, l'indulgence qu'on avait pour nous, la nourriture tant spirituelle que temporelle qu'on nous administrait alors ; et d'exalter les mœurs, les sentiments, le caractère de la sœur de Moni. La seconde, ce fut de jeter au feu le cilice et de me défaire de ma discipline, de prêcher mes amies là-dessus et d'en engager quelques-unes à suivre mon exemple. La troisième, de me pourvoir d'un Ancien et d'un Nouveau Testament. La quatrième, de rejeter tout parti, de m'en tenir au titre de chrétienne sans accepter le nom de janséniste ou de moliniste [2]. La

---

1. Instruments de mortification, de macération (voir p. 43, note 2) : le cilice est une tunique de crin dur qui porte des pointes à l'intérieur, la discipline est une sorte de fouet de crin. Noter que l'article « Macération » de l'*Encyclopédie* définit ces pratiques comme relevant d'une « triste superstition ».
2. Le « molinisme » renvoie à la doctrine des jésuites, disciples de Louis Molina, théologien espagnol de la fin du XVIe siècle.

cinquième, de me renfermer rigoureusement dans la règle
de la maison, sans vouloir rien faire ni en delà ni en
deçà, conséqucmment de ne me prêter à aucune action
surérogatoire [1], celles d'obligation ne me paraissant déjà
que trop dures ; de ne monter à l'orgue que les jours de
fête, de ne chanter que quand je serais de chœur ; de ne
plus souffrir qu'on abusât de ma complaisance et de mes
talents et qu'on me mît à tout et à tous les jours. Je lus
les Constitutions [2], je les relus, je les savais par cœur. Si
l'on m'ordonnait quelque chose ou qui n'y fût pas
exprimé clairement, ou qui n'y fût pas, ou qui m'y parût
contraire, je m'y refusais fermement ; je prenais le livre
et je disais : « Voilà les engagements que j'ai pris et je
n'en ai point pris d'autres. » Mes discours en entraînèrent
quelques-unes. L'autorité des maîtresses se trouva très
bornée ; elles ne pouvaient plus disposer de nous comme
de leurs esclaves. Il ne se passait presque aucun jour sans
quelque scène d'éclat. Dans les cas incertains mes compagnes me consultaient, et j'étais toujours pour la règle
contre le despotisme. J'eus bientôt l'air et peut-être un
peu le jeu d'une factieuse. Les grands vicaires [3] de
M. l'archevêque étaient sans cesse appelés ; je comparais-
sais, je me défendais, je défendais mes compagnes, et il
n'est pas arrivé une seule fois qu'on m'ait condamnée,
tant j'avais d'attention à mettre la raison de mon côté. Il
était impossible de m'attaquer du côté de mes devoirs, je
les remplissais avec scrupule. Quant aux petites grâces
qu'une supérieure est toujours libre de refuser ou
d'accorder, je n'en demandais point ; je ne paraissais
point au parloir et les visites, ne connaissant personne,

---

1. La « surérogation » désigne « ce qui est au-delà des obligations,
ou du christianisme, ou de la profession religieuse » (*Dictionnaire de
l'Académie française, op. cit.*, vol. 2, p. 783).
2. Les règles de l'ordre religieux auquel appartient le couvent, en
l'occurrence l'ordre de sainte Claire, et qui régissent la vie des moniales.
3. Le « vicaire » est le subordonné d'un ecclésiastique. Ainsi, le
« grand vicaire » assiste un évêque ou un archevêque, le simple « vicaire » un curé.

je n'en recevais point ; mais j'avais brûlé mon cilice et jeté ma discipline ; j'avais conseillé la même chose à d'autres ; je ne voulais entendre parler jansénisme et molinisme ni en bien ni en mal. Quand on me demandait si j'étais soumise à la Constitution, je répondais que je l'étais à l'Église ; si j'acceptais la Bulle... [1] que j'acceptais l'Évangile. On visita ma cellule, on y découvrit l'Ancien et le Nouveau Testament. Je m'étais échappée en propos indiscrets sur l'intimité suspecte de quelques-unes des favorites ; la supérieure avait des tête-à-tête longs et fréquents avec un jeune ecclésiastique, et j'en avais démêlé la raison et le prétexte. Je n'omis rien de ce qui pouvait me faire craindre, haïr, me perdre, et j'en vins à bout. On ne se plaignit plus de moi aux supérieurs, mais on s'occupa à me rendre la vie dure. On défendit aux autres religieuses de m'approcher, et bientôt je me trouvai seule. J'avais des amies en petit nombre, on se douta qu'elles chercheraient à se dédommager à la dérobée de la contrainte qu'on leur imposait ; et que ne pouvant s'entretenir de jour avec moi, elles me visiteraient la nuit ou à des heures défendues ; on nous épia, l'on me surprit tantôt avec l'une, tantôt avec une autre, l'on fit de cette imprudence tout ce qu'on voulut, et j'en fus châtiée de la manière la plus inhumaine : on me condamna des semaines entières à passer l'office à genoux, séparée du reste, au milieu du chœur, à vivre de pain et d'eau, à demeurer enfermée dans ma cellule, à satisfaire aux fonctions les plus viles de la maison. Celles qu'on appelait mes complices n'étaient guère mieux traitées. Quand on ne pouvait me trouver en faute, on m'en supposait ; on me donnait à la fois des ordres incompatibles, et l'on me punissait d'y avoir manqué ; on avançait les heures des offices, des repas, on dérangeait à mon insu toute la conduite claustrale, et avec l'attention la plus grande je me trouvais coupable tous les jours, et j'étais tous les

---

1. La bulle papale dite *Unigenitus*. Sous le nom de « Constitution », elle relança en 1713 la querelle janséniste. Voir Présentation, *supra*, p. XL.

jours punie. J'ai du courage, mais il n'en est point qui tienne contre l'abandon, la solitude et la persécution. Les choses en vinrent au point que l'on se fit un jeu de me tourmenter, c'était l'amusement de cinquante personnes liguées. Il m'est impossible d'entrer dans tout le petit détail de ces méchancetés ; on m'empêchait de dormir, de veiller, de prier. Un jour on me volait quelques parties de mon vêtement ; une autre fois c'était mes clefs ou mon bréviaire [1] ; ma serrure se trouvait embarrassée ; ou l'on m'empêchait de bien faire, ou l'on dérangeait les choses que j'avais bien faites ; on me supposait des discours et des actions ; on me rendait responsable de tout, et ma vie était une suite continuelle de délits réels ou simulés et de châtiments. Ma santé ne tint point à des épreuves si longues et si dures, je tombai dans l'abattement, le chagrin et la mélancolie. J'allais dans les commencements chercher de la force au pied des autels, et j'y en trouvais quelquefois. Je flottais entre la résignation et le désespoir, tantôt me soumettant à toute la rigueur de mon sort, tantôt pensant à m'en affranchir par des moyens violents. Il y avait au fond du jardin un puits profond ; combien de fois j'y suis allée ! combien j'y ai regardé de fois ! Il y avait à côté un banc de pierre ; combien de fois je m'y suis assise, la tête appuyée sur les bords de ce puits ! combien de fois, dans le tumulte de mes idées, me suis-je levée brusquement et résolue à finir mes peines ! Qu'est-ce qui m'a retenue ? Pourquoi préférais-je alors de pleurer, de crier à haute voix, de fouler mon voile aux pieds, de m'arracher les cheveux et de me déchirer le visage avec les ongles ? Si c'était Dieu qui m'empêchait de me perdre, pourquoi ne pas arrêter aussi tous ces autres mouvements ? Je vais vous dire une chose qui vous paraîtra fort étrange peut-être et qui n'en est pas moins vraie, c'est que je ne doute point que mes visites fréquentes vers ce puits n'aient été remarquées, et que mes cruelles ennemies ne se soient flattées qu'un jour j'accomplirais un

---

1. Livre qui contient l'ensemble de l'office à dire chaque jour.

dessein qui bouillait au fond de mon cœur. Quand j'allais de ce côté, on affectait de s'en éloigner et de regarder ailleurs. Plusieurs fois j'ai trouvé la porte du jardin ouverte à des heures où elle devait être fermée, singulièrement les jours où l'on avait multiplié sur moi les chagrins, l'on avait poussé à bout la violence de mon caractère et l'on me croyait l'esprit aliéné ; mais aussitôt que je crus avoir deviné que ce moyen de sortir de la vie était pour ainsi dire offert à mon désespoir, qu'on me conduisait à ce puits par la main, et que je le trouverais toujours prêt à me recevoir, je ne m'en souciai plus. Mon esprit se tourna vers d'autres côtés. Je me tenais dans les corridors et mesurais la hauteur des fenêtres ; le soir, en me déshabillant, j'essayais, sans y penser, la force de mes jarretières ; un autre jour je refusais le manger ; je descendais au réfectoire et je restais le dos appuyé contre la muraille, les mains pendantes à mes côtés, les yeux fermés, et je ne touchais pas aux mets qu'on avait servis devant moi. Je m'oubliais si parfaitement dans cet état, que toutes les religieuses étaient sorties et que je restais ; on affectait alors de se retirer sans bruit et l'on me laissait là ; puis on me punissait d'avoir manqué aux exercices. Que vous dirai-je ? on me dégoûta de presque tous les moyens de m'ôter la vie, parce qu'il me sembla que loin de s'y opposer, on me les présentait [1]. Nous ne voulons pas apparemment qu'on nous pousse hors de ce monde, et peut-être n'y serais-je plus, si elles avaient fait semblant de m'y retenir. Quand on s'ôte la vie, peut-être cherche-t-on à désespérer les autres, et la garde-t-on quand on croit les satisfaire. Ce sont des mouvements qui se passent bien

---

1. Alors que le suicide est considéré comme un crime religieux, contraire aux Écritures, mais aussi un crime civil, la cruauté des religieuses le favorise. L'article « Suicide » de l'*Encyclopédie* dénonce ce désir de mort comme résultat d'une conception mal entendue, excessivement sévère, du devoir de contrition religieux (Paris, 1765, vol. 15, p. 641). Le comportement de Suzanne résulte ici d'un dévoiement moral de la communauté.

subtilement en nous. En vérité, s'il est possible que je me rappelle mon état quand j'étais à côté du puits, il me semble que je criais au-dedans de moi à ces malheureuses qui s'éloignaient pour favoriser un forfait : Faites un pas de mon côté, montrez-moi le moindre désir de me sauver, accourez pour me retenir, et soyez sûres que vous arriverez trop tard. En vérité, je ne vivais que parce qu'elles souhaitaient ma mort. L'acharnement à tourmenter et à perdre se lasse dans le monde, il ne se lasse point dans les cloîtres.

J'en étais là, lorsque revenant sur ma vie passée, je songeai à faire résilier mes vœux. J'y rêvai d'abord légèrement ; seule, abandonnée, sans appui, comment réussir dans un projet si difficile, même avec tous les secours qui me manquaient ? Cependant cette idée me tranquillisa, mon esprit se rassit, je fus plus à moi. J'évitai des peines et je supportai plus patiemment celles qui me venaient. On remarqua ce changement et l'on en fut étonné. La méchanceté s'arrêta tout court, comme un ennemi lâche qui vous poursuit et à qui l'on fait face au moment où il ne s'y attend pas. Une question, Monsieur, que j'aurais à vous faire, c'est pourquoi à travers toutes les idées funestes qui passent par la tête d'une religieuse désespérée celle de mettre le feu à la maison ne lui vient point. Je ne l'ai point eue, ni d'autres non plus, quoique ce soit la chose la plus facile à exécuter ; il ne s'agit un jour de grand vent que de porter un flambeau dans un grenier, dans un bûcher, dans un corridor. Il n'y a point de couvents de brûlés, et cependant dans ces événements les portes s'ouvrent, et sauve qui peut. Ne serait-ce pas qu'on craint le péril pour soi et pour celles qu'on aime, et qu'on dédaigne un secours qui nous est commun avec celles qu'on hait ? Cette dernière idée est bien subtile, pour être vraie.

À force de s'occuper d'une chose on en sent la justice et même l'on en croit la possibilité ; on est bien fort quand on en est là. Ce fut pour moi l'affaire d'une quinzaine ; mon esprit va vite. De quoi s'agissait-il ? De dresser un mémoire [1] et de le donner à consulter ; l'un et l'autre n'étaient pas sans danger. Depuis qu'il s'était fait une révolution dans ma tête on m'observait avec plus d'attention que jamais, on me suivait de l'œil ; je ne faisais pas un pas qui ne fût éclairé, je ne disais pas un mot qu'on ne le pesât. On se rapprocha de moi, on chercha à me sonder. On m'interrogeait, on affectait de la commisération et de l'amitié ; on revenait sur ma vie passée, on m'accusait faiblement, on m'excusait ; on espérait une meilleure conduite, on me flattait d'un avenir plus doux. Cependant on entrait à tout moment dans ma cellule le jour, la nuit, sous des prétextes, brusquement, sourdement ; on entrouvrait mes rideaux et l'on se retirait. J'avais pris l'habitude de coucher habillée, j'en avais une autre, c'était celle d'écrire ma confession. Ces jours-là qui sont marqués j'allais demander de l'encre et du papier à la supérieure qui ne m'en refusait pas. J'attendis donc le jour de confession, et en l'attendant je rédigeai dans ma tête ce que j'avais à proposer ; c'était en abrégé, tout ce que je viens de vous écrire ; seulement, je m'expliquais sous des noms empruntés. Mais je fis trois étourderies ; la première, de dire à la supérieure que j'aurais beaucoup de choses à écrire, et de lui demander sous ce prétexte plus de papier qu'on n'en accorde ; la seconde, de m'occuper de mon mémoire et de laisser là ma confession ; et la troisième, n'ayant point fait de confession et n'étant point préparée à cet acte de religion, de ne demeurer au confessionnal qu'un instant. Tout cela fut

---

1. « Écrit fait, soit pour faire ressouvenir de quelque chose, soit pour donner des instructions sur quelque affaire. *J'oublierai votre affaire, si vous ne m'en donnez un mémoire. Mémoire instructif. Dresser un mémoire. Mémoire exact. Faire un mémoire pour une affaire* » (*Dictionnaire de l'Académie française, op. cit.*, vol. 2, p. 117). Ici, récit de faits rédigé à l'attention d'un avocat lorsqu'on veut entreprendre une action en justice. Les avocats eux-mêmes rédigent des « mémoires » ou « factums ».

remarqué, et l'on en conclut que le papier que j'avais demandé avait été employé autrement que je ne l'avais dit. Mais s'il n'avait pas servi à ma confession, comme il était évident, quel usage en avais-je fait ? Sans savoir qu'on prendrait ces inquiétudes, je sentis qu'il ne fallait pas qu'on trouvât chez moi un écrit de cette importance. D'abord je pensai à le coudre dans mon traversin ou dans mes matelas, puis le cacher dans mes vêtements, à l'enfouir dans le jardin, à le jeter au feu. Vous ne sauriez croire combien je fus pressée de l'écrire et combien j'en fus embarrassée quand il fut écrit. D'abord je le cachetai, ensuite je le serrai dans mon sein, et j'allai à l'office qui sonnait. J'étais dans une inquiétude qui se décelait à mes mouvements. J'étais assise à côté d'une jeune religieuse qui m'aimait : quelquefois je l'avais vue me regarder en pitié et verser des larmes, elle ne me parlait point, mais certainement elle souffrait. Au risque de tout ce qui pourrait en arriver, je résolus de lui confier mon papier. Dans un moment d'oraison [1] où toutes les religieuses se mettent à genoux, s'inclinent et sont comme plongées dans leurs stalles, je tirai doucement le papier de mon sein et je le lui tendis derrière moi. Elle le prit et le serra dans le sien. Ce service fut le plus important de ceux qu'elle m'avait rendus ; mais j'en avais reçu beaucoup d'autres, elle s'était occupée pendant des mois entiers à lever, sans se compromettre, tous les petits obstacles qu'on apportait à mes devoirs pour avoir droit de me châtier ; elle venait frapper à ma porte quand il était l'heure de sortir, elle rarrangeait ce qu'on dérangeait, elle allait sonner ou répondre quand il le fallait, elle se trouvait partout où je devais être. J'ignorais tout cela.

Je fis bien de prendre ce parti. Lorsque nous sortîmes du chœur, la supérieure me dit : Sœur Suzanne, suivez-moi. Je la suivis ; puis s'arrêtant dans le corridor à une

---

1. « *Oraison* se dit communément d'une prière adressée à Dieu ou aux saints » (*Dictionnaire de l'Académie française*, *op. cit.*, vol. 2, p. 278).

autre porte, voilà, me dit-elle, votre cellule, c'est la sœur Saint-Jérome qui occupera la vôtre. J'entrai et elle avec moi. Nous étions toutes deux assises sans parler, lorsqu'une religieuse parut avec des habits qu'elle posa sur une chaise ; et la supérieure me dit : Sœur Suzanne, déshabillez-vous et prenez ce vêtement. J'obéis en sa présence. Cependant elle était attentive à tous mes mouvements. La sœur qui avait apporté les habits était à la porte, elle rentra, emporta ceux que j'avais quittés, sortit et la supérieure la suivit. On ne me dit point la raison de ces procédés et je ne la demandai point. Cependant on avait cherché partout dans ma cellule, on avait décousu l'oreiller et les matelas, on avait déplacé tout ce qui pouvait l'être ou l'avoir été ; on marcha sur mes traces, on alla au confessionnal, à l'église, dans le jardin, au puits, vers le banc de pierre ; je vis une partie de ces recherches, je soupçonnai le reste. On ne trouva rien, mais on n'en resta pas moins convaincu qu'il y avait quelque chose. On continua de m'épier pendant plusieurs jours, on allait où j'étais allée, on regardait partout, mais inutilement. Enfin la supérieure crut qu'il n'était possible de savoir la vérité que par moi. Elle entra un jour dans ma cellule et elle me dit : Sœur Suzanne, vous avez des défauts, mais vous n'avez pas celui de mentir, dites-moi donc la vérité ; qu'avez-vous fait de tout le papier que je vous ai donné ? – Madame, je vous l'ai dit. – Cela ne se peut, car vous m'en avez demandé beaucoup et vous n'avez été qu'un moment au confessionnal. – Il est vrai. – Qu'en avez-vous donc fait ? – Ce que je vous ai dit. – Eh bien, jurez-moi par la sainte obéissance que vous avez vouée à Dieu que cela est, et malgré les apparences je vous croirai. – Madame, il ne vous est pas permis d'exiger un serment pour une chose si légère, et il ne m'est pas permis de le faire. Je ne saurais jurer. – Vous me trompez, sœur Suzanne, et vous ne savez pas à quoi vous vous exposez. Qu'avez-vous fait du papier que je vous ai donné ? – Je vous l'ai dit. – Où est-il ? – Je ne l'ai plus. – Qu'en avez-vous fait ? – Ce que l'on fait de ces sortes d'écrits qui sont inutiles après qu'on s'en est servi. – Jurez-moi par la sainte obéissance qu'il a été tout employé à écrire votre confession et que vous ne l'avez plus.   Madame, je vous le répète, cette seconde chose n'étant pas plus importante que la première, je ne saurais jurer. – Jurez, me dit-elle, ou... – Je ne jurerai point. – Vous ne jurerez point ? – Non, Madame. – Vous êtes donc coupable ? – Et de quoi puis-je être coupable ? – De tout. Il n'y a rien dont vous ne soyez capable. Vous avez affecté de louer celle qui m'a précédée pour me rabaisser, de mépriser les usages qu'elle avait proscrits, les lois qu'elle avait abolies et que j'ai cru devoir rétablir ; de soulever toute la communauté ; d'enfreindre les règles ; de diviser les esprits ; de manquer à tous vos devoirs ; de me forcer à vous punir et à punir celles que vous avez séduites [1], la chose qui me coûte le plus. J'aurais pu sévir contre vous par les voies les plus dures, je vous ai ménagée ; j'ai cru que vous reconnaîtriez vos torts, que vous reprendriez l'esprit de votre état, et que vous reviendriez à moi, vous ne l'avez pas fait. Il se passe quelque chose dans votre esprit qui n'est pas bien, vous avez des projets ; l'intérêt de la maison exige que je les connaisse et je les connaîtrai, c'est moi qui vous en réponds... Sœur Suzanne, dites-moi la vérité. – Je vous l'ai dite. – Je vais sortir, craignez mon retour. Je m'assieds, je vous donne encore un moment pour vous déterminer. Vos papiers, s'ils existent... – Je ne les ai plus... – Ou le serment qu'ils ne contenaient que votre confession. – Je ne saurais le faire. Elle demeura un moment en silence, puis elle sortit et rentra avec quatre de ses favorites ; elles avaient l'air égaré et furieux. Je me jetai à leurs pieds, j'implorai leur miséricorde. Elles criaient toutes ensemble : Point de miséricorde, Madame, ne vous laissez pas toucher, qu'elle donne ses papiers, ou qu'elle aille en paix [2]... J'embrassais les genoux tantôt de

---

1. Voir p. 18, note 1.
2. Il s'agit d'une menace, comme le confirmera la narratrice plus loin ; l'*in pace* peut désigner le cachot disciplinaire, où l'héroïne va en

l'une, tantôt de l'autre ; je leur disais en les nommant par leurs noms : Sœur Sainte-Agnès, sœur Sainte-Julie, que vous ai-je fait ? Pourquoi irritez-vous ma supérieure contre moi ? Est-ce ainsi que j'en ai usé ? Combien de fois n'ai-je pas supplié pour vous ? vous ne vous en souvenez plus ; vous étiez en faute, et je n'y suis pas. La supérieure immobile me regardait et me disait : Donne tes papiers, malheureuse, ou révèle ce qu'ils contenaient. – Madame, lui disaient-elles, ne les lui demandez plus ; vous êtes trop bonne, vous ne la connaissez pas, c'est une âme indocile dont on ne peut venir à bout que par des moyens extrêmes ; c'est elle qui vous y porte, tant pis pour elle [1]. – Ma chère Mère, lui disais-je, je n'ai rien fait qui puisse offenser ni Dieu ni les hommes, je vous le jure. – Ce n'est pas là le serment que je veux. – Elle aura écrit contre vous, contre nous quelque mémoire au grand vicaire, à l'archevêque, Dieu sait comment elle aura peint l'intérieur de la maison ; on croit aisément le mal. Madame, il faut disposer de cette créature, si vous ne voulez pas qu'elle dispose de nous. – La supérieure ajouta : Sœur Suzanne, voyez. – Je me levai brusquement et je lui dis : Madame, j'ai tout vu, je sens que je me perds, mais un moment plus tôt ou plus tard ne vaut pas la peine d'y penser. Faites de moi ce qu'il vous plaira ; écoutez leur fureur, consommez votre injustice... et à l'instant je leur tendis les bras. Ses compagnes s'en saisirent ; on m'arracha mon voile, on me dépouilla sans pudeur ; on trouva sur mon sein un petit portrait de mon ancienne supérieure, on s'en saisit ; je suppliai qu'on me permît de le baiser encore une fois, on me refusa ; on me jeta une chemise, on m'ôta mes bas, l'on me couvrit d'un sac, et l'on me conduisit la tête et les pieds nus à travers

---

effet être confinée. Voir aussi, dans le Dossier (*infra*, p. 233), l'extrait de l'*Essai sur les mœurs* de Voltaire (1756).

1. Les corrections de 1780-1782 ont supprimé toute une phrase qui explicitait l'allusion à l'*in pace* : « Ordonnez que nous la déshabillions et qu'elle entre dans le lieu destiné à ses pareilles. »

les corridors. Je criais, j'appelais à mon secours, mais on avait sonné la cloche pour avertir que personne ne parût. J'invoquais le Ciel, j'étais à terre et l'on me traînait ; quand j'arrivai au bas des escaliers j'avais les pieds ensanglantés et les jambes meurtries, j'étais dans un état à toucher des âmes de bronze. Cependant l'on ouvrit avec de grosses clefs la porte d'un petit lieu souterrain, obscur, où l'on me jeta sur une natte que l'humidité avait à demi pourrie. Là, je trouvai un morceau de pain noir et une cruchée d'eau avec quelques vaisseaux [1] nécessaires et grossiers. La natte roulée par un bout formait un oreiller ; il y avait sur un bloc de pierre une tête de mort avec un crucifix de bois. Mon premier mouvement fut de me détruire. Je portai mes mains à ma gorge, je déchirai mon vêtement avec mes dents ; je poussai des cris affreux, je hurlai comme une bête féroce. Je me frappai la tête contre les murs, je me mis toute en sang, je cherchai à me détruire jusqu'à ce que les forces me manquassent, ce qui ne tarda pas. C'est là que j'ai passé trois jours ; je m'y croyais pour toute ma vie. Tous les matins une de mes exécutrices venait et me disait : Obéissez à notre supérieure et vous sortirez d'ici. — Je n'ai rien fait, je ne sais ce qu'on me demande. Ah ! Sœur Saint-Clément, il est un Dieu...

Le troisième jour, sur les neuf heures du soir on ouvrit la porte, c'étaient les mêmes religieuses qui m'avaient conduite. Après l'éloge des bontés de notre supérieure, elles m'annoncèrent qu'elle me faisait grâce et qu'on allait me mettre en liberté. — Il est trop tard, leur dis-je, laissez-moi ici, je veux y mourir. — Cependant elles m'avaient relevée et elles m'entraînaient ; on me conduisit dans ma cellule où je trouvai la supérieure : J'ai consulté Dieu sur votre sort et il a touché mon cœur, il veut que j'aie pitié de vous, et je lui obéis ; mettez-vous à genoux et demandez-lui pardon... Je me mis à genoux et je dis : Mon Dieu, je vous demande pardon des fautes

---

1. Récipients.

que j'ai faites, comme vous le demandâtes sur la croix
pour moi. – Quel orgueil ! s'écrièrent-elles ; elle se compare à Jésus-Christ et elle nous compare aux Juifs qui
l'ont crucifié. – Ne me considérez pas, leur dis-je, mais
considérez-vous et jugez. – Ce n'est pas tout, me dit la
supérieure ; jurez-moi par la sainte obéissance que vous
ne parlerez jamais de ce qui s'est passé. – Ce que vous
avez fait est donc bien mal, puisque vous exigez de moi
par serment que j'en garderai le silence ? Personne n'en
saura jamais rien que votre conscience, je vous le jure.
– Vous le jurez ? – Oui, je vous le jure. – Cela fait, elles me
dépouillèrent des vêtements qu'elles m'avaient donnés et
elles me laissèrent me rhabiller des miens.

J'avais pris de l'humidité ; j'étais dans une circonstance
critique [1] ; j'avais tout le corps meurtri, depuis plusieurs
jours je n'avais pris que quelques gouttes d'eau avec un
peu de pain, je crus que cette persécution serait la dernière que j'aurais à souffrir. C'est l'effet momentané de
ces secousses violentes qui montrent combien la nature a
de force dans les jeunes personnes. Je revins en très peu
de temps, et je trouvai, quand je reparus, toute la communauté persuadée que j'avais été malade ; je repris les
exercices de la maison et ma place à l'église. Je n'avais
pas oublié mon papier ni la jeune sœur à qui je l'avais
confié ; j'étais sûre qu'elle n'avait point abusé de ce
dépôt, mais qu'elle ne l'avait pas gardé sans inquiétude.
Quelques jours après ma sortie de prison, au chœur, au
moment même où je le lui avais donné, c'est-à-dire
lorsque nous nous mettons à genoux et qu'inclinées les
unes vers les autres nous disparaissons dans nos stalles,
je me sentis tirer doucement par ma robe, je tendis la
main et l'on me donna un billet qui ne contenait que
ces mots : « Combien vous m'avez inquiétée ! Et ce cruel
papier, que faut-il que j'en fasse ?.... » Après avoir lu
celui-ci, je le roulai dans mes mains et je l'avalai. Tout

1. Voir p. 19, note 3.

cela se passait au commencement du carême [1]. Le temps approchait où la curiosité d'entendre appelle à Longchamp la bonne et la mauvaise compagnie de Paris. J'avais la voix très belle, j'en avais peu perdu. C'est dans les maisons religieuses qu'on est attentif aux plus petits intérêts. On eut quelque ménagement pour moi, je jouis d'un peu plus de liberté, les sœurs que j'instruisais au chant purent approcher de moi sans conséquence. Celle à qui j'avais confié mon mémoire en était une ; dans les heures de récréation que nous passions au jardin, je la prenais à l'écart, je la faisais chanter, et pendant qu'elle chantait, voici ce que je lui dis : Vous connaissez beaucoup de monde, moi, je ne connais personne. Je ne voudrais pas que vous vous compromissiez, j'aimerais mieux mourir ici que de vous exposer au soupçon de m'avoir servie : mon amie, vous seriez perdue, je le sais ; cela ne me sauverait pas, et quand votre perte me sauverait, je ne voudrais point de mon salut, à ce prix. – Laissons cela, me dit-elle ; de quoi s'agit-il ? – Il s'agit de faire passer sûrement cette consultation à quelque habile avocat, sans qu'il sache de quelle maison elle vient, et d'en obtenir une réponse que vous me rendrez à l'église ou ailleurs. – À propos, me dit-elle, qu'avez-vous fait de mon billet ? – Soyez tranquille, je l'ai avalé. – Soyez tranquille vous-même, je penserai à votre affaire… – Vous remarquerez, Monsieur, que je chantais tandis qu'elle me parlait, qu'elle chantait tandis que je lui répondais, et que notre conversation était entrecoupée de traits de chant. Cette jeune personne, Monsieur, est encore dans la maison, son bonheur est entre vos mains ; si l'on venait à découvrir ce qu'elle a fait pour moi, il n'y a sorte de tourments auxquels elle ne fût exposée. Je ne voudrais pas lui avoir ouvert la porte d'un cachot, j'aimerais

---

1. Sans doute le deuxième Carême depuis la prise de fonctions de la nouvelle supérieure, ce qui permet d'estimer qu'on se trouve vers le milieu de la huitième année du temps diégétique : Suzanne a vingt-quatre ans.

mieux y rentrer. Brûlez donc ces lettres, Monsieur ; si vous en séparez l'intérêt que vous voulez bien prendre à mon sort, elles ne contiennent rien qui vaille la peine d'être conservé. Voilà ce que je vous disais alors ; mais hélas elle n'est plus, et je reste seule [1].

Elle ne tarda pas à me tenir parole et à m'en informer à notre manière accoutumée. La semaine sainte arriva, le concours à nos Ténèbres [2] fut nombreux. Je chantai assez bien pour exciter avec tumulte ces scandaleux applaudissements que l'on donne à vos comédiens dans leurs salles de spectacle, et qui ne devraient jamais être entendus dans les temples du Seigneur, surtout pendant les jours solennels et lugubres où l'on célèbre la mémoire de son fils attaché sur la croix pour l'expiation des crimes du genre humain. Mes jeunes élèves étaient bien préparées, quelques-unes avaient de la voix, presque toutes de l'expression et du goût, et il me parut que le public les avait entendues avec plaisir et que la communauté était satisfaite du succès de mes soins.

Vous savez, Monsieur, que le Jeudi l'on transporte le Saint-Sacrement de son tabernacle dans un reposoir [3] particulier où il reste jusqu'au Vendredi matin. Cet intervalle est rempli par les adorations successives des religieuses qui se rendent au reposoir les unes après les autres ou deux à deux. Il y a un tableau qui indique à chacune son heure d'adoration ; que je fus contente d'y lire la sœur Sainte-Suzanne et la sœur Sainte-Ursule depuis deux heures du matin jusqu'à trois ! Je me rendis au reposoir à l'heure marquée, ma compagne y était, nous nous plaçâmes l'une à côté de l'autre sur les

---

1. Diderot a ajouté cette phrase en 1780-1782 pour corriger une nouvelle inconséquence du récit : Suzanne ne peut réclamer protection pour une religieuse dont elle relatera ensuite la mort.
2. Offices des mercredi, jeudi et vendredi de la semaine sainte. Les paroles des « leçons de ténèbres » (musique sacrée) sont empruntées aux lamentations du prophète Jérémie sur les malheurs de Jérusalem dans l'Ancien Testament.
3. Sorte d'autel destiné aux processions.

marches de l'autel, nous nous prosternâmes ensemble, nous adorâmes Dieu pendant une demi-heure. Au bout de ce temps ma jeune amie me tendit la main et me la serra en disant : Nous n'aurons peut-être jamais l'occasion de nous entretenir aussi longtemps et aussi librement ; Dieu connaît la contrainte où nous vivons, et il nous pardonnera si nous partageons un temps que nous lui devons tout entier. Je n'ai pas lu votre mémoire, mais il n'est pas difficile de deviner ce qu'il contient. J'en aurai incessamment la réponse ; mais si cette réponse vous autorise à poursuivre la résiliation de vos vœux, ne voyez-vous pas qu'il faudra nécessairement que vous confériez avec des gens de loi ? – Il est vrai. – Que vous aurez besoin de liberté ? – Il est vrai. – Et que si vous faites bien, vous profiterez des dispositions présentes pour vous en procurer ? – J'y ai pensé. – Vous le ferez donc ? – Je verrai. – Autre chose ; si votre affaire s'entame, vous demeurerez ici abandonnée à toute la fureur de la communauté ; avez-vous prévu les persécutions qui vous attendent ? – Elles ne seront pas plus grandes que celles que j'ai souffertes. – Je n'en sais rien. – Pardonnez-moi ; d'abord on n'osera disposer de ma liberté. – Et pourquoi cela ? – Parce qu'alors je serai sous la protection des lois ; il faudra me représenter [1], je serai pour ainsi dire entre le monde et le cloître. J'aurai la bouche ouverte, la liberté de me plaindre, je vous attesterai toutes, on n'osera avoir des torts dont je pourrais me plaindre, on n'aura garde de rendre une affaire mauvaise. Je ne demanderais pas mieux qu'on en usât mal avec moi, mais on ne le fera pas, soyez sûre qu'on prendra une conduite tout opposée. On me sollicitera, on me représentera le tort que je vais me faire à moi-même et à la maison, et comptez qu'on n'en viendra aux menaces que quand on aura vu que la douceur et la séduction ne pourront rien, et qu'on s'interdira les voies de force. – Mais il est incroyable que vous ayez tant d'aversion

---

1. Faire comparaître en personne (terme juridique).

pour un état dont vous remplissez si facilement et si scrupuleusement les devoirs. – Je la sens cette aversion, je l'apportai en naissant et elle ne me quittera pas. Je finirais par être une mauvaise religieuse, il faut prévenir ce moment. – Mais si par malheur vous succombez [1] ? – Si je succombe, je demanderai à changer de maison ou je mourrai dans celle-ci. – On souffre longtemps avant que de mourir. Ah ! mon amie, votre démarche me fait frémir. Je tremble, que vos vœux soient résiliés, et qu'ils ne le soient pas. S'ils le sont, que deviendrez-vous ? que ferez-vous dans le monde ? Vous avez de la figure, de l'esprit et des talents, mais on dit que cela ne mène à rien avec de la vertu, et je sais que vous ne vous départirez pas de cette dernière qualité. – Vous me rendez justice, mais vous ne la rendez pas à la vertu, c'est sur elle seule que je compte. Plus elle est rare parmi les hommes, plus elle y doit être considérée. – On la loue, mais on ne fait rien pour elle. – C'est elle qui m'encourage et qui me soutient dans mon projet ; quoi qu'on m'objecte, on respectera mes mœurs ; on ne dira pas du moins, comme de la plupart des autres, que je sois entraînée hors de mon état par une passion déréglée. Je ne vois personne, je ne connais personne. Je demande à être libre, parce que le sacrifice de ma liberté n'a pas été volontaire. Avez-vous lu mon mémoire ? – Non ; j'ai ouvert le paquet que vous m'avez donné, parce qu'il était sans adresse et que j'ai dû penser [2] qu'il était pour moi, mais les premières lignes m'ont détrompée et je n'ai pas été plus loin. Que vous fûtes bien inspirée de me l'avoir remis ! un moment plus tard on l'aurait trouvé sur vous. Mais l'heure qui finit notre station approche ; prosternons-nous ; que celles qui vont nous succéder nous trouvent dans la situation où nous devons être. Demandez à Dieu qu'il vous éclaire et qu'il vous conduise, je vais unir ma prière et mes soupirs aux vôtres… – J'avais l'âme un peu soulagée. Ma compagne

---

1. Entendre : si vous perdez votre procès.
2. C'est-à-dire « il était naturel que je pense ».

priait droite, moi, je me prosternai, mon front était appuyé contre la dernière marche de l'autel et mes bras étaient étendus sur les marches supérieures. Je ne crois pas m'être jamais adressée à Dieu avec plus de consolation et de ferveur, le cœur me palpitait avec violence, j'oubliai en un instant tout ce qui m'environnait. Je ne sais combien je restai dans cette position ni combien j'y serais encore restée, mais je fus un spectacle bien touchant, il le faut croire, pour ma compagne et pour les deux religieuses qui survinrent. Quand je me relevai je crus être seule, je me trompais, elles étaient toutes les trois placées derrière moi, debout et fondant en larmes, elles n'avaient osé m'interrompre, elles attendaient que je sortisse de moi-même de l'état de transport et d'effusion où elles me voyaient. Quand je me retournai de leur côté mon visage avait sans doute un caractère bien imposant, si j'en juge par l'effet qu'il produisit sur elles et par ce qu'elles ajoutèrent ; que je ressemblais alors à notre ancienne supérieure lorsqu'elle nous consolait, et que ma vue leur avait causé le même tressaillement. Si j'avais eu quelque penchant à l'hypocrisie ou au fanatisme et que j'eusse voulu jouer un rôle dans la maison, je ne doute point qu'il ne m'eût réussi ; mon âme s'allume facilement, s'exalte, se touche [1], et cette bonne supérieure m'a dit cent fois en m'embrassant que personne n'aurait aimé Dieu comme moi ; que j'avais un cœur de chair et les autres un cœur de pierre. Il est sûr que j'éprouvais une facilité extrême à partager son extase, et que dans les prières qu'elle faisait à haute voix, quelquefois il m'arrivait de prendre la parole, de suivre le fil de ses idées et de rencontrer, comme d'inspiration, une partie de ce qu'elle aurait dit elle-même. Les autres l'écoutaient en silence ou la suivaient ; moi, je l'interrompais, ou je la devançais, ou je parlais avec elle ; je conservais très longtemps l'impression que j'avais prise, et il fallait apparemment

---

1. S'émeut, se passionne facilement.

que je lui en restituasse quelque chose, car, si l'on discernait dans les autres qu'elles avaient conversé avec elle, on discernait en elle qu'elle avait conversé avec moi. Mais qu'est-ce que cela signifie, quand la vocation n'y est pas ? Notre station finie, nous cédâmes la place à celles qui nous succédaient, nous nous embrassâmes bien tendrement ma jeune compagne et moi avant que de nous séparer.

La scène du reposoir fit bruit dans la maison ; ajoutez à cela le succès de nos Ténèbres du Vendredi saint, je chantai, je touchai de l'orgue, je fus applaudie. Ô têtes folles de religieuses ! je n'eus presque rien à faire pour me réconcilier avec toute la communauté, on vint au-devant de moi, la supérieure la première. Quelques personnes du monde cherchèrent à me connaître, cela cadrait trop bien avec mon projet pour m'y refuser. Je vis M. le premier président, madame de Soubise [1] et une foule d'honnêtes gens, des moines, des prêtres, des militaires, des magistrats, des femmes pieuses, des femmes du monde, et parmi tout cela cette sorte d'étourdis que vous appelez des talons rouges [2], et que j'eus bientôt congédiés. Je ne cultivai de connaissances que celles qu'on ne pouvait m'objecter, j'abandonnai le reste à celles de nos religieuses qui n'étaient pas si difficiles.

J'oubliais de vous dire que la première marque de bonté qu'on me donna, ce fut de me rétablir dans ma cellule. J'eus le courage de redemander le petit portrait de notre ancienne supérieure, et l'on n'eut pas celui de me le refuser. Il a repris sa place sur mon cœur, il y

---

1. Sans doute l'épouse du maréchal de Soubise, protégé de madame de Pompadour. C'est encore un exemple d'insertion de nom historique qui produit un effet de réel.
2. L'expression désigne les jeunes gens à la mode, les « fats » de cour qu'on appelle aussi « petits-maîtres » (le terme semble avoir pris naissance chez La Bruyère). Le petit marquis imbu de lui-même et dont les talons rouges signalent la naissance aristocratique est un type satirique dans la littérature de l'âge classique. Voir par exemple, de Diderot lui-même, le chapitre XXXVI des *Bijoux indiscrets*, « Les petits-maîtres ».

demeurera tant que je vivrai. Tous les matins mon premier mouvement est d'élever mon âme à Dieu, le second
est de le baiser ; lorsque je veux prier et que je me sens
l'âme froide, je le détache de mon cou, je le place devant
moi, je le regarde et il m'inspire. C'est bien dommage que
nous n'ayons pas connu les saints personnages dont les
simulacres [1] sont exposés à notre vénération, ils feraient
bien une autre impression sur nous, ils ne nous laisse-
raient pas à leurs pieds ou devant eux aussi froids que
nous y demeurons.

J'eus la réponse à mon mémoire, elle était d'un
M. Manouri [2] ; ni favorable ni défavorable. Avant que de
prononcer sur cette affaire, on demandait un grand
nombre d'éclaircissements auxquels il était difficile de
satisfaire sans se voir ; je me nommai donc et j'invitai
M. Manouri à se rendre à Longchamp. Ces messieurs
se déplacent difficilement, cependant il vint ; nous nous
entretînmes très longtemps, nous convînmes d'une correspondance par laquelle il me ferait parvenir sûrement
ses demandes et je lui renverrais mes réponses.
J'employai de mon côté tout le temps qu'il donnait à
mon affaire à disposer les esprits, à intéresser à mon sort
et à me faire des protections. Je me nommai ; je révélai
ma conduite dans la première maison que j'avais habitée,
ce que j'avais souffert dans la maison domestique, les
peines qu'on m'avait faites en couvent, ma réclamation
à Sainte-Marie, mon séjour à Longchamp, ma prise
d'habit, ma profession, la cruauté avec laquelle j'avais été
traitée depuis que j'avais consommé mes vœux. On me

---

1. Le mot, vieilli, désigne les images du sacré. Il peut être péjoratif :
dans de nombreux dictionnaires de langue du temps, il se définit
comme « représentation d'une fausse divinité ». Avant corrections, le
manuscrit autographe portait « images » : Diderot a opté pour un
terme plus connoté.
2. L'enquête de Georges May sur *Diderot et La Religieuse* (New
Haven, Yale University Press/Paris, PUF, 1954) fait état de l'existence
d'un avocat au parlement de Paris appelé Louis Mannory, dont les
mémoires judiciaires ont été publiés.

plaignit, on m'offrit du secours ; je retins la bonne volonté que l'on me témoignait pour le temps où je pourrais en avoir besoin, sans m'expliquer davantage. Rien ne transpirait dans la maison ; j'avais obtenu de Rome la permission de réclamer contre mes vœux [1] ; incessamment l'action allait être intentée, qu'on était là-dessus dans une sécurité profonde. Je vous laisse donc à penser quelle fut la surprise de ma supérieure lorsqu'on lui signifia au nom de sœur Marie-Suzanne Simonin une protestation contre ses vœux avec la demande de quitter l'habit de religion et de sortir du cloître pour disposer d'elle comme elle le jugerait à propos.

J'avais bien prévu que je trouverais plusieurs sortes d'oppositions, celle des lois, celle de la maison religieuse et celle de mes beaux-frères et sœurs alarmés. Ils avaient eu tout le bien de la famille, et libre, j'aurais eu des reprises [2] considérables à faire sur eux. J'écrivis à mes sœurs, je les suppliai de n'apporter aucune opposition à ma sortie, j'en appelai à leur conscience sur le peu de liberté de mes vœux. Je leur offris un désistement par acte authentique de toutes mes prétentions à la succession de mon père et de ma mère ; je n'épargnai rien pour leur persuader que ce n'était ici une démarche ni d'intérêt, ni de passion. Je ne m'en imposai point [3] sur leurs sentiments ; cet acte que je leur proposais, fait tandis que j'étais encore engagée en religion, devenait invalide, et il était trop incertain pour elles que je le ratifiasse quand je serais libre. Puis leur convenait-il d'accepter mes propositions ? Laisseront-elles une sœur sans asile et sans fortune ? Jouiront-elles de son bien ? Que dira-t-on dans le monde ? Si elle vient nous demander du pain, la refuserons-nous ? S'il lui prend fantaisie de se marier, qui sait la sorte d'homme qu'elle épousera ? Et si elle a des

---

1. Voir, dans le Dossier (*infra*, p. 231), l'article de l'*Encyclopédie* « Vœux de religion » et la note qui l'accompagne.
2. Récupérations de sa « légitime ».
3. Je ne me fis aucune illusion.

enfants ?... Il faut contrarier de toute notre force cette dangereuse tentative. Voilà ce qu'elles se dirent et ce qu'elles firent.

À peine la supérieure eut-elle reçu l'acte juridique de ma demande, qu'elle accourut dans ma cellule. Comment, sœur Sainte-Suzanne, me dit-elle, vous voulez nous quitter ? – Oui, Madame. – Et vous allez appeler de vos vœux ? – Oui, Madame. – Ne les avez-vous pas faits librement ? – Non, Madame. – Et qui est-ce qui vous y a contrainte ? – Tout. – Monsieur votre père ? – Mon père. – Madame votre mère ? – Elle-même. – Et pourquoi ne pas réclamer au pied des autels ? – J'étais si peu à moi, que je ne me rappelle pas même d'y avoir assisté. – Pouvez-vous parler ainsi ? – Je dis la vérité. – Quoi, vous n'avez pas entendu le prêtre vous demander : sœur Sainte-Suzanne Simonin, promettez-vous à Dieu obéissance, chasteté et pauvreté ? – Je n'en ai pas mémoire. – Vous n'avez pas répondu que oui ? – Je n'en ai pas mémoire. – Et vous imaginez que les hommes vous en croiront ? – Ils m'en croiront ou non, mais le fait n'en sera pas moins vrai. – Chère enfant, si de pareils prétextes étaient écoutés, voyez quels abus il s'ensuivrait ? Vous avez fait une démarche inconsidérée, vous vous êtes laissée entraîner par un sentiment de vengeance, vous avez à cœur les châtiments que vous m'avez obligée de vous infliger ; vous avez cru qu'ils suffisaient pour rompre vos vœux, vous vous êtes trompée, cela ne se peut ni devant les hommes, ni devant Dieu. Songez que le parjure est le plus grand de tous les crimes, que vous l'avez déjà commis dans votre cœur et que vous allez le consommer. – Je ne serai point parjure, je n'ai rien juré. – Si l'on a eu quelques torts avec vous, n'ont-ils pas été réparés ? – Ce ne sont point ces torts qui m'ont déterminée. – Qu'est-ce donc ? – Le défaut de vocation, le défaut de liberté dans mes vœux. – Si vous n'étiez point appelée, si vous étiez contrainte, que ne me le disiez-vous quand il en était temps ? – Et à quoi cela m'aurait-il servi ? – Que ne montriez-vous la même fermeté que vous eûtes à Sainte-Marie ? – Est-ce que la fermeté dépend de nous ? Je fus ferme la première fois, la seconde, j'étais imbécile. – Que n'appeliez-vous un homme de loi ? que ne protestiez-vous ? Vous avez eu les vingt-quatre heures pour constater votre regret. – Savais-je rien de ces formalités ? Quand je les aurais sues, étais-je en état d'en user ? quand j'aurais été en état d'en user, l'aurais-je pu ? Quoi, Madame, ne vous êtes-vous pas aperçue vous-même de mon aliénation ? Si je vous prends à témoin, jurerez-vous que j'étais saine d'esprit ? – Je le jurerai. – Eh bien, Madame, c'est vous et non pas moi qui serez parjure. – Mon enfant, vous allez faire un éclat inutile ; revenez à vous, je vous en conjure par votre propre intérêt, par celui de la maison. Ces sortes d'affaires ne se suivent point sans des discussions scandaleuses. – Ce ne sera pas ma faute. – Les gens du monde sont méchants ; on fera les suppositions les plus défavorables à votre esprit, à votre cœur, à vos mœurs, on croira... – Tout ce qu'on voudra. – Mais parlez-moi à cœur ouvert ; si vous avez quelque mécontentement secret, quel qu'il soit, il y a du remède. – J'étais, je suis et je serai toute ma vie mécontente de mon état. – L'esprit séducteur qui nous environne sans cesse et qui cherche à nous perdre, aurait-il profité de la liberté trop grande qu'on vous a accordée depuis peu, pour vous inspirer quelque penchant funeste ? – Non, Madame, vous savez que je ne fais pas un serment sans peine, j'atteste Dieu que mon cœur est innocent et qu'il n'y eut jamais aucun sentiment honteux. – Cela ne se conçoit pas. – Rien cependant, madame, n'est plus facile à concevoir. Chacun a son caractère et j'ai le mien. Vous aimez la vie monastique et je la hais ; vous avez reçu de Dieu les grâces de votre état et elles me manquent toutes ; vous vous seriez perdue dans le monde, et vous assurez ici votre salut, je me perdrais ici, et j'espère me sauver [1] dans le monde ; je suis et je serai

---

1. Il faut entendre « se perdre » et « se sauver » au sens théologique : s'assurer la damnation ou la grâce éternelles dans l'au-delà.

une mauvaise religieuse. – Et pourquoi ? personne ne remplit mieux ses devoirs que vous. – Mais c'est avec peine et à contrecœur. – Vous en méritez davantage. – Personne ne peut savoir mieux que moi ce que je mérite, et je suis forcée de m'avouer qu'en me soumettant à tout, je ne mérite rien ; je suis lasse d'être une hypocrite ; en faisant ce qui sauve les autres je me déteste et je me damne. En un mot, Madame, je ne connais de véritables religieuses que celles qui sont retenues ici par leur goût pour la retraite et qui y resteraient quand elles n'auraient autour d'elles ni grilles ni murailles qui les retinssent. Il s'en manque bien que je sois de ce nombre, mon corps est ici, mais mon cœur n'y est pas, il est audehors, et s'il fallait opter entre la mort et la clôture perpétuelle, je ne balancerais pas à mourir. Voilà mes sentiments. – Quoi, vous quitterez sans remords ce voile, ces vêtements qui vous ont consacrée à Jésus-Christ ! – Oui, Madame, parce que je les ai pris sans réflexion et sans liberté... Je lui répondis avec bien de la modération, car ce n'était pas là ce que mon cœur me suggérait, il me disait : Oh ! que ne suis-je au moment où je pourrai les déchirer et les jeter loin de moi !... Cependant ma réponse l'altéra, elle pâlit, elle voulut encore parler, mais ses lèvres tremblaient, elle ne savait pas trop ce qu'elle avait encore à me dire. Je me promenais à grands pas dans ma cellule, et elle s'écriait : Ô mon Dieu ! que diront nos sœurs ! Ô Jésus ! jetez sur elle un regard de pitié ! Sœur Sainte-Suzanne ? – Madame. – C'est donc un parti pris ? vous voulez nous déshonorer, nous rendre et devenir la fable publique, vous perdre ! – Je veux sortir d'ici. – Mais si ce n'est que la maison qui vous déplaise... – C'est la maison, c'est mon état, c'est la religion ; je ne veux être enfermée ni ici ni ailleurs. – Mon enfant, vous êtes possédée du démon, c'est lui qui vous agite, qui vous fait parler, qui vous transporte ; rien n'est plus vrai, voyez dans quel état vous êtes. – En effet, je jetai les yeux sur moi et je vis que ma robe était en désordre, que ma guimpe [1] s'était tournée presque sens devant derrière et que mon voile était tombé sur mes épaules. J'étais ennuyée des propos de cette méchante supérieure qui n'avait avec moi qu'un ton radouci et faux, et je lui dis avec dépit : Non, Madame, non, je ne veux plus de ce vêtement, je n'en veux plus... Cependant je tâchais de rajuster mon voile, mes mains tremblaient, et plus je m'efforçais à l'arranger, plus je le dérangeais ; impatientée, je le saisis avec violence, je l'arrachai, je le jetai par terre, et je restai vis-à-vis de ma supérieure le front ceint d'un bandeau et la tête échevelée. Cependant elle, incertaine si elle devait rester ou sortir, allait et venait en disant : Ô Jésus ! elle est possédée, rien n'est plus vrai, elle est possédée... et l'hypocrite se signait avec la croix de son rosaire [2]. Je ne tardai pas à revenir à moi. Je sentis l'indécence de mon état et l'imprudence de mes discours. Je me composai de mon mieux, je ramassai mon voile et je le remis, puis me tournant vers elle, je lui dis : Madame, je ne suis ni folle, ni possédée, je suis honteuse de mes violences et je vous en demande pardon, mais jugez par là combien la vie du cloître me convient peu et combien il est juste que je cherche à m'en tirer si je puis. – Elle, sans m'écouter, répétait : Que dira le monde ? que diront nos sœurs ? – Madame, lui dis-je, voulez-vous éviter un éclat ? il y aurait un moyen : je ne cours point après ma dot, je ne demande que la liberté ; je ne dis point que vous m'ouvriez les portes, mais faites seulement aujourd'hui, demain, après, qu'elles soient mal gardées, et ne vous apercevez de mon évasion que le plus tard que vous pourrez. – Malheureuse ! qu'osez-vous me proposer ? – Un conseil qu'une bonne et sage supérieure devrait suivre avec toutes celles pour qui leur couvent est

---

1. « Morceau de toile dont les religieuses se servent pour se couvrir le cou et la gorge » (*Dictionnaire de l'Académie française, op. cit*, vol. 1, p. 854).

2. Chapelet de cent cinquante grains, correspondant aux cent cinquante Psaumes.

une prison, et le couvent en est une pour moi mille fois plus affreuse que celles qui renferment les malfaiteurs ; il faut que j'en sorte ou que j'y périsse... Madame, lui dis-je en prenant un ton grave et un regard assuré, écoutez-moi ; si les lois auxquelles je me suis adressée trompaient mon attente, et que poussée par des mouvements d'un désespoir que je ne connais que trop... vous avez un puits... il y a des fenêtres dans la maison... partout on a des murs devant soi... on a un vêtement qu'on peut dépecer... des mains dont on peut user... – Arrêtez, malheureuse ! vous me faites frémir ; quoi, vous pourriez... – Je pourrais, au défaut de tout ce qui finit brusquement les maux de la vie, repousser les aliments ; on est maître de boire et de manger ou de n'en rien faire... S'il arrivait, après ce que je viens de vous dire, que j'eusse le courage, et vous savez que je n'en manque pas et qu'il en faut plus quelquefois pour vivre que pour mourir ; transportez-vous au jugement de Dieu, et dites-moi laquelle de la supérieure ou de sa religieuse lui semblerait la plus coupable ?... Madame, je ne redemande ni ne redemanderai jamais rien à la maison ; épargnez-moi un forfait, épargnez-vous de longs remords, concertons ensemble... – Y pensez-vous, sœur Sainte-Suzanne, que je manque au premier de mes devoirs, que je donne les mains au crime, que je partage un sacrilège ! – Le vrai sacrilège, Madame, c'est moi qui le commets tous les jours en profanant par le mépris les habits sacrés que je porte. Ôtez-les-moi, j'en suis indigne ; faites chercher dans le village les haillons de la paysanne la plus pauvre, et que la clôture me soit entrouverte. – Et où irez-vous pour être mieux ? – Je ne sais où j'irai, mais on n'est mal qu'où Dieu ne nous veut point, et Dieu ne me veut point ici. – Vous n'avez rien. – Il est vrai, mais l'indigence n'est pas ce que je crains le plus. – Craignez les désordres auxquels elle entraîne. – Le passé me répond de l'avenir. Si j'avais voulu écouter le crime, je serais libre ; mais s'il me convient de sortir de cette maison, ce sera ou de votre consentement, ou par l'autorité des lois. Vous pouvez opter.

Cette conversation avait duré ; en me la rappelant je rougis des choses indiscrètes et ridicules que j'avais faites et dites, mais il était trop tard. La supérieure en était encore à ses exclamations, que dira le monde ? que diront nos sœurs ? lorsque la cloche qui nous appelait à l'office vint nous séparer. Elle me dit en me quittant : Sœur Sainte-Suzanne, vous allez à l'église, demandez à Dieu qu'il vous touche et qu'il vous rende l'esprit de votre état ; interrogez votre conscience et croyez ce qu'elle vous dira, il est impossible qu'elle ne vous fasse des reproches. Je vous dispense du chant.

Nous descendîmes presque ensemble ; l'office s'acheva. À la fin de l'office, lorsque toutes les sœurs étaient sur le point de se séparer, elle frappa sur son bréviaire et les arrêta. Mes sœurs, leur dit-elle, je vous invite à vous jeter au pied des autels et à implorer la miséricorde de Dieu sur une religieuse qu'il a abandonnée, qui a perdu le goût et l'esprit de la religion et qui est sur le point de se porter à une action sacrilège aux yeux de Dieu et honteuse aux yeux des hommes.

Je ne saurais vous peindre la surprise générale ; en un clin d'œil chacune sans se remuer eut parcouru le visage de ses compagnes, cherchant à démêler la coupable à son embarras. Toutes se prosternèrent et prièrent en silence. Au bout d'un espace de temps assez considérable la prieure entonna à voix basse le *Veni Creator*[1] et toutes continuèrent à voix basse le *Veni Creator* ; puis après un second silence la prieure frappa sur son pupitre et l'on sortit.

Je vous laisse à penser le murmure qui s'éleva dans la communauté : Qui est-ce ? qui n'est-ce pas ? Qu'a-t-elle fait ? que veut-elle faire[2] ?... Ces soupçons ne durèrent

---

1. Hymne d'invocation (« Viens, Créateur ») en général chanté pendant la période d'Avent plutôt que pendant la semaine sainte. Diderot a hésité sur le choix de la prière : dans le premier état du manuscrit autographe (avant les dernières corrections), il a laissé en blanc.
2. Voir Luc 22, 23.

pas longtemps. Ma demande commençait à faire du bruit dans le monde ; je recevais des visites sans fin. Les uns m'apportaient des reproches, d'autres m'apportaient des conseils ; j'étais approuvée des uns, j'étais blâmée de quelques autres. Je n'avais qu'un moyen de me justifier à tous, c'était de les instruire de la conduite de mes parents, et vous concevez quel ménagement j'avais à garder sur ce point ; il n'y avait que quelques personnes qui me restèrent sincèrement attachées et M. Manouri qui s'était chargé de mon affaire à qui je pusse m'ouvrir entièrement. Lorsque j'étais effrayée des tourments dont j'étais menacée ; ce cachot où j'avais été traînée une fois se représentait à mon imagination dans toute son horreur, je connaissais la fureur des religieuses. Je communiquai mes craintes à M. Manouri, et il me dit : Il est impossible de vous éviter toutes sortes de peines, vous en aurez, vous avez dû vous y attendre ; il faut vous armer de patience et vous soutenir par l'espoir qu'elles finiront. Pour ce cachot, je vous promets que vous n'y rentrerez jamais ; c'est mon affaire. En effet, quelques jours après il apporta un ordre à la supérieure de me représenter toutes et quantes fois qu'elle[1] en serait requise.

Le lendemain, après l'office, je fus encore recommandée aux prières publiques de la communauté ; l'on pria en silence et l'on dit à voix basse le même hymne que la veille. Même cérémonie le troisième jour, avec cette différence que l'on m'ordonna de me placer debout au milieu du chœur, et que l'on récita les prières pour les agonisants, les litanies des saints avec le refrain, *Ora pro ea*[2]. Le quatrième jour, ce fut une momerie[3] qui marquait bien le caractère bizarre de la supérieure. À la fin

---

1. Chaque fois qu'elle. (La locution est un archaïsme grammatical. Elle signale ici le style judiciaire.)

2. Invocation des saints et saintes dont l'appel se clôt sur la supplication « Priez pour elle ».

3. Le sens, déjà vieilli au XVIIIᵉ siècle, est d'abord celui de mascarade, de déguisement, au propre et au figuré. Mais il désigne ici le caractère ridicule, infantile, de l'apparat des cérémonies chrétiennes.

de l'office, on me fit coucher dans une bière au milieu du chœur ; on plaça des chandeliers à mes côtés avec un bénitier ; on me couvrit d'un suaire, et l'on récita l'office des morts, après lequel chaque religieuse en sortant me jeta de l'eau bénite en disant, *Requiescat in pace*. Il faut entendre la langue des couvents pour connaître l'espèce de menace contenue dans ces derniers mots [1]. Deux religieuses relevèrent le suaire et me laissèrent là trempée jusqu'à la peau de l'eau dont elles m'avaient malicieusement [2] arrosée. Mes habits se séchèrent sur moi, je n'avais pas de quoi me rechanger.

Cette mortification fut suivie d'une autre. La communauté s'assembla ; on me regarda comme une réprouvée, ma démarche fut traitée d'apostasie [3], et l'on défendit sous peine de désobéissance à toutes les religieuses de me parler, de me secourir, de m'approcher et de toucher même aux choses qui m'auraient servi. Ces ordres furent exécutés à la rigueur [4]. Nos corridors sont étroits, deux personnes ont en quelques endroits de la peine à passer de front ; si j'allais et qu'une religieuse vînt à moi, ou elle retournait sur ses pas, ou elle se collait contre le mur tenant son voile et son vêtement, de crainte qu'il ne flottât contre le mien. Si l'on avait quelque chose à recevoir de moi, je le posais à terre et on le prenait avec un linge ; si l'on avait quelque chose à me donner, on me le jetait. Si l'on avait eu le malheur de me toucher, l'on se croyait souillée, et l'on allait s'en confesser et s'en faire absoudre chez la supérieure. On a dit que la flatterie était vile et basse, elle est encore bien cruelle et bien ingénieuse lorsqu'elle se propose de plaire par les mortifications qu'elle invente. Combien de fois, je me suis rappelé le

1. Voir p. 60, note 2.
2. Avec « malice » au sens fort de « méchanceté », « penchant à faire le mal ».
3. Abandon de la foi. Par extension, désigne aussi la renonciation aux vœux.
4. En appliquant la règle dans toute sa sévérité.

mot de ma céleste supérieure de Moni. Entre toutes ces créatures que vous voyez autour de moi, si dociles, si innocentes, si douces, eh bien, mon enfant, il n'y en a presque pas une, non presque pas une dont je ne pusse faire une bête féroce, étrange métamorphose pour laquelle la disposition est d'autant plus grande, qu'on est entrée plus jeune dans une cellule et que l'on connaît moins la vie sociale. Ce discours vous étonne ; Dieu vous préserve d'en éprouver la vérité. Sœur Suzanne, la bonne religieuse est celle qui apporte dans le cloître quelque grande faute à expier.

Je fus privée de tous les emplois. À l'église on laissait une stalle vide à chaque côté de celle que j'occupais. J'étais seule à une table au réfectoire ; on ne m'y servait pas, j'étais obligée d'aller dans la cuisine demander ma portion. La première fois la sœur cuisinière me cria : N'entrez pas, éloignez-vous... Je lui obéis. Que voulez-vous ? – À manger. – À manger ! vous n'êtes pas digne de vivre... Quelquefois je m'en retournais et je passais la journée sans rien prendre. Quelquefois j'insistais, et l'on me mettait sur le seuil des mets qu'on aurait eu honte de présenter à des animaux ; je les ramassais en pleurant et je m'en allais. Arrivais-je quelquefois à la porte du chœur la dernière ? je la trouvais fermée ; je m'y mettais à genoux, et là j'attendais la fin de l'office ; si c'était au jardin, je m'en retournais dans ma cellule. Cependant mes forces s'affaiblissant par le peu de nourriture, la mauvaise qualité de celle que je prenais, et plus encore par la peine que j'avais à supporter tant de marques réitérées d'inhumanité ; je sentis que si je persistais à souffrir sans me plaindre, je ne verrais jamais la fin de mon procès ; je me déterminai donc à parler à la supérieure. J'étais à moitié morte de frayeur. J'allai cependant frapper doucement à sa porte, elle ouvrit. À ma vue, elle recula plusieurs pas en arrière en me criant : Apostate, éloignez-vous... Je m'éloignai. – Encore. – Je m'éloignai encore. – Que voulez-vous ? – Puisque ni Dieu ni les hommes ne m'ont point condamnée à mourir, je veux, madame, que vous ordonniez qu'on me fasse vivre. – Vivre ? me dit-elle, en me répétant le propos de la sœur cuisinière, en êtes-vous digne ? – Il n'y a que Dieu qui le sache, mais je vous préviens que si l'on me refuse la nourriture, je serai forcée d'en porter mes plaintes à ceux qui m'ont acceptée sous leur protection. Je ne suis ici qu'en dépôt jusqu'à ce que mon sort et mon état soient décidés. – Allez, me dit-elle, ne me souillez pas de vos regards. J'y pourvoirai… – Je m'en allai et elle ferma sa porte avec violence. Elle donna ses ordres apparemment, mais je n'en fus guère mieux soignée ; on se faisait un mérite de lui désobéir. On me jetait les mets les plus grossiers, encore les gâtait-on avec de la cendre et toutes sortes d'ordures.

Voilà la vie que j'ai menée tant que mon procès a duré. Le parloir ne me fut pas tout à fait interdit. On ne pouvait m'ôter la liberté de conférer avec mes juges ni avec mon avocat, encore celui-ci fut-il obligé d'employer plusieurs fois la menace pour obtenir de me voir. Alors une sœur m'accompagnait ; elle se plaignait si je parlais bas, elle s'impatientait si je restais trop ; elle m'interrompait, me démentait, me contredisait, répétait à la supérieure mes discours, les altérait, les empoisonnait, m'en supposait même que je n'avais pas tenus, que sais-je ? On en vint jusqu'à me voler, me dépouiller, m'ôter mes chaises, mes couvertures et mes matelas ; on ne me donnait plus de linge blanc, mes vêtements se déchiraient, j'étais presque sans bas et sans souliers ; j'avais peine à obtenir de l'eau, j'ai plusieurs fois été obligée d'en aller chercher moi-même au puits, à ce puits dont je vous ai parlé ; on me cassa mes vaisseaux, alors j'en étais réduite à boire l'eau que j'avais tirée, sans en pouvoir emporter. Si je passais sous des fenêtres, j'étais obligée de fuir, ou de m'exposer à recevoir les immondices des cellules. Quelques sœurs m'ont craché au visage. J'étais devenue d'une malpropreté hideuse. Comme on craignait les plaintes que je pouvais faire à nos directeurs, la confession me fut interdite. Un jour de grande fête, c'était, je

crois, le jour de l'Ascension [1], on embarrassa ma serrure,
je ne pus aller à la messe, et j'aurais peut-être manqué à
tous les autres offices sans la visite de M. Manouri à qui
l'on dit d'abord que l'on ne savait pas ce que j'étais devenue, qu'on ne me voyait plus et que je ne faisais aucune
action de christianisme. Cependant à force de me tourmenter j'abattis ma serrure et je me rendis à la porte du
chœur que je trouvai fermée, comme il arrivait lorsque je
ne venais pas des premières. J'étais couchée à terre, la
tête et le dos appuyés contre un des murs, les bras croisés
sur la poitrine, et le reste de mon corps étendu fermait
le passage, lorsque l'office finit et que les religieuses se
présentèrent pour sortir. La première s'arrêta tout court,
les autres arrivèrent à sa suite ; la supérieure se douta de
ce que c'était, et dit : « Marchez sur elle, ce n'est qu'un
cadavre. » Quelques-unes obéirent et me foulèrent aux
pieds, d'autres furent moins inhumaines, mais aucune
n'osa me tendre la main pour me relever. Tandis que
j'étais absente on enleva de ma cellule mon prie-Dieu, le
portrait de notre fondatrice, les autres images pieuses, le
crucifix, et il ne me resta que celui que je portais à mon
rosaire, qu'on ne me laissa pas longtemps. Je vivais donc
entre quatre murailles nues, dans une chambre sans
porte, sans chaise, debout ou sur une paillasse, sans
aucun des vaisseaux les plus nécessaires, forcée de sortir
la nuit pour satisfaire aux besoins de la nature, et accusée
le matin de troubler le repos de la maison, d'errer et de
devenir folle. Comme ma cellule ne fermait plus, on
entrait pendant la nuit en tumulte, on criait, on tirait
mon lit, on cassait mes fenêtres, on me faisait toutes
sortes de terreurs. Le bruit montait à l'étage au-dessus,
descendait l'étage au-dessous, et celles qui n'étaient pas
du complot disaient qu'il se passait dans ma chambre
des choses étranges, qu'elles avaient entendu des voix
lugubres, des cris, des cliquetis de chaînes, et que je

---

1. Cette notation indique que quarante jours se sont passés depuis
la remise du mémoire.

conversais avec les revenants et les mauvais esprits, qu'il fallait que j'eusse fait un pacte, et qu'il faudrait incessamment déserter de mon corridor. Il y a dans les communautés des têtes faibles, c'est même le grand nombre ; celles-là croyaient ce qu'on leur disait, n'osaient passer devant ma porte, me voyaient dans leur imagination troublée avec une figure hideuse, faisaient le signe de la croix à ma rencontre et s'enfuyaient en criant : Satan ! éloignez-vous de moi ; mon Dieu, venez à mon secours... Une des plus jeunes était au fond du corridor, j'allais à elle, et il n'y avait pas moyen de m'éviter. La frayeur la plus terrible la prit ; d'abord elle se tourna le visage contre le mur, marmottant d'une voix tremblante : Mon Dieu ! mon Dieu ! Jésus ! Marie ! Jésus ! Marie !... Cependant j'avançais ; quand elle me sentit près d'elle, elle se couvre le visage de ses deux mains de peur de me voir ; s'élance de mon côté ; se précipite avec violence entre mes bras, et s'écrie : À moi ; à moi. Miséricorde ! je suis perdue ! Sœur Sainte-Suzanne, ne me faites point de mal, sœur Sainte-Suzanne, ayez pitié de moi... et en disant ces mots la voilà qui tombe renversée à moitié morte sur le carreau. On accourt à ses cris, on l'emporte, et je ne saurais vous dire comment cette aventure fut travestie. On en fit l'histoire la plus criminelle ; on dit que le démon de l'impureté s'était emparé de moi, on me supposa des desseins, des actions que je n'ose nommer et des désirs bizarres auxquels on attribua le désordre évident dans lequel la jeune religieuse s'était trouvée. En vérité, je ne suis pas un homme et je ne sais ce qu'on peut imaginer d'une femme et d'une autre femme [1], et moins encore d'une femme seule ; cependant comme mon lit était sans rideaux et qu'on entrait dans ma chambre à toute heure, que vous dirai-je, Monsieur, il

_____

1. Nouvelle incohérence technique dans ce retour au présent de la narration : la Suzanne héroïne est peut-être ignorante, mais non la Suzanne narratrice (qui parle d'ailleurs plus loin d'« actions obscènes »).

faut qu'avec toute leur retenue extérieure, la modestie de leurs regards, la chasteté de leur expression, ces femmes aient le cœur bien corrompu, elles savent du moins qu'on commet seule des actions déshonnêtes, et moi je ne le sais pas ; aussi n'ai-je jamais bien compris ce dont elles m'accusaient, et elles s'exprimaient en des termes si obscurs, que je n'ai jamais su ce qu'il y avait à leur répondre. Je ne finirais point, si je voulais suivre ce détail de persécutions. Ah ! Monsieur, si vous avez des enfants, apprenez par mon sort celui que vous leur préparez si vous souffrez qu'ils entrent en religion sans les marques de la vocation la plus forte et la plus décidée. Qu'on est injuste dans le monde, on permet à un enfant de disposer de sa liberté à un âge où il ne lui est pas permis de disposer d'un écu [1]. Tuez plutôt votre fille que de l'emprisonner dans un cloître malgré elle, oui, tuez-la. Combien j'ai désiré de fois d'avoir été étouffée par ma mère en naissant ! elle eût été moins cruelle. Croirez-vous bien qu'on m'ôta mon bréviaire et qu'on me défendit de prier Dieu ? Vous pensez bien que je n'obéis pas ; hélas ! c'était mon unique consolation. Je levais mes mains vers le Ciel, je poussais des cris, et j'osais espérer qu'ils étaient entendus du seul Être qui voyait toute ma misère. On écoutait à ma porte, et un jour que je m'adressais à lui dans l'accablement de mon cœur et que je l'appelais à mon aide, on me dit : Vous appelez Dieu en vain, il n'y a plus de Dieu pour vous ; mourez désespérée et soyez damnée... D'autres ajoutèrent : Amen sur l'apostate, Amen sur elle.

Mais voici un trait qui vous paraîtra bien plus étrange qu'aucun autre. Je ne sais si c'est méchanceté ou illusion, c'est que quoique je ne fisse rien qui marquât un esprit

---

1. Thème important du militantisme anticlérical des Lumières, mais aussi d'une partie du clergé : l'âge minimum requis, selon le concile de Trente, pour les vœux (seize ans) est trop bas, vingt-cinq ans – proposition qui a en effet été suggérée par les évêques de France au pape, sans succès – serait mieux adapté. En 1768, il fut élevé à dix-huit ans. Voir, dans le Dossier (*infra*, p. 231 et 233), l'article de l'*Encyclopédie* sur les vœux et l'extrait de l'*Essai sur les mœurs* de Voltaire.

dérangé, à plus forte raison un esprit obsédé de l'esprit infernal, elles délibérèrent entre elles s'il ne fallait pas m'exorciser, et il fut conclu à la pluralité des voix que j'avais renoncé à mon chrême[1] et à mon baptême, que le démon résidait en moi et qu'il m'éloignait des offices divins. Une autre ajouta qu'à certaines prières je grinçais les dents et que je frémissais dans l'église ; qu'à l'élévation du Saint-Sacrement je me tordais les bras ; une autre, que je foulais le Christ aux pieds et que je ne portais plus mon rosaire (qu'on m'avait volé) ; que je proférais des blasphèmes que je n'ose vous répéter ; toutes, qu'il se passait en moi quelque chose qui n'était pas naturel, et qu'il fallait en donner avis au grand vicaire ; ce qui fut fait.

Ce grand vicaire était un M. Hébert, homme d'âge et d'expérience, brusque, mais juste, mais éclairé. On lui fit le détail du désordre de la maison, et il est sûr qu'il était grand, et que si j'en étais la cause, c'était une cause bien innocente. Vous vous doutez bien qu'on n'omit pas dans le mémoire qui lui fut envoyé mes courses de nuit, mes absences du chœur, le tumulte qui se passait chez moi, ce que l'une avait vu, ce qu'une autre avait entendu, mon aversion pour les choses saintes, mes blasphèmes, les actions obscènes qu'on m'imputait ; pour l'aventure de la jeune religieuse, on en fit tout ce qu'on voulut. Les accusations étaient si fortes et si multipliées, qu'avec tout son bon sens M. Hébert ne put s'empêcher d'y donner en partie et de croire qu'il y avait beaucoup de vrai. La chose lui parut assez importante pour s'en instruire par lui-même. Il fit annoncer sa visite et vint en effet accompagné de deux jeunes ecclésiastiques qu'on avait attachés à sa personne et qui le soulageaient dans ses pénibles fonctions.

Quelques jours auparavant, la nuit, j'entendis entrer doucement dans ma chambre. Je ne dis rien, j'attendis

---

1. Huile sacrée servant à l'onction dans certains sacrements (le texte renvoie en l'occurrence à la cérémonie des vœux de Suzanne).

qu'on me parlât, et l'on m'appelait d'une voix basse et tremblante : Sœur Sainte-Suzanne, dormez-vous ? – Non, je ne dors pas. Qui est-ce ? – C'est moi. – Qui vous ? – Votre amie qui se meurt de peur et qui s'expose à se perdre pour vous donner un conseil peut-être inutile. Écoutez : il y a demain ou après visite du grand vicaire ; vous serez accusée, préparez-vous à vous défendre. Adieu, ayez du courage et que le Seigneur soit avec vous... – Cela dit, elle s'éloigna avec la légèreté d'une ombre. Vous voyez, il y a partout, même dans les maisons religieuses, quelques âmes compatissantes que rien n'endurcit.

Cependant mon procès se suivait avec chaleur. Une foule de personnes de tout état, de tout sexe, de toutes conditions que je ne connaissais pas s'intéressèrent à mon sort et sollicitèrent pour moi. Vous fûtes de ce nombre, et peut-être l'histoire de mon procès vous est-elle mieux connue qu'à moi, car sur la fin je ne pouvais conférer avec M. Manouri, on lui dit que j'étais malade. Il se douta qu'on le trompait, il trembla qu'on ne m'eût jetée dans le cachot ; il s'adressa à l'archevêché où l'on ne daigna pas l'écouter, on y était prévenu que j'étais folle ou peut-être quelque chose de pis. Il se retourna du côté des juges, il insista sur l'exécution de l'ordre signifié à la supérieure de me représenter morte ou vive quand elle en serait sommée. Les juges séculiers entreprirent les juges ecclésiastiques ; ceux-ci sentirent les conséquences que cet incident pouvait avoir, si on n'allait au-devant, et ce fut là ce qui accéléra apparemment la visite du grand vicaire, car ces messieurs fatigués des tracasseries éternelles de couvent, ne se pressent pas communément de s'en mêler ; ils savent par expérience que leur autorité est toujours éludée et compromise.

Je profitai de l'avis de mon amie pour invoquer le secours de Dieu, rassurer mon âme et préparer ma défense. Je ne demandais au ciel que le bonheur d'être interrogée et entendue sans partialité. Je l'obtins, mais vous allez apprendre à quel prix.

S'il était de mon intérêt de paraître devant mon juge innocente et sage, il n'importait pas moins à ma supérieure qu'on me vît méchante, obsédée [1] du démon, coupable et folle. Aussi tandis que je redoublais de ferveur et de prières, on redoubla de méchancetés : on ne me donna d'aliments que ce qu'il en fallait pour m'empêcher de mourir de faim, on m'excéda de mortifications, on multiplia autour de moi les épouvantes ; on m'ôta tout à fait le repos de la nuit ; tout ce qui peut abattre la santé et troubler l'esprit, on le mit en œuvre : ce fut un raffinement de cruauté dont vous n'avez pas d'idée. Jugez du reste par ce trait. Un jour que je sortais de ma cellule pour aller à l'église ou ailleurs, je vis une pincette à terre en travers dans le corridor ; je me baissai pour la ramasser et la placer de manière que celle qui l'avait égarée la retrouvât facilement. La lumière m'empêcha de voir qu'elle était presque rouge ; je la saisis, mais en la laissant retomber elle emporta avec elle toute la peau du dedans de ma main dépouillée. On exposait la nuit dans les endroits où je devais passer des obstacles ou à mes pieds ou à la hauteur de ma tête ; je me suis blessée cent fois, je ne sais comment je ne me suis pas tuée. Je n'avais pas de quoi m'éclairer, et j'étais obligée d'aller en tremblant les mains devant moi. On semait des verres cassés sous mes pieds. J'étais bien résolue de dire tout cela, et je me tins parole à peu près. Je trouvais la porte des commodités fermée, et j'étais obligée de descendre plusieurs étages et de courir au fond du jardin, quand la porte en était ouverte. Quand elle ne l'était pas... Ah ! Monsieur, les méchantes créatures que des femmes recluses qui sont bien sûres de seconder la haine de leur supérieure et qui croient servir Dieu en vous désespérant ! Il était temps que l'archidiacre arrivât, il était temps que mon procès finît.

---

1. Tourmentée, incommodée de la présence du démon (sens théologique du verbe, évoquant la possession).

Voici le moment le plus terrible de ma vie, car songez bien, Monsieur, que j'ignorais absolument sous quelles couleurs on m'avait peinte aux yeux de cet ecclésiastique, et qu'il venait avec la curiosité de voir une fille possédée ou qui le contrefaisait. On crut qu'il n'y avait qu'une forte terreur qui pût me montrer dans cet état, et voici comment on s'y prit pour me la donner.

Le jour de sa visite, dès le grand matin, la supérieure entra dans ma cellule, elle était accompagnée de trois sœurs ; l'une portait un bénitier, l'autre un crucifix, une troisième des cordes. La supérieure me dit avec une voix forte et menaçante : Levez-vous. Mettez-vous à genoux et recommandez votre âme à Dieu. – Madame, lui dis-je, avant que de vous obéir pourrais-je vous demander ce que je vais devenir, ce que vous avez décidé de moi, et ce qu'il faut que je demande à Dieu ? Une sueur froide se répandit sur tout mon corps : je tremblais, je sentais mes genoux plier ; je regardais avec effroi ses trois fatales compagnes. Elles étaient debout, sur une même ligne, le visage sombre, les lèvres serrées et les yeux fermés. La frayeur avait séparé chaque mot de la question que j'avais faite, je crus au silence qu'on gardait que je n'avais pas été entendue. Je recommençai les derniers mots de cette question, car je n'eus pas la force de la répéter tout entière, je dis donc avec une voix faible et qui s'éteignait : « Quelle grâce faut-il que je demande à Dieu ? » – On me répondit : Demandez-lui pardon des péchés de toute votre vie, parlez-lui comme si vous étiez au moment de comparaître devant lui... – À ces mots je crus qu'elles avaient tenu conseil et qu'elles avaient résolu de se défaire de moi. J'avais bien entendu dire que cela se pratiquait quelquefois dans les couvents de certains religieux qu'ils jugeaient, qu'ils condamnaient et qu'ils suppliciaient ; je ne croyais pas qu'on eût jamais exercé cette inhumaine juridiction dans aucun couvent de femmes ; mais il y avait tant d'autres choses que je n'avais pas devinées et qui s'y passaient ! À cette idée de mort prochaine, je voulus crier, mais ma bouche était ouverte et il n'en sortait aucun son. J'avançais vers la supérieure des bras suppliants et mon corps défaillant se renversait en arrière. Je tombai, mais ma chute ne fut pas dure ; dans ces moments de transe où la force abandonne insensiblement, les membres se dérobent, s'affaissent, pour ainsi dire, les uns sur les autres, et la nature ne pouvant se soutenir, semble chercher à défaillir mollement. Je perdis la connaissance et le sentiment [1] ; j'entendais seulement bourdonner autour de moi des voix confuses et lointaines ; soit qu'elles parlassent, soit que les oreilles me tintassent, je ne distinguais rien que ce tintement qui durait. Je ne sais combien je restai dans cet état, mais j'en fus tirée par une fraîcheur subite qui me causa une convulsion légère et qui m'arracha un profond soupir. J'étais traversée d'eau, elle coulait de mes vêtements à terre, c'était celle d'un grand bénitier qu'on m'avait répandu sur le corps. J'étais couchée sur le côté, étendue dans cette eau, la tête appuyée contre le mur, la bouche entrouverte et les yeux à demi morts et fermés. Je cherchai à les ouvrir et à regarder, mais il me sembla que j'étais enveloppée d'un air épais à travers lequel je n'entrevoyais que des vêtements flottants auxquels je cherchais à m'attacher sans le pouvoir ; je faisais effort du bras sur lequel je n'étais pas soutenue, je voulais le lever, mais je le trouvais trop pesant. Mon extrême faiblesse diminua peu à peu ; je me soulevai, je m'appuyai le dos contre le mur ; j'avais les deux mains dans l'eau, la tête penchée sur la poitrine, et je poussais une plainte inarticulée, entrecoupée et pénible. Ces femmes me regardaient d'un air qui marquait la nécessité, l'inflexibilité et qui m'ôtait le courage de les implorer. La supérieure dit : Qu'on la mette debout... On me prit sous les bras et

---

1. « *Sentiment* se dit encore de l'action et de la fonction des esprits animaux. *Il y a encore quelque sentiment dans cette partie. Il n'y a plus de sentiment dans son bras. Il semble qu'il soit mort, il n'a plus de mouvement ni de sentiment. Il a perdu le sentiment* » (*Dictionnaire de l'Académie française, op. cit.*, vol. 2, p. 711).

on me releva. Elle ajouta : Puisqu'elle ne veut pas se recommander à Dieu, tant pis pour elle. Vous savez ce que vous avez à faire, achevez... Je crus que ces cordes qu'on avait apportées étaient destinées à m'étrangler ; je les regardai, mes yeux se remplirent de larmes. Je demandai le crucifix à baiser, on me le refusa ; je demandai les cordes à baiser, on me les présenta. Je me penchai, je pris le scapulaire [1] de la supérieure et je le baisai. Je dis : Mon Dieu, ayez pitié de moi, mon Dieu, ayez pitié de moi. Chères sœurs, tâchez de ne me pas faire souffrir... et je présentai mon cou. Je ne saurais vous dire ce que je devins ni ce qu'on me fit. Il est sûr que ceux qu'on mène au supplice, et je m'y croyais, sont morts avant que d'être exécutés. Je me trouvai sur la paillasse qui me servait de lit, les bras liés derrière le dos, assise, avec un grand Christ de fer sur mes genoux... Monsieur le marquis, je vois d'ici tout le mal que je vous cause, mais vous avez voulu savoir si je méritais un peu la compassion que j'attends de vous.

Ce fut alors que je sentis la supériorité de la religion chrétienne sur toutes les religions du monde ; quelle profonde sagesse il y avait dans ce que l'aveugle philosophie appelle la folie de la croix [2]. Dans l'état où j'étais de quoi m'aurait servi l'image d'un législateur heureux et comblé de gloire [3] ? Je voyais l'innocent le flanc percé, le front couronné d'épines, les mains et les pieds percés de clous et expirant dans les souffrances, et je me disais : Voilà mon Dieu, et j'ose me plaindre !... Je m'attachai à cette

---

1. « Pièce d'étoffe qui descend depuis les épaules jusqu'en bas, tant par devant que par derrière, et que portent plusieurs religieux sur leurs habits » (*ibid.*, p. 693).

2. La formule, qui consacre le parallèle entre le calvaire de Suzanne et la Passion du Christ, renvoie expressément à la première des Épîtres aux Corinthiens de saint Paul, 18-31 : « Le langage de la croix, en effet, est folie pour ceux qui se perdent, mais pour ceux qui sont en train d'être sauvés, pour nous, il est puissance de Dieu. »

3. Moïse.

idée et je sentis la consolation renaître dans mon cœur. Je connus la vanité de la vie, et je me trouvai trop heureuse de la perdre avant que d'avoir eu le temps de multiplier mes fautes. Cependant je comptais mes années, je trouvais que j'avais à peine vingt ans[1], et je soupirais ; j'étais trop affaiblie, trop abattue pour que mon esprit pût s'élever au-dessus des terreurs de la mort ; en pleine santé, je crois que j'aurais pu me résoudre avec plus de courage.

Cependant la supérieure et ses satellites revinrent. Elles me trouvèrent plus de présence d'esprit qu'elles ne s'y attendaient et qu'elles ne m'en auraient voulu. Elles me levèrent debout, on m'attacha mon voile sur le visage ; deux me prirent sous les bras, une troisième me poussait par-derrière, et la supérieure m'ordonnait de marcher. J'allai sans savoir où j'allais, mais croyant aller au supplice, et je disais : Mon Dieu, ayez pitié de moi, mon Dieu, ne m'abandonnez pas[2], mon Dieu, pardonnez-moi si je vous ai offensé.

J'arrivai dans l'église. Le grand vicaire y avait célébré la messe. La communauté y était assemblée. J'oubliais de vous dire que quand je fus à la porte, ces trois religieuses qui me conduisaient me serraient, me poussaient avec violence, semblaient se tourmenter autour de moi, et m'entraînaient les unes par les bras tandis que d'autres me retenaient par-derrière, comme si j'avais résisté et que j'eusse répugné à entrer dans l'église, cependant il n'en était rien. On me conduisit vers les marches de l'autel ; j'avais peine à me tenir debout, et l'on me tirait à genoux comme si je refusais de m'y mettre ; on me tenait comme si j'avais eu le dessein de fuir. On chanta le *Veni Creator*, on exposa le Saint-Sacrement, on donna la bénédiction ;

---

1. Alors que la durée diégétique lui donnerait au moins vingt-cinq ans...
2. Écho des ultimes paroles du Christ crucifié.

au moment de la bénédiction où l'on s'incline par vénération, celles qui m'avaient saisie par les bras me courbèrent comme de force, et les autres m'appuyaient les mains sur les épaules. Je sentais tous ces différents mouvements, mais il m'était impossible d'en deviner la fin. Enfin tout s'éclaircit.

Après la bénédiction le grand vicaire se dépouilla de sa chasuble [1], se revêtit seulement de son aube et de son étole, et s'avança vers les marches de l'autel où j'étais à genoux ; il était entre les deux ecclésiastiques, le dos tourné à l'autel sur lequel le Saint-Sacrement était exposé, et le visage de mon côté. Il s'approcha de moi et me dit : Sœur Suzanne, levez-vous... Les sœurs qui me tenaient me levèrent brusquement, d'autres m'entouraient et me tenaient embrassée par le milieu du corps comme si elles eussent craint que je ne m'échappasse. Il ajouta : Qu'on la délie... On ne lui obéissait pas, on feignait de voir de l'inconvénient ou même du péril à me laisser libre ; mais je vous ai dit que cet homme était brusque, il répéta d'une voix ferme et dure : Qu'on la délie... On obéit. À peine eus-je les mains libres, que je poussai une plainte douloureuse et aiguë qui le fit pâlir, et les religieuses hypocrites qui m'approchaient s'écartèrent comme effrayées. Il se remit, les sœurs revinrent comme en tremblant, je demeurais immobile, et il me dit : Qu'avez-vous ?... Je ne lui répondis qu'en lui montrant mes deux bras ; la corde dont on me les avait garrottés m'était entrée presque entièrement dans les chairs, et ils étaient tout violets du sang qui ne circulait plus et qui s'était extravasé [2]. Il conçut que ma plainte venait de la douleur subite du sang qui reprenait son cours. Il dit :

---

1. Vêtement sacerdotal à deux pans, qu'on met en général sur l'aube.

2. Le *Dictionnaire de l'Académie française* ne fait apparaître le verbe, relevant de la physiologie, qu'à partir de l'édition de 1762. « S'extravaser » se dit des humeurs (sang, bile, etc.) qui sortent de leurs vaisseaux et s'étendent sous la peau, par exemple à la suite d'un choc. Suzanne décrit le phénomène des « bleus » en termes techniques.

Qu'on lui lève son voile… On l'avait cousu en différents endroits sans que je m'en aperçusse, et l'on apporta encore bien de l'embarras et de la violence à une chose qui n'en exigeait que parce qu'on y avait pourvu ; il fallait que ce prêtre me vît obsédée, possédée ou folle ; cependant à force de tirer, le fil manqua en quelques endroits, le voile ou mon habit se déchirèrent en d'autres, et l'on me vit. J'ai la figure intéressante, la profonde douleur l'avait altérée, mais ne lui avait rien ôté de son caractère ; j'ai un son de voix qui touche, on sent que mon expression est celle de la vérité. Ces qualités réunies firent une forte impression de pitié sur les jeunes acolytes de l'archidiacre ; pour lui, il ignorait ces sentiments, il était juste, mais peu sensible ; il était du nombre de ceux qui sont assez malheureusement nés pour pratiquer la vertu sans en éprouver la douceur, ils font le bien par esprit d'ordre, comme ils raisonnent. Il prit la manche de son étole et me la posant sur la tête, il me dit : Sœur Suzanne, croyez-vous en Dieu père, fils et Saint-Esprit ? Je répondis : J'y crois. – Croyez-vous en notre mère Sainte Église ? – J'y crois. – Renoncez-vous à Satan et à ses œuvres ?… Au lieu de répondre, je fis un mouvement subit en avant, je poussai un grand cri, et le bout de son étole se sépara de ma tête. Il se troubla, ses compagnons pâlirent ; entre les sœurs, les unes s'enfuirent, et les autres qui étaient dans leurs stalles les quittèrent avec le plus grand tumulte. Il fit signe qu'on se rapaisât. Cependant il me regardait, il s'attendait à quelque chose d'extraordinaire. Je le rassurai en lui disant : Monsieur, ce n'est rien, c'est une de ces religieuses qui m'a piquée vivement avec quelque chose de pointu… et levant les yeux et les mains au Ciel, j'ajoutai en versant un torrent de larmes : C'est qu'on m'a blessée au moment où vous me demandiez si je renonçais à Satan et à ses pompes, et je vois bien pourquoi. Toutes protestèrent par la bouche de la supérieure qu'on ne m'avait pas touchée. L'archidiacre me remit le bas de son étole sur la tête ; les religieuses allaient se rapprocher, mais il leur fit signe de s'éloigner, et il me redemanda si je renonçais à Satan et à ses œuvres, et je lui répondis fermement, j'y renonce, j'y renonce... Il se fit apporter un Christ et me le présenta à baiser, et je le baisai sur les pieds, sur les mains et sur la plaie du côté. Il m'ordonna de l'adorer à voix haute ; je le posai à terre, et je dis à genoux : Mon Dieu, mon Sauveur, vous qui êtes mort sur la croix pour mes péchés et pour tous ceux du genre humain, je vous adore ; appliquez-moi les mérites des tourments que vous avez soufferts, faites couler sur moi une goutte du sang que vous avez répandu, et que je sois purifiée. Pardonnez-moi, mon Dieu, comme je pardonne à tous mes ennemis... Il me dit ensuite : Faites un acte de foi... et je le fis. Faites un acte d'amour... et je le fis. Faites un acte d'espérance... et je le fis. Faites un acte de charité... et je le fis [1]. Je ne me souviens point en quels termes ils étaient conçus, mais je pense qu'apparemment ils étaient pathétiques, car j'arrachai des sanglots de quelques religieuses, que les deux jeunes ecclésiastiques en versèrent des larmes, et que l'archidiacre étonné me demanda d'où j'avais tiré les prières que je venais de réciter. Je lui dis : Du fond de mon cœur, ce sont mes pensées et mes sentiments. J'en atteste Dieu qui nous écoute partout et qui est présent sur cet autel. Je suis chrétienne, je suis innocente ; si j'ai fait quelques fautes, Dieu seul les connaît, et il n'y a que lui qui soit en droit de m'en demander compte et de les punir... À ces mots il jeta un regard terrible sur la supérieure.

Le reste de cette cérémonie où la majesté de Dieu venait d'être insultée, les choses les plus saintes profanées et le ministre de l'Église bafoué, s'acheva et les religieuses se retirèrent, excepté la supérieure et moi et les jeunes ecclésiastiques. L'archidiacre s'assit, et tirant le mémoire

---

1. La foi, l'espérance et la charité sont les trois vertus *théologales*, c'est-à-dire relatives à Dieu et à son amour : Suzanne fait contrition en récitant ces trois « actes », qui sont des prières conformes à la liturgie tridentine.

qu'on lui avait présenté contre moi, il le lut à haute voix et m'interrogea sur les articles qu'il contenait. – Pourquoi, me dit-il, ne vous confessez-vous point ? – C'est qu'on m'en empêche. – Pourquoi n'approchez-vous point des sacrements ? – C'est qu'on m'en empêche. – Pourquoi n'assistez-vous ni à la messe ni aux offices divins ? – C'est qu'on m'en empêche... – La supérieure voulut prendre la parole, mais il lui dit avec son ton : Madame, taisez-vous... Pourquoi sortez-vous la nuit de votre cellule ? – C'est qu'on m'a privée d'eau, de pot à l'eau et de tous les vaisseaux nécessaires aux besoins de la nature. – Pourquoi entend-on du bruit la nuit dans votre dortoir et dans votre cellule ? – C'est qu'on s'occupe à m'ôter le repos... – La supérieure voulut encore parler ; il lui dit pour la seconde fois : Madame, je vous ai déjà dit de vous taire ; vous répondrez quand je vous interrogerai... Qu'est-ce qu'une jeune religieuse qu'on a arrachée de vos mains et qu'on a trouvée renversée à terre dans le corridor ? – C'est la suite de l'horreur qu'on lui avait inspirée de moi. – Est-elle votre amie ? – Non, monsieur. – N'êtes-vous jamais entrée dans sa cellule ? – Jamais. – Ne lui avez-vous jamais rien fait d'indécent soit à elle, soit à d'autres ? – Jamais. – Pourquoi vous a-t-on liée ? – Je l'ignore. – Pourquoi votre cellule ne ferme-t-elle pas ? – C'est que j'en ai brisé la serrure. – Pourquoi l'avez-vous brisée ? – Pour ouvrir la porte et assister à l'office le jour de l'Ascension. – Vous vous êtes donc montrée à l'église ce jour-là ? – Oui, Monsieur... La supérieure dit : Monsieur, cela n'est pas vrai, toute la communauté... Je l'interrompis : Assurera que la porte du chœur était fermée, qu'elles m'ont trouvée prosternée à cette porte, et que vous leur avez ordonné de marcher sur moi, ce que quelques-unes ont fait, mais je leur pardonne et à vous, Madame, de l'avoir ordonné. Je ne suis pas venue pour accuser, mais pour me défendre. – Pourquoi n'avez-vous ni rosaire, ni crucifix ? – C'est qu'on me les a ôtés. – Où est votre bréviaire ? – On me l'a ôté. – Comment priez-vous donc ? – Je fais ma prière de cœur et d'esprit, quoiqu'on m'ait défendu de prier. – Qui est-ce qui vous a fait cette défense ? – Madame… – La supérieure allait encore parler. Madame, lui dit-il, est-il vrai ou faux que vous lui ayez défendu de prier ? Dites oui ou non. – Je croyais et j'avais raison de croire… – Il ne s'agit pas de cela. Lui avez-vous défendu de prier, oui ou non ? – Je lui ai défendu, mais… – Elle allait continuer ; mais… reprit l'archidiacre, mais sœur Suzanne, pourquoi êtes-vous nu-pieds ? – C'est qu'on ne me fournit ni bas ni souliers. – Pourquoi votre linge et vos vêtements sont-ils dans cet état de vétusté et de malpropreté ? – C'est qu'il y a plus de trois mois qu'on me refuse du linge et que je suis forcée de coucher avec mes vêtements. – Pourquoi couchez-vous avec vos vêtements ? – C'est que je n'ai ni rideaux, ni matelas, ni couverture, ni draps, ni linge de nuit. – Pourquoi n'en avez-vous point ? – C'est qu'on me les a ôtés. – Êtes-vous nourrie ? – Je demande à l'être. – Vous ne l'êtes donc pas ? – Je me tus, et il ajouta : Il est incroyable qu'on en ait usé avec vous si sévèrement sans que vous ayez commis quelque faute qui l'ait mérité. – Ma faute est de n'être point appelée à l'état religieux et de revenir contre des vœux que je n'ai pas faits librement. – C'est aux lois à décider cette affaire, et de quelque manière qu'elles prononcent, il faut en attendant que vous remplissiez les devoirs de la vie religieuse. – Personne, Monsieur, n'y est plus exacte que moi. – Il faut que vous jouissiez du sort de toutes vos compagnes. – C'est tout ce que je demande. – N'avez-vous à vous plaindre de personne ? – Non, Monsieur, je vous l'ai dit, je ne suis point venue pour accuser, mais pour me défendre. – Allez. – Monsieur, où faut-il que j'aille ? – Dans votre cellule… – Je fis quelques pas, puis je revins et je me prosternai aux pieds de la supérieure et de l'archidiacre. – Eh bien, me dit-il, qu'est-ce qu'il y a ? – Je lui dis en lui montrant ma tête meurtrie en plusieurs endroits, mes pieds ensanglantés, mes bras livides et sans chair, mon vêtement sale et déchiré : Vous voyez !… –

Je vous entends vous, Monsieur le marquis et la plupart de ceux qui liront ces mémoires, « des horreurs si multipliées, si variées, si continues ! Une suite d'atrocités si recherchées dans des âmes religieuses ! Cela n'est pas vraisemblable », diront-ils, dites-vous ; et j'en conviens ; mais cela est vrai [1]. Et puisse le Ciel que j'atteste me juger dans toute sa rigueur, et me condamner aux feux éternels, si j'ai permis à la calomnie de ternir une de mes lignes de son ombre la plus légère. Quoique j'aie longtemps éprouvé combien l'aversion d'une supérieure était un violent aiguillon à la perversité naturelle, surtout lorsque celle-ci pouvait se faire un mérite, s'applaudir, et se vanter de ses forfaits, le ressentiment ne m'empêchera point d'être juste. Plus j'y réfléchis, plus je me persuade que ce qui m'arrive n'était point encore arrivé, et n'arriverait peut-être jamais. Une fois (et plût à Dieu que ce soit la première et la dernière !) il plut à la Providence dont les voies nous sont inconnues de rassembler sur une seule infortunée, toute la masse de cruautés, réparties dans ses impénétrables décrets, sur la multitude infinie de malheureuses qui l'avaient précédée dans un cloître et qui devaient lui succéder. J'ai souffert. J'ai beaucoup souffert, mais le sort de mes persécutrices me paraît et m'a toujours paru plus à plaindre que le mien. J'aimerais mieux, j'aurais mieux aimé mourir que de quitter mon rôle, à la condition de [2] prendre le leur. Mes peines finiront, je l'espère de vos bontés. La mémoire, la honte et le remords du crime leur resteront jusqu'à l'heure dernière. Elles s'accusent déjà, n'en doutez pas. Elles s'accuseront toute leur vie, et la terreur descendra sous la tombe avec elles. Cependant, Monsieur le marquis, ma situation présente est déplorable, la vie m'est à charge ;

---

1. Sur cette distinction du « vrai » et du « vraisemblable », fondatrice dans la réflexion diderotienne d'un possible « réalisme » dans l'art romanesque, voir le Dossier (*infra*, p. 261 *sq.*). Ce passage fait partie des ajouts de 1780-1782.
2. S'il avait fallu en échange.

je suis une femme, j'ai l'esprit faible comme celles de mon sexe ; Dieu peut m'abandonner, je ne me sens ni la force ni le courage de supporter encore longtemps ce que j'ai supporté. Monsieur le marquis, craignez qu'un fatal moment ne revienne ; quand vous useriez vos yeux à pleurer sur ma destinée ; quand vous seriez déchiré de remords, je ne sortirais pas pour cela de l'abîme où je serais tombée, il se fermerait à jamais sur une désespérée...

Allez, me dit l'archidiacre. Un des ecclésiastiques me donna la main pour me relever, et l'archidiacre ajouta : Je vous ai interrogée, je vais interroger votre supérieure, et je ne sortirai point d'ici que l'ordre n'y soit rétabli. – Je me retirai. Je trouvai le reste de la maison en alarmes ; toutes les religieuses étaient sur le seuil de leurs cellules, elles se parlaient d'un côté du corridor à l'autre ; aussitôt que je parus elles se retirèrent, et il se fit un long bruit de portes qui se fermaient les unes après les autres avec violence. Je rentrai dans ma cellule, je me mis à genoux contre le mur et je priai Dieu d'avoir égard à la modération avec laquelle j'avais parlé à l'archidiacre, et de lui faire connaître mon innocence et la vérité.

Je priais, lorsque l'archidiacre, ses deux compagnons et la supérieure parurent dans ma cellule. Je vous ai dit que j'étais sans tapisserie, sans chaise, sans prie-Dieu, sans rideaux, sans matelas, sans couverture, sans draps, sans aucun vaisseau, sans porte qui fermât, presque sans vitre entière à mes fenêtres. Je me levai, et l'archidiacre s'arrêtant tout court et tournant des yeux d'indignation sur la supérieure, lui dit : Eh bien, Madame ? – Elle répondit : Je l'ignorais. – Vous l'ignoriez ! vous mentez. Avez-vous passé un jour sans entrer ici, et n'en descendiez-vous pas quand vous êtes venue ? Sœur Suzanne, parlez, Madame n'est-elle pas entrée ici d'aujourd'hui ?... Je ne répondis rien. Il n'insista pas, mais les jeunes ecclésiastiques laissant tomber leurs bras, la tête baissée et les yeux comme fixés en terre, décelaient assez leur peine et leur surprise. Ils sortirent tous, et j'entendis l'archidiacre qui disait à la supérieure dans le corridor : Vous êtes indigne de vos fonctions, vous mériteriez d'être déposée[1], j'en porterai mes plaintes à Monseigneur. Que tout ce désordre soit réparé avant que je sois sorti... et continuant de marcher, et branlant sa tête, il ajoutait : Cela est horrible. Des chrétiennes ! des religieuses ! des créatures humaines ! Cela est horrible.

Depuis ce moment je n'entendis plus parler de rien, mais j'eus du linge, d'autres vêtements, des rideaux, des draps, des couvertures, des vaisseaux, mon bréviaire, mes livres de piété, mon rosaire, mon crucifix, des vitres, en un mot tout ce qui me rétablissait dans l'état commun des religieuses ; la liberté du parloir me fut aussi rendue, mais seulement pour mes affaires.

Elles allaient mal. M. Manouri publia un premier mémoire qui fit peu de sensation. Il y avait trop d'esprit, pas assez de pathétique, presque point de raisons. Il ne faut pas s'en prendre tout à fait à cet habile avocat ; je ne voulais point absolument[2] qu'il attaquât la réputation de mes parents, je voulais qu'il ménageât l'état religieux et surtout la maison où j'étais ; je ne voulais pas qu'il peignît de couleurs trop odieuses mes beaux-frères et sœurs. Je n'avais en ma faveur qu'une première protestation, solennelle à la vérité, mais faite dans un autre couvent et nullement renouvelée depuis. Quand on donne des bornes si étroites à ses défenses et qu'on a à faire à des parties qui n'en mettent aucune dans leur attaque, qui foulent aux pieds le juste et l'injuste, qui avancent et nient avec la même impudence, et qui ne rougissent ni des imputations, ni des soupçons, ni de la médisance, ni de la calomnie, il est difficile de l'emporter, surtout à des tribunaux où l'habitude et l'ennui des affaires ne permettent presque pas qu'on examine avec quelque scrupule les plus importantes, et où les contestations de la nature de la mienne sont toujours regardées d'un œil

---

1. Destituée de sa charge.
2. Je ne voulais pas du tout.

défavorable par l'homme politique [1] qui craint que sur le succès d'une religieuse réclamant contre ses vœux, une infinité d'autres ne soient engagées dans la même démarche. On sent secrètement que si l'on souffrait que les portes de ces prisons s'abattissent en faveur d'une malheureuse, la foule s'y porterait et chercherait à les forcer ; on s'occupe à nous décourager et à nous résigner toutes à notre sort par le désespoir de le changer. « Il me semble pourtant que dans un État bien gouverné ce devrait être le contraire, entrer difficilement en religion et en sortir facilement ; et pourquoi ne pas ajouter ce cas à tant d'autres où le moindre défaut de formalités anéantit une procédure même juste d'ailleurs ? Les couvents sont-ils donc si essentiels à la constitution d'un État ? Jésus-Christ, a-t-il institué des moines et des religieuses ? L'Église ne peut-elle absolument s'en passer ? Quel besoin a l'époux de tant de vierges folles [2], et l'espèce humaine de tant de victimes ? Ne sentira-t-on jamais la nécessité de rétrécir l'ouverture de ces gouffres où les races futures vont se perdre [3] ? Toutes les prières de routine qui se font là valent-elles une obole que la commisération donne au pauvre ? Dieu qui a créé l'homme sociable [4], approuve-t-il qu'il se renferme ? Dieu qui l'a

---

1. Prudent, adroit, doté d'intelligence tactique et qui sait ménager les intérêts de ceux dont il dépend.

2. Référence à la parabole des dix vierges (Évangile selon Matthieu 25, 1-13) : dix jeunes filles sortirent de nuit pour attendre leurs noces avec le Seigneur, « l'Époux », mais cinq d'entre elles, les « insensées », oublièrent de se munir d'huile pour éclairer leur lampe et ne purent entrer dans la salle des noces.

3. L'image renvoie à une hantise typique du temps, celle de la dépopulation : le célibat et la clôture monastiques privent la société de membres neufs et utiles. Diderot s'est souvenu de Montesquieu, *Lettres persanes*, lettre 117 d'Usbek à Rhédi sur ce thème polémique : « Ces maisons [religieuses] sont toujours ouvertes comme des gouffres où s'ensevelissent les races futures » (Le Livre de Poche, 2005, p. 364).

4. Diderot a acclimaté en français le néologisme « sociabilité » en 1745 dans sa traduction de l'*Essai sur le mérite et la vertu* du philosophe anglais Shaftesbury. Manouri est le porte-parole du philosophe contre Rousseau et la thèse du *Discours sur l'origine de l'inégalité* (1755) :

créé si inconstant, si fragile, peut-il autoriser la témérité de ses vœux ? Ces vœux qui heurtent la pente générale de la nature, peuvent-ils jamais être bien observés que par quelques créatures mal organisées en qui les germes des passions sont flétris, et qu'on rangerait à bon droit parmi les monstres, si nos lumières nous permettaient de connaître aussi facilement et aussi bien la structure intérieure de l'homme que sa forme extérieure ? Toutes ces cérémonies lugubres qu'on observe à la prise d'habit et à la profession quand on consacre un homme ou une femme à la vie monastique et au malheur, suspendent-elles les fonctions animales ? Au contraire, ne se réveillent-elles pas dans le silence, la contrainte et l'oisiveté avec une violence inconnue aux gens du monde qu'une foule de distractions emportent ? Où est-ce qu'on voit des têtes obsédées par des spectres impurs qui les suivent et qui les agitent ? Où est-ce qu'on voit cet ennui profond, cette pâleur, cette maigreur, tous ces symptômes de la nature qui languit et se consume ? Où les nuits sont-elles troublées par des gémissements, les jours trempés de larmes versées sans cause et précédées d'une mélancolie qu'on ne sait à quoi attribuer ? Où est-ce que la nature révoltée d'une contrainte pour laquelle elle n'est point faite, brise les obstacles qu'on lui oppose, devient furieuse, jette l'économie animale [1] dans un désordre auquel il n'y a plus de remède ? En quel endroit le chagrin et l'humeur ont-ils anéanti toutes les qualités

l'homme, en sortant de l'état de nature, s'est corrompu dans la société. Plus loin, c'est Suzanne qui affirmera que « l'homme est fait pour la société ».

1. Dans l'article « Économie animale » de l'*Encyclopédie*, rédigé par un médecin, on lit que « cette dénomination prise dans le sens le plus exact et le plus usité ne regarde que *l'ordre, le mécanisme, l'ensemble* des fonctions et des mouvements qui entretiennent la vie des animaux, dont l'exercice parfait, universel, fait avec constance, alacrité et facilité, constitue l'état le plus florissant de *santé*, dont le moindre dérangement est par lui-même *maladie*, et dont l'entière cessation est l'extrême diamétralement opposé à la *vie*, c'est-à-dire la *mort* » (Paris, 1765, vol. 11, p. 360).

sociales ? Où est-ce qu'il n'y a ni père, ni mère, ni frère, ni sœur, ni parents, ni amis ? Où est-ce que l'homme ne se considérant que comme un être d'un instant et qui passe, traite les liaisons les plus douces de ce monde comme un voyageur les objets qu'il rencontre, sans attachement ? Où est le séjour de la gêne, du dégoût et des vapeurs ? Où est le lieu de la servitude et du despotisme ? Où sont les haines qui ne s'éteignent point ? Où sont les passions couvées dans le silence ? Où est le séjour de la cruauté et de la curiosité ? On ne sait pas l'histoire de ces asiles, disait ensuite M. Manouri dans son plaidoyer, on ne la sait pas. » Il ajoutait dans un autre endroit, « faire vœu de pauvreté, c'est s'engager par serment à être paresseux et voleur. Faire vœu de chasteté, c'est promettre à Dieu l'infraction constante de la plus sage et de la plus importante de ses lois. Faire vœu d'obéissance, c'est renoncer à la prérogative inaliénable de l'homme, la liberté. Si l'on observe ces vœux, on est criminel ; si on ne les observe pas on est parjure. La vie claustrale est d'un fanatique ou d'un hypocrite ».

Une fille demanda à ses parents la permission d'entrer parmi nous, son père lui dit qu'il y consentait, mais qu'il lui donnait trois ans pour y penser. Cette loi parut dure à la jeune personne pleine de ferveur, cependant il fallut s'y soumettre. Sa vocation ne s'étant point démentie, elle retourna à son père et elle lui dit que les trois ans étaient écoulés. Voilà qui est bien, mon enfant, lui répondit-il ; je vous ai accordé trois ans pour vous éprouver, j'espère que vous voudrez bien m'en accorder autant pour me résoudre... Cela parut encore beaucoup plus dur ; il y eut des larmes de répandues, mais le père était un homme ferme qui tint bon. Au bout de ces six années elle entra, elle fit profession [1]. C'était une bonne religieuse, simple,

---

1. L'épisode a son pendant dans *Jacques le Fataliste* : c'est l'histoire de Richard, secrétaire du marquis des Arcis, qui insiste pour entrer dans les ordres et se heurte d'abord à la résistance parentale. Voir l'extrait donné dans le Dossier, *infra*, p. 241.

pieuse, exacte à tous ses devoirs, mais il arriva que les directeurs abusèrent de sa franchise pour s'instruire au tribunal de la pénitence de ce qui se passait dans la maison. Nos supérieures s'en doutèrent ; elle fut enfermée, privée des exercices de la religion, elle en devint folle ; et comment la tête résisterait-elle aux persécutions de cinquante personnes qui s'occupent depuis le commencement du jour jusqu'à la fin à vous tourmenter ? Auparavant, on avait tendu à sa mère un piège qui marque bien l'avarice des cloîtres. On inspira à la mère de cette recluse le désir d'entrer dans la maison et de visiter la cellule de sa fille ; elle s'adressa aux grands vicaires qui lui accordèrent la permission qu'elle sollicitait. Elle entra, elle courut à la cellule de son enfant, mais quel fut son étonnement de n'y voir que les quatre murs tout nus ! On en avait tout enlevé ; on se doutait bien que cette mère tendre et sensible ne laisserait pas sa fille dans cet état. En effet, elle la remeubla, la remit en vêtements et en linge, et protesta bien aux religieuses que cette curiosité lui coûtait trop cher pour l'avoir une seconde fois, et que trois ou quatre visites par an comme celle-là ruineraient ses frères et ses sœurs. C'est là que l'ambition et le luxe se sacrifient une portion des familles pour faire à celle qui reste un sort plus avantageux. C'est la sentine [1] où l'on jette le rebut de la société. Combien de mères comme la mienne expient un crime secret par un autre !...

M. Manouri publia un second mémoire qui fit un peu plus d'effet. On sollicita vivement. J'offris encore à mes sœurs de leur laisser la possession entière et tranquille de la succession de mes parents. Il y eut un moment où mon

---

1. « La partie la plus basse du navire, dans laquelle s'écoulent toutes les ordures. *Il faut avoir soin de nettoyer la sentine. Vider la sentine.* En parlant d'une ville où l'on donne retraite à toutes sortes de gens, on dit figurément, que *c'est la sentine de tous vices* » (*Dictionnaire de l'Académie française, op. cit.*, vol. 2, p. 711).

procès prit le tour le plus favorable et où j'espérai la liberté ; je n'en fus que plus cruellement trompée. Mon affaire fut plaidée à l'audience et perdue ; toutc la communauté en était instruite que je l'ignorais. C'était un mouvement, un tumulte, une joie, de petits entretiens secrets, des allées, des venues chez la supérieure et des religieuses les unes chez les autres. J'étais toute tremblante, je ne pouvais ni rester dans ma cellule ni en sortir ; pas une amie entre les bras de qui j'allasse me jeter. Ô la cruelle matinée que celle du jugement d'un grand procès ! Je voulais prier, je ne pouvais pas, je me mettais à genoux, je me recueillais, je commençais une oraison, mais bientôt mon esprit était emporté malgré moi au milieu de mes juges. Je les voyais, j'entendais les avocats, je m'adressais à eux, j'interrompais le mien ; je trouvais ma cause mal défendue. Je ne connaissais aucun des magistrats, cependant je m'en faisais des images de toute espèce, les unes favorables, les autres sinistres, d'autres indifférentes. J'étais dans une agitation, dans un trouble d'idées qui ne se conçoit pas. Le bruit fit place à un profond silence. Les religieuses ne se parlaient plus. Il me parut qu'elles avaient au chœur la voix plus brillante qu'à l'ordinaire, du moins celles qui chantaient ; les autres ne chantaient pas. Au sortir de l'office elles se retirèrent en silence. Je me persuadais que l'attente les inquiétait autant que moi. Mais l'après-midi le bruit et le mouvement reprirent subitement de tout côté ; j'entendis des portes s'ouvrir, se refermer, des religieuses aller et venir, le murmure de personnes qui se parlent bas. Je mis l'oreille à ma serrure, mais il me parut qu'on se taisait en passant et qu'on marchait sur la pointe des pieds. Je pressentis que j'avais perdu mon procès ; je n'en doutai pas un instant. Je me mis à tourner dans ma cellule sans parler, j'étouffais, je ne pouvais me plaindre. Je croisais mes bras sur ma tête ; je m'appuyais le front tantôt contre un mur, tantôt contre l'autre ; je voulais me reposer sur mon lit, mais j'en étais empêchée par un battement de cœur, il est sûr que j'entendais battre mon cœur et qu'il faisait soulever mon vêtement. J'en étais là lorsque l'on me vint dire que l'on me demandait. Je descendis ; je n'osais avancer. Celle qui m'avait avertie était si gaie que je pensai que la nouvelle qu'on m'apportait ne pouvait être que fort triste ; j'allai pourtant. Arrivée à la porte du parloir, je m'arrêtai tout court et je me jetai dans le recoin des deux murs, je ne pouvais me soutenir. Cependant j'entrai ; il n'y avait personne, j'attendis. On avait empêché celui qui m'avait fait appeler de paraître avant moi ; on se doutait bien que c'était un émissaire de mon avocat, on voulait savoir ce qui se passerait entre nous ; on s'était rassemblé pour entendre. Lorsqu'il se montra, j'étais assise, la tête penchée sur mon bras et appuyée contre les barreaux de la grille. C'est de la part de M. Manouri, me dit-il. – C'est, lui répondis-je, pour m'apprendre que j'ai perdu mon procès. Madame, je n'en sais rien, mais il m'a donné cette lettre ; il avait l'air affligé quand il m'en a chargé, et je suis venu à toute bride comme il me l'a recommandé... Donnez... Il me tendit la lettre et je la pris sans me déplacer et sans le regarder, je la posai sur mes genoux et je demeurai comme j'étais. Cependant cet homme me demanda : N'y a-t-il point de réponse ?... Non, lui dis-je, allez. Il s'en alla, et je gardai la même place, ne pouvant me remuer ni me résoudre à sortir.

Il n'est permis en couvent ni d'écrire ni de recevoir des lettres sans la permission de la supérieure, on lui remet et celles qu'on reçoit et celles qu'on écrit. Il fallait donc lui porter la mienne ; je me mis en chemin pour cela ; je crus que je n'arriverais jamais ; un patient qui sort du cachot pour aller entendre sa condamnation ne marche ni plus lentement, ni plus abattu ; cependant me voilà à sa porte. Les religieuses m'examinaient de loin, elles ne voulaient rien perdre du spectacle de ma douleur et de mon humiliation. Je frappai, on ouvrit. La supérieure était avec quelques autres religieuses, je m'en aperçus au bas de leurs robes, car je n'osai jamais lever les yeux ; je lui présentai ma lettre d'une main vacillante, elle la prit, la lut et me la rendit. Je m'en retournai dans ma cellule, je me jetai sur mon lit, ma lettre à côté de moi, et j'y restai sans la lire, sans me lever pour aller dîner, sans faire aucun mouvement jusqu'à l'heure de l'office de l'après-midi ; à trois heures et demie la cloche m'avertit de descendre. Il y avait déjà quelques religieuses d'arrivées, la supérieure était à l'entrée du chœur, elle m'arrêta, m'ordonna de me mettre à genoux en dehors, le reste de la communauté entra, et la porte se ferma. Après l'office elles sortirent toutes, je les laissai passer, je me levai pour les suivre la dernière ; je commençai dès ce moment à me condamner à tout ce qu'on voudrait. On venait de m'interdire l'église, je m'interdis de moi-même le réfectoire et la récréation. J'envisageais ma condition par tous les côtés, et je ne voyais de ressource que dans le besoin de mes talents et dans ma soumission. Je me serais contentée de l'espèce d'oubli où l'on me laissa durant plusieurs jours. J'eus quelques visites, mais celle de M. Manouri fut la seule qu'on me permît de recevoir. Je le trouvai, en entrant au parloir, précisément comme j'étais quand je reçus son émissaire, la tête posée sur les bras et les bras appuyés contre la grille. Je le reconnus, je ne lui dis rien. Il n'osait ni me regarder, ni me parler. Madame, me dit-il sans se déranger [1], je vous ai écrit, vous avez lu ma lettre. – Je l'ai reçue, mais je ne l'ai pas lue. – Vous ignorez donc… – Non, monsieur, je n'ignore rien ; j'ai deviné mon sort, et j'y suis résignée. – Comment en use-t-on avec vous ? – On ne songe pas encore à moi, mais le passé m'apprend ce que l'avenir me prépare. Je n'ai qu'une consolation, c'est que privée de l'espérance qui me soutenait, il est impossible que je souffre autant que j'ai déjà souffert, je mourrai. La faute que j'ai commise n'est pas de celles qu'on pardonne en religion ; je ne demande point à Dieu d'amollir le cœur de celles à la discrétion desquelles il lui plaît de m'abandonner, mais de m'accorder la force de souffrir, de me

---

1. Sans changer de position.

sauver du désespoir et de m'appeler à lui promptement.
– Madame, me dit-il en pleurant, vous auriez été ma
propre sœur que je n'aurais pas mieux fait... Cet homme
a le cœur sensible ; Madame, ajouta-t-il, si je puis vous
être utile à quelque chose, disposez de moi. Je verrai le
premier président, j'en suis considéré ; je verrai les grands
vicaires et l'archevêque. – Monsieur, ne voyez personne,
tout est fini. – Mais si l'on pouvait vous faire changer de
maison ? – Il y a trop d'obstacles. – Mais quels sont donc
ces obstacles ? – Une permission difficile à obtenir, une
dot nouvelle à faire, ou l'ancienne à retirer à cette maison. Et puis que trouverai-je dans un autre couvent ?
Mon cœur inflexible, des supérieures impitoyables, des
religieuses qui ne seront pas meilleures qu'ici, les mêmes
devoirs, les mêmes peines. Il vaut mieux que j'achève ici
mes jours, ils y seront plus courts. – Mais, Madame, vous
avez intéressé beaucoup d'honnêtes gens, la plupart sont
opulents. On ne vous arrêtera pas ici quand vous en sortirez sans rien emporter. – Je le crois. – Une religieuse
qui sort ou qui meurt augmente le bien-être de celles qui
restent. – Mais ces honnêtes gens, ces gens opulents ne
pensent plus à moi, et vous les trouverez bien froids
lorsqu'il s'agira de me doter à leurs dépens. Pourquoi
voulez-vous qu'il soit plus facile aux gens du monde de
tirer du cloître une religieuse sans vocation qu'aux personnes pieuses d'y en faire entrer une bien appelée ?
Dote-t-on facilement ces dernières ? Eh ! Monsieur, tout
le monde s'est retiré, depuis la perte de mon procès je ne
vois plus personne. – Madame, chargez-moi seulement
de cette affaire, j'y serai plus heureux. – Je ne demande
rien, je n'espère rien, je ne m'oppose à rien ; le seul ressort qui me restait est brisé. Si je pouvais seulement me
promettre que Dieu me changeât, et que les qualités de
l'état religieux succédassent dans mon âme à l'espérance
de le quitter que j'ai perdue... mais cela ne se peut, ce
vêtement s'est attaché à ma peau, à mes os, et ne m'en
gêne que davantage. Ah ! quel sort ! être religieuse à

jamais, et sentir qu'on ne sera jamais que mauvaise religieuse, passer toute sa vie à se frapper la tête contre les
barreaux de sa prison !... En cet endroit je me mis à
pousser des cris ; je voulais les étouffer, mais je ne pouvais. M. Manouri, surpris de ce mouvement, me dit :
Madame, oserais-je vous faire une question ? – Faites,
Monsieur. – Une douleur aussi violente n'aurait-elle pas
quelque motif secret ? – Non, Monsieur, je hais la vie
solitaire, je sens là que je la hais, je sens que je la haïrai
toujours. Je ne saurais m'assujettir à toutes les misères
qui remplissent la journée d'une recluse, c'est un tissu de
puérilités que je méprise. J'y serais faite, si j'avais pu m'y
faire. J'ai cherché cent fois à m'en imposer, à me briser
là-dessus ; je ne saurais. J'ai envié, j'ai demandé à Dieu
l'heureuse imbécillité d'esprit de mes compagnes, je ne
l'ai point obtenue, il ne me l'accordera pas. Je fais tout
mal, je dis tout de travers. Le défaut de vocation perce
dans toutes mes actions, on le voit ; j'insulte à tout
moment à la vie monastique. On appelle orgueil mon
inaptitude, on s'occupe à m'humilier, les fautes et les
punitions se multiplient à l'infini, et les journées se
passent à mesurer des yeux la hauteur des murs.
– Madame, je ne saurais les abattre, mais je puis autre
chose. – Monsieur, ne tentez rien. – Il faut changer de
maison, je m'en occuperai, je viendrai vous revoir.
J'espère qu'on ne vous cèlera pas. Vous aurez incessamment de mes nouvelles. Soyez sûre que si vous y consen-
tez, je réussirai à vous tirer d'ici. Si l'on en usait trop
sévèrement avec vous, ne me le laissez pas ignorer.

Il était tard quand M. Manouri s'en alla. Je retournai
dans ma cellule. L'office du soir ne tarda pas à sonner.
J'arrivai des premières : je laissai passer les religieuses et
je me tins pour dit qu'il fallait demeurer à la porte ; en
effet la supérieure la ferma sur moi. Le soir, à souper,
elle me fit signe en entrant de m'asseoir à terre au milieu
du réfectoire, je lui obéis, et l'on ne me servit que du pain
et de l'eau. J'en mangeai un peu que j'arrosai de quelques

larmes. Le lendemain on tint conseil, toute la communauté fut appelée à mon jugement, et l'on me condamna à être privée de récréation, à entendre pendant un mois l'office à la porte du chœur, à manger à terre au milieu du réfectoire, à faire amende honorable trois jours de suite, à renouveler ma prise d'habit et mes vœux, à prendre le cilice, à jeûner de deux jours l'un, et à me macérer après l'office du soir tous les vendredis. J'étais à genoux, le voile baissé, tandis que cette sentence m'était prononcée.

Dès le lendemain la supérieure vint dans ma cellule avec une religieuse qui portait sur son bras un cilice et cette robe d'étoffe grossière dont on m'avait revêtue lorsque je fus conduite dans le cachot. J'entendis ce que cela signifiait ; je me déshabillai, ou plutôt on m'arracha mon voile, on me dépouilla et je pris cette robe. J'avais la tête nue, les pieds nus, mes longs cheveux tombaient sur mes épaules, et tout mon vêtement se réduisait à ce cilice que l'on me donna, à une chemise très dure, et à cette longue robe qui me prenait sous le cou et qui me descendait jusqu'aux pieds. Ce fut ainsi que je restai vêtue pendant la journée et que je comparus à tous les exercices.

Le soir, lorsque je fus rentrée dans ma cellule, j'entendis qu'on s'en approchait en chantant les litanies ; c'était toute la maison rangée sur deux lignes. On entra, je me présentai. On me passa une corde au cou, on me mit dans la main une torche allumée et une discipline dans l'autre. Une religieuse prit la corde par un bout, me tira entre les deux lignes, et la procession prit son chemin vers un petit oratoire intérieur consacré à sainte Marie. On était venu en chantant à voix basse, on s'en retourna en silence. Quand je fus arrivée à ce petit oratoire qui était éclairé de deux lumières, on m'ordonna de demander pardon à Dieu et à la communauté du scandale que j'avais donné ; c'était la religieuse qui me conduisait qui me disait ce qu'il fallait que je répétasse, et je le répétais mot à mot. Après cela on m'ôta la corde, on me déshabilla jusqu'à la ceinture, on prit mes cheveux qui étaient épars sur mes épaules, on les rejeta sur un des côtés de mon cou, on me mit dans la main droite la discipline que je portais de la main gauche, et l'on commença le *Miserere*. Je compris ce que l'on attendait de moi et je l'exécutai. Le *Miserere* fini, la supérieure me fit une courte exhortation. On éteignit les lumières, les religieuses se retirèrent, et je me rhabillai.

Quand je fus rentrée dans ma cellule, je sentis des douleurs violentes aux pieds. J'y regardai, ils étaient tout ensanglantés des coupures de morceaux de verre que l'on avait eu la méchanceté de répandre sur mon chemin.

Je fis amende honorable de la même manière les deux jours suivants ; seulement le dernier on ajouta un psaume au *Miserere*.

Le quatrième jour, on me rendit l'habit de religieuse à peu près avec la même cérémonie qu'on le prend à cette solennité quand elle est publique.

Le cinquième, je renouvelai mes vœux. J'accomplis pendant un mois le reste de la pénitence qu'on m'avait imposée, après quoi je rentrai à peu près dans l'ordre commun de la communauté ; je repris ma place au chœur et au réfectoire, et je vaquai à mon tour aux différentes fonctions de la maison. Mais quelle fut ma surprise lorsque je tournai les yeux sur cette jeune amie qui s'intéressait à mon sort ! Elle me parut presque aussi changée que moi. Elle était d'une maigreur à effrayer, elle avait sur son visage la pâleur de la mort, les lèvres blanches et les yeux presque éteints. Sœur Ursule, lui dis-je tout bas, qu'avez-vous ? – Ce que j'ai ? me répondit-elle. Je vous aime, et vous me le demandez ! Il était temps que votre supplice finît ; j'en serais morte.

Si les deux derniers jours de mon amende honorable je n'avais point eu les pieds blessés, c'était elle qui avait eu l'attention de balayer furtivement les corridors et de rejeter à droite et à gauche les morceaux de verre. Les jours où j'étais condamnée à jeûner au pain et à l'eau,

elle se privait d'une partie de sa portion qu'elle envelop-
pait d'un linge blanc et qu'elle jetait dans ma cellule. On
avait tiré au sort la religieuse qui me conduirait par la
corde, et le sort était tombé sur elle ; elle eut la fermeté
d'aller trouver la supérieure et de lui protester qu'elle se
résoudrait plutôt à mourir qu'à cette infâme et cruelle
fonction. Heureusement cette jeune fille était d'une
famille considérée, elle jouissait d'une pension forte
qu'elle employait au gré de la supérieure, et elle trouva
pour quelques livres de sucre et de café [1] une religieuse
qui prit sa place. Je n'oserais penser que la main de Dieu
se soit appesantie sur cette indigne, elle est devenue folle
et elle est enfermée ; mais la supérieure vit, gouverne,
tourmente, et se porte bien.

Il était impossible que ma santé résistât à de si longues
et de si dures épreuves ; je tombai malade. Ce fut dans
cette circonstance que la sœur Ursule montra bien toute
l'amitié qu'elle avait pour moi. Je lui dois la vie. Ce
n'était pas un bien qu'elle me conservait, elle me le disait
quelquefois elle-même, cependant il n'y avait sorte de services qu'elle ne me rendît les jours qu'elle était d'infirmerie. Les autres jours je n'étais pas négligée, grâce à
l'intérêt qu'elle prenait à moi et aux petites récompenses
qu'elle distribuait à celles qui me veillaient, selon que j'en
avais été plus ou moins satisfaite. Elle avait demandé à
me garder la nuit, et la supérieure le lui avait refusé sous
le prétexte qu'elle était trop délicate pour suffire à cette
fatigue ; ce fut un véritable chagrin pour elle. Tous ses
soins n'empêchèrent point les progrès du mal ; je fus
réduite à toute extrémité, je reçus les derniers sacrements.
Quelques moments auparavant je demandai à voir la

---

1. *Le Neveu de Rameau* fait écho, dans un registre burlesque, à
l'ensemble de ce passage : « Et mon confesseur ? – Vous ne le verrez
plus ; ou si vous persistez dans la fantaisie d'aller lui faire l'histoire de
vos amusements, il vous en coûtera quelques livres de sucre et de café.
– C'est un homme sévère qui m'a déjà refusé l'absolution, pour la chan-
son, *Viens dans ma cellule* » (*Contes et romans, op. cit.*, p. 599).

communauté assemblée, ce qui me fut accordé. Les religieuses entourèrent mon lit, la supérieure était au milieu d'elles, ma jeune amie occupait mon chevet et me tenait une main qu'elle arrosait de ses larmes. On présuma que j'avais quelque chose à dire ; on me souleva et l'on me soutint sur mon séant à l'aide de deux oreillers. Alors m'adressant à la supérieure, je la priai de m'accorder sa bénédiction et l'oubli des fautes que j'avais commises. Je demandai pardon à toutes mes compagnes du scandale que je leur avais donné. J'avais fait apporter à côté de moi une infinité de bagatelles ou qui paraient ma cellule ou qui étaient à mon usage particulier, et je priai la supérieure de me permettre d'en disposer ; elle y consentit, et je les donnai à celles qui lui avaient servi de satellites lorsqu'on m'avait jetée dans le cachot. Je fis approcher la religieuse qui m'avait conduite par la corde le jour de mon amende honorable, et je lui dis en l'embrassant et en lui présentant mon rosaire et mon christ : Chère sœur, souvenez-vous de moi dans vos prières et soyez sûre que je ne vous oublierai pas devant Dieu… Et pourquoi Dieu ne m'a-t-il pas prise dans ce moment ? j'allais à lui sans inquiétude. C'est un si grand bonheur, et qui est-ce qui peut se le promettre deux fois ? Qui sait ce que je serai au dernier moment ? Il faudra pourtant que j'y vienne. Puisse Dieu renouveler encore mes peines et me l'accorder aussi tranquille que je l'avais. Je voyais les cieux ouverts et ils l'étaient sans doute, car la conscience alors ne trompe pas, et elle me promettait une félicité éternelle.

Après avoir été administrée [1], je tombai dans une espèce de léthargie. On désespéra de moi pendant toute cette nuit. On venait de temps en temps me tâter le pouls ; je sentais des mains se promener sur mon visage, et j'entendais différentes voix qui disaient comme dans le lointain : Il remonte… Son nez est froid… Elle n'ira pas à demain… Le rosaire et le christ vous resteront… et une

---

1. Être administré : recevoir les derniers sacrements.

autre voix courroucée qui disait : Éloignez-vous ! éloignez-vous ! laissez-la mourir en paix ; ne l'avez-vous pas
assez tourmentée ?... Ce fut un moment bien doux pour
moi, lorsque je sortis de cette crise [1] et que je rouvris les
yeux, de me retrouver entre les bras de mon amie. Elle
ne m'avait point quittée, elle avait passé la nuit à me
secourir, à répéter les prières des agonisants, à me faire
baiser le christ et à l'approcher de ses lèvres après l'avoir
séparé des miennes. Elle crut en me voyant ouvrir de
grands yeux et pousser un profond soupir, que c'était le
dernier, et elle se mit à jeter des cris, et à m'appeler son
amie, à dire : Mon Dieu, ayez pitié d'elle et de moi ; mon
Dieu, recevez son âme. Chère amie, quand vous serez
devant Dieu, ressouvenez-vous de sœur Ursule... Je la
regardai en souriant tristement, en versant une larme et
en lui serrant la main. M. B.... arriva dans ce moment,
c'est le médecin de la maison [2]. Cet homme est habile, à
ce qu'on dit, mais il est despote, orgueilleux et dur. Il
écarta mon amie avec violence ; il me tâta le pouls et
la peau [3]. Il était accompagné de la supérieure et de ses
favorites ; il fit quelques questions monosyllabiques sur
ce qui s'était passé, il répondit : Elle s'en tirera... et
regardant la supérieure à qui ce mot ne plaisait pas, Oui,
madame, lui dit-il, elle s'en tirera, la peau est bonne, la
fièvre est tombée, et la vie commence à poindre dans les
yeux... À chacun de ces mots la joie se déployait sur le
visage de mon amie, et sur celui de la supérieure et de ses
compagnes je ne sais quoi de chagrin que la contrainte
dissimulait mal. Monsieur, lui dis-je, je ne demande pas
à vivre. Tant pis, me répondit-il... Puis il ordonna

---

1. Voir p. 19, note 3. Chez Galien, la « crise » est un changement
subit dans la maladie, en mal ou en bien.
2. Michel Philippe Bouvart, célèbre médecin de la cour, rival de
Bordeu.
3. Au début du second entretien du *Rêve de d'Alembert*, Bordeu se
risque à un diagnostic sur le mathématicien délirant seulement « après
lui avoir tâté le pouls et la peau » (éd. C. Duflo, GF-Flammarion, 2002,
p. 79).

quelque chose et sortit. On dit que pendant ma léthargie j'avais dit plusieurs fois : Chère Mère, je vais donc vous rejoindre, je vous dirai tout... C'était apparemment à mon ancienne supérieure que je m'adressais, je n'en doute pas. Je ne donnai son portrait à personne, je désirais de l'emporter avec moi sous la tombe.

Le pronostic de M. B... se vérifia ; la fièvre diminua, des sueurs abondantes achevèrent de l'emporter, et l'on ne douta plus de ma guérison. Je guéris en effet, mais j'eus une convalescence très longue.

Il était dit que je souffrirais dans cette maison toutes les peines qu'il est possible d'éprouver. Il y avait eu de la malignité [1] dans ma maladie. La sœur Ursule ne m'avait presque point quittée. Lorsque je commençais à prendre des forces les siennes se perdirent ; ses digestions se dérangèrent ; elle était attaquée l'après-midi de défaillances qui duraient quelquefois un quart d'heure. Dans cet état elle était comme morte, sa vue s'éteignait, une sueur froide lui couvrait le front et se ramassait en gouttes qui coulaient le long de ses joues ; ses bras sans mouvement pendaient à ses côtés ; on ne la soulageait un peu qu'en la délaçant et qu'en relâchant ses vêtements. Quand elle revenait de cet évanouissement, sa première idée était de me chercher à ses côtés, et elle m'y trouvait toujours ; quelquefois même, lorsqu'il lui restait un peu de sentiment et de connaissance, elle promenait sa main autour d'elle, sans ouvrir les yeux. Cette action était si peu équivoque, que quelques religieuses s'étant offertes à cette main qui tâtonnait et n'en étant pas reconnues, parce que alors elle retombait sans mouvement, elles me disaient : Sœur Suzanne, c'est à vous qu'elle en veut, approchez-vous donc... Je me jetais à ses genoux, j'attirais sa main sur mon front et elle y demeurait posée jusqu'à la fin de son évanouissement ; quand il était fini elle me disait : Eh bien, sœur Suzanne, c'est moi qui m'en

---

1. La maladie « maligne » présente une résistance particulière, un caractère extraordinaire.

irai et c'est vous qui resterez ; c'est moi qui la [1] reverrai
la première, je lui parlerai de vous, elle ne m'entendra
pas sans pleurer (s'il y a des larmes amères, il en est aussi
de bien douces) ; et si l'on aime là-haut, pourquoi n'y
pleurerait-on pas ? Alors elle penchait sa tête sur mon
cou, elle en répandait avec abondance et elle ajoutait :
Adieu, sœur Suzanne, adieu, mon amie. Qui est-ce qui
partagera vos peines, quand je n'y serai plus ? Qui est-ce
qui... Ah ! chère amie, que je vous plains ! Je m'en vais,
je le sens, je m'en vais. Si vous étiez heureuse, combien
j'aurais de regret à mourir !

Son état m'effrayait ; je parlai à la supérieure. Je voulais qu'on la mît à l'infirmerie, qu'on la dispensât des
offices et des autres exercices pénibles de la maison,
qu'on appelât un médecin, mais on me répondait toujours que ce n'était rien, que ces défaillances se passe-
raient toutes seules : et la chère sœur Ursule ne
demandait pas mieux que de satisfaire à ses devoirs et à
suivre la vie commune. Un jour, après les matines [2] auxquelles elle avait assisté, elle ne reparut point. Je pensai
qu'elle était bien mal. L'office du matin fini, je volai chez
elle. Je la trouvai couchée sur son lit tout habillée. Elle
me dit : Vous voilà, chère amie ? je me doutais que vous
ne tarderiez pas à venir, et je vous attendais. Écoutez-
moi. Que j'avais d'impatience que vous vinssiez ! Ma
défaillance a été si forte et si longue, que j'ai cru que j'y
resterais et que je ne vous reverrais plus. Tenez, voilà la
clef de mon oratoire ; vous en ouvrirez l'armoire, vous
enlèverez une petite planche qui sépare en deux parties
le tiroir d'en bas, vous trouverez derrière cette planche
un paquet de papiers ; je n'ai jamais pu me résoudre à
m'en séparer, quelque danger que je courusse à les garder
et quelque douleur que je ressentisse à les lire : hélas ! ils

---

1. Madame de Moni.
2. « La première partie de l'office divin, contenant un certain
nombre de psaumes et de leçons qui se disent ordinairement la nuit »
(*Dictionnaire de l'Académie française, op. cit.*, vol. 1, p. 107).

sont presque effacés de mes larmes. Quand je ne serai plus, vous les brûlerez... Elle était si faible et si oppressée, qu'elle ne put prononcer de suite deux mots de ce discours, elle s'arrêtait presque à chaque syllabe, et puis elle parlait si bas que j'avais peine à l'entendre, quoique mon oreille fût presque collée sur sa bouche. Je pris la clef, je lui montrai du doigt l'oratoire, et elle me fit signe de la tête que oui. Ensuite pressentant que j'allais la perdre, et persuadée que sa maladie était une suite ou de la mienne, ou de la peine qu'elle avait prise, ou des soins qu'elle m'avait donnés, je me mis à pleurer et à me désoler de toute ma force ; je lui baisai le front, les yeux, le visage, les mains, je lui demandai pardon. Cependant elle était comme distraite ; elle ne m'entendait pas ; une de ses mains se reposait sur mon visage et me caressait ; je crois qu'elle ne me voyait plus, peut-être même me croyait-elle sortie, car elle m'appela : Sœur Suzanne ? – Je lui dis : Me voilà. – Quelle heure est-il ? – Il est onze heures et demie. – Onze heures et demie ? Allez-vous-en dîner ; allez, vous reviendrez tout de suite... – Le dîner sonna, il fallut la quitter. Quand je fus à la porte, elle me rappela ; je revins. Elle fit un effort pour me présenter ses joues, je les baisai ; elle me prit la main, elle me la tenait serrée, il semblait qu'elle ne voulait pas, qu'elle ne pouvait me quitter ; cependant il le faut, dit-elle en me lâchant, Dieu le veut. Adieu, sœur Suzanne. Donnez-moi mon crucifix... Je le lui mis entre les mains, et je m'en allai.

On était sur le point de sortir de table. Je m'adressai à la supérieure, je lui parlai en présence de toutes les religieuses du danger de la sœur Ursule, je la pressai d'en juger par elle-même. « Eh bien, dit-elle, il faut la voir. » Elle y monta accompagnée de quelques autres, je les suivis ; elles entrèrent dans sa cellule ; la pauvre sœur n'était plus. Elle était étendue sur son lit toute vêtue, la tête inclinée sur son oreiller, la bouche entrouverte, les yeux fermés et le christ entre ses mains. La supérieure la regarda froidement et dit : « Elle est morte ! qui l'aurait crue si proche de sa fin ? C'était une excellente fille. Qu'on aille sonner pour elle et qu'on l'ensevelisse. »

Je restai seule à son chevet. Je ne saurais vous peindre ma douleur ; cependant j'enviais son sort ; je m'approchai d'elle, je lui donnai des larmes, je la baisai plusieurs fois, et je tirai le drap sur son visage dont les traits commençaient à s'altérer. Ensuite je songeai à exécuter ce qu'elle m'avait recommandé ; pour n'être point interrompue dans cette occupation, j'attendis que tout le monde fût à l'office. J'ouvris l'oratoire, j'abattis la planche, et je trouvai un rouleau de papier assez considérable que je brûlai dès le soir. Cette jeune fille avait toujours été mélancolique, et je n'ai pas mémoire de l'avoir vue sourire, excepté une fois dans sa maladie.

Me voilà donc seule dans cette maison, dans le monde, car je ne connaissais pas un être qui s'intéressât à moi. Je n'avais plus entendu parler de l'avocat Manouri ; je présumais ou qu'il avait été rebuté par les difficultés, ou que distrait par des amusements ou par ses occupations, les offres de services qu'il m'avait faites étaient bien loin de sa mémoire, et je ne lui en savais pas très mauvais gré ; j'ai le caractère porté à l'indulgence, je puis tout pardonner aux hommes, excepté l'injustice, l'ingratitude et l'inhumanité. J'excusais donc l'avocat Manouri tant que je pouvais, et tous ces gens du monde qui avaient montré tant de vivacité dans le cours de mon procès et pour qui je n'existais plus, et vous-même, Monsieur le marquis ; lorsque nos supérieurs ecclésiastiques firent une visite dans la maison.

Ils entrent, ils parcourent les cellules, ils interrogent les religieuses ; ils se font rendre compte de l'administration temporelle et spirituelle, et selon l'esprit qu'ils apportent à leurs fonctions, ils réparent ou ils augmentent le désordre. Je revis donc l'honnête et dur M. Hébert avec ses deux jeunes et compatissants acolytes. Ils se rappelèrent apparemment l'état déplorable où j'avais autrefois comparu devant eux, leurs yeux s'humectèrent, et je remarquai sur leurs visages l'attendrissement et la joie.

M. Hébert s'assit et me fit asseoir vis-à-vis de lui, ses deux compagnons se tinrent debout derrière sa chaise, leurs regards étaient attachés sur moi. M. Hébert me dit : Eh bien, sœur Suzanne, comment en use-t-on à présent avec vous ? – Je lui répondis : Monsieur, on m'oublie. – Tant mieux. – Et c'est aussi tout ce que je souhaite ; mais j'aurais une grâce importante à vous demander, c'est d'appeler ici ma Mère supérieure. – Et pourquoi ? – C'est que s'il arrive qu'on vous fasse quelque plainte d'elle, elle ne manquera pas de m'en accuser. – J'entends ; mais dites-moi toujours ce que vous en savez. – Monsieur, je vous supplie de la faire appeler et qu'elle entende elle-même vos questions et mes réponses. – Dites toujours. – Monsieur, vous m'allez perdre. – Non, ne craignez rien. De ce jour, vous n'êtes plus sous son autorité ; avant la fin de la semaine vous serez transférée à Sainte-Eutrope [1], près d'Arpajon. Vous avez un bon ami. – Un bon ami, Monsieur ! je ne m'en connais point. – C'est votre avocat. – M. Manouri ? – Lui-même. – Je ne croyais pas qu'il se souvînt encore de moi. – Il a vu vos sœurs, il a vu M. l'archevêque, le premier président, toutes les personnes connues par leur piété ; il vous a fait une dot dans la maison que je viens de vous nommer, et vous n'avez plus qu'un moment à rester ici. Ainsi si vous avez connaissance de quelque désordre, vous pouvez m'en instruire sans vous compromettre, et je vous l'ordonne par la sainte obéissance. – Je n'en connais point. – Quoi ! on a gardé quelque mesure avec vous depuis la perte de votre procès ? – On a cru et l'on a dû croire que j'avais commis une faute en revenant contre mes vœux, et l'on m'en a fait demander pardon à Dieu. – Mais ce sont les circonstances de ce pardon que je voudrais savoir… et en disant ces mots il secouait la tête, il fronçait les sourcils, et je conçus qu'il ne tenait qu'à moi de renvoyer à la

---

1. Erreur de Diderot : Eutrope est un saint. La congrégation de Saint-Eutrope-lès-Arpajon existe depuis le XVIᵉ siècle, mais l'écrivain ne semble pas en avoir une connaissance détaillée.

supérieure une partie des coups de discipline qu'elle m'avait fait donner ; mais ce n'était pas mon dessein. L'archidiacre vit bien qu'il ne saurait rien de moi, et il sortit en me recommandant le secret sur ce qu'il m'avait confié de ma translation à Sainte-Eutrope d'Arpajon. Comme le bonhomme Hébert marchait seul dans le corridor, ses deux compagnons se retournèrent et me saluèrent d'un air très affectueux et très doux. Je ne sais qui ils sont, mais Dieu veuille leur conserver ce caractère tendre et miséricordieux qui est si rare dans leur état, et qui convient si fort aux dépositaires de la faiblesse de l'homme et aux intercesseurs de la miséricorde de Dieu. Je croyais M. Hébert occupé à consoler, à interroger ou à réprimander quelque autre religieuse, lorsqu'il rentra dans ma cellule. Il me dit : D'où connaissez-vous M. Manouri ? – Par mon procès. – Qui est-ce qui vous l'a donné ? – C'est Mme la Présidente ***. – Il a fallu que vous conférassiez souvent avec lui dans le cours de votre affaire. – Non, Monsieur, je l'ai peu vu. – Comment l'avez-vous instruit ? – Par quelques mémoires écrits de ma main. – Vous avez des copies de ces mémoires ? – Non, Monsieur. – Qui est-ce qui lui remettait ces mémoires ? – Mme la Présidente ***. – Et d'où la connaissiez-vous ? – Je la connaissais par la sœur Ursule, mon amie et sa parente. – Vous avez vu M. Manouri depuis la perte de votre procès ? – Une fois. – C'est bien peu. Il ne vous a point écrit ? – Non, monsieur. – Vous ne lui avez point écrit ? – Non, Monsieur. – Il vous apprendra sans doute ce qu'il a fait pour vous. Je vous ordonne de ne le point voir au parloir, et, s'il vous écrit soit directement, soit indirectement, de m'envoyer sa lettre sans l'ouvrir, entendez-vous, sans l'ouvrir. – Oui, Monsieur, et je vous obéirai. Soit que la méfiance de M. Hébert me regardât ou mon bienfaiteur, j'en fus blessée.

M. Manouri vint à Longchamp dans la soirée même. Je tins parole à l'archidiacre, je refusai de lui parler. Le lendemain il m'écrivit par son émissaire ; je reçus sa lettre, et je l'envoyai sans l'ouvrir à M. Hébert. C'était le mardi, autant qu'il m'en souvient. J'attendais toujours avec impatience l'effet de la promesse de l'archidiacre, et des mouvements de M. Manouri ; le mercredi, le jeudi, le vendredi se passèrent sans que j'entendisse parler de rien. Combien ces journées me parurent longues ! Je tremblais qu'il ne fût survenu quelque obstacle qui eût tout dérangé. Je ne recouvrais pas ma liberté, mais je changeais de prison, et c'est quelque chose ; un premier événement heureux fait germer en nous l'espérance d'un second, et c'est peut-être là l'origine du proverbe : qu'*un bonheur ne vient point sans un autre.*

Je connaissais les compagnes que je quittais, et je n'avais pas de peine à supposer que je gagnerais quelque chose à vivre avec d'autres prisonnières ; quelles qu'elles fussent, elles ne pouvaient être ni plus méchantes, ni plus mal intentionnées. Le samedi matin, sur les neuf heures, il se fit un grand mouvement dans la maison ; il faut bien peu de chose pour mettre des têtes de religieuses en l'air. On allait, on venait, on se parlait bas, les portes des dortoirs s'ouvraient et se fermaient ; c'est, comme vous l'avez pu voir jusqu'ici, le signal des révolutions [1] monastiques. J'étais seule dans ma cellule ; j'attendais ; le cœur me battait ; j'écoutais à ma porte, je regardais par ma fenêtre ; je me démenais sans savoir ce que je faisais ; je me disais à moi-même en tressaillant de joie : C'est moi qu'on vient chercher ; tout à l'heure je n'y serai plus... et je ne me trompais pas.

Deux figures inconnues se présentèrent à moi, c'étaient une religieuse et la tourière d'Arpajon ; elles m'instruisirent en un mot du sujet de leur visite. Je pris tumultueusement le petit butin qui m'appartenait, je le jetai pêle-mêle dans le tablier de la tourière qui le mit en paquets. Je ne demandai point à voir la supérieure ; la

---

1. Au sens de changements importants et subits.

sœur Ursule n'était plus ; je ne quittais personne ; je descends ; on m'ouvre les portes, après avoir visité ce que j'emportais, je monte dans un carrosse et me voilà partie.

L'archidiacre et ses deux jeunes ecclésiastiques, Mme la Présidente *** et M. Manouri, s'étaient rassemblés chez la supérieure, où on les avertit de ma sortie. Chemin faisant, la religieuse m'entretint de la maison, et la tourière ajoutait pour refrain à chaque phrase de l'éloge qu'on m'en faisait : C'est la pure vérité. Elle se félicitait du choix qu'on avait fait d'elle pour m'aller prendre et voulait être mon amie ; en conséquence elle me confia quelques secrets et me donna quelques conseils sur ma conduite ; ces conseils étaient apparemment à son usage, mais ils ne pouvaient être au mien. Je ne sais si vous avez vu le couvent d'Arpajon. C'est un bâtiment carré, dont un des côtés regarde sur le grand chemin, et l'autre sur la campagne et les jardins. Il y avait à chaque fenêtre de la première façade une, deux, ou trois religieuses ; cette seule circonstance m'en apprit sur l'ordre qui régnait dans la maison plus que tout ce que la religieuse et sa compagne ne m'en avaient dit. On connaissait apparemment la voiture où nous étions, car en un clin d'œil toutes ces têtes voilées disparurent, et j'arrivai à la porte de ma nouvelle prison. La supérieure vint audevant de moi, les bras ouverts, m'embrassa, me prit par la main et me conduisit dans la salle de communauté où quelques religieuses m'avaient devancée et où d'autres accoururent.

Cette supérieure s'appelle madame ***. Je ne saurais me refuser à l'envie de vous la peindre avant que d'aller plus loin. C'est une petite femme toute ronde, cependant prompte et vive dans ses mouvements ; sa tête n'est jamais sise sur ses épaules ; il y a toujours quelque chose qui cloche dans son vêtement ; sa figure est plutôt bien que mal ; ses yeux dont l'un, c'est le droit, est plus haut et plus grand que l'autre, sont pleins de feu et distraits ; quand elle marche elle jette ses bras en avant et en arrière ; veut-elle parler, elle ouvre la bouche avant que d'avoir arrangé ses idées, aussi bégaye-t-elle un peu ; est-elle assise, elle s'agite sur son fauteuil comme si quelque chose l'incommodait. Elle oublie toute bienséance, elle lève sa guimpe pour se frotter la peau, elle croise ses jambes ; elle vous interroge, vous lui répondez, et elle ne vous écoute pas ; elle vous parle et elle se perd, s'arrête tout court, ne sait plus où elle en est, se fâche et vous appelle grosse bête, stupide, imbécile, si vous ne la remettez pas sur la voie. Elle est tantôt familière jusqu'à tutoyer, tantôt impérieuse et fière jusqu'au dédain ; ses moments de dignité sont courts ; elle est alternativement compatissante et dure. Sa figure décomposée marque tout le décousu de son esprit et toute l'inégalité [1] de son caractère ; aussi l'ordre et le désordre se succèdent-ils dans la maison. Il y avait des jours où tout était confondu, les pensionnaires avec les novices, les novices avec les religieuses ; où l'on courait dans les chambres les unes des autres ; où l'on prenait ensemble du thé, du café, du chocolat, des liqueurs [2] ; où l'office se faisait avec la célérité la plus indécente ; au milieu de ce tumulte le visage de la supérieure change subitement, la cloche sonne, on se renferme, on se retire, le silence le plus profond suit le bruit, les cris et le tumulte, et l'on croirait que tout est mort subitement ; une religieuse alors manque-t-elle à la moindre chose, elle la fait venir dans sa cellule, la traite avec dureté, lui ordonne de se déshabiller et de se donner vingt coups de discipline ; la religieuse obéit, se déshabille, prend sa discipline et se

---

1. Inconstance et décousu du caractère. Ce portrait correspond à une esthétique de la variabilité, éventuellement porteuse de dissonances, qui apparaît dans de nombreux textes de Diderot, notamment dans la description du neveu de Rameau. Il note encore dans les *Éléments de physiologie*, sa dernière œuvre, que « le plus constant [des hommes] est celui qui change le moins » (Diderot, *Œuvres complètes*, éd. R. Lewinter, t. XIII, Club français du Livre, 1972, p. 676).

2. Café, chocolat, et « liqueurs » (boissons alcoolisées) sont des accessoires topiques de la scène galante dans le roman du temps. Voir S. Safran, *L'Amour gourmand. Libertinage gastronomique au XVIIIᵉ siècle*, La Musardine, 2000.

macère, mais à peine s'est-elle donné quelques coups, que la supérieure, devenue compatissante, lui arrache l'instrument de pénitence, se met à pleurer ; qu'elle est bien malheureuse d'avoir à punir ! lui baise le front, les yeux, la bouche, les épaules, la caresse, la loue : mais qu'elle a la peau blanche et douce ! le bel embonpoint ! le beau cou ! le beau chignon ! Sœur Sainte-Augustine, mais tu es folle d'être honteuse, laisse tomber ce linge, je suis femme et ta supérieure... Oh la belle gorge [1] ! qu'elle est ferme !... et je souffrirais que cela fût déchiré par des pointes ! non, non, il n'en sera rien... Elle la baise encore, la relève, la rhabille elle-même, lui dit les choses les plus douces, la dispense des offices et la renvoie dans sa cellule. On est très mal avec ces femmes-là, on ne sait jamais ce qui leur plaira ou déplaira, ce qu'il faut éviter ou faire ; il n'y a rien de réglé : ou l'on est servie à profusion, ou l'on meurt de faim ; l'économie de la maison s'embarrasse, les remontrances sont ou mal prises ou négligées. On est toujours trop près ou trop loin des supérieures de ce caractère ; il n'y a ni vraie distance, ni mesure ; on passe de la disgrâce à la faveur et de la faveur à la disgrâce sans qu'on sache pourquoi. Voulez-vous que je vous donne dans une petite chose un exemple général de son administration ? Dix fois dans l'année elle courait de cellule en cellule et faisait jeter par les fenêtres toutes les bouteilles de liqueur qu'elle y trouvait, et quatre jours après, elle-même en renvoyait à la plupart de ses religieuses. Voilà celle à qui j'avais fait le vœu solennel d'obéissance, car nous portons nos vœux d'une maison dans une autre.

J'entrai avec elle ; elle me conduisait en me tenant embrassée par le milieu du corps. On servit une collation de fruits, de massepains, de confitures. Le grave archidiacre commença mon éloge qu'elle interrompit par : On a eu tort, on a eu tort, je le sais... Le grave archidiacre voulut continuer, et la supérieure l'interrompit par :

---

1. Poitrine.

Comment s'en sont-elles défaites ? c'est la modestie et la douceur même. On dit qu'elle est remplie de talents... Le grave archidiacre voulut reprendre ses derniers mots, la supérieure l'interrompit encore en me disant bas à l'oreille : Je vous aime à la folie, et quand ces pédants-là [1] seront sortis je ferai venir nos sœurs, et vous nous chanterez un petit air, n'est-ce pas ?... Il me prit une envie de rire, le grave M. Hébert fut un peu déconcerté ; ses deux compagnons souriaient de son embarras et du mien. Cependant M. Hébert revint à son caractère et à ses manières accoutumées, lui ordonna brusquement de s'asseoir et lui imposa silence. Elle s'assit, mais elle n'était pas à son aise ; elle se tourmentait à sa place ; elle se grattait la tête ; elle rajustait son vêtement où il n'était pas dérangé ; elle bâillait ; et cependant l'archidiacre pérorait sensément sur la maison que j'avais quittée, sur les désagréments que j'y avais éprouvés ; sur celle où j'entrais ; sur les obligations que j'avais aux personnes qui m'avaient servie... En cet endroit je regardai M. Manouri ; il baissa les yeux. Alors la conversation devint plus générale, le silence pénible imposé à la supérieure cessa. Je m'approchai de M. Manouri, je le remerciai des services qu'il m'avait rendus ; je tremblais, je balbutiais, je ne savais quelle reconnaissance lui promettre ; mon trouble, mon embarras, mon attendrissement, car j'étais vraiment touchée, un mélange de larmes et de joie, toute mon action lui parla beaucoup mieux que je n'aurais pu faire. Sa réponse ne fut pas plus arrangée que mon discours, il fut aussi troublé que moi ; je ne sais ce qu'il me disait, mais j'entendais qu'il serait trop récompensé, s'il avait adouci la rigueur de mon sort ; qu'il se ressouviendrait de ce qu'il avait fait avec plus de plaisir encore que moi ; qu'il était bien fâché que les occupations qui l'attachaient au Palais de Paris ne lui

---

1. « Pédant » est un terme rabaissant pour désigner les enseignants publics (« pédant de collège ») ou les précepteurs privés, mais aussi ceux qui en général font preuve d'austérité et de rigueur.

permissent pas de visiter souvent le cloître d'Arpajon, mais qu'il espérait de M. l'archidiacre et de madame la supérieure la permission de s'informer de ma santé et de ma situation. L'archidiacre n'entendit pas cela, mais la supérieure répondit : Monsieur, tant que vous voudrez ; elle fera tout ce qui lui plaira. Nous tâcherons de réparer ici les chagrins qu'on lui a donnés... et puis tout bas à moi : Mon enfant, tu as donc bien souffert ! Mais comment ces créatures de Longchamp ont-elles eu le courage de te maltraiter ? J'ai connu ta supérieure, nous avons été pensionnaires ensemble à Port-Royal[1], c'était la bête noire des autres. Nous aurons le temps de nous voir, tu me raconteras tout cela... et en disant ces mots elle prenait une de mes mains qu'elle me frappait de petits coups avec la sienne. Les jeunes ecclésiastiques me firent aussi leur compliment. Il était tard ; M. Manouri prit congé de nous ; l'archidiacre et ses compagnons allèrent chez M.*** seigneur d'Arpajon, où ils étaient invités, et je restai seule avec la supérieure, mais ce ne fut pas pour long-temps. Toutes les religieuses, toutes les novices, toutes les pensionnaires accoururent pêle-mêle, en un instant je me vis entourée d'une centaine de personnes. Je ne savais à qui entendre, ni à qui répondre, c'étaient des figures de toute espèce et des propos de toutes couleurs ; cependant je discernai qu'on n'était mécontente ni de mes réponses ni de ma personne.

Quand cette conférence importune eut duré quelque temps et que la première curiosité eut été satisfaite, la foule diminua, la supérieure écarta le reste, et elle vint elle-même m'installer dans ma cellule. Elle m'en fit les honneurs à sa mode : elle me montrait l'oratoire et disait : C'est là que ma petite amie priera Dieu ; je veux qu'on lui mette un coussin sur ce marchepied, afin que ses petits genoux ne soient pas blessés... Il n'y a point d'eau bénite dans ce bénitier, cette sœur Dorothée oublie

---

1. Avant sa dispersion, par conséquent avant 1709. Si l'action se passe bien en 1760, la supérieure a au moins autour de la soixantaine.

toujours quelque chose... Essayez ce fauteuil, voyez s'il
vous sera commode... et tout en parlant ainsi elle
m'assit, me pencha la tête sur le dossier et mc baisa lc
front. Cependant elle alla à la fenêtre pour s'assurer que
les châssis se levaient et se baissaient facilement ; à mon
lit, et elle en tira et retira les rideaux pour voir s'ils fermaient bien. Elle examina les couvertures... elles sont
bonnes. Elle prit le traversin, et le faisant bouffer elle
disait : Cette chère tête sera fort bien là-dessus... Ces
draps ne sont pas fins, mais ce sont ceux de la communauté... Ces matelas sont bons... Cela fait, elle vient à
moi, m'embrasse et me quitte. Pendant cette scène je
disais en moi-même : Ô la folle créature ! Et je m'attendis
à de bons et de mauvais jours.

Je m'arrangeai dans ma cellule. J'assistai à l'office du
soir, au souper, à la récréation qui suivit. Quelques religieuses s'approchèrent de moi, d'autres s'en éloignèrent ;
celles-là comptaient sur ma protection auprès de la supérieure ; celles-ci, étaient déjà alarmées de la prédilection
qu'elle m'avait accordée. Ces premiers moments se passèrent en éloges réciproques, en questions sur la maison
que j'avais quittée, en essais [1] de mon caractère, de mes
inclinations, de mes goûts, de mon esprit ; on vous tâte
partout ; c'est une suite de petites embûches qu'on vous
tend et d'où l'on tire les conséquences les plus justes.
Par exemple, on jette un mot de médisance, et l'on vous
regarde ; on entame une histoire, et l'on attend que vous
en redemandiez la suite ou que vous la laissiez. Si vous
dites un mot ordinaire, on le trouve charmant, quoiqu'on
sache bien qu'il n'en est rien ; on vous loue ou l'on vous
blâme à dessein. On cherche à démêler vos pensées les
plus secrètes ; on vous interroge sur vos lectures, on vous
offre des livres sacrés et profanes, on remarque votre
choix. On vous invite à de légères infractions de la règle ;
on vous fait des confidences ; on vous jette des mots sur
les travers de la supérieure ; tout se recueille et se redit.

---

1. Mises à l'épreuve.

On vous quitte, on vous reprend ; on sonde vos sentiments sur les mœurs, sur la piété, sur le monde, sur la
religion, sur la vie monastique, sur tout ; il résulte de ces
expériences réitérées, une épithète qui vous caractérise et
qu'on attache en surnom à celui que vous portez. Ainsi
je fus appelée Sainte-Suzanne la réservée.

Le premier soir, j'eus la visite de la supérieure ; elle
vint à mon déshabiller. Ce fut elle qui m'ôta mon voile
et ma guimpe et qui me coiffa de nuit, ce fut elle qui me
déshabilla. Elle me tint cent propos doux et me fit mille
caresses qui m'embarrassèrent un peu, je ne sais pas
pourquoi, car je n'y entendais rien, ni elle non plus, et
à présent même que j'y réfléchis, qu'aurions-nous pu y
entendre ? Cependant j'en parlai à mon directeur qui
traita cette familiarité, qui me paraissait innocente et qui
me le paraît encore [1], d'un ton fort sérieux et me défendit
gravement de m'y prêter davantage. Elle me baisa le cou,
les épaules, les bras, elle loua mon embonpoint et ma
taille, et me mit au lit ; elle releva mes couvertures d'un
et d'autre côté, me baisa les yeux, tira mes rideaux et s'en
alla. J'oubliais de vous dire qu'elle supposa que j'étais
fatiguée, et qu'elle me permit de rester au lit tant que je
voudrais.

J'usai de sa permission ; c'est, je crois la seule bonne
nuit que j'aie passée dans le cloître, et si [2] je n'en suis
presque jamais sortie. Le lendemain, sur les neuf heures,
j'entendis frapper doucement à ma porte. J'étais encore
couchée ; je répondis ; on entra ; c'était une religieuse qui
me dit d'assez mauvaise humeur qu'il était tard et que la
mère supérieure me demandait. Je me levai, je m'habillai
à la hâte et j'allai. Bonjour, mon enfant, me dit-elle ;
avez-vous bien passé la nuit ? Voilà du café qui vous
attend depuis une heure ; je crois qu'il sera bon, dépê-
chez-vous de le prendre, et puis après nous causerons...

---

1. Incohérence narrative : au moment où elle écrit, Suzanne sait à
quoi s'en tenir.
2. Pourtant (vieilli).

Et tout en disant cela, elle étendait un mouchoir sur la table, en déployait un autre sur moi, versait le café et le sucrait. Les autres religieuses en faisaient autant les unes chez les autres. Tandis que je déjeunais elle m'entretint de mes compagnes, me les peignit selon son aversion ou son goût[1] ; me fit mille amitiés, mille questions sur la maison que j'avais quittée, sur mes parents, sur les désagréments que j'avais eus ; loua, blâma à sa fantaisie, n'entendit jamais ma réponse jusqu'au bout. Je ne la contredis point ; elle fut fort contente de mon esprit, de mon jugement et de ma discrétion. Cependant il vint une religieuse, puis une autre, puis une troisième, puis une quatrième, une cinquième. On parla des oiseaux de la mère celle-ci ; des tics de la sœur *** celle-là ; de tous les petits ridicules des absentes ; on se mit en gaieté. Il y avait une épinette[2] dans un coin de la cellule, j'y posai les doigts par distraction, car nouvelle arrivée dans la maison et ne connaissant point celles dont on plaisantait, cela ne m'amusait guère, et quand j'aurais été plus au fait, cela ne m'aurait pas amusée davantage ; il faut trop d'esprit pour bien plaisanter, et puis qui est-ce qui n'a pas un ridicule ? Tandis que l'on riait, je faisais des accords, peu à peu j'attirai l'attention. La supérieure vint à moi, et me frappant un petit coup sur l'épaule, allons, Sainte-Suzanne, me dit-elle, amuse-nous ; joue d'abord et puis après tu chanteras... Je fis ce qu'elle me disait, j'exécutai quelques pièces que j'avais dans les doigts ; je préludai de fantaisie, et puis je chantai quelques versets des psaumes de Mondonville[3]. Voilà qui est fort bien, me dit la supérieure, mais nous avons de la sainteté à l'église tant qu'il nous plaît. Nous sommes seules ; celles-ci sont mes amies et elles seront aussi les tiennes ; chante-nous

---

1. Sur ce mot qui revient plusieurs fois dans les pages suivantes, voir p. 138, note 1.
2. Sorte de petit clavecin.
3. Jean Joseph Cassanéa de Mondonville (1711-1772) : compositeur réputé, en musique tant sacrée que profane.

quelque chose de plus gai… Quelques-unes des religieuses dirent : Mais elle ne sait peut-être que cela ; elle
est fatiguée de son voyage, il faut la ménager ; en voilà
bien assez pour une fois… Non, non, dit la supérieure,
elle s'accompagne à merveille, elle a la plus belle voix du
monde (et en effet je ne l'ai pas laide, cependant plus
de justesse, de douceur et de flexibilité que de force et
d'étendue). Je ne la tiendrai quitte qu'elle ne nous ait
dit autre chose… J'étais un peu offensée du propos des
religieuses ; je répondis à la supérieure que cela n'amusait
plus ces sœurs. Mais cela m'amuse encore moi… Je me
doutais de cette réponse. Je chantai donc une chanson-
nette assez délicate, et toutes battirent des mains, me
louèrent, m'embrassèrent, me caressèrent, m'en demandèrent une seconde : petites minauderies fausses dictées
par la réponse de la supérieure ; il n'y en avait presque
pas une là qui ne m'eût ôté ma voix et rompu les doigts,
si elle l'avait pu. Celles qui n'avaient peut-être entendu
de musique de leur vie, s'avisèrent de jeter sur mon chant
des mots aussi ridicules que déplaisants qui ne prirent
point auprès de la supérieure ; taisez-vous, leur dit-elle,
elle joue et chante comme un ange, et je veux qu'elle
vienne ici tous les jours ; j'ai su un peu de clavecin autrefois, et je veux qu'elle m'y remette. – Ah ! Madame, lui
dis-je, quand on a su autrefois, on n'a pas tout
oublié… Très volontiers ; cède-moi ta place. Elle préluda,
elle joua des choses folles, bizarres, décousues comme ses
idées, mais je vis à travers tous les défauts de son exécution qu'elle avait la main infiniment plus légère que moi ;
je le lui dis, car j'aime à louer, et j'ai rarement perdu
l'occasion de le faire avec vérité, cela est si doux ! Les
religieuses s'éclipsèrent les unes après les autres, et je restai presque seule avec la supérieure à parler musique. Elle
était assise, j'étais debout ; elle me prenait les mains et
elle me disait en les serrant : Mais outre qu'elle joue bien,
elle a les plus jolis doigts du monde. Voyez donc, sœur
Thérèse… Sœur Thérèse baissait les yeux, rougissait et
bégayait ; cependant que j'eusse les doigts jolis ou non,

que la supérieure eût tort ou raison de l'observer,
qu'est-ce que cela faisait à cette sœur ? La supérieure
m'embrassait par le milieu du corps et elle trouvait que
j'avais la plus jolie taille. Elle m'avait tirée à elle, elle me
fit asseoir sur ses genoux ; elle me relevait la tête avec les
mains et m'invitait à la regarder ; elle louait mes yeux,
ma bouche, mes joues, mon teint ; je ne répondais rien,
j'avais les yeux baissés, et je me laissais aller à toutes ces
caresses comme une idiote [1] ; sœur Thérèse était distraite,
inquiète ; se promenait à droite et à gauche ; touchait à
tout sans avoir besoin de rien, ne savait que faire de sa
personne ; regardait par la fenêtre ; croyait avoir entendu
frapper à la porte ; et la supérieure lui dit : Sainte-
Thérèse, tu peux t'en aller, si tu t'ennuies. – Madame, je
ne m'ennuie pas. – C'est que j'ai mille choses à demander
à cette enfant. – Je le crois. – Je veux savoir toute son
histoire. Comment réparerai-je les peines qu'on lui a
faites, si je les ignore ? Je veux qu'elle me les raconte sans
rien omettre. Je suis sûre que j'en aurai le cœur déchiré
et que j'en pleurerai, mais n'importe. Sainte-Suzanne,
quand est-ce que je saurai tout ? – Madame, quand vous
l'ordonnerez. – Je t'en prierais tout à l'heure [2], si nous
en avions le temps ; quelle heure est-il ? Sœur Thérèse
répondit : Madame, il est cinq heures, et les vêpres [3] vont
sonner. – Qu'elle commence toujours. – Mais, Madame,
vous m'aviez promis un moment de consolation avant
vêpres. J'ai des pensées qui m'inquiètent ; je voudrais
bien ouvrir mon cœur à Maman. Si je vais à l'office sans
cela, je ne pourrai prier, je serai distraite. – Non, non, dit
la supérieure ; tu es folle avec tes idées. Je gage que je sais
ce que c'est, nous en parlerons demain. – Ah ! chère

---

1. L'Académie ne fait entrer l'adjectif que dans l'édition de 1762 de
son *Dictionnaire* (*op. cit.*, vol. 1, p. 899), où il est synonyme de « stupide », « imbécile », termes déjà rencontrés à propos de Suzanne.
2. Tout de suite.
3. Partie de l'office qui se dit en fin d'après-midi.

Mère, dit sœur Thérèse en se jetant aux pieds de la supérieure et fondant en larmes, que ce soit tout à l'heure. – Madame, dis-je à la supérieure en me levant de sur ses genoux où j'étais restée, accordez à ma sœur ce qu'elle vous demande, ne laissez pas durer sa peine ; je vais me retirer. J'aurai toujours le temps de satisfaire l'intérêt que vous voulez bien prendre à moi ; et quand vous aurez entendu ma sœur Thérèse, elle ne souffrira plus... Je fis un mouvement vers la porte pour sortir, la supérieure me retenait d'une main, sœur Thérèse à genoux s'était emparée de l'autre, la baisait et pleurait ; et la supérieure lui disait : En vérité, Sainte-Thérèse, tu es bien incommode avec tes inquiétudes ; je te l'ai déjà dit, cela me déplaît, cela me gêne ; je ne veux pas être gênée. – Je le sais, mais je ne suis pas la maîtresse de mes sentiments ; je voudrais et je ne saurais... – Cependant je m'étais retirée et j'avais laissé avec la supérieure la jeune sœur. Je ne pus m'empêcher de la regarder à l'église ; il lui restait de l'abattement et de la tristesse ; nos yeux se rencontrèrent plusieurs fois, et il me sembla qu'elle avait de la peine à soutenir mon regard. Pour la supérieure, elle s'était assoupie dans sa stalle.

L'office fut dépêché en un clin d'œil. Le chœur n'était pas, à ce qu'il me parut, l'endroit de la maison où l'on se plaisait le plus ; on en sortit avec la vitesse et le babil d'une troupe d'oiseaux qui s'échapperaient d'une volière ; et les sœurs se répandaient les unes chez les autres en courant, en riant, en parlant. La supérieure se renferma dans sa cellule, et la sœur Thérèse s'arrêta sur la porte de la sienne, m'épiant comme si elle eût été curieuse de savoir ce que je deviendrais ; je rentrai chez moi, et la porte de la cellule de la sœur Thérèse ne se referma que quelque temps après et se referma doucement. Il me vint en idée que cette jeune fille était jalouse de moi et qu'elle craignait que je ne lui ravisse la place qu'elle occupait dans les bonnes grâces et l'intimité de la supérieure. Je l'observai plusieurs jours de suite, et lorsque je me crus suffisamment assurée de mon soupçon par ses petites colères, ses puériles alarmes, sa persévérance à me suivre à la piste, à m'examiner, à se trouver entre la supérieure et moi, à briser nos entretiens, à déprimer mes qualités, à faire sortir mes défauts, plus encore à sa pâleur, à sa douleur, à ses pleurs, au dérangement de sa santé et même de son esprit, je l'allai trouver et je lui dis : Chère amie, qu'avez-vous ? – Elle ne me répondit pas ; ma visite la surprit et l'embarrassa, elle ne savait ni que dire, ni que faire. – Vous ne me rendez pas assez de justice ; parlez-moi vrai : vous craignez que je n'abuse du goût que notre Mère a pris pour moi, que je ne vous éloigne de son cœur. Rassurez-vous, cela n'est pas dans mon caractère. Si j'étais jamais assez heureuse pour obtenir quelque empire sur son esprit... – Vous aurez tout celui qu'il vous plaira ; elle vous aime, elle fait aujourd'hui pour vous précisément ce qu'elle a fait pour moi dans les commencements. – Eh bien, soyez sûre que je ne me servirai de la confiance qu'elle m'accordera que pour vous rendre plus chérie. – Et cela dépendra-t-il de vous ? – Et pourquoi cela n'en dépendrait-il pas ? – Au lieu de me répondre, elle se jeta à mon cou, et elle me dit en soupirant : Ce n'est pas votre faute, je le sais bien, je me le dis à tout moment ; mais promettez-moi... – Que voulez-vous que je vous promette ? – Que... – Achevez. Je ferai tout ce qui dépendra de moi. – Elle hésita, se couvrit les yeux de ses mains, et d'une voix si basse qu'à peine je l'entendais : Que vous la verrez le moins souvent que vous pourrez... – Cette demande me parut si étrange, que je ne pus m'empêcher de lui répondre : Et que vous importe que je voie souvent ou rarement notre supérieure ? Je ne suis point fâchée que vous la voyiez sans cesse, moi ; vous ne devez pas être plus fâchée que j'en fasse autant ; ne suffit-il pas que je vous proteste que je ne vous nuirai auprès d'elle ni à vous, ni à personne ? Elle ne me répondit que par ces mots qu'elle prononça d'une manière douloureuse en se séparant de moi et en se jetant sur son lit : Je suis perdue. – Perdue ! et pourquoi ? Mais il faut que vous me croyiez la plus méchante créature qui soit au monde.

Nous en étions là, lorsque la supérieure entra. Elle avait passé à ma cellule, elle ne m'y avait point trouvée : elle avait parcouru presque toute la maison, inutilement ; il ne lui vint pas en pensée que j'étais chez Sainte-Thérèse ; lorsqu'elle l'eut appris par celles qu'elle avait envoyées à ma découverte, elle accourut. Elle avait un peu de trouble dans le regard et sur son visage, mais toute sa personne était si rarement ensemble ! Sainte-Thérèse était en silence, assise sur son lit, moi debout. Je lui dis : Ma chère Mère, je vous demande pardon d'être venue ici sans votre permission. – Il est vrai, me répondit-elle, qu'il eût été mieux de la demander. – Mais cette chère sœur m'a fait compassion, j'ai vu qu'elle était en peine. – Et de quoi ? – Vous le dirai-je ? Et pourquoi ne vous le dirais-je pas ? c'est une délicatesse qui fait tant d'honneur à son âme et qui marque si vivement son attachement pour vous. Les témoignages de bonté que vous m'avez donnés ont alarmé sa tendresse, elle a craint que je n'obtinsse dans votre cœur la préférence sur elle ; ce sentiment de jalousie si honnête d'ailleurs, si naturel et si flatteur pour vous, chère Mère, était, à ce qu'il m'a semblé, devenu cruel pour ma sœur, et je la rassurais. – La supérieure après m'avoir écoutée prit un air sévère et imposant et lui dit : Sœur Thérèse, je vous ai aimée et je vous aime encore ; je n'ai point à me plaindre de vous, et vous n'aurez point à vous plaindre de moi, mais je ne saurais souffrir ces prétentions exclusives ; défaites-vousen, si vous craignez d'éteindre ce qui me reste d'attachement [1] pour vous, et si vous vous rappelez le sort de la sœur Agathe… Puis se tournant vers moi, elle me dit :

---

1. Diderot avait d'abord écrit le mot « tendresse », dont le *Dictionnaire de l'Académie française* nous dit qu'il « se prend quelquefois pour la passion même de l'amour » (*op. cit.*, vol. 2, p. 813).

C'est cette grande brune que vous voyez au chœur vis-à-
vis de moi... (Car je me répandais si peu, il y avait si peu
de temps que j'étais dans la maison, j'étais si nouvelle
que je ne savais pas encore tous les noms de mes compagnes.) Elle ajouta : Je l'aimais, lorsque sœur Thérèse
entra ici et que je commençai à la chérir. Elle eut les
mêmes inquiétudes, elle fit les mêmes folies ; je l'en avertis, elle ne se corrigea point, et je fus obligée d'en venir
à des voies sévères qui ont duré trop longtemps et qui
sont très contraires à mon caractère, car elles vous diront
toutes que je suis bonne et que je ne punis jamais qu'à
contrecœur... Puis s'adressant à Sainte-Thérèse, elle
ajouta : Mon enfant, je ne veux point être gênée, je vous
l'ai déjà dit ; vous me connaissez, ne me faites point sortir de mon caractère... Ensuite elle me dit en s'appuyant
d'une main sur mon épaule : Venez, Sainte-Suzanne,
reconduisez-moi. Nous sortîmes. Sainte-Thérèse voulut
nous suivre, mais la supérieure détournant la tête négligemment par-dessus mon épaule, lui dit d'un ton de despotisme : Rentrez dans votre cellule, et n'en sortez pas
que je ne vous le permette... Elle obéit, ferma sa porte
avec violence et s'échappa en quelques discours qui firent
frémir la supérieure, je ne sais pourquoi, car ils n'avaient
pas de sens. Je vis sa colère, et je lui dis : Chère Mère, si
vous avez quelque bonté pour moi, pardonnez à ma sœur
Thérèse ; elle a la tête perdue, elle ne sait ce qu'elle dit,
elle ne sait ce qu'elle fait. – Que je lui pardonne ? Je le
veux bien, mais que me donnerez-vous ? – Ah ! Chère
Mère, serais-je assez heureuse pour avoir quelque chose
qui vous plût et qui vous apaisât ? – Elle baissa les yeux,
rougit et soupira ; en vérité, c'était comme un amant.
Elle me dit ensuite en se rejetant nonchalamment sur moi
et comme si elle eût défailli : Approchez votre front que
je le baise... Je me penchai et elle me baisa le front.
Depuis ce temps, sitôt qu'une religieuse avait fait quelque
faute, j'intercédais pour elle, et j'étais sûre d'obtenir sa
grâce par quelque faveur innocente ; c'était toujours un
baiser ou sur le front, ou sur le cou, ou sur les yeux, ou

sur les joues, ou sur la bouche, ou sur les mains, ou sur la gorge, ou sur les bras, mais plus souvent sur la bouche, elle trouvait que j'avais l'haleine pure, les dents blanches et les lèvres fraîches et vermeilles. En vérité, je serais bien belle, si je méritais la plus petite partie des éloges qu'elle me donnait ; si c'était mon front, il était blanc, uni et d'une forme charmante ; si c'étaient mes yeux, ils étaient brillants ; si c'étaient mes joues, elles étaient vermeilles et douces ; si c'étaient mes mains, elles étaient petites et potelées ; si c'était ma gorge, elle était d'une fermeté de pierre et d'une forme admirable ; si c'étaient mes bras, il était impossible de les avoir mieux tournés et plus ronds ; si c'était mon cou, aucune des sœurs ne l'avait mieux fait et d'une beauté plus exquise et plus rare ; que sais-je tout ce qu'elle me disait. Il y avait bien quelque chose de vrai dans ses louanges ; j'en rabattais beaucoup, mais non pas tout. Quelquefois en me regardant de la tête aux pieds avec un air de complaisance que je n'ai jamais vu à aucune autre femme, elle me disait : Non, c'est le plus grand bonheur que Dieu l'ait appelée dans la retraite ; avec cette figure-là dans le monde elle aurait damné autant d'hommes qu'elle en aurait vu, et elle se serait damnée avec eux. Dieu fait bien tout ce qu'il fait [1].

Cependant nous nous avancions vers sa cellule, je me disposais à la quitter, mais elle me prit par la main et elle me dit : Il est trop tard pour commencer votre histoire de Sainte-Marie et de Longchamp, mais entrez, vous me donnerez une petite leçon de clavecin... Je la suivis ; en un moment elle eut ouvert le clavecin, préparé un livre, approché une chaise, car elle était vive. Je m'assis ; elle pensa que je pourrais avoir froid, elle détacha de dessus les chaises un coussin qu'elle posa devant moi, se baissa et me prit les deux pieds qu'elle mit dessus, ensuite elle alla se placer derrière la chaise et s'appuyer sur le dossier. Je fis d'abord des

---

1. Application burlesque d'une formule consacrée du providentialisme chrétien : la supérieure loue la créature plus que le Créateur, et son éloge est profane plus que religieux.

accords, ensuite je jouai quelques pièces de Couperin, de Rameau, de Scarlatti [1] ; cependant elle avait levé un coin de mon linge de cou, sa main était placée sur mon épaule nue et l'extrémité de ses doigts posée sur ma gorge. Elle soupirait, elle paraissait oppressée, son haleine s'embarrasser ; la main qu'elle tenait sur mon épaule d'abord la pressait fortement, puis elle ne la pressait plus du tout, comme si elle eût été sans force et sans vie, et sa tête tombait sur la mienne. En vérité, cette folle-là était d'une sensibilité incroyable et avait le goût le plus vif pour la musique ; je n'ai jamais connu personne sur qui elle eût produit des effets si singuliers.

Nous nous amusions ainsi d'une manière aussi simple que douce lorsque tout à coup la porte s'ouvrit avec violence ; j'en eus frayeur et la supérieure aussi. C'était cette extravagante de Sainte-Thérèse ; son vêtement était en désordre, ses yeux étaient troublés, elle nous parcourait l'une et l'autre avec l'attention la plus bizarre ; les lèvres lui tremblaient, elle ne pouvait parler. Cependant elle revint à elle et se jeta aux pieds de la supérieure, je joignis ma prière à la sienne, et j'obtins encore son pardon ; mais la supérieure lui protesta de la manière la plus ferme que ce serait le dernier, du moins pour des fautes de cette nature, et nous sortîmes toutes deux ensemble.

En retournant à nos cellules je lui dis : Chère sœur, prenez garde, vous indisposerez notre Mère. Je ne vous abandonnerai pas, mais vous userez mon crédit auprès d'elle, et je serai désespérée de ne pouvoir plus rien ni pour vous, ni pour aucune autre. Mais quelles sont vos idées ?... Point de réponse... Que craignez-vous de moi ?... Point de réponse... Est-ce que notre Mère ne peut pas nous aimer également toutes deux ? – Non, non, me répondit-elle avec violence, cela ne se peut ; bientôt je lui répugnerai, et j'en mourrai de douleur. Ah ! pourquoi

---

1. Célèbres compositeurs de la première moitié du siècle.

êtes-vous venue ici ? vous n'y serez pas heureuse longtemps, j'en suis sûre, et je serai malheureuse pour toujours. – Mais, lui dis-je, c'est un grand malheur, je le sais,
que d'avoir perdu la bienveillance de sa supérieure, mais
j'en connais un plus grand, c'est de l'avoir mérité ; vous
n'avez rien à vous reprocher ? – Ah ! plût à Dieu ! – Si
vous vous accusez en vous-même de quelque faute, il faut
la réparer, et le moyen le plus sûr, c'est d'en supporter
patiemment la peine. – Je ne saurais, je ne saurais ; et
puis est-ce à elle à m'en punir ? – À elle ! Sœur Thérèse,
à elle ! Est-ce qu'on parle ainsi d'une supérieure ? Cela
n'est pas bien, vous vous oubliez ; je suis sûre que cette
faute est plus grave qu'aucune de celles que vous vous
reprochez. – Ah ! plût à Dieu, me dit-elle encore, plût à
Dieu !... Et nous nous séparâmes, elle pour aller se désoler dans sa cellule, moi pour aller rêver dans la mienne à
la bizarrerie des têtes de femmes. Voilà l'effet de la
retraite. L'homme est né pour la société [1]. Séparez-le,
isolez-le, ses idées se désuniront, son caractère se tour-
nera, mille affections ridicules s'élèveront dans son cœur,
des pensées extravagantes germeront dans son esprit
comme les ronces dans une terre sauvage. Placez un
homme dans une forêt, il y deviendra féroce ; dans un
cloître où l'idée de nécessité se joint à celle de servitude,
c'est pis encore : on sort d'une forêt, on ne sort plus d'un
cloître ; on est libre dans la forêt, on est esclave dans le
cloître. Il faut peut-être plus de force d'âme encore pour
résister à la solitude qu'à la misère ; la misère avilit, la
retraite déprave. Vaut-il mieux vivre dans l'abjection que
dans la folie ? c'est ce que je n'oserais décider, mais il
faut éviter l'une et l'autre.

Je voyais croître de jour en jour la tendresse que la
supérieure avait conçue pour moi. J'étais sans cesse dans
sa cellule ou elle était dans la mienne ; pour la moindre

---

1. Tout ce passage fait écho au *Fils naturel* de Diderot (1756), dont
une formule (« il n'y a que le méchant qui soit seul », IV, 3) blessa
beaucoup Rousseau, qui se sentit personnellement visé.

indisposition elle m'ordonnait l'infirmerie, elle me dispensait des offices, elle m'envoyait coucher de bonne heure ou m'interdisait l'oraison du matin. Au chœur, au réfectoire, à la récréation elle trouvait moyen de me donner des marques d'amitié ; au chœur, s'il se rencontrait un verset qui contint quelque sentiment affectueux et tendre, elle le chantait en me l'adressant, ou elle me regardait s'il était chanté par une autre ; au réfectoire, elle m'envoyait toujours quelque chose de ce qu'on lui servait d'exquis, à la récréation, elle m'embrassait par le milieu du corps, elle me disait les choses les plus douces et les plus obligeantes. On ne lui faisait aucun présent que je ne le partageasse, chocolat, sucre, café, liqueurs, tabac, linge, mouchoirs, quoi que ce fût ; elle avait déparé sa cellule d'estampes, d'ustensiles, de meubles et d'une infinité de choses agréables ou commodes pour en orner la mienne ; je ne pouvais presque pas m'en absenter un moment qu'à mon retour je ne me trouvasse enrichie de quelques dons. J'allais l'en remercier chez elle, et elle ressentait une joie qui ne se peut exprimer ; elle m'embrassait, me caressait, me prenait sur ses genoux, m'entretenait des choses les plus secrètes de la maison, et se promettait, si je l'aimais, une vie mille fois plus heureuse que celle qu'elle aurait passée dans le monde ; après cela elle s'arrêtait, me regardait avec des yeux attendris et me disait : Sœur Suzanne, m'aimez-vous ? – Et comment ferais-je pour ne pas vous aimer ? il faudrait que j'eusse l'âme bien ingrate. – Cela est vrai. – Vous avez tant de bonté... – Dites de goût [1] pour vous... et en prononçant ces mots elle baissait les yeux, la main dont elle me tenait embrassée me serrait plus fortement, celle qu'elle avait appuyée sur mon genou pressait davantage, elle m'attirait

---

1. Diderot a substitué dans ses dernières corrections ce mot à celui d'abord choisi de « passion ». Le « goût » connote davantage la part érotique, sensuelle de l'attirance. L'auteur se souvient sans doute de la distinction faite par les libertins de Crébillon entre l'« amour » et le « goût », qui désigne le besoin des sens.

sur elle, mon visage se trouvait placé sur le sien, elle soupirait, elle se renversait sur sa chaise, elle tremblait, on
eût dit qu'elle avait à me confier quelque chose qu'elle
n'osait, elle versait des larmes, et puis elle me disait : Ah !
Sœur Suzanne, vous ne m'aimez pas ! – Je ne vous aime
pas, chère Mère ? – Non. – Et dites-moi ce qu'il faut que
je fasse pour vous le prouver. – Il faudrait que vous le
devinassiez. – Je cherche, je ne devine rien... Cependant
elle avait levé son linge de cou et elle avait mis une de
mes mains sur sa gorge, elle se taisait, je me taisais aussi ;
elle paraissait goûter le plus grand plaisir ; elle m'invitait
à lui baiser le front, les joues, les yeux et la bouche, et je
lui obéissais, je ne crois pas qu'il y eût du mal à cela.
Cependant son plaisir s'accroissait, et comme je ne
demandais pas mieux que d'ajouter à son bonheur d'une
manière aussi innocente, je lui baisais encore le front, les
joues, les yeux et la bouche. La main qu'elle avait posée
sur mon genou se promenait sur tous mes vêtements
depuis l'extrémité de mes pieds jusqu'à ma ceinture, me
pressant tantôt dans un endroit, tantôt en un autre ; elle
m'exhortait en bégayant et d'une voix altérée et basse à
redoubler mes caresses, je les redoublais ; enfin il vint un
moment, je ne sais si ce fut de plaisir ou de peine, où elle
devint pâle comme la mort, ses yeux se fermèrent, tout
son corps s'étendit avec violence, ses lèvres se fermèrent
d'abord, elles étaient humectées comme d'une mousse
légère, puis sa bouche s'entrouvrit, et elle me parut mourir en poussant un grand soupir [1]. Je me levai brusquement, je crus qu'elle se trouvait mal, je voulais sortir,
appeler. Elle entrouvrit faiblement les yeux et me dit
d'une voix éteinte : Innocente, ce n'est rien ; qu'allez-
vous faire ? Arrêtez... Je la regardais avec de grands yeux
hébétés, incertaine si je resterais ou si je sortirais. Elle
rouvrit encore les yeux, elle ne pouvait plus parler du
tout ; elle me fit signe d'approcher et de me replacer sur

---

1. Sur cette scène d'orgasme, voir la Présentation, *supra*, p. XXIV.

ses genoux. Je ne sais ce qui se passait en moi, je crai-
gnais, je tremblais, le cœur me palpitait, j'avais de la
peine à respirer, je me sentais troublée, oppressée, agitée,
j'avais peur, il me semblait que les forces m'abandon-
nassent et que j'allais défaillir ; cependant je ne saurais
dire que ce fût de la peine que je ressentisse. J'allai près
d'elle, elle me fit signe encore de la main de m'asseoir sur
ses genoux, je m'assis. Elle était comme morte, et moi
comme si j'allais mourir ; nous demeurâmes assez longtemps l'une et l'autre dans cet état singulier ; si quelque
religieuse fût survenue, en vérité elle eût été bien
effrayée ; on aurait imaginé ou que nous nous étions
trouvées mal ou que nous nous étions endormies. Cependant cette bonne supérieure, car il est impossible d'être
si sensible et de n'être pas bonne, me parut revenir à elle ;
elle était toujours renversée sur sa chaise, ses yeux étaient
toujours fermés, mais son visage s'était animé des plus
belles couleurs ; elle prenait une de mes mains qu'elle
baisait, et moi je lui disais : Ah ! chère Mère, vous m'avez
bien fait peur... Elle sourit doucement sans ouvrir les
yeux. Mais est-ce que vous n'avez pas souffert ? – Non.
– Je l'ai cru. – L'innocente ! Ah ! la chère innocente !
Qu'elle me plaît !... Et en disant ces mots elle se releva,
se remit sur sa chaise, me prit à brasse-corps et me baisa
sur les joues avec beaucoup de force, puis elle me dit :
Quel âge avez-vous ? – Je n'ai pas encore dix-neuf ans.
– Cela ne se conçoit pas [1]. – Chère Mère, rien n'est plus
vrai. – Je veux savoir toute votre vie ; vous me la direz ?
– Oui, chère Mère. – Toute ? – Toute. – Mais on pourrait
venir, allons nous mettre au clavecin, vous me donnerez
leçon... Nous y allâmes ; mais je ne sais comment cela
se fit, les mains me tremblaient, le papier ne me montrait
qu'un amas confus de notes ; je ne pus jamais jouer. Je
le lui dis, elle se mit à rire ; elle prit ma place, mais ce fut
pis encore, à peine pouvait-elle soutenir ses bras. Mon

---

1. De fait, d'après la chronologie interne du récit, Suzanne approche
plutôt des vingt-six ans.

enfant, me dit-elle, je vois que tu n'es guère en état de
montrer ni moi d'apprendre ; je suis un peu fatiguée, il
faut que je me repose. Adieu. Demain, sans plus tarder,
je veux savoir tout ce qui s'est passé dans cette chère
petite âme-là. Adieu... Les autres fois quand je sortais
elle m'accompagnait jusqu'à sa porte, elle me suivait des
yeux tout le long du corridor jusqu'à la mienne, elle me
jetait un baiser avec les mains, et ne rentrait chez elle que
quand j'étais rentrée chez moi ; cette fois-ci, à peine se
leva-t-elle, ce fut tout ce qu'elle put faire que de gagner
le fauteuil qui était à côté de son lit ; elle s'assit, pencha
la tête sur son oreiller, me jeta le baiser avec les mains,
ses yeux se fermèrent, et je m'en allai.

Ma cellule était presque vis-à-vis de la cellule de
Sainte-Thérèse ; la sienne était ouverte, elle m'attendait.
Elle m'arrêta et me dit : Ah ! Sainte-Suzanne, vous venez
de chez notre Mère. – Oui, lui dis-je. – Vous y êtes
demeurée longtemps. – Autant qu'elle l'a voulu. – Ce
n'est pas là ce que vous m'aviez promis [1]. Oseriez-vous
bien me dire ce que vous y avez fait ? – Quoique ma
conscience ne me reprochât rien, je vous avouerai cependant, Monsieur le marquis, que sa question me troubla ;
elle s'en aperçut, elle insista, et je lui répondis : Chère
sœur, peut-être ne m'en croiriez-vous pas, mais vous en
croirez peut-être notre chère Mère, et je la prierai de vous
en instruire. – Ma chère Sainte-Suzanne, me dit-elle avec
vivacité, gardez-vous-en bien ; vous ne voulez pas me
rendre malheureuse, elle ne me le pardonnerait jamais.
Vous ne la connaissez pas, elle est capable de passer de
la plus grande sensibilité jusqu'à la férocité ; je ne sais
pas ce que je deviendrais. Promettez-moi de ne lui rien
dire. – Vous le voulez ? – Je vous le demande à genoux.
Je suis désespérée ; je vois bien qu'il faut se résoudre, je

1. Diderot avait d'abord inséré ici une réplique de Suzanne : « Je
ne vous ai rien promis. » Sans doute lui a-t-elle paru manifester trop
ouvertement la possible mauvaise foi de son héroïne, dont la force
pathétique du récit est censée reposer sur l'entière « innocence »...

me résoudrai. Promettez-moi de ne lui rien dire... – Je la relevai, je lui donnai ma parole, elle y compta et elle eut raison ; et nous nous renfermâmes, elle dans sa cellule, moi dans la mienne.

Rentrée chez moi, je me trouvai rêveuse. Je voulus prier et je ne le pus pas. Je commençai un ouvrage que je quittai pour un autre que je quittai pour un autre encore, mes mains s'arrêtaient d'elles-mêmes et j'étais comme imbécile. Jamais je n'avais éprouvé rien de pareil ; mes yeux se fermèrent d'eux-mêmes, je fis un petit sommeil, quoique je ne dorme jamais de jour. Réveillée, je m'interrogeai sur ce qui s'était passé entre la supérieure et moi ; je m'examinai, je crus entrevoir en m'examinant encore... mais c'étaient des idées si vagues, si folles, si ridicules, que je les rejetai loin de moi ; le résultat de mes réflexions, c'est que c'était peut-être une maladie à laquelle elle était sujette ; puis il m'en vint une autre, c'est que peut-être cette maladie se gagnait, que Sainte-Thérèse l'avait prise, et que je la prendrais aussi.

Le lendemain, après l'office du matin, notre supérieure me dit : Sainte-Suzanne, c'est aujourd'hui que j'espère savoir tout ce qui vous est arrivé ; venez... J'allai. Elle me fit asseoir dans son fauteuil à côté de son lit, et elle se mit sur une chaise un peu plus basse ; je la dominais un peu parce que je suis plus grande et que j'étais plus élevée. Elle était si proche de moi que mes deux genoux étaient entrelacés dans les siens et elle était accoudée sur son lit. Après un petit moment de silence, je lui dis : Quoique je sois bien jeune, j'ai eu bien de la peine ; il y aura bientôt vingt ans que je suis au monde et vingt ans que je souffre. Je ne sais si je pourrai vous dire tout et si vous aurez le cœur de l'entendre. Peines chez mes parents, peines au couvent de Sainte-Marie, peines au couvent de Longchamp, peines partout ; chère Mère, par où voulez-vous que je commence ? – Par les premières. – Mais, lui dis-je, chère Mère, cela sera bien long et bien triste, et je ne voudrais pas vous attrister si longtemps. – Ne crains rien, j'aime à pleurer, c'est un état délicieux pour une âme tendre que celui de verser des larmes [1]. Tu dois aimer à pleurer aussi, tu essuieras mes larmes, j'essuierai les tiennes, et peut-être nous serons heureuses au milieu du récit de tes souffrances ; qui sait jusqu'où l'attendrissement peut nous mener ?... Et en prononçant ces derniers mots elle me regarda de bas en haut avec des yeux déjà humides, elle me prit les deux mains, elle s'approcha de moi plus près encore, en sorte qu'elle me touchait et que je la touchais. Raconte, mon enfant, dit-elle, j'attends, je me sens les dispositions les plus pressantes à m'attendrir ; je ne pense pas avoir eu de ma vie un jour plus compatissant et plus affectueux... Je commençai donc mon récit à peu près comme je viens de vous l'écrire. Je ne saurais vous dire l'effet qu'il produisit sur elle, les soupirs qu'elle poussa, les pleurs qu'elle versa, les marques d'indignation qu'elle donna contre mes cruels parents, contre les filles affreuses de Sainte-Marie, contre celles de Longchamp : je serais bien fâchée qu'il leur arrivât la plus petite partie des maux qu'elle leur souhaita : je ne voudrais pas avoir arraché un cheveu de la tête de mon plus cruel ennemi. De temps en temps elle m'interrompait, elle se levait, elle se promenait, puis elle se rasseyait à sa place ; d'autres fois elle levait les yeux et les mains au Ciel, et puis elle se cachait la tête entre mes genoux. Quand je lui parlai de ma scène du cachot, de celle de mon exorcisme, de mon amende honorable, elle poussa presque des cris ; quand je fus à la fin, je me tus, et elle resta pendant quelque temps le corps penché sur son lit, le visage caché dans sa couverture et les bras étendus au-dessus de sa tête ; et moi je lui disais : Chère Mère, je vous demande pardon de toute la peine que je vous ai causée, je vous en avais prévenue, mais c'est vous

---

1. Le « goût des larmes au XVIIIe siècle » (pour reprendre le titre de l'ouvrage d'Anne Coudreuse) relève de l'esthétique du pathétique propre au temps et constitue un programme de lecture pour le roman. Noter que « délicieux », entendu comme « ce qui procure de la volupté », peut avoir une connotation érotique.

qui l'avez voulu... Et elle ne me répondait que par ces mots : Les méchantes créatures ! Les horribles créatures ! Il n'y a que dans les couvents où l'humanité puisse s'éteindre à ce point. Lorsque la haine vient s'unir à la mauvaise humeur habituelle, on ne sait plus où les choses seront portées. Heureusement je suis douce, j'aime toutes mes religieuses ; elles ont pris les unes plus, les autres plus ou moins de mon caractère, et elles s'aiment entre elles. Mais comment cette faible santé a-t-elle pu résister à tant de tourments ? Comment tous ces petits membres n'ont-ils pas été brisés ? Comment toute cette machine délicate n'a-t-elle pas été détruite ? Comment l'éclat de ces yeux ne s'est-il pas éteint dans les larmes ? Les cruelles ! serrer ces bras avec des cordes !... et elle me prenait les bras et elle les baisait... Noyer de larmes ces yeux !... et elle les baisait... Arracher la plainte et les gémissements de cette bouche !... et elle la baisait... Condamner ce visage charmant et serein à se couvrir sans cesse des nuages de la tristesse !... et elle le baisait... Faner les roses de ces joues !... et elle les flattait de la main et elle les baisait... Déparer cette tête ! arracher ces cheveux ! charger ce front de souci !... et elle baisait ma tête, mon front, mes cheveux... Oser entourer ce cou d'une corde, et déchirer ces épaules avec des pointes aiguës !... et elle écartait mon linge de cou et de tête, elle entrouvrait le haut de ma robe, mes cheveux tombaient épars sur mes épaules découvertes, ma poitrine était à demi nue, et ses baisers se répandaient sur mon cou, sur mes épaules découvertes et sur ma poitrine à demi nue. Je m'aperçus alors au tremblement qui la saisit, au trouble de son discours, à l'égarement de ses yeux et de ses mains, à son genou qui se pressait entre les miens, à l'ardeur dont elle me serrait et à la violence dont ses bras m'enlaçaient, que sa maladie ne tarderait pas à la prendre. Je ne sais ce qui se passait en moi, mais j'étais saisie d'une frayeur, d'un tremblement et d'une défaillance qui me vérifiaient le soupçon que j'avais eu que son mal était contagieux. Je lui dis : Chère Mère, voyez dans quel désordre vous m'avez mise ; si l'on venait ! – Reste, reste, me disait-elle d'une voix oppressée, on ne viendra pas... Cependant je faisais effort pour me lever et m'arracher d'elle, et je lui disais : Chère Mère, prenez garde, voilà votre mal qui va vous prendre. Souffrez que je m'éloigne... Je voulais m'éloigner, je le voulais, cela est sûr, mais je ne le pouvais pas, je ne me sentais aucune force, mes genoux se déro-baient sous moi. Elle était assise, j'étais debout, elle m'attirait, je craignis de tomber sur elle et de la blesser ; je m'assis sur le bord de son lit, et je lui dis : Chère Mère, je ne sais ce que j'ai, je me trouve mal. – Et moi aussi, me dit-elle ; mais repose-toi un moment, cela passera ; ce ne sera rien. En effet ma supérieure reprit du calme et moi aussi. Nous étions l'une et l'autre abattues, moi, la tête penchée sur son oreiller, elle, la tête posée sur un de mes genoux, le front placé sur une de mes mains ; nous restâmes quelques moments dans cet état. Je ne sais ce qu'elle pensait ; pour moi, je ne pensais à rien, je ne le pouvais, j'étais d'une faiblesse [1] qui m'occupait tout entière. Nous gardions le silence, lorsque la supérieure le rompit la première, elle me dit : Suzanne, il m'a paru par ce que vous m'avez dit de votre première supérieure qu'elle vous était fort chère. – Beaucoup. – Elle ne vous aimait pas mieux que moi, mais elle était mieux aimée de vous... Vous ne me répondez pas ? – J'étais malheu-reuse, et elle adoucissait mes peines. – Mais d'où vient votre répugnance pour la vie religieuse ? Suzanne, vous ne m'avez pas tout dit. – Pardonnez-moi, Madame. – Quoi ! il n'est pas possible, aimable comme vous l'êtes, car, mon enfant, vous l'êtes beaucoup, vous ne savez pas combien, que personne ne vous l'ait dit. – On me l'a dit. – Et celui qui vous le disait ne vous déplaisait pas ? – Non. – Et vous vous êtes prise de goût pour lui ? – Point du tout. – Quoi ! votre cœur n'a jamais rien senti ? – Rien. – Quoi ! ce n'est pas une passion ou secrète ou désapprouvée de vos parents qui vous a donné de

---

1. Au sens d'une défaillance physique et émotionnelle très forte.

l'aversion pour le couvent ? Confiez-moi cela, je suis indulgente. – Je n'ai, chère Mère, rien à vous confier là-dessus. – Mais, encore une fois, d'où vient votre répugnance pour la vie religieuse ? – De la vie même. J'en hais les devoirs, les occupations, la retraite, la contrainte ; il me semble que je suis appelée à autre chose. – Mais à quoi cela vous semble-t-il ? – À l'ennui qui m'accable. Je m'ennuie. – Ici même ? – Oui, chère Mère, ici même, malgré toute la bonté que vous avez pour moi. – Mais est-ce que vous éprouvez en vous-même des mouvements, des désirs ? – Aucun. – Je le crois ; vous me paraissez d'un caractère tranquille. – Assez. – Froid même. – Je ne sais. – Vous ne connaissez pas le monde ? – Je le connais peu. – Quel attrait peut-il donc avoir pour vous ? – Cela ne m'est pas bien expliqué ; mais il faut pourtant qu'il en ait. – Est-ce la liberté que vous regrettez ? – C'est cela, et peut-être beaucoup d'autres choses. – Et ces autres choses, quelles sont-elles ? Mon amie, parlez-moi à cœur ouvert ; voudriez-vous être mariée ? – Je l'aimerais mieux que d'être ce que je suis, cela est certain. – Pourquoi cette préférence ? – Je l'ignore. – Vous l'ignorez ? mais dites-moi, quelle impression fait sur vous la présence d'un homme ? – Aucune. S'il a de l'esprit et qu'il parle bien, je l'écoute avec plaisir ; s'il est d'une belle figure, je le remarque. – Et votre cœur est tranquille ? – Jusqu'à présent il est resté sans émotion [1]. – Quoi ! lorsqu'ils ont attaché leurs regards animés sur les vôtres, vous n'avez pas ressenti ?... – Quelquefois de l'embarras, ils me faisaient baisser les yeux. – Sans aucun trouble ? – Aucun. – Et vos sens ne vous disaient rien ? – Je ne sais pas ce que c'est que le langage des sens. – Ils en ont un cependant. – Cela se peut. – Et vous ne le connaissez pas ? – Point du tout. – Quoi ! vous... C'est un langage bien doux. Et voudriez-vous le connaître ? – Non, chère Mère ; à quoi cela me servirait-il ? – À dissiper votre ennui. – À l'augmenter peut-être. Et puis que signifie ce

---

1. Agitation, mouvement.

langage des sens sans objet ? – Quand on parle, c'est toujours à quelqu'un, cela vaut mieux sans doute que de s'entretenir seule, quoique ce ne soit pas tout à fait sans plaisir. – Je n'entends rien à cela. – Si tu voulais, chère enfant, je te deviendrais plus claire. – Non, chère Mère, non. Je ne sais rien, et j'aime mieux ne rien savoir que d'acquérir des connaissances qui me rendraient peut-être plus à plaindre que je ne le suis. Je n'ai point de désirs, et je n'en veux point chercher que je ne pourrais satisfaire. – Et pourquoi ne le pourrais-tu pas ? – Et comment le pourrais-je ? – Comme moi. – Comme vous ! Mais il n'y a personne dans cette maison… – J'y suis, chère amie, vous y êtes. – Eh bien, que vous suis-je ? que m'êtes-vous ? – Qu'elle est innocente ! – Oh, il est vrai, chère Mère, que je le suis beaucoup, et que j'aimerais mieux mourir que de cesser de l'être… – Je ne sais ce que ces derniers mots pouvaient avoir de fâcheux pour elle, mais ils la firent tout à coup changer de visage ; elle devint sérieuse, embarrassée ; sa main qu'elle avait posée sur un de mes genoux cessa d'abord de le presser, et puis se retira ; elle tenait ses yeux baissés. Je lui dis : Ma chère Mère, qu'est-ce qui m'est arrivé ? est-ce qu'il me serait échappé quelque chose qui vous aurait offensée ? Pardonnez-moi. J'use de la liberté que vous m'avez accordée ; je n'étudie rien [1] de ce que j'ai à vous dire, et puis quand je m'étudierais, je ne dirais pas autrement, peut-être plus mal. Les choses dont nous nous entretenons me sont si étrangères !… pardonnez-moi… En disant ces derniers mots je jetai mes deux bras autour de son cou et je posai ma tête sur son épaule. Elle jeta les deux siens autour de moi et me serra fort tendrement ; nous demeurâmes ainsi quelques instants ; ensuite reprenant sa tendresse et sa sérénité, elle me dit : Suzanne, dormez-vous bien ? – Fort bien, lui dis-je, surtout depuis quelque temps. – Vous endormez-vous tout de suite ? – Assez communément. – Mais quand vous ne vous endormez pas tout de suite,

---

1. Je ne mets aucun artifice, je parle spontanément.

à quoi pensez-vous ? – À ma vie passée, à celle qui me reste, ou je prie Dieu, ou je pleure, que sais-je ? – Et le matin, quand vous vous éveillez de bonne heure ? Je me lève. – Tout de suite ? – Tout de suite. – Vous n'aimez pas à rêver ? – Non. – À vous reposer sur votre oreiller ? – Non. – À jouir de la douce chaleur du lit ? – Non. – Jamais... Elle s'arrêta à ce mot et elle eut raison, ce qu'elle avait à me demander n'était pas bien, et peut-être ferai-je beaucoup plus mal de le dire, mais j'ai résolu de ne rien celer... Jamais vous n'avez été tentée de regarder avec complaisance combien vous êtes belle ? – Non, chère Mère. Je ne sais pas si je suis si belle que vous dites, et puis quand je le serais, c'est pour les autres qu'on est belle et non pour soi. – Jamais vous n'avez pensé à promener vos mains sur cette gorge, sur ces cuisses, sur ce ventre, sur ces chairs si fermes, si douces et si blanches ? – Oh, pour cela, non, il y a du péché à cela, et si cela m'était arrivé, je ne sais comment j'aurais fait pour l'avouer à confesse... – Je ne sais ce que nous dîmes encore, lorsqu'on vint l'avertir qu'on la demandait au parloir. Il me parut que cette visite lui causait du dépit et qu'elle aurait mieux aimé continuer de causer avec moi, quoique ce que nous disions ne valût guère la peine d'être regretté. Cependant nous nous séparâmes.

Jamais la communauté n'avait été plus heureuse que depuis que j'y étais entrée. La supérieure paraissait avoir perdu l'inégalité de son caractère, on disait que je l'avais fixée [1] ; elle donna même en ma faveur plusieurs jours de récréation et ce qu'on appelle des fêtes ; ces jours on est un peu mieux servies qu'à l'ordinaire, les offices sont plus courts et tout le temps qui les sépare est accordé à la

---

1. « On dit, *fixer un esprit*, pour dire, faire qu'il ne varie plus » (*Dictionnaire de l'Académie française, op. cit.*, vol. 1, p. 748). Mais dans le roman du libertinage, « fixer » signifie plutôt « attacher à une seule personne » : le verbe oppose l'exclusivisme amoureux au nomadisme sexuel du libertin. Une des nouvelles des *Contemporaines* de Rétif de la Bretonne (1787) s'appellera ainsi « Le libertin fixé ».

récréation. Mais ce temps heureux devait passer pour les autres et pour moi.

La scène que je viens de peindre fut suivie d'un grand nombre d'autres semblables que je néglige. Voici la suite de la précédente.

L'inquiétude [1] commençait à s'emparer de la supérieure ; elle perdait sa gaieté, son embonpoint, son repos. La nuit suivante, lorsque tout le monde dormait et que la maison était dans le silence, elle se leva. Après avoir erré quelque temps dans les corridors elle vint à ma cellule ; j'ai le sommeil léger, je crus la reconnaître. Elle s'arrêta ; en s'appuyant le front apparemment contre ma porte elle fit assez de bruit pour me réveiller si j'avais dormi. Je gardai le silence. Il me sembla que j'entendais une voix qui se plaignait, quelqu'un qui soupirait ; j'eus d'abord un léger frisson, ensuite je me déterminai à dire *Ave* [2] ; au lieu de me répondre, on s'éloignait à pas léger. On revint quelque temps après ; les plaintes et les soupirs recommencèrent ; je dis encore *Ave* et l'on s'éloigna pour la seconde fois. Je me rassurai, je m'endormis. Pendant que je dormais on entra, on s'assit à côté de mon lit, mes rideaux étaient entrouverts, on tenait une petite bougie dont la lumière m'éclairait le visage, et celle qui la portait me regardait dormir, ce fut du moins ce que j'en jugeai à son attitude lorsque j'ouvris les yeux ; et cette personne, c'était la supérieure. Je me levai subitement ; elle vit ma frayeur, elle me dit : Suzanne, rassurez-vous, c'est moi. Je me remis la tête sur mon oreiller et je lui dis : Chère Mère, que faites-vous ici à l'heure qu'il est ? qu'est-ce qui peut vous avoir amenée ? pourquoi ne dormez-vous pas ? – Je ne saurais dormir, me répondit-elle, je ne dormirai de longtemps. Ce sont des songes fâcheux qui me tourmentent. À peine ai-je les yeux fermés, que les peines que vous avez souffertes se retracent à mon imagination ; je vous vois entre les mains

---

1. Il s'agit ici du tourment de l'amour.
2. Le mot de salutation de l'Ange à la Vierge sert au rituel du bonsoir.

de ces inhumaines, je vois vos cheveux épars sur votre visage ; je vous vois les pieds ensanglantés, la torche au poing, la corde au cou, je crois qu'elles vont disposer de votre vie ; je frissonne, je tremble, une sueur froide se répand sur tout mon corps ; je veux aller à votre secours ; je pousse des cris ; je m'éveille, et c'est inutilement que j'attends que le sommeil revienne. Voilà ce qui m'est arrivé cette nuit. J'ai craint que le Ciel ne m'annonçât quelque malheur arrivé à mon amie ; je me suis levée, je me suis approchée de votre porte, j'ai écouté, il m'a semblé que vous ne dormiez pas ; vous avez parlé, je me suis retirée. Je suis revenue, vous avez encore parlé et je me suis encore éloignée. Je suis revenue une troisième fois, et lorsque j'ai cru que vous dormiez, je suis entrée. Il y a déjà quelque temps que je suis à côté de vous et que je crains de vous éveiller. J'ai balancé d'abord si je tirerais vos rideaux, je voulais m'en aller, crainte de troubler votre repos, mais je n'ai pu résister au désir de voir si ma chère Suzanne se portait bien. Je vous ai regardée ; que vous êtes belle à voir, même quand vous dormez ! – Ma chère Mère, que vous êtes bonne ! – J'ai pris du froid, mais je sais que je n'ai rien à craindre de fâcheux pour mon enfant, et je crois que je dormirai. Donnez-moi votre main... Je la lui donnai... Que son pouls est tranquille ! qu'il est égal ! rien ne l'émeut ! – J'ai le sommeil assez paisible. – Que vous êtes heureuse ! – Chère Mère, vous continuerez de vous refroidir. – Vous avez raison. Adieu, belle amie, adieu, je m'en vais... Cependant elle ne s'en allait point, elle continuait à me regarder ; deux larmes coulaient de ses yeux. Chère Mère, lui dis-je, qu'avez-vous ? vous pleurez ; que je suis fâchée de vous avoir entretenue de mes peines... – À l'instant elle ferma ma porte, elle éteignit sa bougie et elle se précipita sur moi. Elle me tenait embrassée, elle était couchée sur ma couverture à côté de moi, son visage était collé sur le mien, ses larmes mouillaient mes joues, elle soupirait et elle me disait d'une voix plaintive et entrecoupée : Chère amie, ayez pitié de moi. – Chère Mère, lui dis-je, qu'avez-vous ? est-ce que vous vous trouvez mal ? Que faut-il que je fasse ? – Je tremble, me dit-elle, je frissonne, un froid mortel s'est répandu sur moi. – Voulez-vous que je me lève et que je vous cède mon lit ? – Non, me dit-elle, il ne serait pas nécessaire que vous vous levassiez ; écartez seulement un peu la couverture, que je m'approche de vous, que je me réchauffe et que je guérisse [1]. – Chère Mère, lui dis-je, cela est défendu. Que dirait-on, si on le savait ? J'ai vu mettre en pénitence des religieuses pour des choses beaucoup moins graves. Il arriva dans le couvent de Sainte-Marie à une religieuse d'aller la nuit dans la cellule d'une autre, c'était sa bonne amie, et je ne saurais vous dire tout le mal qu'on en pensait. Le directeur m'a demandé quelquefois si l'on ne m'avait jamais proposé de venir dormir à côté de moi, et il m'a sérieusement recommandé de ne le pas souffrir. Je lui ai même parlé des caresses que vous me faisiez, je les trouve très innocentes, mais lui, il n'en pense pas ainsi ; je ne sais comment j'ai oublié ses conseils, je m'étais bien proposé de vous en parler. – Chère amie, me dit-elle, tout dort autour de nous, personne n'en saura rien. C'est moi qui récompense ou qui punis ; et quoi qu'en dise le directeur, je ne vois pas quel mal y a à une amie à recevoir à côté d'elle une amie que l'inquiétude a saisie, qui s'est éveillée et qui est venue pendant la nuit et malgré la rigueur de la saison, voir si sa bien-aimée n'était dans aucun péril. Suzanne, n'avez-vous jamais partagé le même lit chez vos parents avec une de vos sœurs ? – Non, jamais. – Si l'occasion s'en était présentée, ne l'auriez-vous pas fait sans scrupule ? Si votre sœur alarmée et transie de froid était venue vous demander place à côté de vous, l'auriez-vous refusée ? – Je crois que non. – Et ne suis-je pas votre chère Mère ? – Oui, vous l'êtes, mais cela est

---

1. Référence, dans un contexte érotisé, mais dans le même style « sacral », à la figure évangélique du Christ guérisseur dans l'épisode de l'humble foi du centurion : « Seigneur, je ne suis pas digne que tu entres sous mon toit, mais dis seulement une parole et mon serviteur sera guéri » (Évangile selon saint Matthieu 8, 5-11).

défendu [1]. – Chère amie, c'est moi qui le défends aux autres et qui vous le permets et vous le demande. Que je me réchauffe un moment et je m'en irai. Donnez-moi votre main… Je la lui donnai… Tenez, me dit-elle, tâtez, voyez, je tremble, je frissonne, je suis comme un marbre… et cela était vrai. Oh ! la chère Mère, lui dis-je, elle en sera malade. Mais attendez, je vais m'éloigner jusque sur le bord et vous vous mettrez dans l'endroit chaud… Je me rangeai de côté, je levai la couverture et elle se mit à ma place. Oh qu'elle était mal ! Elle avait un tremblement général dans tous les membres ; elle voulait me parler, elle voulait s'approcher de moi, elle ne pouvait articuler, elle ne pouvait se remuer. Elle me disait à voix basse : Suzanne, mon amie, rapprochez-vous un peu… Elle étendit ses bras ; je lui tournais le dos ; elle me prit doucement, elle me tira vers elle, elle passa son bras droit sous mon corps et l'autre dessus, et elle me dit : Je suis glacée ; j'ai si froid, que je crains de vous toucher, de peur de vous faire mal. – Chère Mère, ne craignez rien. – Aussitôt elle mit une de ses mains sur ma poitrine et l'autre autour de ma ceinture. Ses pieds étaient posés sous les miens et je les pressais pour les réchauffer, et la chère Mère me disait : Ah, chère amie, voyez comme mes pieds se sont promptement réchauffés, parce qu'il n'y a rien qui les sépare des vôtres. – Mais, lui dis-je, qui empêche que vous ne vous réchauffiez partout de la même manière ? – Rien, si vous voulez. – Je m'étais retournée ; elle avait écarté son linge ; et j'allais écarter le mien, lorsque tout à coup on frappa deux coups violents à la porte. Effrayée, je me jette sur-le-champ hors du lit d'un côté, et la supérieure de l'autre ; nous écoutons, et nous entendons quelqu'un qui regagnait sur la pointe du pied la cellule voisine. Ah, lui dis-je, c'est ma sœur Sainte-Thérèse ; elle vous aura vue passer dans le corridor et entrer chez moi ; elle nous aura écoutées, elle aura surpris nos discours ; que dira-t-elle ?… J'étais plus morte que

---

1. Suzanne rappelle une règle effective des couvents depuis le concile de Trente.

vive. – Oui, c'est elle, me dit la supérieure d'un ton irrité,
c'est elle, je n'en doute pas, mais j'espère qu'elle se ressou-
viendra longtemps de sa témérité. – Ah, chère Mère, lui
dis-je, ne lui faites point de mal. – Suzanne, me dit-elle,
adieu, bonsoir. Recouchez-vous, dormez bien ; je vous dispense de l'oraison. Je vais chez cette étourdie. Donnez-moi
votre main... Je la lui tendis d'un bord du lit à l'autre ; elle
releva la manche qui me couvrait le bras, elle le baisa en
soupirant, sur toute sa longueur depuis l'extrémité des
doigts jusqu'à l'épaule ; et elle sortit en protestant que la
téméraire qui avait osé la troubler s'en ressouviendrait.
Aussitôt je m'avançai promptement à l'autre bord de ma
couche, vers la porte et j'écoutai. Elle entra chez sœur Thérèse. Je fus tentée de me lever et d'aller m'interposer entre
la sœur Sainte-Thérèse et la supérieure, s'il arrivait que la
scène devînt violente ; mais j'étais si troublée et si mal à
mon aise, que j'aimai mieux rester dans mon lit, mais je n'y
dormis pas. Je pensai que j'allais devenir l'entretien de la
maison, que cette aventure qui n'avait rien en soi que de
bien simple serait racontée avec les circonstances les plus
défavorables ; qu'il en serait ici pis encore qu'à Longchamp où je fus accusée de je ne sais quoi ; que notre faute
parviendrait à la connaissance des supérieurs, que notre
Mère serait déposée et que nous serions l'une et l'autre
sévèrement punies. Cependant j'avais l'oreille au guet ;
j'attendais avec impatience que notre Mère sortît de chez
sœur Thérèse. Cette affaire fut difficile à accommoder
apparemment, car elle y passa presque toute la nuit. Que
je la plaignais ! elle était en chemise[1], toute nue et transie
de colère et de froid.

Le matin, j'avais bien envie de profiter de la permission
qu'elle m'avait donnée et de demeurer couchée ; cependant il me vint en esprit qu'il n'en fallait rien faire. Je
m'habillai bien vite et je me trouvai la première au chœur

---

1. Le lecteur du temps peut difficilement ne pas songer au titre du
classique libertin, *Vénus dans le cloître, ou la Religieuse en chemise* (voir
Présentation, *supra*, p. XLII-XLIII).

où la supérieure et Sainte-Thérèse ne parurent point, ce
qui me fit grand plaisir ; premièrement, parce que j'aurais
eu de la peine à soutenir la présence de cette sœur sans
embarras ; secondement, c'est que puisqu'on lui avait permis de s'absenter de l'office, elle avait apparemment
obtenu un pardon qu'on ne lui aurait accordé qu'à des
conditions qui devaient me tranquilliser. J'avais deviné ; à
peine l'office fut-il achevé, que la supérieure m'envoya
chercher. J'allai la voir. Elle était encore au lit, elle avait
l'air abattu. Elle me dit : J'ai souffert, je n'ai point dormi.
Sainte-Thérèse est folle, si cela lui arrive encore, je l'enfer-
merai. – Ah, chère Mère, lui dis-je, ne l'enfermez
jamais. – Cela dépendra de sa conduite ; elle m'a promis
qu'elle serait meilleure et j'y compte. Et vous, chère
Suzanne, comment vous portez-vous ? – Bien, chère
Mère. – Avez-vous un peu reposé ? – Fort peu. – On m'a
dit que vous aviez été au chœur ; pourquoi n'êtes-vous pas
restée sur votre traversin ? – J'y aurais été mal, et puis j'ai
pensé qu'il valait mieux... – Non, il n'y avait point
d'inconvénient. Mais je me sens quelque envie de som-
meiller, je vous conseille d'en aller faire autant chez vous,
à moins que vous n'aimiez mieux accepter une place à côté
de moi. – Chère Mère, je vous suis infiniment obligée. J'ai
l'habitude de coucher seule, et je ne saurais dormir avec
une autre. – Allez donc. Je ne descendrai point au réfectoire à dîner, on me servira ici ; peut-être ne me lèverai-je
pas du reste de la journée. Vous viendrez avec quelques
autres que j'ai fait avertir. – Et sœur Sainte-Thérèse en
sera-t-elle ? lui demandai-je. – Non, me répondit-elle. – Je
n'en suis pas fâchée. – Et pourquoi ? – Je ne sais, il me
semble que je crains de la rencontrer. – Rassurez-vous,
mon enfant ; je te [1] réponds qu'elle a plus de frayeur de toi
que tu n'en dois avoir d'elle.

---

1. Le passage au tutoiement est sans doute moins une inadvertance
grammaticale qu'une façon de signaler le glissement à une tonalité plus
familière, chargée d'érotisme.

Je la quittai, j'allai me reposer. L'après-midi je me rendis chez la supérieure où je trouvai une assemblée assez nombreuse des religieuses les plus jeunes et les plus jolies de la maison ; les autres avaient fait leur visite et s'étaient retirées. Vous qui vous connaissez en peinture [1], je vous assure, Monsieur le marquis, que c'était un assez agréable tableau à voir. Imaginez un atelier de dix à douze personnes dont la plus jeune pouvait avoir quinze ans et la plus âgée n'en avait pas vingt-trois ; une supérieure qui touchait à la quarantaine, blanche, fraîche, pleine d'embonpoint, à moitié levée sur son lit, avec deux mentons qu'elle portait d'assez bonne grâce, des bras ronds comme s'ils avaient été tournés, des doigts en fuseau et tous parsemés de fossettes, des yeux noirs, grands, vifs et tendres, presque jamais entièrement ouverts, à demi fermés, comme si celle qui les possédait eût éprouvé quelque fatigue à les ouvrir, des lèvres vermeilles comme la rose, des dents blanches comme le lait, les plus belles joues, une tête fort agréable enfoncée dans un oreiller profond et mollet, les bras étendus mollement à ses côtés, avec de petits coussins sous les coudes pour les soutenir. J'étais assise sur le bord de son lit et je ne faisais rien ; une autre dans un fauteuil avec un petit métier à broder sur ses genoux ; d'autres vers les fenêtres faisaient de la dentelle ; il y en avait à terre assises sur les coussins qu'on avait ôtés des chaises, qui cousaient, qui brodaient, qui parfilaient [2] ou qui filaient au petit rouet. Les unes étaient blondes, d'autres brunes : aucune ne se ressemblait, quoiqu'elles fussent toutes belles ; leurs caractères étaient aussi variés que leurs physionomies : celles-ci étaient sereines, celles-là gaies, d'autres sérieuses, mélancoliques ou tristes. Toutes travaillaient, excepté moi, comme je vous l'ai dit. Il n'était pas difficile de discerner les amies

---

1. Le statut d'amateur d'art du destinataire (Croismare) permet d'insister sur le caractère pictural du « tableau » qui suit immédiatement.

2. « Parfiler » signifie tisser des fils précieux.

des indifférentes et des ennemies ; les amies s'étaient placées ou l'une à côté de l'autre ou en face, et tout en faisant leur ouvrage elles causaient, elles se conseillaient, elles se regardaient furtivement, elles se pressaient les doigts sous prétexte de se donner une épingle, une aiguille, des ciseaux. La supérieure les parcourait des yeux ; elle reprochait à l'une son application, à l'autre son oisiveté, à celle-ci son indifférence, à celle-là sa tristesse ; elle se faisait apporter l'ouvrage, elle louait ou blâmait ; elle raccommodait à l'une son ajustement de tête : Ce voile est trop avancé... Ce linge prend trop du visage... On ne vous voit pas assez les joues... Voilà des plis qui font mal... elle distribuait à chacune ou de petits reproches ou de petites caresses.

Tandis qu'on était occupé, j'entendis frapper doucement à la porte ; j'y allai. La supérieure me dit : Sainte-Suzanne, vous reviendrez ? – Oui, chère Mère. – N'y manquez pas, car j'ai quelque chose d'important à vous communiquer. – Je vais rentrer. C'était cette pauvre Sainte-Thérèse. Elle demeura un petit moment sans parler et moi aussi ; ensuite je lui dis : Chère sœur, est-ce à moi que vous en voulez ? – Oui. – À quoi puis-je vous servir ? – Je vais vous le dire. J'ai encouru la disgrâce de notre chère Mère, je croyais qu'elle m'avait pardonné et j'avais quelque raison de le penser ; cependant vous êtes toutes assemblées chez elle, je n'y suis pas, et j'ai ordre de demeurer chez moi. – Est-ce que vous voudriez entrer ? – Oui. – Est-ce que vous souhaiteriez que j'en sollicitasse la permission ? – Oui. – Attendez, chère amie, j'y vais. – Sincèrement, vous lui parlerez pour moi ? – Sans doute, et pourquoi ne vous le promettrais-je pas ? et pourquoi ne le ferais-je pas après vous l'avoir promis ? – Ah ! me dit-elle en me regardant tendrement, je lui pardonne, je lui pardonne le goût qu'elle a pour vous, c'est que vous possédez tous les charmes, la plus belle âme et le plus beau corps... [1]. – J'étais enchantée

---

1. Langage platonicien qui évoque *Le Banquet*, le célèbre dialogue sur l'amour.

d'avoir ce petit service à lui rendre. Je rentrai. Une autre avait pris ma place en mon absence, sur le bord du lit de la supérieure, était penchée vers elle, le coude appuyé entre ses deux cuisses, et lui montrait son ouvrage ; la supérieure, les yeux presque fermés, lui disait *oui* et *non* sans presque la regarder, et j'étais debout à côté d'elle sans qu'elle s'en aperçût. Cependant elle ne tarda pas à revenir de sa légère distraction ; celle qui s'était emparée de ma place me la rendit, je me rassis, ensuite me penchant doucement vers la supérieure qui s'était un peu relevée sur ses oreillers, je me tus ; mais je la regardai comme si j'avais une grâce à lui demander. Eh bien, me dit-elle, qu'est-ce qu'il y a ? Parlez ; que voulez-vous ? Est-ce qu'il est en moi de vous refuser quelque chose ? – La sœur Sainte-Thérèse... – J'entends... J'en suis très mécontente, mais Sainte-Suzanne intercède pour elle, et je lui pardonne ; allez lui dire qu'elle peut entrer... – J'y courus. La pauvre petite sœur attendait à la porte ; je lui dis d'avancer, elle le fit en tremblant. Elle avait les yeux baissés ; elle tenait un long morceau de mousseline attaché sur un patron qui lui échappa des mains au premier pas. Je le ramassai, je la pris par un bras et la conduisis à la supérieure. Elle se jeta à genoux, elle saisit une de ses mains qu'elle baisa en poussant quelques soupirs et en versant une larme, puis elle s'empara d'une des miennes qu'elle joignit à celle de la supérieure et les baisa l'une et l'autre. La supérieure lui fit signe de se lever et de se placer où elle voudrait ; elle obéit. On servit une collation. La supérieure se leva. Elle ne s'assit point avec nous, mais elle se promenait autour de la table, posant sa main sur la tête de l'une, la renversant doucement en arrière et lui baisant le front ; levant le linge de cou à une autre, plaçant sa main dessus et demeurant appuyée sur le dos de son fauteuil ; passant à une troisième en laissant aller sur elle une de ses mains ou la plaçant sur sa bouche ; goûtant du bout des lèvres aux choses qu'on avait servies, et les distribuant à celle-ci, à celle-là. Après avoir circulé ainsi un moment, elle s'arrêta en face de

moi me regardant avec des yeux très affectueux et très
tendres ; cependant les autres les avaient baissés comme
si elles eussent craint de la contraindre ou de la distraire,
mais surtout la sœur Sainte-Thérèse. La collation faite,
je me mis au clavecin et j'accompagnai deux sœurs qui
chantèrent sans méthode, avec du goût, de la justesse et
de la voix ; je chantai aussi et je m'accompagnai. La
supérieure était assise au pied du clavecin et paraissait
goûter le plus grand plaisir à m'entendre et à me voir ;
les autres écoutaient debout sans rien faire, ou s'étaient
remises à l'ouvrage. Cette soirée fut délicieuse.

Cela fait, toutes se retirèrent ; je m'en allais avec les
autres, mais la supérieure m'arrêta. Quelle heure est-il ?
me dit-elle. – Tout à l'heure six heures. – Quelques-unes
de nos discrètes [1] vont entrer. J'ai réfléchi sur ce que vous
m'avez dit de votre sortie de Longchamp ; je leur ai communiqué mes idées, elles les ont approuvées, et nous
avons une proposition à vous faire. Il est impossible que
nous ne réussissions pas, et si nous réussissons, cela fera
un petit bien à la maison et quelque douceur pour
vous… – À six heures les discrètes entrèrent ; la discrétion des maisons religieuses est toujours bien décrépite
et bien vieille. Je me levai, elles s'assirent, et la supérieure
me dit : Sœur Sainte-Suzanne, ne m'avez-vous pas appris
que vous deviez à la bienfaisance de M. Manouri la dot
qu'on vous a faite ici ? – Oui, chère Mère. – Je ne me suis
donc pas trompée ; et les sœurs de Longchamp sont res-
tées en possession de la dot que vous leur avez payée en
entrant chez elles ? – Oui, chère Mère. – Elles ne vous en
ont rien rendu ? – Non, chère Mère. – Elles ne vous en
font point de pension ? – Non, chère Mère. – Cela n'est
pas juste. C'est ce que j'ai communiqué à nos discrètes,

---

1. « Dans quelques maisons religieuses, on appelle *Pères discrets*,
Mères discrètes, les religieux ou les religieuses qui entrent dans le
conseil du supérieur ou de la supérieure. *Il y avait tant de Pères discrets,
tant de Mères discrètes* » (*Dictionnaire de l'Académie française, op. cit.*,
vol. 1, p. 543).

et elles pensent comme moi que vous êtes en droit de demander contre elles ou que cette dot vous soit restituée au profit de notre maison, ou qu'elles vous en fassent la rente. Ce que vous tenez de l'intérêt que M. Manouri a pris à votre sort n'a rien de commun avec ce que les sœurs de Longchamp vous doivent ; ce n'est point à leur acquit qu'il a fourni votre dot. – Je ne le crois pas ; mais pour s'en assurer, le plus court, c'est de lui écrire. – Sans doute ; mais au cas que sa réponse soit telle que nous la désirons, voici les propositions que nous avons à vous faire. Nous entreprendrons le procès en votre nom contre la maison de Longchamp, la nôtre fera les frais qui ne seront pas considérables, puisqu'il y a bien de l'apparence que M. Manouri ne refusera pas de se charger de cette affaire ; et si nous gagnons, la maison partagera avec vous moitié par moitié le fonds ou la rente. Qu'en pensez-vous, chère sœur ?... Vous ne me répondez pas ; vous rêvez. – Je rêve que ces sœurs de Longchamp m'ont fait beaucoup de mal, et que je serais au désespoir qu'elles imaginassent que je me venge. – Il ne s'agit pas de vous venger, il s'agit de redemander ce qui vous est dû. – Se donner encore une fois en spectacle... – C'est le plus petit inconvénient ; il ne sera presque pas question de vous. Et puis notre communauté est pauvre et celle de Longchamp est riche ; vous serez notre bienfaitrice, du moins tant que vous vivrez. Nous n'avons pas besoin de ce motif pour nous intéresser à votre conservation, nous vous aimons toutes... Et toutes les discrètes à la fois : Et qui est-ce qui ne l'aimerait pas ? elle est parfaite... Je puis cesser d'être d'un moment à l'autre ; une autre supérieure n'aurait pas peut-être pour vous les mêmes sentiments que moi, oh non sûrement elle ne les aurait pas. Vous pouvez avoir de petites indispositions, de petits besoins ; il est fort doux de posséder un petit argent dont on puisse disposer pour se soulager soi-même, ou pour obliger les autres. – Chères Mères, leur dis-je, ces considérations ne sont pas à négliger puisque vous avez la bonté de les faire ; il y en a d'autres qui me touchent davantage, mais il n'y a point de répugnance que je ne sois prête à vous sacrifier ; la seule grâce que j'aie à vous demander, chère Mère, c'est de ne rien commencer sans en avoir conféré en ma présence avec M. Manouri. – Rien n'est plus convenable. Voulez-vous lui écrire vous-même ? – Chère Mère, comme il vous plaira. – Écrivez-lui ; et pour ne pas revenir deux fois là-dessus, car je n'aime pas ces sortes d'affaires, elles m'ennuient à périr, écrivez à l'instant... – On me donna une plume, de l'encre et du papier, et sur-le-champ je priai M. Manouri de vouloir bien se transporter à Arpajon aussitôt que ses occupations le lui permettraient, que j'avais besoin encore de ses secours et de son conseil dans une affaire de quelque importance, etc. Le concile assemblé lut cette lettre, l'approuva, et elle fut envoyée.

M. Manouri vint quelques jours après. La supérieure lui exposa ce dont il s'agissait, il ne balança pas un moment à être de son avis, on traita mes scrupules de ridiculités [1] ; il fut conclu que les religieuses de Longchamp seraient assignées dès le lendemain. Elles le furent ; et voilà que malgré que j'en aie, mon nom reparaît dans des mémoires, des factums, à l'audience, et cela avec des détails, des suppositions, des mensonges et toutes les noirceurs qui peuvent rendre une créature défavorable à ses juges et odieuse aux yeux du public. Mais, Monsieur le marquis, est-ce qu'il est permis aux avocats de calomnier tant qu'il leur plaît ? Est-ce qu'il n'y a point de justice contre eux ? Si j'avais pu prévoir toutes les amertumes que cette affaire entraînerait, je vous proteste que je n'aurais jamais consenti à ce qu'elle s'entamât. On eut l'attention d'envoyer à plusieurs religieuses de notre maison les pièces qu'on publia contre moi. À tout moment elles venaient me demander les détails d'événements horribles qui n'avaient pas l'ombre de la vérité ;

---

1. Actions ou paroles ridicules. Le mot est signalé comme « familier » par les dictionnaires du temps.

plus je montrais d'ignorance, plus on me croyait coupable ; parce que je n'expliquais rien, que je n'avouais rien, que je niais tout, on croyait que tout était vrai ; on souriait ; on me disait des mots entortillés, mais très offensants ; on haussait les épaules à mon innocence. Je pleurais, j'étais désolée.

Mais une peine ne vient jamais seule. Le temps d'aller à confesse arriva. Je m'étais déjà accusée des premières caresses que ma supérieure m'avait faites ; le directeur m'avait très expressément défendu de m'y prêter davantage ; mais le moyen de se refuser à des choses qui font grand plaisir à une autre dont on dépend entièrement, et auxquelles on n'entend soi-même aucun mal ?

Ce directeur devant jouer un grand rôle dans le reste de mes mémoires, je crois qu'il est à propos que vous le connaissiez.

C'est un cordelier [1] ; il s'appelle le père Le Moine ; il n'a pas plus de quarante-cinq ans. C'est une des plus belles physionomies qu'on puisse voir : elle est douce, sereine, ouverte, riante, agréable, quand il n'y pense pas ; mais quand il y pense, son front se ride, ses sourcils se froncent, ses yeux se baissent, et son maintien devient austère. Je ne connais pas deux hommes plus différents que le père Le Moine à l'autel et le père Le Moine au parloir, et le père Le Moine au parloir seul ou en compagnie. Au reste, toutes les personnes religieuses en sont là, et moi-même je me suis surprise plusieurs fois, sur le point d'aller à la grille, arrêtée tout court, rajustant mon voile, mon bandeau, composant mon visage, mes yeux, ma bouche, mes mains, mes bras, ma contenance, ma démarche, et me faisant un maintien et une modestie d'emprunt qui duraient plus ou moins selon les personnes avec lesquelles j'avais à parler. Le père Le Moine est grand, bien fait, gai, très aimable quand il s'oublie ; il parle à merveille ; il a dans sa maison la réputation d'un grand théologien et dans le monde celle d'un grand

---

1. Religieux de l'ordre de saint François.

prédicateur ; il converse à ravir ; c'est un homme très instruit d'une infinité de connaissances étrangères à son état ; il a la plus belle voix ; il sait la musique, l'histoire et les langues ; il est docteur de Sorbonne ; quoiqu'il soit jeune, il a passé par les dignités principales de son ordre ; je le crois sans intrigue et sans ambition ; il est aimé de ses confrères. Il avait sollicité la supériorité [1] de la maison d'Étampes comme un poste tranquille où il pourrait se livrer sans distractions à quelques études qu'il avait commencées, et on la lui avait accordée. C'est une grande affaire pour une maison de religieuses que le choix d'un confesseur ; il faut être dirigées par un homme important et de marque : on fit tout pour avoir le père Le Moine, et on l'eut du moins par extraordinaire.

On lui envoyait la voiture de la maison la veille des grandes fêtes et il venait. Il fallait voir le mouvement que son attente produisait dans toute la communauté ; comme on était joyeuse ; comme on se renfermait ; comme on travaillait à son examen ; comme on se préparait à l'occuper le plus longtemps qu'il serait possible.

C'était la veille de la Pentecôte [2] ; il était attendu. J'étais inquiète ; la supérieure s'en aperçut, elle m'en parla. Je ne lui cachai point la raison de mon souci. Elle m'en parut plus alarmée encore que moi, quoiqu'elle fît tout pour me le celer ; elle traita le père Le Moine d'homme ridicule, se moqua de mes scrupules ; me demanda si le père Le Moine en savait plus sur l'innocence de ses sentiments et des miens que notre conscience, et si la mienne me reprochait quelque chose. Je lui répondis que non. Eh bien, me dit-elle, je suis votre supérieure, vous me devez l'obéissance, et je vous ordonne de ne lui point parler de ces sottises ; il est inutile que vous alliez à confesse, si vous n'avez que des bagatelles à lui dire.

_____

1. Le grade de supérieur.
2. Le transfert de Suzanne s'étant fait dans l'hiver, plus de six mois ont donc passé.

Cependant le père Le Moine arriva, et je me disposais à la confession tandis que de plus pressées s'en étaient emparées ; mon tour approchait, lorsque la supérieure vint à moi, me tira à l'écart et me dit : Sainte-Suzanne, j'ai pensé à ce que vous m'avez dit. Retournez-vous-en dans votre cellule, je ne veux pas que vous alliez à confesse aujourd'hui. – Et pourquoi, lui répondis-je, chère Mère ? C'est demain un grand jour, c'est jour de communion générale ; que voulez-vous qu'on pense, si je suis la seule qui n'approche point de la sainte table ? – N'importe, on dira tout ce qu'on voudra, mais vous n'irez point à confesse. – Chère Mère, lui dis-je, s'il est vrai que vous m'aimiez, ne me donnez point cette mortification, je vous le demande en grâce. – Non, non, cela ne se peut, vous me feriez quelque tracasserie avec cet homme-là, et je n'en veux point avoir. – Non, chère Mère, je ne vous en ferai point. – Promettez-moi donc… Cela est inutile ; vous viendrez demain matin dans ma chambre, vous vous accuserez à moi ; vous n'avez commis aucune faute dont je ne puisse vous réconcilier et vous absoudre, et vous communierez avec les autres. Allez… – Je me retirai donc, et j'étais dans ma cellule, triste, inquiète, rêveuse, ne sachant quel parti prendre, si j'irais au père Le Moine malgré ma supérieure, si je m'en tiendrais à son absolution le lendemain, et si je ferais mes dévotions avec le reste de la maison ou si je m'éloignerais des sacrements, quoi qu'on en pût dire, lorsqu'elle rentra. Elle s'était confessée, et le père Le Moine lui avait demandé pourquoi il ne m'avait point aperçue, si j'étais malade ; je ne sais ce qu'elle lui avait répondu, mais la fin de cela, c'est qu'il m'attendait au confessionnal. Allez-y donc, me dit-elle, puisqu'il le faut, mais assurez-moi que vous vous tairez. J'hésitais, elle insistait : Eh ! folle, me disait-elle, quel mal veux-tu qu'il y ait à taire ce qu'il n'y a point eu de mal à faire ? – Et quel mal y a-t-il à le dire ? lui répondis-je [1]. – Aucun, mais il y a de

---

1. Cette revendication de transparence fait écho à la grande tirade de *Jacques le Fataliste* sur le statut des obscénités : « Est-ce que moins

l'inconvénient ; qui sait l'importance que cet homme peut y mettre ? Assurez-moi donc... Je balançai encore, mais enfin je m'engageai à ne rien dire s'il ne me questionnait pas et j'allai.

Je me confessai, je me tus, mais le directeur m'interrogea et je ne dissimulai rien ; il me fit mille demandes singulières auxquelles je ne comprends rien encore à présent que je me les rappelle. Il me traita avec indulgence, mais il s'exprima sur la supérieure dans des termes qui me firent frémir, il l'appela indigne, libertine, mauvaise religieuse, femme pernicieuse, âme corrompue, et m'enjoignit sous peine de péché mortel de ne me trouver jamais seule avec elle et de ne souffrir aucune de ses caresses. – Mais, mon Père, lui dis-je, c'est ma supérieure ; elle peut entrer chez moi, m'appeler chez elle quand il lui plaît. – Je le sais, je le sais, et j'en suis désolé. Chère enfant, me dit-il, loué soit Dieu qui vous a préservée jusqu'à présent ! Sans oser m'expliquer avec vous plus clairement, dans la crainte de devenir moi-même le complice de votre indigne supérieure, et de faner par le souffle empoisonné qui sortirait malgré moi de mes lèvres une fleur délicate qu'on ne garde fraîche et sans tache jusqu'à l'âge où vous êtes que par une protection spéciale de la Providence, je vous ordonne de fuir votre supérieure, de repousser loin de vous ses caresses, de ne jamais entrer seule chez elle, de lui fermer votre porte surtout la nuit, de sortir de votre lit, si elle entre chez vous malgré vous, d'aller dans le corridor, d'appeler s'il le faut, de descendre toute nue jusqu'au pied des autels, de remplir la maison de vos cris, et de faire tout ce que

---

vous exhalez de ces prétendues impuretés en paroles, plus il vous en reste dans la pensée ? Et que vous a fait l'action génitale, si naturelle, si nécessaire et si juste, pour en exclure le signe de vos entretiens, et pour imaginer que votre bouche, vos yeux et vos oreilles en seraient souillés ? » (*Contes et romans, op. cit.*, p. 835) : taire la chose érotique, c'est la frapper d'interdit, en faire une faute. Suzanne parlera plus loin des « actions très innocentes » de la supérieure (voir aussi p. 166, note 1).

l'amour de Dieu, la crainte du crime, la sainteté de votre état et l'intérêt de votre salut vous inspireraient, si Satan en personne se présentait à vous et vous poursuivait ; oui, mon enfant, Satan, c'est sous cet aspect que je suis contraint de vous montrer votre supérieure ; elle est enfoncée dans l'abîme du crime, elle cherche à vous y plonger, et vous y seriez déjà peut-être avec elle, si votre innocence même ne l'avait remplie de terreur et ne l'avait arrêtée... Puis levant les yeux au Ciel, il s'écria : Mon Dieu, continuez de protéger cette enfant !... Dites avec moi : *Satana, vade retro ; apage, Satana* [1]. Si cette malheureuse vous interroge, dites-lui tout, répétez-lui mon discours ; dites qu'il vaudrait mieux qu'elle ne fût pas née ou qu'elle se précipitât seule aux enfers par une mort violente. – Mais, mon Père, lui répliquai-je, vous l'avez entendue elle-même tout à l'heure. – Il ne me répondit rien, mais poussant un soupir profond, il porta ses bras contre une des parois du confessionnal et appuya sa tête dessus comme un homme pénétré de douleur ; il demeura quelque temps dans cet état. Je ne savais que penser, les genoux me tremblaient, j'étais dans un trouble, un désordre que je ne conçois pas ; tel serait un voyageur qui marcherait dans les ténèbres entre des précipices qu'il ne verrait pas, et qui serait frappé de tous côtés par des voix souterraines qui lui crieraient : C'est fait de toi. Me regardant ensuite avec un air tranquille mais attendri, il me dit : Avez-vous de la santé ? – Oui, mon Père. – Ne seriez-vous point trop incommodée d'une nuit que vous passeriez sans dormir ? – Non, mon Père. – Eh bien, me dit-il, vous ne vous coucherez point celle-ci. Aussitôt après votre collation vous irez dans l'église, vous vous prosternerez au pied des autels, vous y passerez la nuit en prières ; vous ne savez pas le danger que vous avez couru, vous remercierez Dieu de vous en avoir garantie, et demain vous approcherez de la sainte table avec toutes les religieuses. Je ne vous donne pour pénitence que de

---

1. « Arrière, Satan, éloigne-toi. »

tenir loin de vous votre supérieure et que de repousser
ses caresses empoisonnées. Allez. Je vais de mon côté
unir mes prières aux vôtres. Combien vous m'allez causer
d'inquiétudes ! Je sens toutes les suites du conseil que je
vous donne, mais je vous le dois et je me le dois à moi-
même. Dieu est le maître, et nous n'avons qu'une loi.

Je ne me rappelle, Monsieur, que très imparfaitement
tout ce qu'il me dit. À présent que je compare son discours tel que je viens de vous le rapporter avec l'impression terrible qu'il me fit, je n'y trouve pas de
comparaison, mais cela vient de ce qu'il est brisé,
décousu, qu'il y manque beaucoup de choses que je n'ai
pas retenues, parce que je n'y attachais aucune idée distincte [1], et que je ne voyais et ne vois encore [2] aucune
importance à des choses sur lesquelles il se récriait avec
le plus de violence. Par exemple, qu'est-ce qu'il trouvait
de si étrange dans la scène du clavecin ? N'y a-t-il pas des
personnes sur lesquelles la musique fait la plus violente
impression ? On m'a dit à moi-même que certains airs,
certaines modulations changeaient entièrement ma physionomie ; alors j'étais tout à fait hors de moi, je ne
savais presque ce que je devenais. Je ne crois pas que j'en
fusse moins innocente. Pourquoi n'en eût-il pas été de
même de ma supérieure, qui était certainement, malgré
toutes ses folies et ses inégalités, une des femmes les plus
sensibles qu'il y eût au monde ? Elle ne pouvait entendre
un récit un peu touchant sans fondre en larmes ; quand
je lui racontai mon histoire, je la mis dans un état à faire
pitié. Que ne lui faisait-il un crime aussi de sa commisération ? Et la scène de la nuit dont il attendait l'issue avec

---

1. Le fait que Suzanne n'attache pas d'*idées* précises aux *mots* (qui
évoquent sans nul doute l'aspect sexuel des avances de la supérieure)
signale son innocence sous l'angle d'une sorte de surdité à l'obscène,
mais qui peut tenir au fait que le confesseur use lui-même de voiles
langagiers trop embarrassés : voir J.-C. Abramovici, *Obscénité et classi-
cisme*, PUF, 2003, p. 247-258.

2. Nouvelle inconséquence : Suzanne narratrice dispose de ce savoir
que Suzanne héroïne prétend ignorer…

une frayeur mortelle... Certainement cet homme est trop sévère.

Quoi qu'il en soit, j'exécutai ponctuellement ce qu'il m'avait prescrit et dont il avait sans doute prévu la suite immédiate. Tout au sortir du confessionnal j'allai me prosterner au pied des autels ; j'avais la tête troublée d'effroi, j'y demeurai jusqu'à souper. La supérieure inquiète de ce que j'étais devenue, m'avait fait appeler, on lui avait répondu que j'étais en prière. Elle s'était montrée plusieurs fois à la porte du chœur, mais j'avais fait semblant de ne la point apercevoir. L'heure du souper sonna, je me rendis au réfectoire. Je soupai à la hâte, et le souper fini, je revins aussitôt à l'église. Je ne parus point à la récréation du soir ; à l'heure de se retirer et de se coucher je ne remontai point. La supérieure n'ignorait pas ce que j'étais devenue. La nuit était fort avancée, tout était en silence dans la maison, lorsqu'elle descendit auprès de moi. L'image sous laquelle le directeur me l'avait montrée se retraça à mon imagination, le tremblement me prit, je n'osai la regarder, je crus que je la verrais avec un visage hideux et tout enveloppée de flammes, et je disais au-dedans de moi : *Satana, vade retro, apage, Satana*. Mon Dieu, conservez-moi, éloignez de moi ce démon...

Elle se mit à genoux, et après avoir prié quelque temps, elle me dit : Sainte-Suzanne, que faites-vous ici ? – Madame, vous le voyez. – Savez-vous l'heure qu'il est ? – Oui, Madame. – Pourquoi n'êtes-vous pas rentrée chez vous à l'heure de la retraite ? – C'est que je me disposais à célébrer demain le grand jour [1]. – Votre dessein était donc de passer ici la nuit ? – Oui, Madame. – Et qui est-ce qui vous l'a permis ? – Le directeur me l'a ordonné. – Le directeur n'a rien à ordonner contre la règle de la maison ; et moi je vous ordonne de vous aller

---

1. Le jour de la Pentecôte, qui commémore la venue de l'Esprit-Saint sur les Apôtres, annoncée par Jésus lors de la Cène (Évangile selon saint Jean 14, 16).

coucher. – Madame, c'est la pénitence qu'il m'a imposée. – Vous la remplacerez par d'autres œuvres. – Cela
n'est pas à mon choix. – Allons, me dit-elle, mon enfant,
venez ; la fraîcheur de l'église pendant la nuit vous
incommodera, vous prierez dans votre cellule... Après
cela elle voulut me prendre par la main, mais je m'éloignai avec vitesse. – Vous me fuyez, me dit-elle. – Oui,
Madame, je vous fuis... Rassurée par la sainteté du lieu,
par la présence de la divinité, par l'innocence de mon
cœur j'osai lever les yeux sur elle, mais à peine l'eus-je
aperçue, que je poussai un grand cri et que je me mis à
courir dans le chœur comme une insensée en criant : Loin
de moi, Satan !... Elle ne me suivait point, elle restait à
sa place, et elle me disait en tendant doucement ses deux
bras vers moi et de la voix la plus touchante et la plus
douce : Qu'avez-vous ? D'où vient cet effroi ? Arrêtez ; je
ne suis point Satan ; je suis votre supérieure et votre
amie... Je m'arrêtai, je retournai encore la tête vers elle,
et je vis que j'avais été effrayée par une apparence bizarre
que mon imagination avait réalisée [1] ; c'est qu'elle était
placée par rapport à la lampe de l'église de manière qu'il
n'y avait que son visage et que l'extrémité de ses mains
qui fussent éclairés et que le reste était dans l'ombre, ce
qui lui donnait un aspect singulier. Un peu revenue à
moi, je me jetai dans une stalle ; elle s'approcha, elle
allait s'asseoir dans la stalle voisine, lorsque je me levai
et me plaçai dans la stalle au-dessous, je voyageai ainsi
de stalle en stalle et elle aussi jusqu'à la dernière. Là, je
m'arrêtai et je la conjurai de laisser du moins une place
vide entre elle et moi. Je le veux bien, me dit-elle. Nous
nous assîmes toutes deux, une stalle nous séparait. Alors
la supérieure prenant la parole me dit : Pourrait-on
savoir de vous, Sainte-Suzanne, d'où vient l'effroi que ma
présence vous cause ? – Chère Mère, lui dis-je, pardonnez-moi, ce n'est pas moi, c'est le père Le Moine. Il m'a
représenté la tendresse que vous avez pour moi, les

---

1. Que mon imagination avait prise pour réelle.

caresses que vous me faites, et auxquelles je vous avoue que je n'entends aucun mal, sous les couleurs les plus affreuses. Il m'a ordonné de vous fuir, de ne plus entrer chez vous seule, de sortir de ma cellule si vous y veniez ; il vous a peinte à mon esprit comme le démon, que sais-je ce qu'il ne m'a pas dit là-dessus. – Vous lui avez donc parlé ? – Non, chère Mère, mais je n'ai pu m'empêcher de lui répondre. – Me voilà donc bien horrible à vos yeux ? – Non, chère Mère, je ne saurais m'empêcher de vous aimer, de sentir tout le prix de vos bontés, de vous prier de me les continuer, mais j'obéirai à mon directeur. – Vous ne viendrez donc plus me voir ? – Non, chère Mère. – Vous ne me recevrez plus chez vous ? – Non, chère Mère. – Vous repousserez mes caresses ? – Il m'en coûtera beaucoup, car je suis née caressante et j'aime à être caressée ; mais il le faudra, je l'ai promis à mon directeur, et j'en ai fait le serment au pied des autels. Si je pouvais vous rendre la manière dont il s'explique... c'est un homme pieux, c'est un homme éclairé ; quel intérêt a-t-il à me montrer du péril où il n'y en a point ? à éloigner le cœur d'une religieuse du cœur de sa supérieure ? mais peut-être reconnaît-il dans des actions très innocentes de votre part et de la mienne un germe de corruption secrète qu'il croit tout développé en vous et qu'il craint que vous ne développiez en moi. Je ne vous cacherai pas qu'en revenant sur les impressions que j'ai quelquefois ressenties... D'où vient [1], chère Mère, qu'au sortir d'auprès de vous, en rentrant chez moi, j'étais agitée, rêveuse ? D'où vient que je ne pouvais ni prier, ni m'occuper ? D'où vient une espèce d'ennui [2] que je n'avais jamais éprouvé ? Pourquoi moi, qui n'ai jamais dormi le jour, me sentais-je aller au sommeil ? Je croyais que c'était en vous une maladie contagieuse dont l'effet commençait à s'opérer en moi. Le père Le Moine voit cela bien autrement. – Et comment voit-il cela ? – Il y

1. Au sens de « pourquoi ».
2. Langueur, lassitude, mais aussi sentiment de déplaisir, de malaise.

voit toutes les noirceurs du crime, votre perte consommée, la mienne projetée ; que sais-je ? – Allez, me dit-elle,
votre père Le Moine est un visionnaire [1] ; ce n'est pas la
première algarade [2] de cette nature qu'il m'ait causée. Il
suffit que je m'attache à quelqu'une d'une amitié tendre
pour qu'il s'occupe à lui tourner la cervelle ; peu s'en est
fallu qu'il n'ait rendu folle cette pauvre Sainte-Thérèse.
Cela commence à m'ennuyer, et je me déferai de cet
homme-là ; aussi bien il demeure à dix lieues d'ici, c'est
un embarras que de le faire venir, on ne l'a pas quand
on veut. Mais nous parlerons de cela plus à l'aise. Vous
ne voulez donc pas remonter ? – Non, chère Mère, je
vous demande en grâce de me permettre de passer ici
la nuit ; si je manquais à ce devoir, demain je n'oserais
approcher des sacrements avec le reste de la communauté. Mais vous, chère Mère, communierez-
vous ? – Sans doute. – Mais le père Le Moine ne vous
a donc rien dit ? – Non. – Mais comment cela s'est-il
fait ? – C'est qu'il n'a point été dans le cas de me parler.
On ne va à confesse que pour s'accuser de ses péchés, et
je n'en vois point à aimer bien tendrement une enfant
aussi aimable que Sainte-Suzanne. S'il y avait quelque
faute, ce serait de rassembler sur elle seule un sentiment
qui devrait se répandre également sur toutes celles qui
composent la communauté, mais cela ne dépend pas de
moi ; je ne saurais m'empêcher de distinguer le mérite où
il est et de m'y porter d'un goût de préférence. J'en
demande pardon à Dieu, et je ne conçois pas comment
votre père Le Moine voit ma damnation éternelle scellée
dans une partialité si naturelle et dont il est si difficile de
se garantir. Je tâche de faire le bonheur de toutes ; mais
il y en a que j'estime et que j'aime plus que d'autres parce
qu'elles sont plus aimables et plus estimables. Voilà tout
mon crime avec vous ; Sainte-Suzanne, le trouvez-vous si

---

1. Quelqu'un qui s'imagine des choses complètement fantaisistes.
2. Insulte (style familier).

grand ? – Non, chère Mère. – Allons, chère enfant, faisons encore chacune une petite prière et retirons-nous. – Je la suppliai derechef de permettre que je passasse la nuit dans l'église ; elle y consentit à condition que cela n'arriverait plus, et elle se retira.

Je revins sur ce qu'elle m'avait dit. Je demandai à Dieu de m'éclairer. Je réfléchis et je conclus, tout bien considéré, que quoique des personnes fussent d'un même sexe il pouvait y avoir du moins de l'indécence dans la manière dont elles se témoignaient leur amitié ; que le père Le Moine, homme austère, avait peut-être outré les choses, mais que le conseil d'éviter l'extrême familiarité de ma supérieure par beaucoup de réserve était bon à suivre, et je me le promis.

Le matin, lorsque les religieuses vinrent au chœur elles me trouvèrent à ma place. Elles approchèrent toutes de la sainte table et la supérieure à leur tête, ce qui acheva de me persuader son innocence sans me détacher du parti que j'avais pris. Et puis il s'en manquait beaucoup que je sentisse pour elle tout l'attrait qu'elle éprouvait pour moi. Je ne pouvais m'empêcher de la comparer à ma première supérieure ; quelle différence ! ce n'était ni la même piété, ni la même gravité, ni la même dignité, ni la même ferveur, ni le même esprit, ni le même goût de l'ordre.

Il arriva dans l'intervalle de peu de jours deux grands événements, l'un, c'est que je gagnai mon procès contre les religieuses de Longchamp ; elles furent condamnées à payer à la maison de Sainte-Eutrope où j'étais une pension proportionnée à ma dot ; l'autre, c'est le changement de directeur. Ce fut la supérieure qui m'apprit elle-même ce dernier.

Cependant je n'allais plus chez elle qu'accompagnée, et elle ne venait plus seule chez moi ; elle me cherchait toujours, mais je l'évitais ; elle s'en apercevait et m'en faisait des reproches. Je ne sais ce qui se passait dans cette âme, mais il fallait que ce fût quelque chose d'extraordinaire. Elle se levait la nuit et elle se promenait dans les corridors, surtout dans le mien ; je l'entendais passer et repasser, s'arrêter à ma porte, se plaindre, soupirer. Je tremblais et je me renfonçais dans mon lit. Le jour, si j'étais à la promenade, dans la salle de travail ou dans la chambre de récréation de manière que je ne pusse l'apercevoir, elle passait des heures entières à me considérer. Elle épiait toutes mes démarches : si je descendais, je la trouvais au bas des degrés ; elle m'attendait au haut quand je remontais. Un jour elle m'arrêta ; elle se mit à me regarder sans mot dire, des pleurs coulèrent abondamment de ses yeux, puis tout à coup se jetant à terre et me serrant un genou entre ses deux mains, elle me dit : Sœur cruelle, demande-moi ma vie et je te la donnerai [1], mais ne m'évite pas, je ne saurais plus vivre sans toi... Son état me fit pitié : ses yeux étaient éteints ; elle avait perdu son embonpoint et ses couleurs ; c'était ma supérieure, elle était à mes pieds, la tête appuyée contre mon genou qu'elle tenait embrassé. Je lui tendis les mains, elle les prit avec ardeur, elle les baisait, et puis elle me regardait, et puis elle les baisait encore et me regardait encore. Je la relevai. Elle chancelait, elle avait peine à marcher, je la reconduisis à sa cellule ; quand la porte fut ouverte elle me prit par la main et me tira doucement pour me faire entrer, mais sans me parler et sans me regarder. Non, lui dis-je, chère Mère, non, je me le suis promis, c'est le mieux pour vous et pour moi. J'occupe trop de place dans votre âme, c'est autant de perdu pour Dieu à qui vous la devez tout entière [2]. – Est-ce à vous à me le

---

1. Écho de l'Évangile selon saint Marc 6, 14-29 : « Le roi dit à la jeune fille : "Demande-moi tout ce que tu veux, je te le donnerai." Et il lui fit ce serment : "Tout ce que tu me demanderas, je te le donnerai, même si c'est la moitié de mon royaume." » Ce sont les paroles du roi Hérode à Hérodiade, qui lui a plu, et à laquelle il va accorder la tête de saint Jean-Baptiste.

2. Commentaire qui correspond de fait à l'épisode évangélique d'Hérode : ce dernier a préféré rendre hommage à la créature (Hérodiade) plutôt qu'au Créateur. Suzanne oppose l'amour humain et profane à l'amour divin et sacré, ou, selon l'opposition paulinienne, la Chair à l'Esprit (Épître aux Romains 6-8).

reprocher ? – Je tâchais en lui parlant à dégager ma main de la sienne. Vous ne voulez donc pas entrer ? me dit-elle. – Non, chère Mère, non. – Vous ne le voulez pas ? Sainte-Suzanne, vous ne savez pas ce qui peut en arriver, non, vous ne le savez pas ; vous me ferez mourir... – Ces derniers mots m'inspirèrent un sentiment tout contraire à celui qu'elle se proposait ; je retirai ma main avec vivacité et je m'enfuis. Elle se retourna, me regarda aller quelques pas, puis rentrant dans sa cellule dont la porte demeura ouverte, elle se mit à pousser les plaintes les plus aiguës. Je les entendis, elles me pénétrèrent ; je fus un moment incertaine si je continuerais de m'éloigner ou si je retournerais, cependant je ne sais par quel mouvement d'aversion je m'éloignai, mais ce ne fut pas sans souffrir de l'état où je la laissais : je suis naturellement compatissante. Je me renfermai chez moi, je m'y trouvai mal à mon aise. Je ne savais à quoi m'occuper ; je fis quelques tours en long et en large, distraite et troublée ; je sortis, je rentrai ; enfin j'allai frapper à la porte de Sainte-Thérèse ma voisine. Elle était en conversation intime avec une autre jeune religieuse de ses amies ; je lui dis : Chère sœur, je suis fâchée de vous interrompre, mais je vous prie de m'écouter un moment, j'aurais un mot à vous dire... Elle me suivit chez moi, et je lui dis : Je ne sais ce qu'a notre Mère supérieure, elle est désolée ; si vous alliez la trouver, peut-être la consoleriez-vous... Elle ne me répondit pas, elle laissa son amie chez elle, ferma sa porte et courut chez notre supérieure.

Cependant le mal de cette femme empira de jour en jour ; elle devint mélancolique et sérieuse ; la gaieté qui depuis mon arrivée dans la maison n'avait pas cessé disparut tout à coup. Tout rentra dans l'ordre le plus austère ; les offices se firent avec la dignité convenable ; les étrangers furent presque entièrement exclus du parloir ; défense aux religieuses de fréquenter les unes chez les autres ; les exercices reprirent avec l'exactitude la plus scrupuleuse ; plus d'assemblées chez la supérieure, plus de collation ; les fautes les plus légères furent sévèrement punies ; on s'adressait encore à moi quelquefois pour obtenir grâce, mais je refusais absolument de la demander. La cause de cette révolution ne fut ignorée de personne. Les anciennes n'en étaient pas fâchées ; les jeunes s'en désespéraient, elles me regardaient de mauvais œil. Pour moi, tranquille sur ma conduite, je négligeais leur humeur et leurs reproches.

Cette supérieure que je ne pouvais ni soulager ni m'empêcher de plaindre, passa successivement de la mélancolie à la piété, et de la piété au délire. Je ne la suivrai point dans le cours de ses différents progrès [1], cela me jetterait dans un détail qui n'aurait point de fin ; je vous dirai seulement que dans son premier état tantôt elle me cherchait, tantôt elle m'évitait ; nous traitait quelquefois les autres et moi avec sa douceur accoutumée, quelquefois aussi elle passait subitement à la rigueur la plus outrée ; elle nous appelait et nous renvoyait ; donnait récréation et révoquait ses ordres un moment après ; nous faisait appeler au chœur, et lorsque tout était en mouvement pour lui obéir, un second coup de cloche renfermait la communauté. Il est difficile d'imaginer le trouble de la vie qu'on menait ; la journée se passait à sortir de chez soi et à y rentrer, à prendre son bréviaire et à le quitter, à monter et à descendre, à baisser son voile et à le relever. La nuit était presque aussi interrompue que le jour.

Quelques religieuses s'adressèrent à moi et tâchèrent de me faire entendre qu'avec un peu plus de complaisance et d'égards pour la supérieure tout reviendrait à l'ordre ; elles auraient dû dire au désordre accoutumé ; je leur répondais tristement : Je vous plains, mais dites-moi clairement ce qu'il faut que je fasse... Les unes s'en retournaient en baissant la tête et sans me répondre ;

---

1. Au XVIIIᵉ siècle, le mot désigne toute forme de processus, d'évolution, en bien ou en mal. C'est encore cette définition « neutre » que retient l'*Encyclopédie*.

d'autres me donnaient des conseils qu'il m'était impossible d'arranger avec ceux de notre directeur, je parle de celui qu'on avait révoqué, car pour son successeur, nous ne l'avions pas encore vu.

La supérieure ne sortait plus de nuit. Elle passait des semaines entières sans se montrer ni à l'office, ni au chœur, ni au réfectoire, ni à la récréation ; elle demeurait renfermée dans sa chambre ; elle errait dans les corridors ou elle descendait à l'église, elle allait frapper aux portes de ses religieuses et elle leur disait d'une voix plaintive : Sœur une telle, priez pour moi ; sœur une telle, priez pour moi. Le bruit se répandit qu'elle se disposait à une confession générale.

Un jour que je descendis la première à l'église, je vis un papier attaché au voile de la grille, je m'en approchai et je lus : « Chères sœurs, vous êtes invitées à prier pour une religieuse qui s'est égarée de ses devoirs et qui veut retourner à Dieu... » Je fus tentée de l'arracher, cependant je le laissai. Quelques jours après, c'en était un autre sur lequel on avait écrit : « Chères sœurs, vous êtes invitées à implorer la miséricorde de Dieu sur une religieuse qui a reconnu ses égarements. Ils sont grands... » Un autre jour, c'était une autre invitation qui disait : « Chères sœurs, vous êtes priées de demander à Dieu d'éloigner le désespoir d'une religieuse qui a perdu toute confiance dans la miséricorde divine... »

Toutes ces invitations où se peignaient les cruelles vicissitudes de cette âme en peine m'attristaient profondément. Il m'arriva une fois de demeurer comme un terme [1] vis-à-vis d'un de ces placards. Je m'étais demandé à moi-même qu'est-ce que c'était que ces égarements qu'elle se reprochait, d'où venaient les transes de cette femme, quels crimes elle pouvait avoir à se reprocher ; je revenais sur les exclamations du directeur, je me rappelais ses expressions, j'y cherchais un sens, je n'y en trouvais

---

1. Immobile comme un « terme », c'est-à-dire ici de statue servant de borne pour délimiter un jardin.

point, et je demeurais comme absorbée. Quelques religieuses qui me regardaient causaient entre elles, et si je ne me suis point trompée, elles me regardaient comme incessamment menacée des mêmes terreurs.

Cette pauvre supérieure ne se montrait que son voile baissé ; elle ne se mêlait plus des affaires de la maison ; elle ne parlait à personne ; elle avait de fréquentes conférences avec le nouveau directeur qu'on nous avait donné. C'était un jeune bénédictin[1]. Je ne sais s'il lui avait imposé toutes les mortifications qu'elle pratiquait : elle jeûnait trois jours de la semaine ; elle se macérait ; elle entendait l'office dans les stalles inférieures ; il fallait passer devant sa porte pour aller à l'église : là, nous la trouvions prosternée le visage contre terre, et elle ne se relevait que quand il n'y avait plus personne ; les nuits, elle y descendait en chemise et nu-pieds ; si Sainte-Thérèse ou moi nous la rencontrions par hasard, elle se retournait et se collait le visage contre le mur. Un jour que je sortais de ma cellule, je la trouvai prosternée, les bras étendus et la face contre terre, et elle me dit : Avancez, marchez, foulez-moi aux pieds, je ne mérite pas un autre traitement.

Pendant des mois entiers que cette maladie dura, le reste de la communauté eut le temps de pâtir et de me prendre en aversion. Je ne reviendrai pas sur les désagréments d'une religieuse qu'on hait dans sa maison, vous en devez être instruit à présent. Je sentis peu à peu renaître le dégoût de mon état ; je portai ce dégoût et mes peines dans le sein du nouveau directeur. Il s'appelle Dom Morel ; c'est un homme d'un caractère ardent ; il touche à la quarantaine. Il parut m'écouter avec attention et avec intérêt. Il désira connaître les événements de ma vie ; il me fit entrer dans les détails les plus minutieux sur ma famille, sur mes penchants, mon caractère, les maisons où j'avais été, celle où j'étais, sur ce qui s'était

---

1. Religieux placé sous la règle de saint Benoît, réputée très rigoureuse.

passé entre ma supérieure et moi. Je ne lui cachai rien. Il ne me parut pas mettre à la conduite de la supérieure avec moi la même importance que le père Le Moine ; à peine daigna-t-il me jeter là-dessus quelques mots, il regarda cette affaire comme finie ; la chose qui le touchait le plus, c'étaient mes dispositions secrètes sur la vie religieuse. À mesure que je m'ouvrais, sa confiance faisait les mêmes progrès ; si je me confessais à lui, il se confessait à moi ; ce qu'il me disait de ses peines avait la plus grande conformité avec les miennes : il était entré en religion malgré lui, il supportait son état avec mon dégoût. Mais, chère sœur, ajoutait-il, que faire à cela ? il n'y a plus qu'une ressource, c'est de rendre notre condition la moins fâcheuse qu'il sera possible... Et puis il me donnait les mêmes conseils qu'il suivait, ils étaient sages ; « avec cela, ajoutait-il, on n'évite pas les chagrins ; on se résout seulement à les supporter. Les personnes religieuses ne sont heureuses qu'autant qu'elles se font un mérite devant Dieu de leurs croix ; alors elles s'en réjouissent, elles vont au-devant des mortifications ; plus elles sont amères et fréquentes, plus elles s'en félicitent. C'est un échange qu'elles ont fait de leur bonheur présent contre un bonheur à venir, elles s'assurent celui-ci par le sacrifice volontaire de celui-là. Quand elles ont bien souffert, elles disent : *Amplius, Domine*, Seigneur, encore davantage... [1] et c'est une prière que Dieu ne manque guère d'exaucer ; mais si leurs peines sont faites pour vous et pour moi comme pour elles, nous ne pouvons pas nous promettre la même récompense ; nous n'avons

---

1. On lit dans les lettres des missionnaires jésuites en Extrême-Orient, très connues au XVIIIᵉ siècle : « Il faut boire le calice jusqu'à la lie. Heureux, si, nous élevant jusqu'aux sentiments généreux de l'apôtre des Indes et du Japon, notre grand saint Xavier, nous disons avec lui : *Amplius, Domine, amplius !* » (*Lettres édifiantes et curieuses*, vol. 14, Lyon, 1819, p. 530). Saint François-Xavier (1506-1552) fut l'un des premiers disciples de la Société de Jésus et composa de nombreuses prières, dont cet *Amplius*.

pas la seule chose qui leur donnerait de la valeur, la résignation ; cela est triste. Hélas ! comment vous inspirerai-je la vertu qui vous manque et que je n'ai pas ! cependant sans cela nous nous exposons à être perdus dans l'autre vie, après avoir été bien malheureux dans celle-ci. Au sein des pénitences nous nous damnons presque aussi sûrement que les gens du monde au milieu des plaisirs ; nous nous privons, ils jouissent, et après cette vie les mêmes supplices nous attendent. Que la condition d'un religieux, d'une religieuse qui n'est point appelée est fâcheuse ! c'est la nôtre pourtant, et nous ne pouvons la changer. On nous a chargés de chaînes pesantes que nous sommes condamnés à secouer sans cesse, sans aucun espoir de les rompre ; tâchons, chère sœur, de les traîner. Allez. Je reviendrai vous voir.

Il revint quelques jours après. Je le vis au parloir ; je l'examinai de plus près. Il acheva de me confier de sa vie, moi de la mienne une infinité de circonstances qui formaient entre lui et moi autant de points de contact et de ressemblance ; il avait subi les mêmes persécutions domestiques et religieuses. Je ne m'apercevais pas que la peinture de ses dégoûts était peu propre à dissiper les miens, cependant cet effet se produisait en moi, et je crois que la peinture de mes dégoûts produisait le même effet en lui. C'est ainsi que la ressemblance des caractères se joignant à celle des événements, plus nous nous revoyions, plus nous nous plaisions l'un à l'autre ; l'histoire de ses moments [1], c'était l'histoire des miens ; l'histoire de ses sentiments, c'était l'histoire des miens ; l'histoire de son âme, c'était l'histoire de la mienne.

Lorsque nous nous étions bien entretenus de nous, nous parlions aussi des autres et surtout de la supérieure. Sa qualité de directeur le rendait très réservé, cependant j'aperçus à travers ses discours que la disposition actuelle de cette femme ne durerait pas ; qu'elle luttait contre elle-même, mais en vain, et qu'il arriverait de deux choses

---

1. Les diverses étapes de sa vie psycho-morale.

l'une, ou qu'elle reviendrait incessamment à ses premiers penchants, ou qu'elle perdrait la tête. J'avais la plus forte curiosité d'en savoir davantage. Il aurait bien pu m'éclairer sur des questions que je m'étais faites et auxquelles je n'avais jamais pu me répondre, mais je n'osais l'interroger ; je me hasardai seulement à lui demander s'il connaissait le père Le Moine. – Oui, me dit-il, je le connais ; c'est un homme de mérite, il en a beaucoup. – Nous avons cessé de l'avoir d'un moment à l'autre. – Il est vrai. – Ne pourriez-vous point me dire comment cela s'est fait ? – Je serais fâché que cela transpirât. – Vous pouvez compter sur ma discrétion. – On a, je crois, écrit contre lui à l'archevêché. – Et qu'a-t-on pu dire ? – Qu'il demeurait trop loin de la maison, qu'on ne l'avait pas quand on voulait [1] ; qu'il était d'une morale trop austère ; qu'on avait quelque raison de le soupçonner des sentiments des novateurs [2] ; qu'il semait la division dans la maison, et qu'il éloignait l'esprit des religieuses de leur supérieure. – Et d'où savez-vous cela ? – De lui-même. – Vous le voyez donc ? – Oui, je le vois ; il m'a parlé de vous quelquefois. – Qu'est-ce qu'il vous en a dit ? – Que vous étiez bien à plaindre ; qu'il ne concevait pas comment vous aviez résisté à toutes les peines que vous aviez souffertes ; que quoiqu'il n'ait eu l'occasion de vous entretenir qu'une fois ou deux, il ne croyait pas que vous pussiez jamais vous accommoder de la vie religieuse ; qu'il avait dans l'esprit... – Là, il s'arrêta tout court, et moi j'ajoutai : Qu'avait-il dans l'esprit ? – Dom Morel me répondit : Ceci est une affaire de confiance trop particulière pour qu'il me soit libre d'achever. – Je n'insistai pas, j'ajoutai seulement : Il est vrai que c'est le père Le Moine qui m'a inspiré de l'éloignement pour ma supérieure. – Il a bien fait. – Et pourquoi ? – Ma sœur, me répondit-il en prenant un air grave,

---

1. Ce sont les mots mêmes de la supérieure à Suzanne : le « on » est facile à identifier...
2. Les jansénistes.

tenez-vous-en à ses conseils et tâchez d'en ignorer la raison tant que vous vivrez. – Mais il me semble que si je connaissais le péril, je serais d'autant plus attentive à l'éviter. – Peut-être aussi serait-ce le contraire. – Il faut que vous ayez bien mauvaise opinion de moi. – J'ai de vos mœurs et de votre innocence l'opinion que j'en dois avoir, mais croyez qu'il y a des lumières funestes que vous ne pourriez acquérir sans y perdre. C'est votre innocence même qui en a imposé à votre supérieure ; plus instruite [1], elle vous aurait moins respectée. – Je ne vous entends pas. – Tant mieux. – Mais que la familiarité et les caresses d'une femme peuvent-elles avoir de dangereux pour une autre femme ? – Point de réponse de la part de Dom Morel. – Ne suis-je pas la même que j'étais en entrant ici ? – Point de réponse de la part de Dom Morel. – N'aurais-je pas continué d'être la même ? Où est donc le mal de s'aimer, de se le dire, de se le témoigner ? Cela est si doux ! – Il est vrai, dit Dom Morel, en levant ses yeux sur moi qu'il avait toujours tenus baissés tandis que je parlais. – Et cela est-il donc si commun dans les maisons religieuses ? Ma pauvre supérieure ! dans quel état elle est tombée ! – Il est fâcheux, et je crains bien qu'il n'empire ; elle n'était pas faite pour son état, et voilà ce qui en arrive tôt ou tard. Quand on s'oppose au penchant général de la nature, cette contrainte la détourne à des affections déréglées qui sont d'autant plus violentes qu'elles sont moins fondées ; c'est une espèce de folie. – Elle est folle ! – Oui, elle l'est, et elle le deviendra davantage. – Et vous croyez que c'est là le sort qui attend ceux qui sont engagés dans un état auquel ils n'étaient point appelés ? – Non pas tous. Il y en a qui meurent auparavant ; il y en a dont le caractère flexible se prête à la longue ; il y en a que des espérances vagues soutiennent quelque temps. – Et quelles espérances pour une religieuse ? – Quelles ? D'abord celle de

---

1. Si vous aviez été plus instruite.

faire résilier ses vœux. – Et quand on n'a plus celle-là ? – Celle qu'on trouvera les portes ouvertes un jour ; que les hommes reviendront de l'extravagance d'enfermer dans des sépulcres de jeunes créatures toutes vivantes, et que les couvents seront abolis ; que le feu prendra à la maison ; que les murs de la clôture tomberont ; que quelqu'un les secourra. Toutes ces suppositions roulent par la tête ; on regarde en se promenant dans le jardin, sans y penser, si les murs en sont bien hauts ; si l'on est dans sa cellule, on saisit les barreaux de sa grille et on les ébranle doucement de distraction ; si l'on a la rue sous ses fenêtres, on y regarde ; si l'on entend passer quelqu'un, le cœur palpite, on soupire sourdement après un libérateur ; s'il s'élève quelque tumulte dont le bruit pénètre jusque dans la maison, on espère ; on compte sur une maladie qui nous approchera d'un homme ou qui nous enverra aux eaux. – Il est vrai, il est vrai, m'écriai-je, vous lisez au fond de mon cœur ; je me suis fait, je me fais sans cesse encore ces illusions. – Et lorsqu'on vient à les perdre en y réfléchissant, car ces vapeurs salutaires que le cœur envoie vers la raison en sont par intervalles dissipées, alors on voit toute la profondeur de sa misère ; on se déteste soi-même, on déteste les autres ; on pleure, on gémit, on crie, on sent les approches du désespoir ; alors les unes courent se jeter aux genoux de leurs supérieures et vont y chercher de la consolation ; d'autres se prosternent ou dans leurs cellules ou au pied des autels et appellent le Ciel à leur secours ; d'autres déchirent leurs vêtements et s'arrachent les cheveux ; d'autres cherchent un puits profond, des fenêtres bien hautes, un lacet et le trouvent quelquefois ; d'autres après s'être tourmentées longtemps tombent dans une espèce d'abrutissement et restent imbéciles ; d'autres qui ont des organes faibles et délicats se consument de langueur ; il y en a en qui l'organisation se dérange, l'imagination se trouble et qui deviennent furieuses. Les plus heureuses sont celles en qui les illusions consolantes renaissent, et les bercent presque jusqu'au tombeau ; leur vie se passe dans les

alternatives de l'erreur et du désespoir. – Et les plus malheureuses, ajoutai-je, apparemment en poussant un profond soupir, celles qui éprouvent successivement tous ces
états ?... Ah ! mon Père, que je suis fâchée de vous avoir
entendu ! – Et pourquoi ? – Je ne me connaissais pas,
je me connais ; mes illusions dureront moins. Dans les
moments... – J'allais continuer, lorsqu'une autre religieuse entra, et puis une autre, et puis une troisième, et
puis quatre, cinq, six, je ne sais combien. La conversation
devint générale. Les unes regardaient le directeur ;
d'autres l'écoutaient en silence et les yeux baissés ; plusieurs l'interrogeaient à la fois ; toutes se récriaient sur la
sagesse de ses réponses. Cependant je m'étais retirée dans
un angle où je m'abandonnais à une rêverie profonde.
Au milieu de cet entretien où chacune cherchait à se faire
valoir et à fixer la préférence de l'homme saint par son
côté avantageux, on entendit arriver quelqu'un à pas
lents, s'arrêter par intervalles et pousser des soupirs ; on
écouta ; l'on dit à voix basse : C'est elle, c'est notre supérieure ; ensuite l'on se tut, et puis l'on s'assit en rond. Ce
l'était en effet. Elle entra ; son voile lui tombait jusqu'à
la ceinture, ses bras étaient croisés sur sa poitrine et sa
tête penchée [1]. Je fus la première qu'elle aperçut, à
l'instant elle dégagea de dessous son voile une de ses
mains dont elle se couvrit les yeux, et se détournant un
peu de côté, de l'autre main elle nous fit signe à toutes
de sortir. Nous sortîmes en silence et elle demeura seule
avec Dom Morel.

Je prévois, Monsieur le marquis, que vous allez
prendre mauvaise opinion de moi, mais puisque je n'ai
point eu honte de ce que j'ai fait, pourquoi rougirais-je
de l'avouer ? Et puis comment supprimer dans ce récit
un événement qui n'a pas laissé que d'avoir des suites ?
Disons donc que j'ai un tour d'esprit bien singulier ;
lorsque les choses peuvent exciter votre estime ou

---

1. L'attitude peut renvoyer à la représentation allégorique tradition-
nelle de la Mélancolie.

accroître votre commisération, j'écris bien ou mal, mais avec une vitesse et une facilité incroyables ; mon âme est gaie ; l'expression me vient sans peine ; mes larmes coulent avec douceur ; il me semble que vous êtes présent, que je vous vois et que vous m'écoutez. Si je suis forcée au contraire de me montrer à vos yeux sous un aspect défavorable, je pense avec difficulté, l'expression se refuse, la plume va mal, le caractère même de mon écriture s'en ressent, et je ne continue que parce que je me flatte secrètement que vous ne lirez pas ces endroits. En voici un.

Lorsque toutes nos sœurs furent retirées... – Eh bien, que fîtes-vous ? – Vous ne devinez pas ?... Non, vous êtes trop honnête pour cela. Je descendis sur la pointe du pied et je vins me placer doucement à la porte du parloir et écouter ce qui se disait là... Cela est fort mal, direz-vous... Oh pour cela oui, cela est fort mal ; je me le dis à moi-même, et mon trouble, les précautions que je pris pour n'être pas aperçue, les fois que je m'arrêtai, la voix de ma conscience qui me pressait à chaque pas de m'en retourner ne me permettaient pas d'en douter ; cependant la curiosité fut la plus forte et j'allai. Mais s'il est mal d'avoir été surprendre les discours de deux personnes qui se croyaient seules, n'est-il pas plus mal encore de vous les rendre ? Voilà encore un de ces endroits que j'écris parce que je me flatte que vous ne le lirez pas ; cependant cela n'est pas vrai, mais il faut que je me le persuade.

Le premier mot que j'entendis après un assez long silence me fit frémir, ce fut : Mon Père, je suis damnée... Je me rassurai. J'écoutais, le voile qui jusqu'alors m'avait dérobé le péril que j'avais couru se déchirait, lorsqu'on m'appela. Il fallut aller, j'allai donc ; mais, hélas ! je n'en avais que trop entendu. Quelle femme, Monsieur le marquis ! quelle abominable femme [1] !...

---

1. Ici Diderot a supprimé un alinéa où Suzanne est appelée pour prendre une lettre du marquis lui annonçant sa venue.

*

Ici les mémoires de la sœur Suzanne sont interrompus ; ce qui suit ne sont plus que les réclames [1] de ce qu'elle se promettait apparemment d'employer dans le reste de son récit. Il paraît que sa supérieure devint folle et que c'est à son état malheureux qu'il faut rapporter les fragments que je vais transcrire.

Après cette confession nous eûmes quelques jours de sérénité. La joie rentre dans la communauté, et l'on m'en fait des compliments que je rejette avec indignation.

Elle ne me fuyait plus, elle me regardait, mais ma présence ne me paraissait plus la troubler.

Je m'occupais à lui dérober l'horreur qu'elle m'inspirait depuis que par une heureuse ou fatale curiosité j'avais appris à la mieux connaître.

Bientôt elle devient silencieuse, elle ne dit plus que oui ou non ; elle se promène seule.

Elle se refuse les aliments. Son sang s'allume, la fièvre la prend et le délire succède à la fièvre.

Seule, dans son lit, elle me voit, elle me parle, elle m'invite à m'approcher ; elle m'adresse les propos les plus tendres.

Si elle entend marcher autour de sa chambre, elle s'écrie : C'est elle qui passe, c'est son pas, je la reconnais ; qu'on l'appelle... Non, non, qu'on la laisse.

Une chose singulière, c'est qu'il ne lui arrivait jamais de se tromper et de prendre une autre pour moi.

---

1. Terme technique de typographie désignant les mots placés, dans les imprimés du temps, en bas d'une page et qui sont repris au début de la page suivante. L'entendre ici au sens d'aide-mémoire. Mais c'est aussi un terme liturgique (partie du répons qui, dans le plain-chant, est reprise après chaque verset).

Elle riait aux éclats, le moment d'après elle fondait en larmes. Nos sœurs l'entouraient en silence, et quelques-unes pleuraient avec elle.

Elle disait tout à coup : Je n'ai point été à l'église, je n'ai point prié Dieu. Je veux sortir de ce lit ; je veux m'habiller, qu'on m'habille. Si l'on s'y opposait, elle ajoutait : Donnez-moi du moins mon bréviaire... On le lui donnait ; elle l'ouvrait, elle en tournait les feuillets avec le doigt et elle continuait de les tourner lors même qu'il n'y en avait plus. Cependant elle avait les yeux égarés.

Une nuit, elle descendit seule à l'église ; quelques-unes de nos sœurs la suivirent. Elle se prosterna sur les marches de l'autel, elle se mit à gémir, à soupirer, à prier tout haut ; elle sortit, elle rentra ; elle dit : Qu'on l'aille chercher ; c'est une âme si pure ! c'est une créature si innocente ! si elle joignait ses prières aux miennes... Puis s'adressant à toute la communauté et se tournant vers des stalles qui étaient vides, elle criait : Sortez, sortez toutes, qu'elle reste seule avec moi. Vous n'êtes pas dignes d'en approcher [1], si vos voix se mêlaient à la sienne, votre encens profane corromprait devant Dieu la douceur du sien. Qu'on s'éloigne, qu'on s'éloigne... Puis elle m'exhortait à demander au Ciel assistance et pardon. Elle voyait Dieu, le ciel lui paraissait se sillonner d'éclairs, s'entrouvrir et gronder sur sa tête, des anges en descendaient en courroux, les regards de la divinité la faisaient trembler ; elle courait de tous côtés ; elle se renfonçait dans les angles obscurs de l'église ; elle demandait miséricorde ; elle se collait la face contre terre, elle s'y assoupissait. La fraîcheur humide du lieu l'avait saisie, on la transportait dans sa cellule comme morte.

Cette terrible scène de la nuit, elle l'ignorait le lende-main. Elle disait : Où sont nos sœurs ? Je ne vois plus personne ; je suis restée seule dans cette maison, elles

---

1. Ce style évangélique – qui rappelle les célèbres paroles de Jean le Baptiste annonçant l'avènement de Jésus – confirme la confusion déjà instaurée en d'autres scènes entre Suzanne et le Christ.

m'ont toutes abandonnée, et Sainte-Thérèse aussi ; elles
ont bien fait... Puisque Sainte-Suzanne n'y est plus, je
puis sortir, je ne la rencontrerai pas. Ah ! si jc la rencon-
trais ! mais elle n'y est plus, n'est-ce pas ? n'est-ce pas
qu'elle n'y est plus ?... Heureuse la maison qui la pos-
sède !... Elle dira tout à sa nouvelle supérieure ; que pen-
sera-t-elle de moi ?... Est-ce que Sainte-Thérèse est
morte ? J'ai entendu sonner en mort toute la nuit. La
pauvre fille ! elle est perdue à jamais, et c'est moi, c'est
moi... Un jour je lui serai confrontée ; que lui dirai-je ?
que lui répondrai-je ? Malheur à elle ! Malheur à moi !

Dans un autre moment elle disait : Nos sœurs sont-
elles revenues ? Dites-leur que je suis bien malade... Sou-
levez mon oreiller... Délacez-moi... je sens là quelque
chose qui m'oppresse... La tête me brûle ; ôtez-moi mes
coiffes... Je veux me laver... Apportez-moi de l'eau. Versez, versez encore... Elles sont blanches, mais la souillure
de l'âme est restée... [1]. Je voudrais être morte, je voudrais
n'être point née ; je ne l'aurais point vue.

Un matin, on la trouva pieds nus, en chemise, éche-
lée, hurlant, écumant et courant autour de sa cellule, les
mains posées sur ses oreilles, les yeux fermés et le corps
pressé contre la muraille. Éloignez-vous de ce gouffre ;
entendez-vous ces cris ? ce sont les enfers ; il s'élève de
cet abîme profond des feux que je vois ; du milieu des
feux j'entends des voix confuses qui m'appellent... Mon
Dieu, ayez pitié de moi !... Allez vite, sonnez, assemblez
la communauté ; dites qu'on prie pour moi, je prierai
aussi... Mais à peine fait-il jour, nos sœurs dorment. Je
n'ai pas fermé l'œil de la nuit, je voudrais dormir, et je
ne saurais.

Une de nos sœurs lui disait : Madame, vous avez
quelque peine, confiez-la-moi, cela vous soulagera peut-
être. – Sœur Agathe [2] écoutez, approchez-vous de moi...

---

1. De nombreux commentateurs proposent de voir ici un souvenir
de la figure de lady Macbeth, dans la tragédie de Shakespeare.

2. S'agit-il de cette « grande brune » évoquée plus haut en amoureuse déçue et punie de la supérieure ?

plus près... plus près encore... il ne faut pas qu'on nous entende ; je vais tout révéler, tout, mais gardez-moi le secret. Vous l'avez vue ? – Qui, Madame ? – N'est-il pas vrai que personne n'a la même douceur ? comme elle marche ! quelle décence ! quelle noblesse ! quelle modestie !... Allez à elle, dites-lui... Eh ! non, ne dites rien, n'allez pas, vous n'en pourriez approcher. Les anges du ciel la gardent, ils veillent autour d'elle ; je les ai vus, vous les verriez, vous en seriez effrayée comme moi. Restez... si vous alliez, que lui diriez-vous ? inventez quelque chose dont elle ne rougisse pas !... – Mais, Madame, si vous consultiez notre directeur ? – Oui... mais oui... Non, non ; je sais ce qu'il me dira ; je l'ai tant entendu... De quoi l'entretiendrai-je ? Si je pouvais perdre la mémoire ! si je pouvais rentrer dans le néant ou renaître !... N'appelez point le directeur. J'aimerais mieux qu'on me lût la Passion de notre Seigneur Jésus-Christ. Lisez... Je commence à respirer... Il ne faut qu'une goutte de ce sang pour me purifier... Voyez, il s'élance en bouillonnant de son côté... Inclinez cette plaie sacrée sur ma tête... Son sang coule sur moi et ne s'y attache pas... Je suis perdue !... Éloignez ce christ... Rapportez-le-moi... On le lui rapportait. Elle le serrait entre ses bras, elle le baisait partout, et puis elle ajoutait : Ce sont ses yeux, c'est sa bouche ; quand la reverrai-je ?... Sœur Agathe, dites-lui que je l'aime, peignez-lui bien mon état, dites-lui que je meurs.

Elle fut saignée, on lui donna les bains [1], mais son mal semblait s'accroître par les remèdes. Je n'ose vous décrire toutes les actions indécentes qu'elle fit, vous répéter tous les discours malhonnêtes qui lui échappèrent dans son délire. À tout moment elle portait sa main à son front comme pour en écarter des idées importunes, des images, que sais-je quelles images ! elle se renfonçait la tête dans son lit, elle se couvrait le visage de ses draps. C'est le

---

1. Les bains froids sont alors réputés « calmer » le sang.

Tentateur, disait-elle, c'est lui. Quelle forme bizarre [1] il a prise ! Prenez de l'eau bénite, jetez de l'eau bénite sur moi... Cessez, cessez, il n'y est plus.

On ne tarda pas à la séquestrer, mais sa prison ne fut pas si bien gardée qu'elle ne réussît un jour à s'en échapper. Elle avait déchiré ses vêtements, elle parcourait les corridors toute nue, seulement deux bouts de corde rompue pendaient de ses deux bras ; elle criait : Je suis votre supérieure, vous en avez toutes fait le serment, qu'on m'obéisse. Vous m'avez emprisonnée ; malheureuses ! voilà donc la récompense de mes bontés ! vous m'offensez parce que je suis trop bonne ; je ne le serai plus... Au feu !... Au meurtre !... Au voleur !... À mon secours !... À moi, sœur Thérèse !... À moi, sœur Suzanne !...

Cependant on l'avait saisie et on la reconduisait dans sa prison et elle disait : Vous avez raison, vous avez raison ; je suis devenue folle, je le sens.

Quelquefois elle paraissait obsédée du spectacle de différents supplices. Elle voyait des femmes la corde au cou ou les mains liées sur le dos ; elle en voyait avec des torches à la main, elle se joignait à celles qui faisaient amende honorable ; elle se croyait conduite à la mort, elle disait aux bourreaux : J'ai mérité mon sort ; je l'ai mérité. Encore, si ce tourment était le dernier ; mais une éternité ! une éternité de feux !

Je ne dis rien qui ne soit vrai, et tout ce que j'aurais encore à dire de vrai ne me revient pas ou je rougirais d'en souiller ces papiers.

Après avoir vécu plusieurs mois dans cet état déplorable, elle mourut. Quelle mort, Monsieur le marquis ! Je l'ai vue, je l'ai vue la terrible image du désespoir et du crime à sa dernière heure. Elle se croyait entourée d'esprits infernaux, ils attendaient son âme pour la saisir ; elle disait d'une voix étouffée : Les voilà ! les voilà... et leur opposant de droite et de gauche un christ qu'elle tenait à la main, elle hurlait, elle criait : Mon Dieu !...

---

1. Sens fort : extraordinaire, hors du commun, voire extravagante.

Mon Dieu !... La sœur Thérèse la suivit de près ; et nous eûmes une autre supérieure âgée et pleine d'humeur et de superstition.

On m'accuse d'avoir ensorcelé sa devancière ; elle le croit, et mes chagrins se renouvellent.

Le nouveau directeur est également persécuté de ses supérieurs, et me persuade de me sauver de la maison.

Ma fuite est projetée. Je me rends dans le jardin entre onze heures et minuit. On me jette des cordes, je les attache autour de moi, elles se cassent et je tombe ; j'ai les jambes dépouillées et une violente contusion aux reins. Une seconde, une troisième tentative m'élève au haut du mur ; je descends. Quelle est ma surprise ! au lieu d'une chaise de poste dans laquelle j'espérais d'être reçue, je trouve un mauvais carrosse public. Me voilà sur le chemin de Paris avec un jeune bénédictin [1] ; je ne tardai pas à m'apercevoir au ton indécent qu'il prenait et aux libertés qu'il se permettait qu'on ne tenait avec moi aucune des conditions que j'avais stipulées. Alors je regrettai ma cellule et je sentis toute l'horreur de ma situation.

C'est ici que je peindrai ma scène dans le fiacre [2]. Quelle scène ! Quel homme !

Je crie ; le cocher vient à mon secours. Rixe violente entre le fiacre et le moine.

J'arrive à Paris. La voiture arrête dans une petite rue, à une porte étroite qui s'ouvrait dans une allée obscure et malpropre. La maîtresse du logis vient au-devant de moi, et m'installe à l'étage le plus élevé dans une petite chambre où je trouve à peu près les meubles nécessaires. Je reçois des visites de la femme qui occupait le premier... « Vous êtes jeune ; vous devez vous ennuyer,

---

1. Sans doute Dom Morel, qui avait déjà été désigné comme bénédictin, mais qui n'est en revanche pas si « jeune »...

2. Un brouillage tend à s'établir sur le « je » entre la narratrice fictive et l'auteur réfléchissant à ses effets : la « scène de carrosse » est un *topos* de la littérature galante du temps.

Mademoiselle. Descendez chez moi ; vous y trouverez bonne compagnie en hommes et en femmes pas toutes aussi aimables mais presque aussi jeunes que vous [1] ; on cause, on joue, on chante, on danse, nous réunissons toutes les sortes d'amusements. Si vous tournez la tête à tous nos cavaliers, je vous jure que nos dames n'en seront ni jalouses, ni fâchées. Venez, Mademoiselle... » Celle qui me parlait ainsi était d'un certain âge. Elle avait le regard tendre, la voix douce, et le propos très insinuant.

Je passe une quinzaine dans cette maison, exposée à toutes les instances de mon perfide ravisseur et à toutes les scènes tumultueuses d'un lieu suspect, épiant à chaque instant l'occasion de m'échapper.

Un jour enfin je la trouvai ; la nuit était avancée.

Si j'eusse été voisine de mon couvent, j'y retournais. Je cours sans savoir où je vais. Je suis arrêtée par des hommes ; la frayeur me saisit, je tombe évanouie de fatigue sur le seuil de la boutique d'un chandelier. On me secourt. En revenant à moi, je me trouve étendue sur un grabat, environnée de plusieurs personnes ; on me demanda qui j'étais ; je ne sais ce que je répondis. On me donna la servante de la maison pour me conduire ; je prends son bras, nous marchons ; nous avions déjà fait beaucoup de chemin, lorsque cette fille me dit : Mademoiselle, vous savez apparemment où nous allons ? – Non, mon enfant ; à l'Hôpital [2], je crois. – À l'Hôpital ! Est-ce que vous seriez hors de maison [3] ? – Hélas ! oui. – Qu'avez-vous donc fait pour avoir été chassée à l'heure qu'il est ?... Mais nous voilà à la porte de Sainte-Catherine [4], voyons si nous pourrions

---

1. On peut évaluer son âge à vingt-sept ans environ.
2. L'Hôpital général, actuelle Salpêtrière, servait à la fois de maison de correction et de refuge des indigents. Selon un motif romanesque topique, c'est là que finissent les filles de mauvaise vie.
3. Domestique congédiée. Mais l'expression a pour Suzanne un double sens...
4. Hôpital tenu par les religieuses de l'ordre de saint Augustin, qui recueillait les filles en quête d'une place de domestique.

nous faire ouvrir ; en tout cas ne craignez rien, vous ne resterez pas dans la rue, vous coucherez avec moi.

Je reviens chez le chandelier. Effroi de la servante lorsqu'elle voit mes jambes dépouillées de leur peau par la chute que j'avais faite en sortant du couvent. J'y passe la nuit. Le lendemain au soir je retourne à Sainte-Catherine ; j'y demeure trois jours, au bout desquels on m'annonce qu'il faut ou me rendre à l'Hôpital général, ou prendre la première condition qui s'offrira.

Danger que je courus à Sainte-Catherine de la part des hommes et des femmes ; car c'est là, à ce qu'on m'a dit depuis, que les libertins et les matrones de la ville vont se pourvoir. L'attente de la misère ne donna aucune force aux séductions grossières auxquelles j'y fus exposée. Je vends mes hardes et j'en choisis de plus conformes à mon état.

J'entre au service d'une blanchisseuse chez laquelle je suis actuellement [1]. Je reçois le linge et je le repasse. Ma journée est pénible, je suis mal nourrie, mal logée, mal couchée, mais en revanche traitée avec humanité. Le mari est cocher de place ; sa femme est un peu brusque, mais bonne du reste. Je serais assez contente de mon sort, si je pouvais espérer d'en jouir paisiblement.

J'ai appris que la police s'était saisie de mon ravisseur et l'avait remis entre les mains de ses supérieurs. Le pauvre homme ! il est plus à plaindre que moi. Son attentat a fait bruit, et vous ne savez pas la cruauté avec laquelle les religieux punissent les fautes d'éclat : un cachot sera sa demeure pour le reste de sa vie ; c'est aussi le séjour qui m'attend, si je suis reprise, mais il y vivra plus longtemps que moi.

La douleur de ma chute se fait sentir. Mes jambes sont enflées et je ne saurais faire un pas ; je travaille assise, car j'aurais peine à me tenir debout. Cependant j'appréhende le moment de ma guérison ; alors quel prétexte

---

1. Le temps de l'histoire rejoint celui de la narration : c'est alors la forme journal qui tend à s'imposer.

aurai-je pour ne point sortir ? et à quel péril ne m'exposerai-je pas en me montrant ? Mais heureusement j'ai encore du temps devant moi.

Mes parents qui ne peuvent douter que je ne sois à Paris, font sûrement toutes les perquisitions imaginables. J'avais résolu d'appeler M. Manouri dans mon grenier, de prendre et de suivre ses conseils, mais il n'était plus.

Je vis dans des alarmes continuelles. Au moindre bruit que j'entends dans la maison, sur l'escalier, dans la rue, la frayeur me saisit, je tremble comme la feuille, mes genoux me refusent le soutien, et l'ouvrage me tombe des mains.

Je passe presque toutes les nuits sans fermer l'œil ; si je dors, c'est d'un sommeil interrompu ; je parle, j'appelle, je crie. Je ne conçois pas comment ceux qui m'entourent ne m'ont pas encore devinée.

Il paraît que mon évasion est publique. Je m'y attendais. Une de mes camarades m'en parlait hier, y ajoutant des circonstances odieuses et les réflexions les plus propres à désoler ; par bonheur elle étendait sur des cordes le linge mouillé, le dos tourné à la lampe, et mon trouble n'en pouvait être aperçu. Cependant ma maîtresse ayant remarqué que je pleurais, m'a dit : Marie, qu'avez-vous ? – Rien, lui ai-je répondu. – Quoi donc, a-t-elle ajouté, est-ce que vous seriez assez bête pour vous apitoyer sur une mauvaise religieuse, sans mœurs, sans religion, et qui s'amourache d'un vilain moine avec lequel elle se sauve de son couvent ? Il faudrait que vous eussiez bien de la compassion de reste. Elle n'avait qu'à boire, manger, prier Dieu et dormir ; elle était bien où elle était ; que ne s'y tenait-elle ? Si elle avait été seulement trois ou quatre fois à la rivière par le temps qu'il fait, cela l'aurait raccommodée avec son état. – À cela j'ai répondu qu'on ne connaissait bien que ses peines. J'aurais mieux fait de me taire, car elle n'aurait pas ajouté : Allez, c'est une coquine que Dieu punira... À ce propos je me suis penchée sur ma table et j'y suis restée jusqu'à ce que ma maîtresse m'ait dit : Mais, Marie, à quoi rêvez-vous donc ? tandis que vous dormez là, l'ouvrage n'avance pas.

Je n'ai jamais eu l'esprit du cloître et il paraît assez à ma démarche, mais je me suis accoutumée en religion à certaines pratiques que je répète machinalement ; par exemple : une cloche vient-elle à sonner ? ou je fais le signe de la croix, ou je m'agenouille ; frappe-t-on à la porte ? je dis : *Ave* ; m'interroge-t-on ? c'est toujours une réponse qui finit par oui ou non, chère Mère, ou ma sœur ; s'il survient un étranger, mes bras vont se croiser sur ma poitrine, et au lieu de faire la révérence, je m'incline [1]. Mes compagnes se mettent à rire et croient que je m'amuse à contrefaire la religieuse ; mais il est impossible que leur erreur dure, mes étourderies me décèleront et je serai perdue.

Monsieur, hâtez-vous de me secourir. Vous me direz sans doute, enseignez-moi ce que je puis faire pour vous. Le voici ; mon ambition n'est pas grande. Il me faudrait une place de femme de chambre ou de femme de charge, ou même de simple domestique, pourvu que je vécusse ignorée dans une campagne, au fond d'une province, chez d'honnêtes gens qui ne reçussent pas un grand monde. Les gages n'y feront rien [2] ; de la sécurité, du repos, du pain et de l'eau. Soyez très assuré qu'on sera satisfait de mon service ; j'ai appris dans la maison de mon père à travailler et au couvent à obéir. Je suis jeune, j'ai le caractère très doux. Quand mes jambes seront guéries j'aurai plus de force qu'il n'en faut pour suffire à l'occupation. Je sais coudre, filer, broder et blanchir ; quand j'étais dans le monde je raccommodais moi-même mes dentelles, et j'y serai bientôt remise ; je ne suis maladroite à rien, et je saurai m'abaisser à tout. J'ai de la voix, je sais la musique et je touche assez bien du clavecin pour amuser quelque mère qui en aurait le goût, et j'en pourrais

---

1. Georges May a proposé de rapprocher ce passage de la *Satire première* du même Diderot (*Diderot et la Religieuse, op. cit.*).
2. Peu importe qu'il y ait ou non des gages.

même donner leçon à ses enfants ; mais je craindrais
d'être trahie par ces marques d'une éducation recherchée.
S'il fallait apprendre à coiffer, j'ai du goût, je prendrais
un maître, et je ne tarderais pas à me procurer ce petit
talent. Monsieur, une condition supportable s'il se peut,
ou une condition telle quelle, c'est tout ce qu'il me faut
et je ne souhaite rien au-delà. Vous pouvez répondre de
mes mœurs, malgré les apparences j'en ai, j'ai même de
la piété. Ah ! Monsieur, tous mes maux seraient finis et
je n'aurais plus rien à craindre des hommes, si Dieu ne
m'avait arrêtée. Ce puits profond situé au bout du jardin
de la maison, combien je l'ai visité de fois ! si je ne m'y
suis pas précipitée, c'est qu'on m'en laissait l'entière
liberté. J'ignore quel est le destin qui m'est réservé, mais
s'il faut que je rentre un jour dans un couvent quel qu'il
soit, je ne réponds de rien, il y a des puits partout. Monsieur, ayez pitié de moi, et ne vous préparez pas à vous-
même de longs regrets [1].

*

Post. Scpt. Je suis accablée de fatigues, la terreur
m'environne et le repos me fuit. Ces mémoires que j'écri-
vais à la hâte je viens de les relire à tête reposée, et je me
suis aperçue que sans en avoir eu le moindre projet, je
m'étais montrée à chaque ligne aussi malheureuse à la
vérité que je l'étais, mais beaucoup plus aimable que je
ne le suis. Serait-ce que nous croyons les hommes moins
sensibles à la peinture de nos peines qu'à l'image de nos
charmes, et nous promettrions-nous encore plus de facilité à les séduire qu'à les toucher ? Je les connais trop
peu et je ne me suis pas assez étudiée pour savoir cela.
Cependant si le marquis, à qui l'on accorde le tact le
plus délicat, venait à se persuader que ce n'est pas à sa

---

1. Noter que cet alinéa constituait à l'origine, en gros, un passage de
la première des fausses lettres de la soi-disant religieuse à Croismare en
1760.

bienfaisance mais à son vice que je m'adresse, que pense-rait-il de moi ? Cette réflexion m'inquiète. En vérité il aurait bien tort de m'imputer personnellement un instinct propre à tout mon sexe. Je suis une femme, peut-être un peu coquette, que sais-je ? mais c'est naturelle-ment et sans artifice [1].

---

1. Souvenir manifeste de *La Vie de Marianne* (1731) : « Nous avons deux sortes d'esprit, nous autres femmes. Nous avons d'abord le nôtre [...]. Et puis nous en avons encore un autre, qui est à part du nôtre, et qui peut se trouver dans les femmes les plus sottes. C'est l'esprit que la vanité de plaire nous donne, et qu'on appelle, autrement dit, la coquet-terie » (Marivaux, *Romans, récits, contes et nouvelles*, Gallimard, « Bibliothèque de la Pléiade », 1949, p. 121).

PRÉFACE

Ce charmant marquis nous avait quittés au commencement de l'année 1759 pour aller dans ses terres en Normandie, près de Caen. Il nous avait promis de ne s'y arrêter que le temps nécessaire pour mettre ses affaires en ordre ; mais son séjour s'y prolongea insensiblement ; il y avait réuni ses enfants ; il aimait beaucoup son curé ; il s'était livré à la passion du jardinage [2] ; et comme il fallait à une imagination aussi vive que la sienne des objets d'attachement réels ou imaginaires, il s'était tout à coup jeté dans la plus grande dévotion. Malgré cela, il nous aimait toujours tendrement, mais vraisemblablement nous ne l'aurions jamais revu à Paris, s'il n'avait pas successivement perdu ses deux fils. Cet événement nous l'a rendu depuis environ quatre ans, après une absence de plus de huit. Sa dévotion s'est évaporée comme tout s'évapore à Paris, et il est aujourd'hui plus aimable que jamais.

Comme sa perte nous était infiniment sensible, nous délibérâmes en 1760, après l'avoir supportée pendant

---

1. Diderot semble avoir confondu la date d'insertion de la Préface dans la *Correspondance littéraire* (1770) avec le moment de la genèse du roman (1760). Voir *supra* la Présentation et la Note sur le texte.

2. Comprendre qu'il s'intéresse à l'aménagement des parcs, ce qui correspond à une vogue du temps.

plus de quinze mois, sur les moyens de l'engager à revenir à Paris. L'auteur des mémoires qui précèdent se rappela que quelque temps avant son départ on avait parlé dans le monde avec beaucoup d'intérêt d'une jeune religieuse de Longchamp qui réclamait juridiquement contre ses vœux auxquels elle avait été forcée par ses parents. Cette pauvre recluse intéressa tellement notre marquis que, sans l'avoir vue, sans savoir son nom, sans même s'assurer de la vérité des faits, il alla solliciter en sa faveur tous les conseillers de Grand-Chambre du Parlement de Paris. Malgré cette intercession généreuse, je ne sais par quel malheur, la sœur Suzanne Simonin [1] perdit son procès, et ses vœux furent jugés valables.

M. Diderot résolut [2] de faire revivre cette aventure à notre profit. Il supposa que la religieuse en question avait eu le bonheur de se sauver de son couvent, et en conséquence il écrivit en son nom à M. de Croismare pour lui demander secours et protection. Nous ne désespérions pas de le voir arriver en toute diligence au secours de sa religieuse, ou s'il devinait la scélératesse au premier coup d'œil et que notre projet manquât, nous étions sûrs qu'il nous en resterait du moins une ample matière à plaisanter. Cette insigne fourberie prit toute une autre tournure, comme vous allez voir par la correspondance que je vais mettre sous vos yeux, entre M. Diderot ou la prétendue religieuse et le loyal et charmant marquis de Croismare, qui ne se douta pas un instant d'une noirceur que nous avons eue longtemps sur notre conscience. Nous passions alors nos soupers à lire, au milieu des éclats de rire, des lettres qui devaient faire pleurer notre bon marquis, et nous y lisions avec ces mêmes éclats de rire les réponses

---

1. Substitution par Diderot du nom fictif à celui du modèle, Marguerite Delamarre.
2. Diderot a corrigé en 1781 la version de 1770 qui portait « Nous résolûmes ». De façon générale, il a remplacé toutes les mentions de première personne du pluriel par son nom propre.

honnêtes que ce digne et généreux ami lui faisait. Cependant dès que nous nous aperçûmes que le sort de notre infortunée commençait à trop intéresser son tendre bienfaiteur, M. Diderot prit le parti de la faire mourir, préférant de causer quelque chagrin au marquis au danger évident de le tourmenter plus cruellement peut-être en la laissant vivre plus longtemps. Depuis son retour à Paris, nous lui avons avoué ce complot d'iniquité, il en a ri comme vous pouvez penser, et le malheur de la pauvre religieuse n'a fait que resserrer les liens de l'amitié entre ceux qui lui ont survécu ; cependant il n'en a jamais parlé à M. Diderot. Une circonstance qui n'est pas la moins singulière, c'est que, tandis que cette mystification échauffait la tête de notre ami en Normandie, celle de M. Diderot s'échauffait de son côté. Celui-ci, persuadé que le marquis ne donnerait pas un asile dans sa maison à une jeune personne sans la connaître, se mit à écrire en détail l'histoire de notre religieuse. Un jour qu'il était tout entier à ce travail, M. d'Alainville [1], un de nos amis communs, lui rendit visite, et le trouva plongé dans la douleur et le visage inondé de larmes. Qu'avez-vous donc ? lui dit M. d'Alainville. Comme vous voilà ! – Ce que j'ai ? lui répondit M. Diderot ; je me désole d'un conte que je me fais. » Il est certain que s'il eût achevé cette histoire, elle serait devenue un des romans les plus vrais, les plus intéressants et les plus pathétiques que nous ayons. On n'en pouvait pas lire une page sans verser des pleurs ; et cependant il n'y avait point d'amour ; ouvrage de génie qui présentait partout la plus forte empreinte de l'imagination de l'auteur : ouvrage d'une utilité publique et générale, car c'était la plus cruelle satire qu'on eût jamais faite des cloîtres [2] ; elle était

---

1. Comédien, familier du cercle du baron d'Holbach que fréquentent Diderot et ses amis.

2. Écho de la lettre à Meister du 27 septembre 1780 (voir Présentation, *supra*, p. XLIV).

d'autant plus dangereuse que la première partie n'en renfermait que des éloges : sa jeune religieuse était d'une dévotion angélique, et conservait dans son cœur simple et tendre le respect le plus sincère pour tout ce qu'on lui avait appris à respecter. Mais ce roman n'a jamais existé que par lambeaux et en est resté là ; il est perdu ainsi qu'une infinité d'autres productions d'un homme rare qui se serait immortalisé par vingt chefs-d'œuvre, si meilleur économe de son temps, il ne l'eût pas abandonné à mille indiscrets que je cite tous au Jugement dernier, où ils répondront devant Dieu et devant les hommes, du délit dont ils sont coupables.

(Et j'ajouterai, moi qui connais un peu M. Diderot, que ce roman, il l'a achevé, et que ce sont les mémoires mêmes que l'on vient de lire, où l'on a dû remarquer combien il importait de se méfier des éloges de l'amitié [1].)

Cette correspondance et notre repentir sont donc tout ce qui nous reste de notre pauvre religieuse. Vous voudrez bien vous souvenir que les lettres signées Madin, ou Suzanne Simonin ont été fabriquées par cet enfant de Bélial [2], et que les lettres du généreux protecteur de la recluse sont véritables et ont été écrites de bonne foi, ce qu'on eut toutes les peines du monde à persuader à M. Diderot qui se croyait persiflé par le marquis et par ses amis.

BILLET DE LA RELIGIEUSE À M. LE COMTE DE CROISMARE [3], GOUVERNEUR DE L'ÉCOLE ROYALE MILITAIRE

Une femme malheureuse à laquelle M. le marquis de Croismare s'est intéressé il y a trois ans, lorsqu'il demeurait à côté de l'Académie de musique [4], apprend qu'il demeure à présent à l'École militaire. Elle envoie savoir si elle pourrait

---

1. Ajout des révisions de 1780-1782.
2. Nom que saint Paul donne à Satan (Corinthiens 2, 6-15).
3. Ce comte était un cousin du marquis et était en effet gouverneur.
4. L'Opéra.

encore compter sur ses bontés maintenant qu'elle est plus à plaindre que jamais.

Un mot de réponse s'il lui plaît. Sa situation est pressante, et il est de conséquence que la personne qui lui remettra ce billet n'en soupçonne rien.

A RÉPONDU :
QU'ON SE TROMPAIT, ET QUE LE M. DE CROISMARE
EN QUESTION ÉTAIT ACTUELLEMENT À CAEN

Ce billet était écrit de la main d'une jeune personne dont nous nous servîmes pendant tout le cours de cette correspondance. Un page du coin le porta à l'École militaire, et nous rapporta la réponse verbale. M. Diderot jugea cette première démarche nécessaire par plusieurs bonnes raisons. La religieuse avait l'air de confondre les deux cousins ensemble et d'ignorer la véritable orthographe de leur nom : elle apprenait par ce moyen bien naturellement que son protecteur était à Caen. Il se pouvait que le gouverneur de l'École militaire plaisantât son cousin à l'occasion de ce billet et le lui envoyât, ce qui donnait un grand air de vérité à notre vertueuse aventurière [1]. Ce gouverneur, très aimable ainsi que tout ce qui porte son nom, était aussi ennuyé de l'absence de son cousin que nous, et nous espérions le ranger au nombre des conspirateurs. Après sa réponse, la religieuse écrivit à Caen.

LETTRE DE LA RELIGIEUSE
À M. LE MARQUIS DE CROISMARE À CAEN

Monsieur, je ne sais à qui j'écris, mais dans la détresse où je me trouve, qui que vous soyez, c'est à vous que je

---

1. Le terme « aventurière » est péjoratif : il désigne celle qui pour survivre est contrainte à des expédients ou à des intrigues. Accolé à l'épithète « vertueuse », il constitue un oxymore ironique. M. Delon remarque à cet égard (Diderot, *Contes et romans, op. cit.*, p. 1032) que Sade appellera plus tard sa Justine, dont la vertu inaltérable fait évidemment l'objet de l'ironie narrative, « notre pieuse aventurière ».

m'adresse. Si l'on ne m'a point trompée à l'École militaire et que vous soyez le marquis généreux que je cherche, je bénirai Dieu ; si vous ne l'êtes pas, je ne sais ce que je ferai. Mais je me rassure sur le nom que vous portez ; j'espère que vous secourrez une infortunée, que vous, Monsieur, ou un autre M. de Croismare qui n'est pas celui de l'École militaire, avez appuyée de votre sollicitation dans une tentative inutile qu'elle fit, il y a deux ans, pour se tirer d'une prison perpétuelle à laquelle la dureté de ses parents l'avait condamnée. Le désespoir vient de me porter à une seconde démarche dont vous aurez sans doute entendu parler ; je me suis sauvée de mon couvent. Je ne pouvais plus supporter mes peines, et il n'y avait que cette voie, ou un plus grand forfait encore, pour me procurer une liberté que j'avais espérée de l'équité des lois.

Monsieur, si vous avez été autrefois mon protecteur, que ma situation présente vous touche et qu'elle réveille dans votre cœur quelque sentiment de pitié ! Peut-être trouverez-vous de l'indiscrétion à avoir recours à un inconnu dans une circonstance pareille à la mienne. Hélas ! Monsieur, si vous saviez l'abandon où je suis réduite, si vous aviez quelque idée de l'inhumanité dont on punit les fautes d'éclat dans les maisons religieuses, vous m'excuseriez ; mais vous avez l'âme sensible, et vous craindrez de vous rappeler un jour une créature innocente jetée pour le reste de sa vie dans le fond d'un cachot. Secourez-moi, Monsieur, secourez-moi ; c'est une bonne œuvre dont vous vous souviendrez avec satisfaction tant que vous vivrez, et que Dieu récompensera dans ce monde ou dans l'autre. Surtout, Monsieur, songez que je vis dans une alarme perpétuelle et que je vais compter les moments. Mes parents ne peuvent douter que je ne sois à Paris, ils font sûrement toutes sortes de perquisitions pour me découvrir ; ne leur laissez pas le temps de me trouver. Jusqu'à présent j'ai subsisté de mon travail et des secours d'une digne femme que j'avais pour amie et à laquelle vous pouvez adresser votre réponse. Elle s'appelle madame Madin [1], elle demeure à Versailles. Cette bonne amie me fournira tout ce qu'il me faudra pour mon voyage, et

---

1. Michèle Moreau, épouse Madin (1714-1779).

quand je serai placée, je n'aurai plus besoin de rien et ne lui serai plus à charge. Monsieur, ma conduite justifiera la protection que vous m'aurez accordée. Quelle que soit la réponse que vous me ferez, je ne me plaindrai que de mon sort.

Voici l'adresse de Mad. Madin : *À Madame Madin, au Pavillon de Bourgogne, rue d'Anjou, à Versailles.*

Vous aurez la bonté de mettre deux enveloppes, avec son adresse sur la première, et une croix sur la seconde.

Mon Dieu, que je désire d'avoir votre réponse ! Je suis dans des transes continuelles.

Votre très humble et très obéissante servante. – Signé, Suzanne Simonin [1].

Cette lettre se trouve plus étendue à la fin du roman où M. Diderot l'inséra, lorsque après un oubli de vingt et un ans, cette ébauche informe lui étant tombée entre les mains, il se détermina à la retoucher [2].

Nous avions besoin d'une adresse pour recevoir les réponses, et nous choisîmes une certaine madame Madin, femme d'un ancien officier d'infanterie, qui vivait réellement à Versailles. Elle ne savait rien de notre coquinerie, ni des lettres que nous lui fîmes écrire à elle-même par la suite, et pour lesquelles nous nous servîmes de l'écriture d'une autre jeune personne. Madame Madin était seulement prévenue qu'il fallait recevoir et me remettre toutes les lettres timbrées *Caen*. Le hasard voulut que M. de Croismare, après son retour à Paris, et environ huit ans après notre péché, trouvât madame Madin un matin chez une femme de nos amies [3] qui avait été du complot ; ce fut un vrai coup de théâtre : M. de Croismare se proposait de prendre mille informations sur une infortunée qui l'avait tant intéressé, et dont madame Madin ignorait jusqu'à l'existence. Ce fut aussi le moment de notre confession générale et celui de notre absolution.

---

1. La rédaction initiale portait « Suzanne de la Marre ».
2. Ajout des révisions de 1780-1782.
3. Madame d'Épinay.

Réponse de M. le marquis de Croismare

Mademoiselle, votre lettre est parvenue à la personne même que vous réclamiez. Vous ne vous êtes point trompée sur ses sentiments, et vous pouvez partir aussitôt pour Caen, si une place à côté d'une jeune demoiselle vous convient.

Que la dame votre amie me mande qu'elle m'envoie une femme de chambre telle que je puis la désirer, avec tel éloge qu'il lui plaira de vos qualités, sans entrer dans aucun autre détail d'état. Qu'elle me marque aussi le nom que vous aurez choisi, la voiture par laquelle vous arriverez, et le jour, s'il se peut, de votre départ. Si vous preniez la voiture du carrosse de Caen, vous vous y rendriez le lundi de grand matin pour arriver ici le vendredi ; il loge à Paris, rue Saint-Denis, au Grand Cerf. S'il ne se trouvait personne pour vous recevoir à votre arrivée à Caen, vous vous adresseriez de ma part, en attendant, chez M. Gassion, vis-à-vis la place Royale. Comme l'incognito est d'une extrême nécessité de part et d'autre, que la dame votre amie me renvoie cette lettre, à laquelle, quoique non signée, vous pouvez ajouter foi entière. Gardez-en seulement le cachet qui servira à vous faire connaître à Caen à la personne à qui vous vous adresserez.

Suivez, Mademoiselle, exactement et diligemment ce que cette lettre vous prescrit ; et pour agir avec prudence, ne vous chargez ni de papiers, ni de lettres ou d'autre chose qui puisse donner occasion de vous reconnaître : il sera facile de faire venir tout cela dans un autre temps. Comptez avec une confiance parfaite sur les bonnes intentions de votre serviteur.

À … proche Caen, ce mercredi 6 février 1760.

Cette lettre était adressée à madame Madin. Il y avait sur l'autre enveloppe une croix, suivant la convention. Le cachet représentait un amour tenant d'une main un flambeau et de l'autre deux cœurs, avec une devise qu'on n'a pu lire, parce que le cachet avait souffert à l'ouverture de la lettre. Il était naturel qu'une jeune religieuse à qui l'amour était étranger en prît l'image pour celle de son ange gardien.

Réponse de la religieuse
à M. le marquis de Croismare

Monsieur, j'ai reçu votre lettre. Je crois que j'ai été fort mal, fort mal. Je suis bien faible. Si Dieu me retire à lui, je prierai sans cesse pour votre salut ; si j'en reviens, je ferai tout ce que vous m'ordonnerez. Mon cher Monsieur ! Digne homme ! je n'oublierai jamais votre bonté.

Ma digne amie doit arriver de Versailles, elle vous dira tout.

                                Ce saint jour de dimanche en février.

Je garderai le cachet avec soin. C'est un saint ange que j'y trouve imprimé, c'est vous, c'est mon ange gardien.

M. Diderot n'ayant pu se rendre à l'assemblée des bandits, cette réponse fut envoyée sans son attache [1]. Il ne la trouva pas de son gré, il prétendit qu'elle découvrirait notre trahison ; il se trompa, et il eut tort, je crois, de ne pas trouver cette réponse bonne. Cependant pour le satisfaire, on coucha sur les registres du commun conseil de la fourberie la réponse qui suit et qui ne fut point envoyée. Au reste, cette maladie nous était indispensable pour différer le départ pour Caen.

Extrait des registres

Voilà la lettre qui a été envoyée, et voici celle que sœur Suzanne aurait dû écrire :

Monsieur, je vous remercie de vos bontés. Il ne faut plus penser à rien, tout va finir pour moi : je serai dans un moment devant le Dieu de miséricorde, c'est là que je me souviendrai de vous. Ils délibèrent s'ils me saigneront une troisième fois ; ils ordonneront tout ce qu'il leur plaira. Adieu, mon cher Monsieur, j'espère que le séjour où je vais sera plus heureux ; nous nous y verrons.

Lettre de madame Madin
à M. le marquis de Croismare

Je suis à côté de son lit et elle me presse de vous écrire. Elle a été à toute extrémité, et mon état, qui m'attache à

---

1. Sans sa permission.

Versailles, ne m'a point permis de venir plus tôt à son secours. Je savais qu'elle était fort mal et abandonnée de tout le monde, et je ne pouvais quitter. Vous pensez bien, Monsieur, qu'elle avait beaucoup souffert. Elle avait fait une chute qu'elle cachait. Elle a été attaquée tout d'un coup d'une fièvre ardente qu'on n'a pu abattre qu'à force de saignées. Je la crois hors de danger. Ce qui m'inquiète à présent est la crainte que sa convalescence ne soit longue et qu'elle ne puisse partir avant un mois ou six semaines ; elle est déjà si faible, et le sera bien davantage. Tâchez donc, Monsieur, de gagner du temps, et travaillons de concert à sauver la créature la plus malheureuse et la plus intéressante qu'il y ait au monde. Je ne saurais vous dire tout l'effet de votre billet sur elle ; elle a beaucoup pleuré, elle a écrit l'adresse de M. Gassion derrière une Sainte-Suzanne de son diurnal [1], et puis elle a voulu vous répondre malgré sa faiblesse. Elle sortait d'une crise, je ne sais ce qu'elle vous aura dit, car sa pauvre tête n'y était guère. Pardon, Monsieur, je vous écris à la hâte. Elle me fait pitié, je voudrais ne la point quitter, mais il m'est impossible de rester ici plusieurs jours de suite. Voilà la lettre que vous lui avez écrite ; j'en fais partir une autre telle à peu près que vous la demandez : je n'y parle point des talents agréables, ils ne sont pas de l'état qu'elle va prendre, et il faut, ce me semble, qu'elle y renonce absolument, si elle veut être ignorée. Du reste, tout ce que je vous dis d'elle est vrai ; non, Monsieur, il n'y a point de mère qui ne fût comblée de l'avoir pour enfant. Mon premier soin, comme vous pouvez penser, a été de la mettre à couvert, et c'est une affaire faite. Je ne me résoudrai à la laisser aller que quand sa santé sera tout à fait rétablie, mais ce ne peut être avant un mois ou six semaines, comme j'ai eu l'honneur de vous dire ; encore faut-il qu'il ne survienne point d'accident. Elle garde le cachet de votre lettre, il est dans ses Heures [2] et sous son chevet [3]. Je n'ai osé lui dire que ce n'était pas le vôtre ; je l'avais brisé en ouvrant votre réponse et je l'avais remplacé par le mien : dans l'état fâcheux où elle était, je ne devais pas risquer de lui remettre votre lettre sans

---

1. Partie du bréviaire comportant les prières du jour.
2. Livre de prières contenant le texte des offices du jour selon les heures.
3. Traversin.

l'avoir lue. J'ose vous demander pour elle un mot qui la soutienne dans ses espérances ; ce sont les seules qu'elle ait, et je ne répondrais pas de sa vie, si elles venaient à lui manquer. Si vous aviez la bonté de me faire à part un petit détail de la maison où elle entrera, je m'en servirais pour la tranquilliser. Ne craignez rien pour vos lettres, elles vous seront toutes renvoyées aussi exactement que la première, et reposez-vous sur l'intérêt que j'ai moi-même à ne rien faire d'inconsidéré. Nous nous conformerons à tout, à moins que vous ne changiez vos dispositions. Adieu, Monsieur. La chère infortunée prie Dieu pour vous à tous les instants où sa tête le lui permet.

J'attends, Monsieur, votre réponse, toujours au Pavillon de Bourgogne, rue d'Anjou, à Versailles.

Ce 16 février 1760.

LETTRE OSTENSIBLE [1] DE MADAME MADIN,
TELLE QUE M. LE MARQUIS DE CROISMARE
L'AVAIT DEMANDÉE

Monsieur, la personne que je vous propose s'appellera Suzanne Simonin. Je l'aime comme si c'était mon enfant : cependant vous pouvez prendre à la lettre ce que je vais vous en dire, parce qu'il n'est pas dans mon caractère d'exagérer. Elle est orpheline de père et de mère ; elle est bien née, et son éducation n'a pas été négligée. Elle s'entend à tous les petits ouvrages qu'on apprend quand on est adroite et qu'on aime à s'occuper ; elle parle peu, mais assez bien, elle écrit naturellement. Si la personne à qui vous la destinez voulait se faire lire, elle lit à merveille. Elle n'est ni grande ni petite ; sa taille est fort bien ; pour sa physionomie, je n'en ai guère vu de plus intéressante. On la trouvera peut-être un peu jeune, car je lui crois à peine dix-sept ans accomplis, mais si l'expérience de l'âge lui manque, elle est remplacée de reste par celle du malheur. Elle a beaucoup de retenue et un jugement peu commun. Je réponds de l'innocence de ses mœurs. Elle est pieuse, mais point bigote. Elle a l'esprit naïf, une gaieté douce, jamais d'humeur. J'ai deux filles ; si des circonstances particulières n'empêchaient pas mademoiselle Simonin de se fixer à Paris, je ne leur chercherais pas d'autre

---

1. Faite pour être présentée, montrée.

gouvernante ; je n'espère pas rencontrer aussi bien. Je la connais depuis son enfance, et elle a toujours vécu sous mes yeux. Elle partira d'ici bien nippée. Je me chargerai des petits frais de son voyage, et même de ceux de son retour, s'il arrive qu'on me la renvoie : c'est la moindre chose que je puisse faire pour elle. Elle n'est jamais sortie de Paris, elle ne sait où elle va, elle se croit perdue, j'ai toute la peine du monde à la rassurer. Un mot de vous, Monsieur, sur la personne à laquelle elle doit appartenir, la maison qu'elle habitera et les devoirs qu'elle aura à remplir, fera plus sur son esprit que tous mes discours. Ne serait-ce point trop exiger de votre complaisance que de vous le demander ? Toute sa crainte est de ne pas réussir : la pauvre enfant ne se connaît guère.

J'ai l'honneur d'être avec tous les sentiments que vous méritez, Monsieur, votre très humble et très obéissante servante. – Signé, Moreau Madin.

À Paris, ce 16 février 1760.

Lettre de M. le marquis de Croismare à madame Madin

Madame, j'ai reçu, il y a deux jours, deux mots de lettre qui m'apprennent l'indisposition de Mlle Simonin. Son malheureux sort me fait gémir, sa santé m'inquiète. Puis-je vous demander la consolation d'être instruit de son état, du parti qu'elle compte prendre, en un mot la réponse à la lettre que je lui ai écrite ? J'ose espérer le tout de votre complaisance et de l'intérêt que vous y prenez.

Votre très humble et très obéissant, etc.

À Caen, ce 19 février 1760.

Autre lettre de M. le marquis de Croismare à madame Madin

J'étais, Madame, dans l'impatience, et heureusement votre lettre a suspendu mon inquiétude sur l'état de mad.^{lle} Simonin que vous m'assurez hors de danger, et à couvert des recherches. Je lui écris, et vous pouvez encore la rassurer sur la continuation de mes sentiments. Sa lettre m'avait frappé ;

et dans l'embarras où je l'ai vue, j'ai cru ne pouvoir mieux faire que de me l'attacher en la mettant auprès de ma fille qui malheureusement n'a plus de mère. Voilà, Madame, la maison que je lui destine. Je suis sûr de moi-même et de pouvoir lui adoucir ses peines sans manquer au secret, ce qui serait peut-être plus difficile en d'autres mains. Je ne pourrai m'empêcher de gémir et sur son état et sur ce que ma fortune ne me permettra pas d'en agir comme je le désirerais ; mais que faire quand on est soumis aux lois de la nécessité ? Je demeure à deux lieues de la ville dans une campagne assez agréable où je vis fort retiré avec ma fille et mon fils aîné qui est un garçon plein de sentiments et de religion, à qui cependant je laisserai ignorer ce qui peut la regarder. Pour les domestiques, ce sont gens attachés à moi depuis longtemps, de sorte que tout est dans un état fort tranquille et fort uni. J'ajouterai encore que ce parti que je lui propose ne sera que son pis-aller : si elle trouvait quelque chose de mieux, je n'entends point la contraindre par un engagement ; mais qu'elle soit certaine qu'elle trouvera toujours en moi une ressource assurée. Ainsi qu'elle rétablisse sa santé sans inquiétude ; je l'attendrai, et serai bien aise cependant d'avoir souvent de ses nouvelles.

J'ai l'honneur d'être, Madame, etc.

À Caen, ce 21 février 1760.

LETTRE DE M. LE MARQUIS DE CROISMARE
À SŒUR SUZANNE
(Sur l'enveloppe était une croix.)

Personne n'est, Mademoiselle, plus sensible que je le suis à l'état où vous vous trouvez. Je ne puis que m'intéresser de plus en plus à vous procurer quelque consolation dans le sort malheureux qui vous poursuit. Tranquillisez-vous, reprenez vos forces, et comptez toujours avec une entière confiance sur mes sentiments. Rien ne doit plus vous occuper que le rétablissement de votre santé et le soin de demeurer ignorée. S'il m'était possible de rendre votre sort plus doux, je le ferais ; mais votre situation me contraint, et je ne pourrai que gémir sur la dure nécessité. La personne à laquelle je vous destine m'est des plus chères, et c'est à moi principalement que vous aurez à répondre ; ainsi, autant qu'il me sera possible, j'aurai soin d'adoucir les petites peines inséparables de l'état que vous prenez. Vous me devrez votre confiance, je me reposerai entièrement sur vos soins ; cette assurance doit vous tranquilliser et vous prouver ma manière de penser et l'attachement sincère avec lequel je suis, Mademoiselle, votre, etc.

À Caen, ce 21 février 1760.

J'écris à madame Madin qui pourra vous en dire davantage.

LETTRE DE MADAME MADIN
À M. LE MARQUIS DE CROISMARE

Monsieur, la guérison de notre chère malade est assurée ; plus de fièvre, plus de mal de tête ; tout annonce la convalescence la plus prompte et la meilleure santé. Les lèvres sont encore un peu pâles, mais les yeux reprennent de l'éclat ; la couleur commence à reparaître sur les joues, les chairs ont de la fraîcheur et ne tarderont pas à reprendre leur fermeté ; tout va bien depuis qu'elle a l'esprit tranquille. C'est à présent, Monsieur, qu'elle sent le prix de votre bienveillance, et rien n'est plus touchant que la manière dont elle s'en exprime. Je voudrais bien pouvoir vous peindre ce qui se passa entre elle et moi, lorsque je lui portai vos dernières lettres. Elle les prit ; les mains lui tremblaient, elle respirait à peine en les lisant, à chaque ligne elle s'arrêtait ; et après avoir fini, elle me dit en se jetant à mon cou et en pleurant à chaudes larmes : « Eh bien, Maman Madin, Dieu ne m'a donc pas abandonnée, il veut donc enfin que je sois heureuse ! Oui, c'est Dieu qui m'a inspirée de m'adresser à ce cher monsieur ; quel autre au monde eût pris pitié de moi ? Remercions le ciel de ces premières grâces, afin qu'il nous en accorde d'autres... » Et puis elle s'assit sur son lit et elle se mit à prier ; ensuite revenant sur quelques endroits de vos lettres, elle dit : « C'est sa fille qu'il me confie ! Ah ! Maman, elle lui ressemblera, elle sera douce, bienfaisante et sensible comme lui... » Après s'être arrêtée, elle dit avec un peu de souci : « Elle n'a plus sa mère ! Je regrette de n'avoir pas l'expérience qu'il me faudrait, je ne sais rien, mais je ferai de mon mieux ; je me rappellerai le soir et le matin ce que je dois à son père ; il faut que la reconnaissance supplée à bien des choses. Serai-je encore longtemps malade ? Quand est-ce qu'on me permettra de manger ? Je ne me sens plus de ma chute, plus du tout. » Je vous fais ce petit détail, Monsieur, parce que j'espère qu'il vous plaira. Il y avait dans son discours et dans son action tant d'innocence et de zèle que j'en étais hors de moi. Je ne sais ce que je n'aurais pas donné pour que vous l'eussiez vue et entendue. Non, Monsieur, ou je ne me connais à rien, ou vous aurez une créature unique et qui fera la bénédiction de votre maison. Ce que vous avez eu la bonté de m'apprendre de vous, de mademoiselle votre fille, de monsieur votre fils, de votre situation, s'arrange parfaitement avec ses vœux. Elle persiste dans les premières propositions qu'elle vous a faites : elle ne demande que la nourriture et le vêtement, et vous pouvez la prendre au mot, si cela vous convient ; quoique je ne sois pas riche, le reste sera mon affaire. J'aime cette enfant, je l'ai adoptée dans mon cœur, et le peu que j'aurai fait pour elle de mon vivant lui sera continué après ma mort. Je ne vous dissimulerai pas que ces mots d'*être son pis-aller, et de la laisser libre d'accepter mieux, si l'occasion s'en présente*, lui ont fait de la peine ; je n'ai pas été fâchée de lui trouver cette délicatesse. Je ne négligerai pas de vous instruire des progrès de sa convalescence ; mais j'ai un grand projet dans lequel je ne désespérerais pas de réussir pendant qu'elle se rétablira, si vous pouviez m'adresser à un de vos amis, vous en devez avoir beaucoup ici. Il me faudrait un homme sage, discret, adroit, pas trop considérable, qui approchât, par lui ou par ses amis, de quelques Grands que je lui nommerais, et qui eût accès à la Cour sans en être. De la manière dont la chose est arrangée dans mon esprit, il ne serait pas mis dans la confidence, il nous servirait sans savoir en quoi : quand ma tentative serait infructueuse, nous en tirerions au moins l'avantage de persuader qu'elle est en pays étranger. Si vous pouvez m'adresser à quelqu'un, je vous prie de me le nommer et de me dire sa demeure, et ensuite de lui écrire que madame Madin, que vous connaissez depuis longtemps, doit venir lui demander un service, et que vous le priez de s'intéresser à elle, si la chose est faisable. Si vous n'avez personne, il faut s'en consoler ; mais voyez, Monsieur. Au reste, je vous prie de compter sur l'intérêt que je prends à notre infortunée et sur quelque prudence que je tiens de l'expérience. La joie que votre dernière lettre lui a causée lui a donné un petit mouvement dans le pouls, mais ce ne sera rien.

J'ai l'honneur d'être avec les sentiments les plus respectueux, Monsieur, votre, etc. – Signé, Moreau Madin.

À Paris, ce 3 mars 1760.

L'idée de madame Madin de se faire adresser à un des amis du généreux protecteur, était une suggestion de Satan au moyen de laquelle ses suppôts espéraient inspirer adroitement à leur ami de Normandie de s'adresser à moi et à me mettre dans la confidence de toute cette affaire ; ce qui réussit parfaitement, comme vous verrez par la suite de cette correspondance.

Lettre de sœur Suzanne
à M. le marquis de Croismare

Monsieur, Maman Madin m'a remis les deux réponses dont vous m'avez honorée, et m'a fait part aussi de la lettre que vous lui avez écrite. J'accepte, j'accepte : c'est cent fois mieux que je ne mérite, oui, cent fois, mille fois mieux. J'ai si peu de monde [1], si peu d'expérience, et je sens si bien tout ce qu'il me faudrait pour répondre dignement à votre confiance ; mais j'espère tout de votre indulgence, de mon zèle et de ma reconnaissance. Ma place me fera, et Maman Madin dit que cela vaut mieux que si j'étais faite à ma place. Mon Dieu, que je suis pressée d'être guérie, d'aller me jeter aux pieds de mon bienfaiteur, et de le servir auprès de sa chère fille en tout ce qui dépendra de moi ! On me dit que ce ne sera guère avant un mois ; un mois ! c'est bien du temps. Mon cher Monsieur, conservez-moi votre bienveillance. Je ne me sens pas de joie, mais ils ne veulent pas que j'écrive, ils m'empêchent de lire, ils me tiennent, ils me noient de tisane, ils me font mourir de faim, et tout cela pour

---

1. J'ai si peu l'habitude du monde : Suzanne veut dire qu'elle n'est pas, en tant que religieuse, au fait des codes sociaux de la vie séculière.

mon bien. Dieu soit loué ! C'est pourtant bien malgré moi que je leur obéis.

Je suis avec un cœur reconnaissant, Monsieur, votre très humble et très soumise servante. – Signé, Suzanne Simonin [1].

À Paris, ce 3 mars 1760.

LETTRE DE M. LE MARQUIS
DE CROISMARE À MADAME MADIN

Quelques incommodités que je ressens depuis plusieurs jours m'ont empêché, Madame, de vous faire réponse plus tôt, et de vous marquer le plaisir que j'ai d'apprendre la convalescence de mademoiselle Simonin. J'ose espérer qu'incessamment vous aurez la bonté de m'instruire de son parfait rétablissement que je souhaite avec ardeur. Mais je suis mortifié de ne pouvoir contribuer à l'exécution du projet que vous méditez en sa faveur ; sans le connaître, je ne puis le trouver que très bon par la prudence dont vous êtes capable et par l'intérêt que vous y prenez. Je n'ai été que très peu répandu à Paris, et parmi un petit nombre de personnes aussi peu répandues que moi ; et les connaissances telles que vous les désireriez ne sont pas faciles à trouver. Continuez, je vous supplie, à me donner des nouvelles de mad.^lle Simonin dont les intérêts me seront toujours chers. J'ai l'honneur d'être, etc.

Ce 13 mars 1760.

RÉPONSE DE MADAME MADIN
À M. LE MARQUIS DE CROISMARE

Monsieur, j'ai fait une faute peut-être de ne me pas expliquer sur le projet que j'avais, mais j'étais si pressée d'aller en avant ! Voici donc ce qui m'avait passé par la tête. D'abord il faut que vous sachiez que le cardinal de *** protégeait la famille. Ils perdirent tous beaucoup à sa mort, surtout ma Suzanne, qui lui avait été présentée dans sa première jeunesse. Le vieux cardinal aimait les jolis enfants : les grâces de celle-ci l'avaient frappé, et il s'était chargé de son sort ;

---

1. Diderot a corrigé ici « Saulier » en « Simonin » : le choix du patronyme de l'héroïne semble avoir beaucoup flotté.

mais quand il ne fut plus, on disposa d'elle comme vous savez, et les protecteurs crurent s'acquitter envers la cadette en mariant les aînées. J'avais donc pensé que si l'on avait eu quelque accès auprès de madame la marquise de T***[1] qu'on dit sinon compatissante, du moins fort active (mais qu'importe par qui le bien se fasse), qui s'est mise en quatre dans le procès de mon enfant, et qu'on lui eût peint la triste situation d'une jeune personne exposée à toutes les suites de la misère, dans un pays étranger et lointain, nous eussions pu arracher par ce moyen une petite pension aux deux beaux-frères qui ont emporté tout le bien de la maison, et qui ne songent guère à nous secourir. En vérité, Monsieur, cela vaut bien la peine que nous revenions tous les deux là-dessus ; voyez, avec cette petite pension, ce que je viens de lui assurer, et ce qu'elle tiendrait de vos bontés, elle serait bien pour le présent, point mal pour l'avenir, et je la verrais partir avec moins de regret. Mais je ne connais madame la marquise de T***, ni le secrétaire du défunt cardinal qu'on dit homme de lettres, ni personne qui l'approche, et ce fut l'enfant qui me suggéra de m'adresser à vous. Au reste, je ne saurais vous dire que sa convalescence aille comme je le désirerais. Elle s'était blessée au-dessus des reins, comme je crois vous l'avoir dit ; la douleur de cette chute qui s'était dissipée s'est fait ressentir ; c'est un point qui revient et qui se passe. Il est accompagné d'un léger frisson en dedans, mais au pouls il n'y a pas la moindre fièvre : le médecin hoche de la tête et n'a pas un air qui me plaise. Elle ira dimanche prochain à la messe, elle le veut, et je viens de lui envoyer une grande capote qui l'enveloppera jusqu'au bout du nez, et sous laquelle elle pourra, je crois, passer une demi-heure sans péril dans une petite église borgne du quartier. Elle soupire après le moment de son départ, et je suis sûre qu'elle ne demandera rien à Dieu avec plus de ferveur que d'achever sa guérison et de lui conserver les bontés de son bienfaiteur. Si elle se trouvait en état de partir entre Pâques et Quasimodo, je ne manquerais pas de vous en prévenir. Au reste, Monsieur, son absence ne m'empêcherait pas d'agir, si je découvrais parmi mes connaissances quelqu'un qui pût quelque

---

1. La marquise de Tencin. Diderot avait d'abord songé à désigner le cardinal de Fleury (alors décédé) et sa parente, la marquise de Castries,

chose auprès de madame de T*** et du médecin A*** [1] qui a beaucoup d'autorité sur son esprit.

Je suis avec une reconnaissance sans bornes pour elle et pour moi, Monsieur, votre très humble, etc.

Signé, Moreau Madin.

À Versailles, ce 25 mars 1760.

P.-S. Je lui ai défendu de vous écrire, de crainte de vous importuner ; il n'y a que cette considération qui puisse la retenir.

RÉPONSE DE M. LE MARQUIS DE CROISMARE À MADAME MADIN

Madame, votre projet pour mademoiselle Simonin paraît très louable et me plaît d'autant plus que je souhaiterais ardemment de la voir, dans son infortune, assurée d'un état un peu passable. Je ne désespère pas de trouver quelque ami qui puisse agir auprès de madame de T***, ou du médecin A***, ou du secrétaire du feu cardinal, mais cela demande du temps et des précautions, tant pour éviter d'éventer le secret, que pour m'assurer de la discrétion des personnes auxquelles je pense que je pourrais m'adresser. Je ne perdrai point cela de vue. En attendant, si mademoiselle Simonin persiste dans ses mêmes sentiments, et si sa santé est assez rétablie, rien ne doit l'empêcher de partir ; elle me trouvera toujours dans les mêmes dispositions que je lui ai marquées et dans le même zèle à lui adoucir, s'il se peut, l'amertume de son sort. La situation de mes affaires et les malheurs du temps m'obligent de me tenir fort retiré à la campagne avec mes enfants pour raison d'économie ; ainsi nous y vivons avec beaucoup de simplicité. C'est pourquoi mademoiselle Simonin pourra se dispenser de faire de la dépense en habillements ni si propres ni si chers ; le commun peut suffire en ce pays. C'est dans cette campagne et dans cet état uni et

---

comme protecteurs imaginaires de Suzanne, mais il a opté finalement pour l'influent « clan » des Tencin.

1. Astruc, ami de la marquise de Tencin. Les Tencin sont morts depuis longtemps en 1760 : choisir ces clefs après 1780, c'est manifester la liberté de la fiction à l'égard du réel.

simple qu'elle me trouvera, et où je souhaite qu'elle puisse goûter quelque douceur et quelque agrément, malgré les précautions gênantes que je serai obligé d'observer à son égard. Vous aurez la bonté, Madame, de m'instruire de son départ, et de peur qu'elle n'eût égaré l'adresse que je lui avais envoyée, c'est chez M. Gassion vis-à-vis la place Royale, à Caen. Cependant si je suis instruit à temps du jour de son arrivée, elle trouvera quelqu'un pour la conduire ici sans s'arrêter.

J'ai l'honneur d'être, Madame, votre très humble, etc.

Ce 31 mars 1760.

LETTRE DE MADAME MADIN
À M. LE MARQUIS DE CROISMARE

Si elle persiste dans ses sentiments, Monsieur ! En pouvez-vous douter ? Qu'a-t-elle de mieux à faire que d'aller passer des jours heureux et tranquilles auprès d'un homme de bien et dans une famille honnête ? N'est-elle pas trop heureuse que vous vous soyez ressouvenu d'elle ? et où donnerait-elle de la tête si l'asile que vous avez eu la générosité de lui offrir venait à lui manquer ? C'est elle-même, Monsieur, qui parle ainsi, et je ne fais que vous répéter ses discours. Elle voulut encore aller à la messe le jour de Pâques ; c'était bien contre mon avis, et cela lui réussit fort mal : elle en revint avec de la fièvre, et depuis ce malheureux jour elle ne s'est pas bien portée. Monsieur, je ne vous l'enverrai point qu'elle ne soit en bonne santé. Elle sent à présent de la chaleur au-dessus des reins, à l'endroit où elle s'est blessée dans sa chute ; je viens d'y regarder, et je n'y vois rien du tout : mais son médecin me dit avant-hier, comme nous en descendions ensemble, qu'il craignait qu'il n'y eût un commencement de pulsation [1], qu'il fallait attendre ce que cela deviendrait. Cependant elle ne manque point d'appétit, elle dort, l'embonpoint se soutient ; je lui trouve seulement par intervalles un peu plus de couleur aux joues et plus de vivacité dans les yeux qu'elle n'en a naturellement. Et puis ce sont des impatiences qui me

---

1. Terme de médecine que Jaucourt définit, dans l'*Encyclopédie*, comme une violente agitation des battements du cœur qui peut être un symptôme d'inflammation.

désespèrent. Elle se lève, elle essaie de marcher, mais pour peu qu'elle penche du côté malade, c'est un cri aigu à percer le cœur. Malgré cela j'espère, et j'ai profité du temps pour arranger son petit trousseau.

C'est une robe de calmande [1] d'Angleterre, qu'elle pourra porter simple jusqu'à la fin des chaleurs, et qu'elle doublera pour son hiver, avec une autre de coton bleu qu'elle porte actuellement.

Quinze chemises garnies de maris, les uns en batiste, les autres en mousseline. Vers la mi-juin, je lui enverrai de quoi en faire six autres d'une pièce de toile qu'on me blanchit à Senlis.

Plusieurs jupons blancs, dont deux de moi, de basin [2], garnis en mousseline.

Deux justes [3] pareils, que j'avais fait faire pour la plus jeune de mes filles, et qui se sont trouvés lui aller à merveille. Cela lui fera des habillements de toilette pour l'été.

Quelques corsets, tabliers et mouchoirs de cou.

Deux douzaines de mouchoirs de poche.

Plusieurs cornettes de nuit.

Six dormeuses [4] de jour festonnées, avec huit paires de manchettes à un rang, et trois à deux rangs.

Six paires de bas de coton fins. C'est tout ce que j'ai pu faire de mieux. Je lui portai cela le lendemain des Fêtes, et je ne saurais vous dire avec quelle sensibilité elle le reçut. Elle regardait une chose, en essayait une autre, me prenait les mains et me les baisait. Mais elle ne put jamais retenir ses larmes quand elle vit les justes de ma fille. – Eh ! lui dis-je, de quoi pleurez-vous ? Est-ce que vous ne l'avez pas toujours été ? « Il est vrai, me répondit-elle... » puis elle ajouta : « À présent que j'espère être heureuse, il me semble que j'aurais de la peine à mourir. Maman, est-ce que cette chaleur des côtés ne se dissipera point ? Si l'on y mettait quelque chose ?... » – Je suis charmée, Monsieur, que vous ne désapprouviez point mon projet, et que vous voyiez jour à le faire réussir. J'abandonne tout à votre prudence ; mais je crois

---

1. Une étoffe de laine lustrée.
2. Une étoffe de coton. Noter que l'article « Basin » de l'*Encyclopédie* est dû à Diderot.
3. Corsage de paysanne à manches, très ajusté et échancré.
4. Coiffes.

devoir vous avertir que madame la marquise de T*** part pour la campagne, que M. A*** est inaccessible et revêche, que le secrétaire, tout fier du titre d'académicien qu'il a obtenu après vingt ans de sollicitations, s'en retourne en Bretagne, et que dans trois ou quatre mois d'ici nous serons oubliés : tout passe si vite d'intérêt dans ce pays ! on ne parle déjà plus guère de nous, bientôt on n'en parlera plus du tout. Ne craignez pas qu'elle égare l'adresse que vous lui avez envoyée. Elle n'ouvre pas une fois ses Heures sans la regarder ; elle oublierait plutôt son nom de Simonin que celui de M. Gassion. Je lui demandai si elle ne voulait pas vous écrire ; elle me dit qu'elle vous avait commencé une longue lettre qui contiendrait tout ce qu'elle ne pourrait guère se dispenser de vous dire, si Dieu lui faisait la grâce de guérir et de vous voir, mais qu'elle avait le pressentiment qu'elle ne vous verrait jamais. « Cela dure trop, Maman, ajouta-t-elle ; je ne profiterai ni de vos bontés ni des siennes : ou Monsieur le marquis changera de sentiments, ou je n'en reviendrai pas. » – Quelle folie ! lui dis-je. Savez-vous bien que si vous vous entretenez dans ces idées tristes, ce que vous craignez vous arrivera ? – Elle dit : « Que la volonté de Dieu soit faite »... – Je la priai de me montrer ce qu'elle avait écrit ; j'en fus effrayée : c'est un volume, c'est un gros volume [1]. Voilà, lui dis-je en colère, ce qui vous tue. – Elle me répondit : « Que voulez-vous que je fasse ? Ou je m'afflige, ou je m'ennuie. » – Et quand avez-vous pu griffonner tout cela ? – « Un peu dans un temps, un peu dans un autre. Que je vive ou que je meure, je veux qu'on sache tout ce que j'ai souffert »... – Je lui ai défendu de continuer ; son médecin en a fait autant. Je vous prie, Monsieur, de joindre votre autorité à mes prières, elle vous regarde comme son cher maître, et il est sûr qu'elle vous obéira. Cependant comme je conçois que les heures sont bien longues pour elle et qu'il faut qu'elle s'occupe, ne fût-ce que pour l'empêcher d'écrire davantage, de rêver et de se chagriner, je lui ai fait porter un tambour, et je lui ai proposé de commencer une veste pour vous. Cela lui a plu extrêmement, et elle s'est mise tout de suite à l'ouvrage. Dieu veuille qu'elle n'ait pas le temps de l'achever

---

1. Ajout des corrections de 1780-1782 : le roman se désigne lui-même.

ici ! Un mot, s'il vous plaît, qui lui défende d'écrire et de trop travailler. J'avais résolu de retourner ce soir à Versailles ; mais j'ai de l'inquiétude : ce commencement de pulsation me chiffonne, et je veux être demain auprès d'elle, lorsque son médecin reviendra. J'ai malheureusement quelque foi aux pressentiments des malades ; ils se sentent. Quand je perdis M. Madin [1], tous les médecins m'assuraient qu'il en reviendrait ; il disait, lui, qu'il n'en reviendrait pas, et le pauvre homme ne disait que trop vrai. Je resterai, et j'aurai l'honneur de vous écrire. S'il fallait que je la perdisse, je crois que je ne m'en consolerais jamais. Vous seriez trop heureux, vous, Monsieur, de ne l'avoir point vue. C'est à présent que les misérables qui l'ont déterminée à s'enfuir sentent la perte qu'elles ont faite, mais il est trop tard.

J'ai l'honneur d'être avec des sentiments de respect et de reconnaissance pour elle et pour moi, Monsieur, votre très humble, etc. – Signé, Moreau Madin.

À Paris, ce 13 avril 1760.

Réponse de M. le marquis de Croismare à madame Madin

Je partage, Madame, avec une vraie sensibilité votre inquiétude sur la maladie de Mad.^{lle} Simonin. Son état infortuné m'avait toujours infiniment touché, mais le détail que vous avez eu la bonté de me faire de ses qualités et de ses sentiments me prévient tellement en sa faveur qu'il me serait impossible de n'y pas prendre le plus vif intérêt. Ainsi, loin que je puisse changer de sentiment à son égard, chargez-vous, je vous prie, de lui répéter ceux que je vous ai marqués par mes lettres et qui ne souffriront aucune altération. J'ai cru qu'il était prudent de ne lui point écrire, afin de lui ôter toute occasion de faire une réponse. Il n'est pas douteux que tout genre d'occupation lui est préjudiciable dans son état d'infirmité, et si j'avais quelque pouvoir sur elle, je m'en servirais pour le lui interdire. Je ne puis mieux m'adresser qu'à vous-même, Madame, pour lui faire connaître ce que je pense à cet égard. Ce n'est pas que je ne fusse charmé de recevoir de ses nouvelles par elle-même,

---

1. La vraie madame Madin était séparée de son époux depuis 1758.

mais je ne pourrais approuver en elle une action de pure bienséance qui pût contribuer au retardement de sa guérison.
L'intérêt que vous y prenez, Madame, me dispense de vous
prier encore une fois sur ce point. Soyez toujours persuadée de
ma sincère affection pour elle, et de l'estime particulière et de
la considération véritable avec laquelle j'ai l'honneur d'être,
Madame, votre très humble, etc.

Ce 25 avril 1760.

Incessamment j'écrirai à un de mes amis à qui vous pourrez vous adresser pour madame de T***. Il se nomme
M. G*** [1] secrétaire des commandements de M. le duc
d'Orléans, et demeure rue Neuve-de-Luxembourg, près la
rue Saint-Honoré, à Paris. Je lui donnerai avis que vous
prendrez la peine de passer chez lui, et lui marquerai que je
vous ai d'extrêmes obligations, et que je ne désire rien tant
que de vous en marquer ma reconnaissance. Il ne dîne pas
ordinairement chez lui.

LETTRE DE MADAME MADIN
À M. LE MARQUIS DE CROISMARE

Monsieur, combien j'ai souffert depuis que je n'ai eu l'honneur de vous écrire ! Je n'ai jamais pu prendre sur moi de
vous faire part de ma peine, et j'espère que vous me saurez
gré de n'avoir pas mis votre âme sensible à une épreuve aussi
cruelle. Vous savez combien elle m'était chère. Imaginez,
Monsieur, que je l'aurai vue près de quinze jours de suite
pencher vers sa fin, au milieu des douleurs les plus aiguës.
Enfin Dieu a pris, je crois, pitié d'elle et de moi. La pauvre
malheureuse est encore, mais ce ne peut être pour longtemps.
Ses forces sont épuisées, à la vérité, ses douleurs sont tom-
bées, mais le médecin dit que c'est tant pis ; elle ne parle
presque plus, ses yeux ont peine à s'ouvrir : il ne lui reste
que sa patience qui ne l'a point abandonnée. Si celle-là n'est
pas sauvée, que deviendrons-nous ? L'espoir que j'avais de sa
guérison a disparu tout à coup. Il s'était formé un abcès au
côté, qui faisait un progrès sourd depuis sa chute ; elle n'a
pas voulu souffrir qu'on l'ouvrît à temps, et quand elle a pu

---

1. Grimm lui-même.

s'y résoudre, il était trop tard. Elle sent arriver son dernier moment, elle m'éloigne et je vous avoue que je ne suis pas en état de soutenir ce spectacle. Elle fut administrée hier entre dix et onze heures du soir ; ce fut elle qui le demanda. Après cette triste cérémonie, je restai seule à côté de son lit. Elle m'entendit soupirer, elle chercha ma main, je la lui donnai, elle la prit, la porta contre ses lèvres, et m'attirant vers elle, elle me dit si bas que j'avais peine à l'entendre : « Maman, encore une grâce. » – Laquelle, mon enfant ? – « Me bénir et vous en aller »… Elle ajouta : « Monsieur le marquis… Ne manquez pas de le remercier »… – Ces paroles auront été ses dernières. J'ai donné des ordres et je me suis retirée chez une amie où j'attends de moment en moment. Il est une heure après minuit. Peut-être avons-nous à présent une amie au Ciel.

Je suis avec respect, Monsieur, votre très humble, etc.
– Signé, Moreau Madin.

La lettre précédente est du 7 mai, mais elle n'était point datée.

LETTRE DE MADAME MADIN
À M. LE MARQUIS DE CROISMARE

La chère enfant n'est plus, ses peines sont finies, et les nôtres ont peut-être encore longtemps à durer. Elle a passé de ce monde dans celui où nous sommes tous attendus, mercredi dernier, entre trois et quatre heures du matin. Comme sa vie avait été innocente, ses derniers moments ont été tranquilles, malgré tout ce qu'on a fait pour les troubler. Permettez que je vous remercie du tendre intérêt que vous avez pris à son sort ; c'est le seul devoir qui me reste à lui rendre. Voilà toutes les lettres dont vous nous avez honorées [1] ; j'avais gardé les unes et j'ai trouvé les autres parmi des papiers qu'elle m'a remis quelques jours avant sa mort : c'est, à ce qu'elle m'a dit, l'histoire de sa vie chez ses parents et dans les trois maisons religieuses où elle a demeuré, et ce qui s'est passé après sa sortie. Il n'y a pas d'apparence que je les lise

---

1. Puisqu'elle s'était engagée à renvoyer au marquis toutes ses lettres, on en déduit que les « conspirateurs » en ont systématiquement fait faire copie auparavant : le « complot » était bien organisé…

sitôt ; je ne saurais rien voir de ce qui lui appartenait, rien même de ce que mon amitié lui avait destiné, sans ressentir une douleur profonde.

Si je suis jamais assez heureuse, Monsieur, pour vous être utile, je serai très flattée de votre souvenir. Je suis avec les sentiments de respect et de reconnaissance qu'on doit aux hommes miséricordieux et bienfaisants, Monsieur, votre, etc.

Signé, Moreau Madin.

Ce 10 mai 1760.

LETTRE DE M. LE MARQUIS DE CROISMARE À MADAME MADIN

Je sais, Madame, ce qu'il en coûte à un cœur sensible et bienfaisant de perdre l'objet de son attachement, et l'heureuse occasion de lui dispenser des faveurs si dignement acquises et par l'infortune et par les aimables qualités, telles qu'ont été celles de la chère demoiselle qui cause aujourd'hui vos regrets. Je les partage, Madame, avec la plus tendre sensibilité. Vous l'avez connue, et c'est ce qui vous rend sa séparation si difficile à supporter. Sans avoir eu cet avantage, ses malheurs m'avaient vivement touché, et je goûtais par avance le plaisir de pouvoir contribuer à la tranquillité de ses jours ; si le ciel en a ordonné autrement et voulu me priver de cette satisfaction tant désirée, je dois l'en bénir, mais je ne puis y être insensible. Vous avez du moins la consolation d'en avoir agi à son égard avec les sentiments les plus nobles et la conduite la plus généreuse ; je les ai admirés, et mon ambition eût été de vous imiter. Il ne me reste plus que le désir ardent d'avoir l'honneur de vous connaître[1] et de vous exprimer de vive voix combien j'ai été enchanté de votre grandeur d'âme, et avec quelle considération respectueuse j'ai l'honneur d'être, Madame, votre très humble, etc.

Ce 18 mai 1760.

Tout ce qui a rapport à la mémoire de notre infortunée m'est devenu extrêmement cher. Ne serait-ce point exiger de

---

1. Croismare rencontra en effet la véritable madame Madin chez madame d'Épinay en 1768 (voir *supra*, p. 202).

vous un trop grand sacrifice que celui de me communiquer les mémoires et les notes qu'elle a faits de ses différents malheurs ? Je vous demande cette grâce, Madame, avec d'autant plus de confiance que vous m'aviez annoncé que je pouvais y avoir quelque droit. Je serai fidèle à vous les renvoyer ainsi que toutes vos lettres, par la première occasion, si vous le jugez à propos. Vous auriez la bonté de me les adresser par le carrosse de voiture de Caen qui loge au Grand Cerf, rue Saint-Denis, à Paris, et part tous les lundis.

Ainsi finit l'histoire de l'aimable et infortunée sœur Suzanne Saulier (dite Simonin dans son histoire et dans cette correspondance). Il est bien triste que les mémoires de sa vie n'aient pas été mis au net ; ils auraient formé une lecture intéressante. Après tout, M. le marquis de Croismare doit savoir gré à la perfidie de ses amis de lui avoir fourni l'occasion de secourir l'infortune avec une noblesse, un intérêt, une simplicité vraiment dignes de lui : le rôle qu'il joue dans cette correspondance n'est pas le moins touchant du roman.

On nous blâmera peut-être d'avoir inhumainement hâté la fin de sœur Suzanne ; mais ce parti était devenu nécessaire à cause des avis que nous reçûmes du château de Lasson qu'on y meublait un appartement pour recevoir Mademoiselle de Croismare que son père allait retirer du couvent où elle avait été depuis la mort de sa mère. Ces avis ajoutaient qu'on attendait de Paris une femme de chambre qui devait en même temps jouer le rôle de gouvernante auprès de la jeune personne, et que M. de Croismare s'occupait à pourvoir d'ailleurs la bonne qui avait été jusqu'alors auprès de sa fille. Ces avis ne nous laissèrent pas le choix sur le parti qui nous restait à prendre ; et ni la jeunesse, ni la beauté, ni l'innocence de sœur Suzanne, ni son âme douce, sensible et tendre, capable de toucher les cœurs les moins enclins à la compassion, ne purent la sauver d'une mort inévitable. Mais comme nous avions tous pris les sentiments de madame Madin pour cette intéressante créature, les regrets que nous causa sa mort ne furent guère moins vifs que ceux de son respectable protecteur [1].

S'il se trouve quelques contradictions légères entre ce récit et les mémoires, c'est que la plupart des lettres sont postérieures au roman ; et l'on conviendra que s'il y eut jamais une préface utile, c'est celle qu'on vient de lire, et que c'est peut-être la seule dont il fallait renvoyer la lecture à la fin de l'ouvrage.

QUESTION AUX GENS DE LETTRES

M. Diderot, après avoir passé des matinées à composer des lettres bien écrites, bien pensées, bien pathétiques, bien romanesques, employait des journées à les gâter, en supprimant, sur les conseils de sa femme et de ses associés en scélératesse, tout ce qu'elles avaient de saillant, d'exagéré, de contraire à l'extrême simplicité et à la dernière vraisemblance ; en sorte que si l'on eût ramassé dans la rue les premières, on eût dit : Cela est beau, fort beau..., et que si l'on eût ramassé les dernières, on eût dit : Cela est bien vrai... Quelles sont les bonnes ? Sont-ce celles qui auraient peut-être obtenu l'admiration ? ou celles qui devaient certainement produire l'illusion ?

---

1. Avant les corrections de Diderot, le texte s'arrêtait là.

APPENDICE

LE TEXTE DE LA *CORRESPONDANCE LITTÉRAIRE* DE 1770
SUPPRIMÉ DE LA VERSION DÉFINITIVE DE LA PRÉFACE
PAR DIDEROT

La *Religieuse* de M. de La Harpe[1] a réveillé ma
conscience endormie depuis dix ans, en me rappelant un
horrible complot dont j'ai été l'âme, de concert avec
M. Diderot, et deux ou trois autres bandits de cette
trempe de nos amis intimes. Ce n'est pas trop tôt de s'en
confesser, et de tâcher, en ce saint temps de carême, d'en
obtenir la rémission avec mes autres péchés, et de noyer
le tout dans le puits perdu des miséricordes divines.

L'année 1760 est marquée dans les fastes des badauds
en Parisis, par la réputation soudaine et éclatante de
Ramponeau, et par la comédie des *Philosophes*, jouée en
vertu d'ordres supérieurs sur le théâtre de la Comédie-
Française[2]. Il ne reste aujourd'hui de toute cette entreprise qu'un souvenir plein de mépris pour l'auteur de

---

1. En 1770, La Harpe fit passer aux Comédiens français un drame,
Mélanie, ou la Religieuse, qui mettait en scène une religieuse malgré
elle. La pièce ne fut pas jouée, mais La Harpe la fit imprimer et la lut
dans plusieurs cercles.
2. Cette comédie, jouée au Théâtre-Français, ridiculisait la coterie
des encyclopédistes, en particulier Diderot, Helvétius, et Rousseau lui-
même. L'auteur était soutenu par une partie de la Cour. La pièce fit
très grand bruit, ouvrant sur ce qu'il est convenu d'appeler « la querelle
des *Philosophes* ».

cette belle rhapsodie, appelé *Palissot*, qu'aucun de ses
protecteurs ne s'est soucié de partager ; les plus grands
personnages, en favorisant en secret son entreprise, se
croyaient obligés de s'en défendre en public, comme
d'une tache de déshonneur. Tandis que ce scandale occupait tout Paris, M. Diderot, que ce polisson d'Aristophane français avait choisi pour son Socrate [1], fut le seul
qui ne s'en occupait pas. Mais quelle était notre occupation ! Plût à Dieu qu'elle eût été innocente ! L'amitié la
plus tendre nous attachait depuis longtemps à M. le marquis de Croismare, ancien officier du régiment du Roi,
retiré du service, et un des hommes les plus aimables de
ce pays-ci. Il est à peu près de l'âge de M. de Voltaire ;
et il conserve comme cet homme immortel la jeunesse de
l'esprit avec une grâce, une légèreté et des agréments dont
le piquant ne s'est jamais émoussé pour moi. On peut
dire qu'il est un de ces hommes aimables dont la tournure
et le moule ne se trouvent qu'en France, quoique l'amabi-
lité ainsi que la maussaderie soient de tous les pays de la
terre. Il ne s'agit pas ici des qualités du cœur, de l'élévation des sentiments, de la probité la plus stricte et la plus
délicate, qui rendent M. de Croismare aussi respectable
pour ses amis qu'il leur est cher ; il n'est question que de
son esprit. Une imagination vive et riante, un tour de tête
original, des opinions qui ne sont arrêtées qu'à un certain
point, et qu'il adopte ou qu'il proscrit alternativement,
de la verve toujours modérée par la grâce, une activité
d'âme incroyable, qui, combinée avec une vie oisive et
avec la multiplicité des ressources de Paris, le porte aux
occupations les plus diverses et les plus disparates, lui fait
créer des besoins que personne n'a jamais imaginés avant
lui, et des moyens tout aussi étranges pour les satisfaire,
et par conséquent une infinité de jouissances qui se succèdent les unes aux autres : voilà une partie des éléments

---

1. *Les Philosophes* fut comparé, dans le cours de la polémique, aux
Nuées d'Aristophane, qui se moquait de Socrate, figure par excellence
du sage auquel Diderot s'identifiait volontiers.

qui constituent l'être de M. de Croismare, appelé par ses amis le charmant marquis par excellence, comme l'abbé Galiani [1] était pour eux le charmant abbé. M. Diderot, comparant sa bonhomie au tour piquant du marquis de Croismare, lui dit quelquefois : *Votre plaisanterie est comme la flamme de l'esprit-de-vin, douce et légère, qui se promène partout sur ma toison, mais sans jamais la brûler.*

---

1. Ami proche de Grimm et de Diderot, que ses thèses économiques intéressèrent beaucoup. Il fut un des familiers du cercle de madame d'Épinay.

D O S S I E R

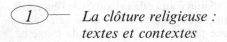

1 — *La clôture religieuse : textes et contextes*

LA QUESTION DES VŒUX

LA CONDITION MONACALE : US ET ABUS

La question des vœux et de leur éventuelle résiliation charge le roman de Diderot d'une interrogation sur la condition monacale qui intéresse le philosophe des Lumières, pour autant qu'il se propose de dénoncer les « abus » et de réfléchir à un ordre social plus juste et plus conforme au droit de l'individu au bonheur. Nous donnons ici la fin de l'article « Vœux de religion » de l'*Encyclopédie*, qui illustre cet intérêt et fait le point sur les réalités juridiques de l'appel en annulation.

> Les *vœux* du moins solennels ne furent introduits que pour fixer l'inconstance trop fréquente de ceux qui, s'étant engagés trop légèrement dans l'état monastique, le quittaient de même : ce qui causait un scandale dans l'Église, et troublait la tranquillité des familles.
>
> Érasme a cru les *vœux* solennels de religion ne furent introduits que sous le pontificat de Boniface VIII dans le XII\u1d49 siècle.
>
> D'autres prétendent que dès le temps du concile de Chalcédoine tenu en 451, il fallait se vouer à Dieu sans retour.
>
> D'autres au contraire soutiennent qu'avant Boniface VIII on ne faisait que des *vœux* simples, qui obligeaient bien quant à la conscience, mais que l'on en pouvait dispenser.
>
> Ce qui est de certain, c'est qu'alors l'émission des *vœux* n'emportait point mort civile, et que le religieux en rentrant dans le siècle, rentrait aussi dans tous ses droits.

Mais depuis longtemps les *vœux de religion* sont indissolubles, à moins que le religieux n'ait réclamé contre ses *vœux*, et qu'il ne soit restitué.

Anciennement il fallait réclamer dans l'année de l'émission des *vœux* ; mais le concile de Trente a fixé le délai à cinq ans ; les conciles de France postérieurs, l'assemblée du clergé de 1573, et les ordonnances de 1629, 1657 et 1666 y sont conformes ; et telle est la jurisprudence des parlements.

Les moyens de restitution sont 1° le défaut de l'âge requis par les saints décrets et par les ordonnances, 2° le défaut de noviciat en tout ou en partie, 3° le défaut de liberté.

Ce n'est point devant le pape que l'on doit se pourvoir pour la réclamation, et il n'est pas même besoin d'un rescrit de cour de Rome pour réclamer [1].

Ce n'est pas non plus devant le supérieur régulier que l'on doit se pourvoir, mais devant l'official du diocèse, par demande en nullité des *vœux*, ou bien au parlement par la voie de l'appel comme d'abus, s'il y a lieu.

« Vœux de religion », *Encyclopédie*, 1765 [2].

Dans la perspective anticléricale des Lumières françaises, dont Voltaire est l'exemplaire représentant, les ordres monastiques et l'institution conventuelle sont contraires à la promotion des valeurs « philosophiques » de l'utilité sociale et de la bienfaisance, exception faite des congrégations dévouées aux pauvres et aux malades. Hors ces cadres de la charité « utile », moines et moniales apparaissent comme autant de parasites qui vivent aux dépens de la société. Le texte qui suit, extrait de l'*Essai sur les mœurs* de Voltaire, concentre les thèmes du militantisme éclairé : la clôture religieuse, en particulier féminine, est néfaste parce qu'elle crée des bouches inutiles,

---

1. L'article « Vœu de chasteté » précise néanmoins que « lorsque l'on a fait vœu de chasteté perpétuelle, il n'y a que le pape qui puisse en dispenser, quand même le vœu serait simple » (*Encyclopédie*, Paris, 1765, vol. 17, p. 411).

2. *Encyclopédie, ou Dictionnaire raisonné des sciences, des arts et des métiers, par une société de gens de lettres* (article de Louis de Jaucourt), Paris, 1765, vol. 17, p. 412.

parce qu'elle participe à la dépopulation, mais aussi parce que s'y développe la cruauté sous couvert de la règle.

On ne peut se plaindre de tels instituts ; mais on se plaint en général que la vie monastique a dérobé trop de sujets à la société civile. Les religieuses surtout sont mortes pour la patrie : les tombeaux où elles vivent sont presque tous très pauvres ; une fille qui travaille de ses mains aux ouvrages de son sexe gagne beaucoup plus que ne coûte l'entretien d'une religieuse. Leur sort peut faire pitié, si celui de tant de couvents d'hommes trop riches peut faire envie. Il est bien évident que leur trop grand nombre dépeuplerait un État. [...] Le pape saint Léon, dont la mémoire est si respectée, ordonna, avec d'autres évêques, qu'on ne donnerait jamais le voile aux filles avant l'âge de quarante ans, et l'empereur Majorien fit une loi de l'État de cette sage loi de l'Église : un zèle imprudent abolit avec le temps ce que la sagesse avait établi.

Un des plus horribles abus de l'état monastique, mais qui ne tombe que sur ceux qui, ayant eu l'imprudence de se faire moines, ont le malheur de s'en repentir, c'est la licence que les supérieurs des couvents se donnent d'exercer la justice et d'être chez eux lieutenants criminels : ils enferment pour toujours dans des cachots souterrains ceux dont ils sont mécontents, ou dont ils se défient [1]. Il y en a mille exemples en Italie, en Espagne ; il y en a eu en France : c'est ce que dans le jargon des moines ils appellent *être* in pace, *à l'eau d'angoisse et au pain de tribulation*.

> **Voltaire**, *Essai sur les mœurs et l'esprit des nations*, chap. CXXXIX : « Des ordres religieux », 1756-1769 [2].

Dans son célèbre *Tableau de Paris*, Mercier se livre à une attaque en règle de l'institution monacale qui doit beaucoup à la critique des « philosophes » et en résume

---

1. C'est précisément le sort que Suzanne prédit au moine qui s'est enfui avec elle et a été repris.
2. Éd. R. Pomeau, Garnier, vol. 2, 1963, p. 291.

bien, vers la fin du siècle, les attendus. Esprits superstitieux ou fanatiques, éducation à la terreur, mesquineries des abus de pouvoir, passions folles et lente destruction physique et morale des « victimes » : ce passage peut être rapproché, dans *La Religieuse*, du ton du mémoire de l'avocat Manouri et des discours révoltés de Suzanne et du père Morel.

Les couvents sont jugés. Les curiosités excessives, la bigoterie et le cagotisme, l'ineptie monastique, la bégueulerie claustrale y règnent. Ces déplorables monuments d'une antique superstition sont au milieu d'une ville où la philosophie a répandu ses lumières ; mais les murailles de ces prisons sacrées séparent les victimes de toutes les idées régnantes.

Quelques directeurs ont droit de contrôle sur l'administration de cet empire. Un mélange adroit de décence et de mondanité les en rend le génie tutélaire.

On voit d'un côté la plus implicite obéissance, et de l'autre les petitesses du commandement. Ajoutez ensuite le désespoir du plus grand nombre, la résignation pacifique de quelques-unes, et l'abrutissement d'esprit des plus spirituelles. Là le devoir n'est plus qu'une routine ; on fait le bien par contrainte et sans goût ; on prie sans savoir ce que l'on demande, et l'on se mortifie pour obéir à la règle.

L'habitude adoucit un peu le joug ; mais les imaginations ne sont pas assujetties. On apprend aux novices à craindre le démon, tellement qu'elles désapprennent à aimer Dieu. On leur fait faire par terreur ce qu'elles auraient fait par amour.

Les passions ne dorment pas dans le silence de la retraite ; elles s'éveillent, et jettent un cri plus long et plus perçant. Que de larmes secrètes ! Les moins infortunées tombent dans une stupeur machinale ; les autres, après s'être abandonnées aux sourdes imprécations du désespoir, meurent à la fleur de l'âge.

Le nombre de ces victimes diminue ; mais qu'il eût été facile de détruire ces prisons tristes, en reculant l'époque des vœux à vingt-cinq ans ! Une loi timide est ordinairement une mauvaise loi.

Autrefois de jeunes sœurs étaient sacrifiées à l'avancement d'un frère au service ; et plus d'une mère coquette voyait avec déplaisir auprès d'elle une fille qui grandissait.

> **Louis Sébastien Mercier, *Tableau de Paris*, 1783, t. VII, chap. DLVIII : « Couvents, religieuses [1] ».**

LE MOTIF LITTÉRAIRE DES VŒUX FORCÉS

Les vœux forcés constituent un motif littéraire fréquent. Dans les fictions de l'époque, la cérémonie de la prise d'habit est souvent privilégiée en raison de sa forte charge pathétique. Celle-ci se met parfois explicitement au service de la dénonciation anticléricale, comme dans ce texte du polygraphe Dulaurens, caractéristique de l'imprégnation des thèmes militants des Lumières anticléricales, d'autant qu'il est écrit dans le contexte de la politique de déchristianisation révolutionnaire. L'auteur trace un parallèle entre une jeune fille noble, Mlle de Hauteville Tancrède, que l'on enferme au couvent des Carmélites à Paris, et Iphigénie sacrifiée par le grand prêtre Calchas dans l'*Iliade*, que l'on retrouve dans la pièce éponyme de Racine.

Je fus invité aux carmélites de Paris à la profession d'une demoiselle de condition ; j'y vis à peu près le spectacle barbare que les Grecs donnèrent autrefois en Aulide. Le bûcher était préparé ; mais Clytemnestre et Achille n'y étaient pas : M. l'archevêque Christophe [2] représentait le dur Calchas ; la victime couronnée de fleurs avança d'un pas lent vers l'autel. C'était une jeune personne de seize ans, d'une beauté éblouissante ; elle versait des larmes, se mit aux genoux du grand prêtre, prononça quelques mots, et dans l'instant son

---

1. Éd. J.-C. Bonnet, Mercure de France, vol. 2, 1994, p. 77-78.
2. Christophe de Beaumont, archevêque de Paris de 1746 à 1781, célèbre pour son opposition très marquée au camp des « philosophes » (Rousseau compris : il est à l'origine d'un *Mandement* très violent contre l'*Émile*) comme au jansénisme.

cœur fut obligé de se fermer pour toujours. On ne vit point couler le sang de cette nouvelle Iphigénie ; le genre de mort était plus effroyable ; le supplice devait durer soixante et quelques années. L'ennui, le dégoût, le désespoir, un cœur toujours tendre, des sens sans cesse révoltés étaient les bourreaux chargés d'immoler à chaque heure la victime.

On ôta les parures de cette belle fille ; on couvrit son beau sein d'un voile épais ; il était ému, il palpitait : amour, tu sais pour qui. On enterra ses appas dans des habits grossiers et ridicules.

> Dulaurens, *Les Abus dans les cérémonies et dans les mœurs*, **Blois, Billault, an II (1794).**

Le roman du XVIIIᵉ siècle, qui intègre de plus en plus, sur le modèle de la fiction « philosophique » que constituent presque immédiatement les *Lettres persanes* (1721), la part de l'observation critique « éclairée » et prend en charge des énoncés militants, ne manque pas de s'intéresser aux situations qui permettent de dénoncer la claustration conventuelle comme une stratégie familiale injuste, alors que les philosophes des Lumières, en particulier dans l'*Encyclopédie*, promeuvent à la fois une idéologie sentimentale de la famille et un principe d'égalité juridique des enfants. On prendra ici l'exemple des *Lettres d'une Péruvienne* de Mme de Graffigny, grand succès de l'époque, parce que cette monodie épistolaire, où la narratrice s'adresse à celui qu'elle a perdu, est nettement inspirée du procédé « exotique » de Montesquieu. Princesse inca capturée, séparée de son amant et exilée en France, Zilia trouve quelque réconfort dans l'amitié d'une jeune française, Céline. Mais la mère de celle-ci les fait enfermer dans « une maison de Vierges », c'est-à-dire un couvent... Le passage rassemble à peu près tous les motifs de la dénonciation de la clôture.

> Cette retraite ne me déplairait pas, si au moment où je suis en état de tout entendre, elle ne me privait des instructions dont j'ai besoin sur le dessein que je forme d'aller te rejoindre. Les Vierges qui l'habitent sont d'une ignorance si

profonde, qu'elles ne peuvent satisfaire à mes moindres curiosités.

Le culte qu'elles rendent à la Divinité du pays exige qu'elles renoncent à tous ses bienfaits, aux connaissances de l'esprit, aux sentiments du cœur, et je crois même à la raison, du moins leurs discours le font-ils penser. [...]

Céline ne me paraît pas mieux instruite ; je remarque dans les réponses qu'elle fait à mes questions, un certain embarras qui ne peut partir que d'une dissimulation maladroite ou d'une ignorance honteuse. Quoi qu'il en soit, son entretien est toujours borné aux intérêts de son cœur et à ceux de sa famille.

Le jeune Français qui lui parla un jour en sortant du spectacle où l'on chante [1] est son amant, comme j'avais cru le deviner. Mais Mme Déterville, qui ne veut pas les unir, lui défend de le voir, et pour l'en empêcher plus sûrement, elle ne veut même pas qu'elle parle à qui que ce soit.

Ce n'est pas que son choix soit indigne d'elle, c'est que cette mère glorieuse et dénaturée profite d'un usage barbare, établi parmi les grands seigneurs du pays, pour obliger Céline à prendre l'habit de Vierge, afin de rendre son fils aîné plus riche. Par le même motif, elle a déjà obligé Déterville à choisir un certain ordre [2], dont il ne pourra plus sortir, dès qu'il aura prononcé des paroles que l'on appelle *vœux*.

Mme de Graffigny, *Lettres d'une Péruvienne*, 1747 [3].

DES VOCATIONS INCERTAINES

Diderot a choisi de donner pour mobile à la résistance de Suzanne face à la soi-disant nécessité de la prise de

---

1. L'opéra.
2. L'ordre des chevaliers de Malte, qui impose le célibat. On y destine souvent les cadets de famille pour éviter de diviser le patrimoine : c'est, par exemple, le sort dévolu à Des Grieux dans la *Manon Lescaut* de Prévost (1731). Déterville est bien sûr le frère de Céline, par ailleurs amoureux de Zilia.
3. *Romans de femmes du XVIIIe siècle*, éd. R. Trousson, Laffont, « Bouquins », 1996, p. 118-119.

voile une volonté absolutiste de liberté qui en fait une héroïne de la souveraineté revendiquée du sujet individuel sur les tutelles extérieures, familiales, sociales ou religieuses. Il s'émancipe par là délibérément d'une thématique topique dans la littérature contemporaine, qui situe souvent le conflit entre l'austérité forcée de la vie conventuelle et l'amour, voire l'appel des sens, plus conforme à la « nature ». Dix ans avant de raconter, dans une histoire enchâssée de *La Vie de Marianne*, le destin de Tervire, religieuse malgré elle, le jeune Marivaux illustre bien ce motif : l'héroïne découvre que son désir est ailleurs, à la faveur de la rencontre qu'elle fait d'un jeune homme.

À neuf ans, on me mit dans un couvent, avec intention de m'engager à des vœux : j'avais une sœur aînée à qui mes parents destinaient leur héritage : ils crurent devoir commencer de bonne heure à me soustraire du monde, afin que l'ignorance de ses plaisirs m'empêchât de les regretter, et que la victime, dans un âge plus avancé, ignorât du moins tout ce que lui dérobait son sacrifice ; j'y restai trois ans avec tranquillité, et j'y reçus une éducation dévote, qui porta plus sur mes manières que sur mon cœur ; je veux dire qui ne m'inspira pas de vocation, mais qui me donna l'air d'en avoir une. Je promis tout autant qu'on voulut que je serais religieuse, mais je le promis sans envie de le devenir, et sans dessein de ne pas l'être. Je vivais sans réflexion ; je m'occupais de mon propre feu ; j'étais étourdie et badine ; je jouissais de ma première jeunesse, et je m'amusais de tout cela, sans en désirer davantage.

Il est vrai que ce cœur vide de goût pour la clôture, et qu'on n'avait pu tourner à l'amour de la règle, quoiqu'il ne souhaitât rien encore, semblait deviner par son agitation folâtre qu'il était d'agréables mouvements qui lui convenaient, et qu'il attendait que les mouvements lui vinssent ; et l'accident que je vais te dire me débrouilla tout cela.

Une de nos petites pensionnaires tomba malade : sa mère, qui l'aimait beaucoup, ne voulut point la confier aux soins du monastère ; elle vient la chercher, et demanda à me voir, parce que mes parents l'en avaient priée. Je fus donc au parloir ; et j'y perdis sur-le-champ mon ignorance.

J'y vis un cavalier ; c'était le fils de la dame en question : nos yeux se rencontrèrent ; je sentis ce qu'ils se dirent, sans être étonnée de la nouveauté du goût que j'avais à voir ce jeune homme ; et la conversation que mes yeux eurent avec les siens n'eut de ma part aucun air d'apprentissage.

> Marivaux, *Lettres contenant une aventure*,
> 1720 [1].

Le même Marivaux, dans *La Vie de Marianne*, construit, à partir de la neuvième partie de son roman laissé ouvert, une savante mise en abyme narrative : Marianne y raconte comment, reléguée dans un couvent, elle s'attache à Tervire, religieuse malgré elle, qui entreprend de lui raconter son histoire afin de la détourner de l'état monacal, et dont le récit comprend lui-même une rencontre avec une religieuse « mélancolique » qui évoque sa propre vocation forcée pour arracher la jeune Tervire au charme trompeur de la vie religieuse dont la berce son entourage. Le travail de démystification porte sur deux niveaux : celui des mobiles des proches et celui des mobiles personnels. Dans les deux cas, il y a duperie sur l'amour… On notera que la prise d'habit correspond à un état d'absence à soi-même qui signale le défaut de vocation et dont se souvient de toute évidence le roman de Diderot.

> J'étais une cadette, toute ma famille aidait au charme qui m'attirait vers elles ; je n'imaginais rien de plus doux que d'être du nombre de ces bonnes filles qui m'aimaient tant, pour qui ma tendresse était une vertu, et avec qui Dieu me paraissait si aimable, avec qui j'allais le servir dans une paix si délicieuse. Hélas ! Mademoiselle, quelle enfance [2] ! Je ne

---

1. Marivaux, *Journaux et œuvres diverses*, éd. F. Deloffre, Classiques Garnier, 2001, p. 79-80.
2. Au sens d'enfantillage, de naïveté digne d'un enfant.

me donnais pas à Dieu, ce n'était pas lui que je cherchais dans cette maison ; je ne voulais que m'assurer la douceur d'être toujours chérie de ces bonnes filles, et de les chérir moi-même ; c'était là le puéril attrait qui me menait, je n'avais point d'autre vocation. Personne n'eut la charité de m'avertir de la méprise que je pouvais faire, et il n'était plus temps de me dédire quand je connus toute la mienne. J'eus cependant des ennuis et des dégoûts sur la fin de mon noviciat ; mais c'étaient des tentations, venait-on me dire affectueusement, et en me caressant encore. À l'âge où j'étais, on n'a pas le courage de résister à tout le monde ; je crus ce qu'on me disait, tant par docilité que par persuasion ; le jour de la cérémonie de mes vœux arriva, je me laissai entraîner, je fis ce qu'on me disait ; j'étais dans une émotion qui avait arrêté toutes mes pensées ; les autres décidèrent de mon sort, et je ne fus moi-même qu'une spectatrice stupide de l'engagement éternel que je pris.

Marivaux, *La Vie de Marianne*, 1742 [1].

Tervire l'avait déjà bien expliqué à Marianne : trop jeune, on est soumis au pouvoir de la vanité et du besoin d'être applaudi et aimé, et on croit vouloir ce que les autres veulent pour nous. Dans son souci d'analyse des « passions », le roman du XVIIIe siècle se penche avec intérêt sur ce piège de la juvénilité, autant qu'il souligne sa faiblesse sociale face à un ordre familial implacable. La discordance entre la « voix de la nature » et les privations de l'état monacal se manifeste souvent à la faveur des incertitudes propres à l'adolescence, cet état intermédiaire du savoir sur soi auquel le siècle des Lumières prête un intérêt neuf. Dans *Jacques le Fataliste*, diffusé par la *Correspondance littéraire* – donc de façon encore très confidentielle – entre 1778 et 1780, Diderot a marqué sa prédilection pour la question du rapport entre certains états religieux et troubles du corps et de la sexualité, par le biais de l'histoire insérée d'un moine prémontré,

---

1. Marivaux, *Romans, récits, contes et nouvelles*, éd. M. Arland, Gallimard, « Bibliothèque de la Pléiade », 1979, p. 458.

Richard, qui se trouve confronté à un supérieur fort libertin, le père Hudson. Ce récit évoque une situation toute contraire à celle de Suzanne : la clôture n'y est pas le résultat de la violence d'une famille, puisque celle de l'intéressé résiste, tout au contraire, à ce qu'elle perçoit comme un choix trop rapide. Le narrateur insiste sur la confusion, chez des êtres insuffisamment mûrs, entre désir mystique et désir érotique. S'affirme le thème, cher à Diderot, de l'aliénation, sur lequel on reviendra plus loin, et qui est très présent dans *La Religieuse*.

> Il vient un moment où presque toutes les jeunes filles et les jeunes garçons tombent dans la mélancolie ; ils sont tourmentés d'une inquiétude vague qui se promène sur tout et qui ne trouve rien qui la calme. Ils cherchent la solitude, ils pleurent, le silence des cloîtres les touche, l'image de la paix qui semble régner dans les maisons religieuses les séduit. Ils prennent pour la voix de Dieu qui les appelle à lui les premiers efforts d'un tempérament qui se développe, et c'est précisément lorsque la nature les sollicite qu'ils embrassent un genre de vie contraire au vœu de la nature [1]. L'erreur ne dure pas ; l'expression de la nature devient plus claire, on la reconnaît, et l'être séquestré tombe dans les regrets, la langueur, les vapeurs, la folie ou le désespoir... [...] Richard aurait fait ses vœux après ses deux ans de noviciat, si ses parents ne s'y étaient opposés. Son père exigea qu'il rentrerait dans la maison et que là il lui serait permis d'éprouver sa vocation, en observant toutes les règles de la vie monastique pendant une année, traité qui fut fidèlement rempli de part et d'autre.

> **Diderot**, *Jacques le Fataliste*, 1780 [2].

---

1. On comparera cette analyse et celle de Mercier (*supra*, p. 234) avec celle, toute contraire, de Chateaubriand (*infra*, p. 247).
2. Diderot, *Contes et romans*, éd. M. Delon, Gallimard, « Bibliothèque de la Pléiade », 2004, p. 804.

LE « COUVENT-SÉRAIL » : ROMAN LIBERTIN, SATIRE ANTICLÉRICALE ET CRITIQUE PHILOSOPHIQUE

IMAGINAIRE DU CLOÎTRE, IMAGINAIRE LIBERTIN

La charge satirique des œuvres de Marivaux indique au lecteur ce qu'il doit penser de l'éducation conventuelle des jeunes filles, guère en phase avec la finalité officielle du cloître : en ces lieux soi-disant marqués par le spirituel, règnent surtout les passions et la légèreté. Le texte de l'écrivain Jean-François de Bastide illustre ce point de vue.

> J'étais parvenue à ma quinzième année. On jugea à propos de me mettre au couvent : j'obtins que Pulchérie [1] m'y accompagnât. Ce séjour fut pour moi une fort belle école du monde ; l'oisiveté surtout et la tracasserie y avaient fixé leur asile. C'était une de ces riches abbayes dont les Religieuses sont traitées de Dames, et conservent dans le cloître toute l'ostentation du siècle [2]. J'y trouvai quelques-unes de ces filles respectables qui ont immolé à l'époux leur cœur et leur volonté ; mais le plus grand nombre, sans contredit, était de ces vierges folles qui ont gardé toutes leurs passions.
>
> Comme je n'étais que spectatrice du mouvement général, j'en faisais mon instruction, et quelquefois mon amusement. Je quittai mes compagnes au bout de quelque temps, très au fait de leurs divisions, et médiocrement édifiée de leurs vertus.
>
> **Jean-François de Bastide**, *Histoire d'une religieuse écrite par elle-même*, 1759 [3].

La critique philosophique se greffe sur le thème pédagogique pour discréditer le couvent et l'étrange manière

---

1. La meilleure amie de l'héroïne-narratrice.
2. De la vie mondaine, séculière.
3. *Bibliothèque universelle des romans*, Paris, Au Bureau et chez Demonville, mai 1786, p. 140.

dont l'esprit y vient aux filles... Le thème de la vocation forcée ouvre en effet logiquement sur celui des désordres du couvent – à trop forcer la « nature » et les tempéraments, on s'expose à y réunir autant d'individus déréglés qui constituent bientôt une sorte de contre-société monstrueuse d'aliénés ou de pervers (angle pathétique) – ou contourne l'interdit en rétablissant dans l'espace de la retraite même, qui se mue en réservoir de corps disponibles, les droits de la saine nature et du sexe déculpabilisé (angle érotico-libertin).

Dans l'*Histoire de dom Bougre, portier des Charteux*, classique pornographique du temps, voici, par exemple, ce que répond au héros, le moine Saturnin, une des sœurs très libertines qui participent à des orgies nocturnes avec les religieux du monastère, alors qu'il s'étonne d'un apparent paradoxe : comment des filles aussi évidemment nées pour les plaisirs sensuels ont-elle pu s'accommoder de la retraite conventuelle ? L'oratrice compare alors les diverses censures et autorités qui s'exercent, au sein de la société, sur les femmes, aux possibilités d'émancipation sexuelle que leur permet la clandestinité du cloître. On peut faire le parallèle avec la manière dont le couvent devient un espace compensatoire pour la supérieure de Saint-Eutrope.

> Tu me demandes si nous n'avons pas de retour vers le monde : nos cœurs enchantés ont-ils le temps de le regretter, et qu'y regretterions-nous ? la liberté ? elle n'est pas un bien quand elle est gênée dans le plus doux de ses droits ; est-ce vivre qu'être continuellement exposées à tous les caprices des hommes, est-ce vivre qu'être continuellement dans les tourments d'une chasteté involontaire ? [...] Ici, avons-nous quelque chose de semblable à craindre ? Libres des inquiétudes de la vie, nous n'en connaissons que les charmes, nous ne prenons de l'amour que les agréments, et nous en laissons les chagrins à celles qui croient n'en prendre que ce qu'il a de plus délicat : tous vos moines sont nos amants, le couvent est pour nous un sérail qui se peuple tous les jours de nouveaux objets dont le nombre ne se multiplie que pour

multiplier nos plaisirs. Nous ne remarquons la différence des jours que par la diversité des agréments qu'ils nous procurent.

> Gervaise de Latouche, *Histoire de dom Bougre, portier des Chartreux, écrite par lui-même*, 1741 [1].

L'effervescence érotique et sa concentration sur la figure ordonnatrice de la supérieure homosexuelle qui caractérise le couvent d'Arpajon dans le roman de Diderot trouve un écho dans l'*Histoire de Juliette* de Sade, à travers le personnage de Delbène, la supérieure « philosophe » de Panthémont où l'héroïne fait, à tous points de vue, ses classes. Le couvent s'assimile ici à une véritable économie de l'échange sexuel au féminin. La scène qu'on va lire pourrait être considérée comme une récriture pornographique des scènes de loisir et d'intimité chez la supérieure dans *La Religieuse*. À comparer avec l'ignorance soutenue de l'héroïne-narratrice de Diderot : Juliette sait, comme toutes les libertines, exactement ce qu'elle veut. La Delbène est ouvertement tribade. L'énonciation obscène correspond à une identification claire, par l'ensemble des actrices, de ce qui se joue vraiment dans leur désir.

Je n'ai pas besoin de vous dire que le penchant à la volupté est, dans les femmes recluses, l'unique mobile de leur intimité ; ce n'est pas la vertu qui les lie, c'est le foutre ; on plaît à celle qui bande pour nous, on devient l'amie de celle qui nous branle. Douée du tempérament le plus actif, dès l'âge de neuf ans, j'avais accoutumé mes doigts à répondre aux désirs de ma tête, et je n'aspirais depuis cet âge, qu'au bonheur de trouver l'occasion de m'instruire et de me plonger dans une carrière dont la nature précoce m'ouvrait déjà les portes avec autant de complaisance. Euphrosine [2] et Delbène

---

1. *Romanciers libertins du XVIIIᵉ siècle*, vol. 1, éd. P. Wald-Lasowski, Gallimard, « Bibliothèque de la Pléiade », 2000, p. 459-460.
2. Une des favorites de la supérieure.

m'offrirent bientôt ce que je cherchais. La supérieure, qui voulait entreprendre mon éducation, m'invita un jour à déjeuner... Euphrosine s'y trouvait, il faisait une chaleur incroyable, et cette excessive ardeur du soleil leur servit d'excuse à l'une et à l'autre sur le désordre où je les trouvai ; il était tel, qu'à cela près d'une chemise de gaze, que retenait simplement un gros nœud de ruban rose, elles étaient en vérité presque nues ;

« Depuis que vous êtes entrée dans cette maison, me dit Mme Delbène, en me baisant assez négligemment sur le front, j'ai toujours désiré de vous connaître intimement. Vous êtes très jolie, vous m'avez l'air d'avoir de l'esprit, et les jeunes personnes qui vous ressemblent ont des droits bien certains sur moi... Vous rougissez, petit ange, je vous le défends ; la pudeur est une chimère [...]. Aujourd'hui parlons d'autre chose, et déshabillez-vous comme nous. » [...]

« Qu'elle est jolie ma Juliette, s'écria-t-elle avec admiration ! comme sa délicieuse petite gorge commence à bondir ! Euphrosine, elle l'a plus grosse que toi... et cependant à peine treize ans. » Les doigts de notre charmante supérieure chatouillaient les fraises de mon sein, et sa langue frétillait dans ma bouche ; elle s'aperçut bientôt que ses caresses agissaient sur mes sens avec un tel empire, que j'étais prête à me trouver mal.

Sade, *Juliette ou les Prospérités du vice*, 1800 [1].

DE LA FICTION À LA RÉALITÉ : L'ABBAYE DE LONGCHAMP

Le croisement entre imaginaire du libertinage et cloîtres ne regarde pas seulement l'invention romanesque : il se nourrit aussi de la réalité du temps. Dans *La Religieuse*, l'abbaye de Longchamp, où Diderot situe le premier séjour de son héroïne, n'a pas été choisie au hasard. Non seulement c'est là que se trouve le probable modèle référentiel, Marguerite Delamarre, lorsqu'elle en

---

1. Sade, *Œuvres*, vol. 3, éd. M. Delon, Gallimard, « Bibliothèque de la Pléiade », 1998, p. 182-183.

appelle de ses vœux en 1752, mais le couvent est réputé au XVIIIe siècle pour ses concerts spirituels, qui attirent la ville et la cour. Le mélange des genres (entre frivolité mondaine et recueillement religieux) fait l'objet d'une dénonciation vigoureuse dans le texte suivant, qui constitue un témoignage intéressant sur l'évolution franchement profane, voire libertine, de la « sortie à Longchamp ». Dès le siècle précédent, ce couvent est réputé pour ne guère respecter les règles de vie religieuse, voire pour abriter des mœurs déréglées. Mercier se fait l'écho du récit scandalisé de Suzanne sur « la bonne et la mauvaise compagnie » qui se déplace durant la semaine sainte...

Le mercredi, le jeudi et le vendredi saints, sous l'ancien prétexte d'aller entendre l'office des Ténèbres à Longchamp, petit village à quatre milles de Paris, tout le monde sort de la ville ; c'est à qui étalera la plus magnifique voiture, les chevaux les plus fringants, la livrée la plus belle.

Les femmes couvertes de pierreries s'y font voir ; car l'existence d'une femme, à Paris, consiste surtout à être regardée. Les carrosses à la file offrent tous les états, allant, reculant, roulant dans les allées sèches ou fangeuses du bois de Boulogne.

La courtisane s'y distingue par un plus grand faste : telle a orné ses cheveux de marcassites [1]. Les princes y font voir les dernières inventions des selliers les plus célèbres, et guident quelquefois eux-mêmes les coursiers. Les hommes à cheval et à pied, pêle-mêle, confondus, lorgnent toutes les femmes. Le peuple boit et s'enivre, l'église est déserte, les cabarets sont pleins : et c'est ainsi qu'on pleure la passion de Jésus-Christ.

Autrefois on y courait à cause de la musique. [...]

Louis Sébastien Mercier, *Tableau de Paris*, 1783, t. II, chap. CXXII : « Longchamp [2] ».

---

1. Minéraux dont on se sert à des fins décoratives.
2. *Op. cit.*, vol. 1, p. 293-294.

LA POÉSIE DU CLOÎTRE :
DES LUMIÈRES AU ROMANTISME

Le *Génie du christianisme* de Chateaubriand, dont le
succès est immense, est un des ouvrages fondateurs de la
« conscience romantique » qui se construit sur le traumatisme de la Révolution et de ses violences. Chateaubriand
est à cet égard le porte-parole d'une génération, mais
aussi d'un camp politique et idéologique marqué par la
réaction catholique, en particulier révolté par les brutali-
tés de la politique de déchristianisation de la Terreur. Le
livre III de la 4ᵉ partie évoque la grandeur spirituelle de
la vie monastique, son sublime particulier, imprégné de
mélancolie : comme l'ensemble de l'ouvrage, la célébra-
tion se veut une réplique à l'impiété et à l'ironie des
« philosophes », accusés d'avoir donné aux révolutionnaires les armes théoriques de leur violence irréligieuse.
Chateaubriand s'en prend aux Lumières, mais aussi aux
textes libertins du XVIIIᵉ siècle, dont l'irrespect pour la vie
du cloître le scandalise. Il attaque de même la législation
révolutionnaire contre la clôture et les vœux (1790-1792).
C'est en moraliste chrétien, autant qu'en représentant
d'une génération soumise à un désenchantement historique qui la conduit à s'identifier à des héros perdus dans
le monde, que l'écrivain parle du cloître comme d'un
ultime refuge du calme méditatif contre les « passions »
et l'inquiétude du cœur mélancolique. Le problème des
vœux religieux et les modalités de sa représentation littéraire, on le voit, changent complètement de perspective
au tournant du siècle.

Le vœu perpétuel, c'est-à-dire la soumission à une règle
inviolable, loin de nous plonger dans l'infortune, est donc au
contraire une disposition favorable au bonheur, surtout
quand ce vœu n'a d'autre but que de nous défendre contre
les illusions du monde, comme dans les ordres monastiques.
Les passions ne se soulèvent guère dans notre sein avant

notre quatrième lustre[1] ; à quarante ans elles sont déjà éteintes ou détrompées : ainsi le serment indissoluble nous prive tout au plus de quelques années de désirs, pour faire ensuite la paix de notre vie, pour nous arracher aux regrets ou aux remords, le reste de nos jours. Or, si vous mettez en balance les maux qui naissent des passions avec le peu de moments de joie qu'elles vous donnent, vous verrez que le vœu perpétuel est encore un plus grand bien, même dans les plus beaux instants de la jeunesse.

Supposons d'ailleurs qu'une religieuse pût sortir de son cloître à volonté, nous demandons si cette femme serait heureuse ? Quelques années de retraite auraient renouvelé pour elle la face de la société. Au spectacle du monde, si nous détournons un moment la tête, les décorations changent, les palais s'évanouissent ; et, lorsque nous reportons les yeux sur la scène, nous n'apercevons plus que des déserts et des acteurs inconnus.

On verrait incessamment la folie du siècle entrer par caprice dans les couvents, et en sortir par caprice. Les cœurs agités ne seraient plus assez longtemps auprès des cœurs paisibles pour prendre quelque chose de leur repos, et les âmes sereines auraient bientôt perdu leur calme, dans le commerce des âmes troublées.

Chateaubriand, *Génie du christianisme*, **1802**[2].

---

1. Notre vingtième année.
2. Éd. M. Regard, Gallimard, « Bibliothèque de la Pléiade », 1978, p. 960.

ÉROS ET RELIGION : LA QUESTION DES FEMMES

LE POINT DE VUE DE L'*ENCYCLOPÉDIE*

Les Lumières militantes s'en prennent à la notion de « mariage spirituel », par laquelle on définit le sacerdoce et l'entrée en religion : la religieuse épouse le Christ. L'article de médecine « Mariage », dans l'*Encyclopédie*, adopte un point de vue résolument profane sur la question, qu'il déplace du côté de la satisfaction sexuelle, déniée par l'inhumaine discipline monacale : voici venir les « vierges folles ». Les scènes de délire et de fureur semées dans *La Religieuse* doivent aussi être lues dans cette perspective médicale à laquelle Diderot s'intéresse beaucoup. Ici, la folie furieuse résulte du caractère dénaturé de l'institution religieuse elle-même. Nous faisons suivre ce texte d'un extrait de l'article « Vapeurs », consacré à un phénomène morbide que nous qualifierions aujourd'hui de psychosomatique et que le discours médical du temps assimile à l'hystérisme [1] : le mémoire de Manouri, cité dans le récit de Suzanne, associe en effet les « vapeurs » à l'état monacal et au dérèglement que celui-ci provoque dans « l'économie animale ».

MARIAGE. (*Médecine diététique.*) Nous ne prenons ici le *mariage* que dans le point particulier de son exécution physique, de sa consommation, où les deux sexes, confondus dans des embrassements mutuels, goûtent des plaisirs vifs et permis qui sont augmentés et terminés par l'éjaculation

---

1. Parmi les nombreux renvois de cet article, l'*Encyclopédie* donne d'ailleurs « Convulsions », « Fureur utérine », etc.

réciproque de la semence, cimentés et rendus précieux par la formation d'un enfant. [...]

Les filles dans qui les aiguillons sont plus précoces et plus pressants, les passions plus vives, la retenue plus nécessaire, sont bien plus incommodées de la trop longue rétention de la semence ; et ce qui me paraît encore contribuer à augmenter le nombre et la gravité des symptômes qu'attire la privation du *mariage*, c'est que non seulement elles désirent l'évacuation de leur semence ; mais en outre la matrice appète avec avidité la semence de l'homme ; et quand ces deux objets ne sont pas remplis, elles tombent dans ce délire chlorétique, également funeste à la santé et à la beauté, biens que le sexe regarde comme les plus précieux ; elles deviennent faibles, languissantes, mélancoliques, etc. D'autres fois au contraire, les impressions que la semence trop abondante et trop active fait sur les organes et ensuite sur l'esprit, sont si fortes, qu'elles l'emportent sur la raison. L'appétit vénérien parvenu à ce degré de violence, demande d'être satisfait ; il les jette dans ce délire furieux connu sous le nom de *fureur utérine*. Dès lors, emportées hors d'elles-mêmes, elles perdent de vue toutes les lois de la pudeur, de la bienséance, cherchent par toutes sortes de moyens à assouvir la violence de leur passion ; elles ne rougissent point d'attaquer les hommes, de les attirer par les postures les plus indécentes et les invitations les plus lascives. Tous les praticiens conviennent que les différents symptômes de vapeurs ou d'affections hystériques qui attaquent les filles ou les veuves, sont une suite de la privation du *mariage*. On peut observer en effet que les femmes, surtout bien mariées, en sont ordinairement exemptes ; et que ces maladies sont très communes dans ces vastes maisons qui renferment un grand nombre de filles qui se sont obligées par devoir et par état de garder leur virginité. Le *mariage* est dans tous ces cas utile, ou même nécessaire pour prévenir tous ces accidents : il peut même, quand ils sont déjà formés, les dissiper ; et c'est souvent le seul secours dont l'efficacité soit assurée.

Article « Mariage », *Encyclopédie*[1].

---

1. *Op. cit.*, Paris, 1765, vol. 10, p. 116.

Vapeurs, *en Médecine*, est une maladie appelée autrement *mal hypocondriaque* et *mal de rate*. Elle est commune aux deux sexes, et reconnaît deux différentes causes.

On croit qu'elle provient d'une *vapeur* subtile qui s'élève des parties inférieures de l'abdomen, surtout des hypocondres, et de la matrice au cerveau, qu'elle trouble et qu'elle remplit d'idées étranges et extravagantes, mais ordinairement désagréables. Cette maladie se nomme dans les hommes *affection hypocondriaque*. Voyez *Affection hypocondriaque*.

Les *vapeurs* des femmes que l'on croit venir de la matrice, sont ce qu'on appelle autrement *affection* ou *suffocation hystérique* ou *mal de mère*.

[...] Mais on doit remarquer que les *vapeurs* attaquent surtout les gens oisifs de corps, qui fatiguent peu par le travail manuel, mais qui pensent et rêvent beaucoup : les gens ambitieux qui ont l'esprit vif, entreprenants, et fort amateurs des biens et des aises de la vie, les gens de lettres, les personnes de qualité, les ecclésiastiques, les dévots, les gens épuisés par la débauche ou le trop d'application, les femmes oisives et qui mangent beaucoup, sont autant de personnes sujettes aux *vapeurs* [...]. Bien des gens pensent que cette maladie attaque l'esprit plutôt que le corps, et que le mal gît dans l'imagination. Il faut avouer en effet que sa première cause est l'ennui et une folle passion, mais qui à force de tourmenter l'esprit oblige le corps à se mettre de la partie ; soit imagination, soit réalité, le corps en est réellement affligé. Ce mal est plus commun aujourd'hui qu'il ne fut jamais, parce que l'éducation vicieuse du sexe [1] y dispose beaucoup, et que les jeunes gens se livrent ou à la passion de l'étude, ou à toute autre avec une égale fureur, sans mesure et sans discernement ; l'esprit s'affaiblit avant d'être formé, et à peine est-il né, qu'il devient languissant. La gourmandise, la vie oisive, les plaisirs habituels entretiennent cette malheureuse passion de passer pour bel esprit ; et les *vapeurs* attaquent le corps, le ruinent et le font tomber en consumption.

Article « Vapeurs », *Encyclopédie* [2].

---

1. Comprendre : des femmes.
2. *Op. cit.*, Paris, 1765, vol. 16, p. 836-837.

DE L'EXALTATION FÉMININE

Le thème « philosophique » et social du scandale de la frustration, qui fait signe vers une réflexion plus générale sur la condition des femmes, se double d'une interrogation, où la morale croise de plus en plus la physiologie, sur leur sexualité, objet d'une intense curiosité. En 1772, Antoine Léonard Thomas, académicien connu pour briller dans le genre alors en vogue de l'éloge, publie un *Essai sur le caractère, les mœurs et l'esprit des femmes*. Si Diderot lui répond, c'est qu'il a jugé le texte inapte à restituer une spécificité sexuée et sexuelle : le texte qui suit, extrait de *Sur les femmes* de Diderot, prolonge et enrichit les considérations du temps sur la « fureur utérine » en articulant enthousiasme, voire délire religieux, et modes du désir féminin, tout en soulignant la question de la condition sociale de la femme. On songera ici à toutes les supérieures que croise Suzanne. Le passage est aussi intéressant en ce qu'il exprime à la fois l'intérêt physiologique d'un philosophe passionné par les sciences du vivant, l'effroi de l'homme et de l'athée rationnel pour les manifestations de fanatisme et la fascination esthétique de l'écrivain pour la représentation des passions, des états limites, qui passent par la physionomie et les corps bouleversés.

C'est surtout dans la passion de l'amour, les accès de la jalousie, les transports de la tendresse maternelle, les instants de la superstition, la manière dont elles partagent les émotions épidémiques et populaires que les femmes étonnent ; belles comme les séraphins de Klopstock, terribles comme les diables de Milton. J'ai vu l'amour, la jalousie, la colère, la superstition portées dans les femmes à un point que l'homme n'éprouva jamais. Le contraste des mouvements violents avec la douceur de leurs traits les rend hideuses ; elles en sont plus défigurées. Les distractions d'une vie occupée et contentieuse rompent nos passions. La femme couve les siennes ; c'est un point fixe sur lequel son oisiveté ou la frivolité de ses fonctions tient son regard sans cesse attaché. Ce point s'étend sans mesure, et pour devenir folle, il ne manquerait à la femme passionnée que l'entière solitude qu'elle recherche. La soumission à un maître qui lui déplaît est pour elle un supplice. [...] Plusieurs femmes mourront sans avoir éprouvé l'extrême de la volupté. [...] Organisées tout au contraire de nous, le mobile qui sollicite en elles la volupté est si délicat et la source en est si éloignée, qu'il n'est pas extraordinaire qu'elle ne vienne point ou qu'elle s'égare. Si vous entendez une femme médire de l'amour et un homme de lettres déprécier la considération publique, dites de l'une que ses charmes passent et de l'autre que son talent se perd. Jamais un homme ne s'est assis à Delphes sur le sacré trépied. Le rôle de pythie ne convient qu'à une femme ; il n'y a qu'une tête de femme qui puisse s'exalter au point de pressentir sérieusement l'approche d'un dieu, de s'agiter, de s'échevler, d'écumer, de s'écrier : « Je le sens, je le sens, le voilà le dieu », et d'en trouver le vrai discours.

Diderot, *Sur les femmes*, 1772 [1].

PHILOSOPHIE ET ESTHÉTIQUE DU DÉLIRE RELIGIEUX

LA FOLIE FANATIQUE

Ainsi donc, les femmes seraient plus sujettes que les hommes à la crédulité, allant parfois jusqu'au fanatisme. *Sur les femmes* se souvient, à plus de quarante ans de distance – c'est dire si la chose a frappé Diderot –, du spectacle étrange des « convulsionnaires » de Saint-Médard et des fanatiques jansénistes qui, longtemps encore après la fermeture du cimetière, ont cultivé, dans des atmosphères de mysticisme ardent, des expériences corporelles extrêmes, pouvant aller jusqu'à la crucifixion. Dès ses premières œuvres de philosophe engagé dans le combat contre l'institution religieuse, Diderot s'en prend

1. Diderot, *Œuvres complètes*, Le Club Français du Livre, vol. 11, 1971, p. 38-39.

violemment aux dérèglements fanatiques d'un ascétisme religieux exacerbé, que l'enfermement monacal favorise ou dissimule, comme à Longchamp. Ce passage des *Pensées philosophiques*, texte qui contribua par ailleurs à expédier l'auteur à la prison de Vincennes, a pu être rapproché par Georges May, dans son livre *Diderot et La Religieuse* (1954), du souvenir de la sœur de Diderot, Angélique, religieuse devenue folle :

> Quelles voix ! quels cris ! quels gémissements ! Qui a renfermé dans ces cachots tous ces cadavres plaintifs ? Quels crimes ont commis tous ces malheureux ? Les uns se frappent la poitrine avec des cailloux ; d'autres se déchirent le corps avec des ongles de fer ; tous ont les regrets, la douleur et la mort dans les yeux. Qui les condamne à ces tourments ?... *Le Dieu qu'ils ont offensé...* Quel est donc ce Dieu ? *Un Dieu plein de bonté...* Un Dieu plein de bonté trouverait-il du plaisir à se baigner dans les larmes ? Les frayeurs ne feraient-elles pas injure à sa clémence ? Si des criminels avaient à calmer les fureurs d'un tyran, que feraient-ils de plus ?

> Diderot, *Pensées philosophiques*, VII, 1746[1].

LE FANATISME : UN OBJET ESTHÉTIQUE

Mais les larmes sont parfois belles... La folie fanatique peut devenir un objet esthétique privilégié, qui permet de « faire tableau ». Diderot, qui s'intéresse aux ressources propres du pathétique en art, est le premier à reconnaître qu'il y a une poétique du fanatisme digne de ce nom, parce qu'elle autorise la représentation énergique. La perspective philosophique antichrétienne, où s'investit le Diderot matérialiste et athée, croise ici celle d'un véritable « génie du christianisme », même s'il ne se confond pas avec celui dont parle Chateaubriand, tant s'en faut :

---

1. Diderot, *Œuvres philosophiques*, éd. P. Vernière, Bordas, 1990, p. 12-13.

la religion suscite chez ses sectateurs des états de crise ou
de folie, dont l'artiste chasseur de physionomies passion-
nées fait son miel, et ses « crimes » donnent à la représentation esthétique le supplément du « sublime [1] ».

Diderot a notamment exprimé ces idées dans sa critique d'art et dans ses réflexions sur le théâtre, à peu près
contemporaines de la gestation de *La Religieuse*. Dans
l'extrait du *Salon de 1761*, il commente un tableau de
Deshays, peintre qu'il apprécie beaucoup : il s'agit du
martyre de saint Victor, présenté à ses juges avant d'être
exécuté. Le texte tiré du *Salon de 1763* souligne quant à
lui l'idée d'une poétique chrétienne plus vigoureusement
tragique que celle du paganisme. Diderot n'y a pas plus
de sympathie pour l'intolérance et la cruauté des bourreaux que pour le délire sacrificiel des martyrs : on y
perçoit encore l'accent de son horreur pour les scènes
de « convulsionnaires », mais cette horreur même signale
l'efficacité pathétique...

> Il y a des passions bien difficiles à rendre. Presque jamais
> on ne les a vues dans la nature. Où donc en est le modèle ?
> où le peintre les trouve-t-il ? qu'est-ce qui me détermine, moi,
> à prononcer qu'il a trouvé la vérité ? le fanatisme et son atro-
> cité muette règnent sur tous les visages de son tableau de
> St Victor ; elle est dans ce vieux préteur qui l'interroge ; et
> dans ce pontife qui tient un couteau qu'il aiguise ; et dans le
> saint dont les regards décèlent l'aliénation d'esprit, et dans
> les soldats qui l'ont saisi et qui le tiennent. Ce sont autant
> de têtes étonnées. Comme ces figures sont distribuées, carac-
> térisées, drapées ! comme tout en est simple, mais grand !
> l'affreuse, mais la belle poésie !
>
> **Diderot, *Salon de 1761* [2].**

Qu'on me dise après cela que notre mythologie prête
moins à la peinture que celle des Anciens. Peut-être la Fable

---

1. Voir aussi *infra*, p. 258.
2. *Essais sur la peinture. Salons de 1759, 1761, 1763*, Hermann, 2007
[1984], p. 134.

offre-t-elle plus de sujets doux et agréables ; peut-être n'avons-nous rien à comparer en ce genre au Jugement de Pâris ; mais le sang que l'abominable croix a fait couler de tous côtés est bien d'une autre ressource pour le pinceau tragique. Il y a sans doute de la sublimité dans une tête de Jupiter ; il a fallu du génie pour trouver le caractère d'une Euménide, telle que les Anciens nous l'ont laissée ; mais qu'est-ce que ces figures isolées en comparaison de ces scènes où il s'agit de montrer l'aliénation d'esprit ou la fermeté religieuse, l'atrocité de l'intolérance, un autel fumant d'encens devant une idole ; un prêtre aiguisant froidement ses couteaux, un préteur faisant déchirer de sang-froid son semblable à coups de fouet, un fou s'offrant avec joie à tous les tourments qu'on lui montre et défiant ses bourreaux ; un peuple effrayé, des enfants qui détournent la vue et se renversent sur le sein de leurs mères, des licteurs écartant la foule, en un mot, tous les accidents de ces sortes de spectacles ?

Diderot, *Salon de 1763* [1].

L'ENTHOUSIASME POÉTIQUE

Ce que l'époque nomme « enthousiasme » désigne deux faces d'un même phénomène. Le versant négatif est celui du fanatisme ou de la crise (l'ascète religieux, l'hystérique) : quand un philosophe, qu'il s'appelle Diderot ou Voltaire, parle des « enthousiastes », c'est plutôt à cela qu'il pense. Le versant positif, qui commence à s'imposer dans le domaine esthétique, est celui du « génie » et de sa *furor*, de l'inspiré, à la façon de Dorval, personnage dramatique de Diderot qui est l'incarnation du poète mélancolique susceptible de transe, et pour lui l'une des figures idéales de l'artiste. Ainsi, le créateur entretient une parenté troublante avec le fou, le délirant, le possédé. De ce point de vue, il a plus affaire au « sublime » évoqué ci-dessus qu'aux harmonies sereines du « beau »…Voici

---

1. *Ibid.*, p. 209.

un extrait du discours que Diderot fait tenir à Dorval, dans les *Entretiens sur le Fils naturel* :

L'enthousiasme naît d'un objet de la nature. Si l'esprit l'a vu sous des aspects frappants et divers, il en est occupé, agité, tourmenté. L'imagination s'échauffe ; la passion s'émeut. On est successivement étonné, attendri, indigné, courroucé. Sans l'enthousiasme, ou l'idée véritable ne se présente point, ou si, par hasard, on la rencontre, on ne peut la poursuivre… Le poète sent le moment de l'enthousiasme ; c'est après qu'il a médité. Il s'annonce en lui par un frémissement qui part de sa poitrine, et qui passe, d'une manière délicieuse et rapide, jusqu'aux extrémités de son corps. Bientôt ce n'est plus un frémissement ; c'est une chaleur forte et permanente qui l'embrase, qui le fait haleter, qui le consume, qui le tue ; mais qui donne l'âme, la vie à tout ce qu'il touche. Si cette chaleur s'accroissait encore, les spectres se multiplieraient devant lui. Sa passion s'élèverait presque au degré de la fureur.

Diderot, *Entretiens sur le Fils naturel*, 1757 [1].

1. Diderot, *Œuvres esthétiques*, éd. P. Vernière, Dunod, 1994, p. 98.

— *Poétique du roman : picturalité, illusion, but moral*

LA RESSOURCE PICTURALE DU « SUBLIME » : ÉLOGE DES TÉNÈBRES

En 1767, suivant en cela les thèses du philosophe anglais Edmund Burke sur le « sublime » qui provoque la terreur (et se distingue en ce sens du « beau »), Diderot évoque dans un texte demeuré très célèbre l'inquiétante vertu esthétique des « tableaux » nocturnes, associés aux perspectives écartées et sauvages, en prenant justement l'exemple des lieux religieux. On ne peut s'empêcher d'y trouver l'écho distant du travail du romancier sur certaines scènes « ténébreuses » de *La Religieuse* ; la nuit conventuelle figure aussi le despotisme de l'institution ; l'obscurité entretient une parenté secrète avec l'obscurantisme...

> Tout ce qui étonne l'âme, tout ce qui imprime un sentiment de terreur conduit au sublime. Une vaste plaine n'étonne pas comme l'océan ; ni l'océan tranquille comme l'océan agité.
>
> L'obscurité ajoute à la terreur. Les scènes de ténèbres sont rares dans les compositions tragiques. La difficulté du technique les rend encore plus rares dans la peinture, où d'ailleurs elles sont ingrates, et d'un effet qui n'a de vrai juge que parmi les maîtres. Allez à l'Académie, et proposez-y seulement ce sujet tout simple qu'il est. [...]
>
> La nuit dérobe les formes, donne de l'horreur aux bruits ; ne fût-ce que celui d'une feuille au fond d'une forêt, il met l'imagination en jeu ; l'imagination secoue vivement les entrailles, tout s'exagère. L'homme prudent entre en

méfiance. Le lâche s'arrête, frémit ou s'enfuit. Le brave porte la main sur la garde de son épée.

Les temples sont obscurs. Les tyrans se montrent peu. On ne les voit point ; et à leurs atrocités on les juge plus grands que nature. Le sanctuaire de l'homme civilisé et de l'homme sauvage est rempli de ténèbres. C'est de l'art de s'en imposer à soi-même qu'on peut dire, *aliquid latet arcanâ non errabile fibrâ* [1]. Prêtres, placez vos autels, élevez vos édifices au fond des forêts. Que la plainte de vos victimes perce les ténèbres. Que vos scènes mystérieuses, théurgiques, sanglantes ne soient éclairées que de la lueur des torches. La clarté est bonne pour convaincre, elle ne vaut rien pour émouvoir.

Diderot, Salon de 1767 [2].

LE « TABLEAU », ART DE LA MANIPULATION ?

LE RAPT DE LA SENSIBILITÉ

Le *Salon de 1765* défend sans détour la peinture sacrée. Sans détour, mais non sans ironie philosophique : l'efficacité pathétique est aussi une efficacité politique. Émouvoir, c'est dominer. Et si le travail de l'artiste, de tout grand artiste, à cet égard, rejoignait l'entreprise de l'institution religieuse : opérer une captation d'autrui, « ravir » les sens et l'imagination grâce à un ingénieux dispositif d'illusion ? La question est, dans son ambiguïté et sa violence, au cœur de la réflexion diderotienne sur la réception, ce rapt de la sensibilité (« Touche-moi, étonne-moi, déchire-moi, fais-moi tressaillir, pleurer, frémir, m'indigner d'abord ; tu récréeras mes yeux après, si tu peux [3] ») produit par une mystification…

---

1. Perse, *Satires*, V : « pour vous révéler par la parole tout ce que recèle mon sein de sentiments ineffables » (trad. A. Perreau).

2. Hermann, 1995, p. 233-235.

3. Diderot, *Essais sur la peinture*. Le texte a été écrit pour servir de suite au *Salon de 1765*.

Le tableau parle aux yeux comme le spectacle de la nature qui nous a appris presque tout ce que nous savons. Je pousse la chose plus loin, et je regarde les iconoclastes et les contempteurs des processions, des images, des statues et de tout l'appareil du culte extérieur comme des exécuteurs aux gages du philosophe ennemi de la superstition, avec cette différence que ces valets lui font bien plus de mal que leurs maîtres. Supprimez tous les symboles sensibles, et le reste bientôt se réduira à un galimatias métaphysique qui prendra autant de formes et de tournures bizarres qu'il y aura de têtes. Que l'on m'accorde pour un instant que tous les hommes devinssent aveugles, et je gage qu'avant qu'il soit dix ans ils disputent et s'exterminent à propos de la forme, de l'effet et de la couleur des êtres les plus familiers de l'univers. De même en religion supprimez toute représentation et toute image, et bientôt ils ne s'entendront plus et s'entr'égorgeront sur les articles les plus simples de leur croyance. Ces absurdes rigoristes ne connaissent pas les effets des cérémonies extérieures sur le peuple ; ils n'ont jamais vu notre Adoration de la croix au Vendredi saint, l'enthousiasme de la multitude à la procession de la Fête-Dieu, enthousiasme qui me gagne moi-même quelquefois. Je n'ai jamais vu cette longue file de prêtres en habits sacerdotaux, ces jeunes acolytes vêtus de leurs aubes blanches, ceints de leurs larges ceintures bleues, et jetant des fleurs devant le Saint Sacrement, cette foule qui les précède et qui les suit dans un silence religieux, tant d'hommes le front prosterné contre la terre ; je n'ai jamais entendu ce chant grave et pathétique donné par les prêtres et répondu affectueusement par une infinité de voix d'hommes, de femmes, de jeunes filles et d'enfants, sans que mes entrailles ne s'en soient émues, n'en aient tressailli, et que les larmes ne m'en soient venues aux yeux. Il y a là-dedans un je ne sais quoi de grand, de sombre, de solennel, de mélancolique.

Diderot, *Salon de 1765* [1].

1. Hermann, 1984, p. 245-246.

L'AMBIVALENCE DU MENTIR-VRAI

La puissance pathétique du « tableau » appartient aussi à l'art du dramaturge (le « poète ») et du romancier, habiles à créer l'illusion pour autrui. Les textes qui suivent montrent comment, chez Diderot, le travail de l'illusion « réaliste » est inséparable d'une réflexion, très caractéristique de la philosophie des Lumières, sur les mécanismes de la croyance et leur rapport à la façon dont l'esprit humain oscille entre l'usage démystificateur de sa raison et le goût des affabulations ; c'est à l'artiste de savoir construire une représentation qui joue avec habileté sur le dosage efficace de ces deux tendances. La mystification esthétique parie donc à la fois sur le rationnel (la « raison » ayant besoin de vraisemblance pour donner son adhésion) et l'émotionnel (la « sensibilité » ayant besoin de se reconnaître sympathiquement dans une situation pathétique).

Dans le domaine du conte et du roman, cette dualité du dispositif d'illusion se manifeste en particulier par l'équilibre entre l'invention et le sens du « détail » qui « fait vrai », entre le commun (vraisemblable) et l'extra-ordinaire (excès de merveilleux que Diderot taxe souvent de l'épithète, ici à prendre péjorativement, « romanesque », et qui menace la crédibilité de la fiction). La fin des *Deux Amis de Bourbonne* comporte une réflexion sur la puissance de crédibilisation portée par l'art du détail, que Diderot associe à ce qu'il appelle le « conte historique », opposé au « conte merveilleux » et au « conte plaisant ». On retrouve ici l'ambivalence du mentir-vrai. Le conteur historique ressemble, là encore, de manière troublante, à ce pourvoyeur d'illusion et de fabulation qu'est le prêtre dans le discours critique de la philosophie… mais aussi au romancier mystificateur de *La Religieuse*, qui a su berner le marquis de Croismare.

Me permettra-t-on de parler un moment la langue des géomètres ? On sait ce qu'ils appellent une équation. L'illusion est seule d'un côté. C'est une quantité constante, qui est

égale à une somme de termes, les uns positifs, les autres négatifs, dont le nombre et la combinaison peuvent varier sans
fin, mais dont la valeur totale est toujours la même. Les
termes positifs représentent les circonstances communes, et
les négatifs les circonstances extraordinaires. Il faut qu'elles
se rachètent les unes par les autres.

L'illusion n'est pas volontaire. Celui qui dirait : Je veux
me faire illusion, ressemblerait à celui qui dirait : J'ai une
expérience des choses de la vie, à laquelle je ne ferai aucune
attention.

Quand je dis que l'illusion est une quantité constante, c'est
dans un homme qui juge de différentes productions, et non
dans des hommes différents. Il n'y a peut-être pas, sur toute
la surface de la terre, deux individus qui aient la même
mesure de la certitude, et cependant le poète est condamné
à faire illusion à tous ! Le poète se joue de la raison et de
l'expérience de l'homme instruit, comme une gouvernante se
joue de l'imbécillité d'un enfant. Un bon poème est un conte
digne d'être fait à des hommes sensés.

> **Diderot**, *Discours sur la poésie drama-
> tique*, 1758 [1].

Celui-ci [le conteur historique] se propose de vous tromper,
il est assis au coin de votre âtre ; il a pour objet la vérité
rigoureuse ; il veut être cru : il veut intéresser, toucher, entraîner, émouvoir, faire frissonner la peau et couler les larmes ;
effets qu'on n'obtient point sans éloquence et sans poésie.
Mais l'éloquence est une source de mensonge, et rien de plus
contraire à l'illusion que la poésie ; l'une et l'autre exagèrent,
surfont, amplifient, inspirent la méfiance. Comment s'y prendra donc ce conteur-ci pour vous tromper ? Le voici : il par-
sèmera son récit de petites circonstances si liées à la chose,
de traits si simples, si naturels, et toutefois si difficiles à imaginer, que vous serez forcé de vous dire en vous-même : Ma
foi, cela est vrai ; on n'invente pas ces choses-là. C'est ainsi
qu'il sauvera l'exagération de l'éloquence et de la poésie ;
que la vérité de la nature couvrira le prestige de l'art, et qu'il

---

1. Diderot, *Œuvres esthétiques*, *op. cit.*, p. 215.

satisfera à deux conditions qui semblent contradictoires, d'être en même temps historien et poète, véridique et menteur.

> Diderot, *Les Deux Amis de Bourbonne*,
> 1770 [1].

LE ROMANCIER, PEINTRE DES PASSIONS

Mais si le créateur est un trompeur, qui se joue de son récepteur, sa ruse se rachète ici par l'idée de la difficulté de l'art : ce manipulateur des affects est d'abord un « génie ». Le romancier, dont Richardson est le modèle, est admirable, à cet égard, par sa connaissance des « passions », qui lui permet à la fois de les montrer en action, au physique comme au moral, et de les susciter.

Pensez de ces détails ce qu'il vous plaira ; mais ils seront intéressants pour moi, s'ils sont vrais, s'ils font sortir les passions, s'ils montrent les caractères.

Ils sont communs, dites-vous ; c'est ce qu'on voit tous les jours ! Vous vous trompez ; c'est ce qui se passe tous les jours sous vos yeux, et que vous ne voyez jamais. Prenez-y garde ; vous faites le procès aux plus grands poètes, sous le nom de Richardson. Vous avez vu cent fois le coucher du soleil et le lever des étoiles ; vous avez entendu la campagne retentir du chant des oiseaux ; mais qui de vous a senti que c'était le bruit du jour qui rendait le silence de la nuit plus touchant ? Eh bien ! il en est pour vous des phénomènes moraux ainsi que des phénomènes physiques : les éclats des passions ont souvent frappé vos oreilles ; mais vous êtes bien loin de connaître tout ce qu'il y a de secret dans leurs accents et dans leurs expressions. Il n'y en a aucune qui n'ait sa physionomie ; toutes ces physionomies se succèdent sur un visage, sans qu'il cesse d'être le même ; et l'art du grand poète et du grand peintre est de vous montrer une circonstance fugitive qui vous avait échappé.

Peintres, poètes, gens de goût, gens de bien, lisez Richardson, lisez-le sans cesse. Sachez que c'est à cette multitude de

---

1. Diderot, *Contes et romans, op. cit.*, p. 449.

petites choses que tient l'illusion : il y a bien de la difficulté à les imaginer ; il y en a bien encore à les rendre. Le geste est quelquefois aussi sublime que le mot ; et puis ce sont toutes ces vérités de détail qui préparent l'âme aux impressions fortes des grands événements. Lorsque votre impatience aura été suspendue par ces délais momentanés qui lui servaient de digues, avec quelle impétuosité ne se répandra-t-elle pas au moment où il plaira au poète de les rompre ! C'est alors qu'affaissé de douleur ou transporté de joie, vous n'aurez plus la force de retenir vos larmes prêtes à couler, et de vous dire à vous-même : Mais peut-être que cela n'est pas vrai. Cette pensée a été éloignée de vous peu à peu ; et elle est si loin qu'elle ne se présentera pas.

Diderot, Éloge de Richardson, 1762 [1].

Diderot associe la figure du romancier à celle du peintre, du philosophe et du médecin dans un intérêt commun pour le tableau des « passions ». C'est pourquoi il valorise l'art de la physionomie, de l'observation du travail des passions sur le corps dont *La Religieuse* offre de saisissants exemples.

Les passions ont chacune leur physionomie particulière. Les traits s'altèrent sur le visage à mesure qu'elles se succèdent dans l'âme. Le même homme présente donc à l'observateur attentif un grand nombre de masques divers. Ces masques des passions ont des traits caractéristiques et communs dans tous les hommes. Ce sont les mêmes viscères intérieurs qui se meuvent dans la joie, dans l'indignation, dans la colère, dans la frayeur, dans le moment de la dissimulation, du mensonge, du ressentiment. Ce sont les mêmes muscles qui se détendent ou se resserrent à l'extérieur, les mêmes parties qui se contractent ou qui s'affaissent ; si la passion était permanente, elle nous ferait une physionomie permanente, et fixerait son masque sur notre visage. Qu'est-ce donc qu'un physionomiste ? C'est un homme qui connaît les masques des passions, qui en a des représentations très présentes, qui croit qu'un homme porte, malgré

---

1. *Ibid.*, p. 902.

qu'il en ait, le masque de sa passion dominante, et qui juge des caractères des hommes d'après les masques habituels qu'il leur voit. Cet art est une branche de la sorte de divination dont il s'agit ici.

Si les passions ont leurs physionomies particulières, elles ont aussi leurs gestes, leur ton, leur expression. Pourquoi n'ai-je point été surpris qu'un homme que j'avais regardé pendant de longues années comme un homme de bien, ait eu tout à coup la conduite d'un coquin ? C'est qu'au moment où j'apprends son action, je me rappelle une foule de petites choses qui me l'avaient annoncée d'avance, et que j'avais négligées.

« Théosophes », *Encyclopédie* [1].

Mais j'allais oublier de vous parler de la couleur de la passion ; j'étais pourtant tout contre. Est-ce que chaque passion n'a pas la sienne ? Est-elle la même dans tous les instants d'une passion ? La couleur a ses nuances dans la colère. Si elle enflamme le visage, les yeux sont ardents ; si elle est extrême et qu'elle serre le cœur au lieu de le détendre, les yeux s'égarent, la pâleur se répand sur le front et sur les joues, les lèvres deviennent tremblantes et blanchâtres. Une femme garde-t-elle le même teint dans l'attente du plaisir, dans les bras du plaisir, au sortir de ses bras ? Oh, mon ami, quel art que celui de la peinture ! J'achève en une ligne ce que le peintre ébauche à peine en une semaine ; et son malheur, c'est qu'il sait, voit et sent comme moi, et qu'il ne peut rendre et se satisfaire ; c'est que ce sentiment le portant en avant, le trompe sur ce qu'il peut, et lui fait gâter un chef-d'œuvre : il était, sans s'en douter, sur la dernière limite de l'art.

Diderot, *Essais sur la peinture*, 1765 [2].

1. *Op. cit.*, vol. 16, 1765, p. 254.
2. Avec les *Salons de 1759, 1761, 1763*, *op. cit.*, p. 25.

L'ART DU ROMAN AU SERVICE D'UN BUT MORAL

L'artifice romanesque, la manipulation que constitue le dispositif de l'illusion, et qui nécessite, de la part de l'artiste, une connaissance profonde du « cœur humain », le rapproche du moraliste et du philosophe. Ce savoir anthropologique contribue à promouvoir, dans le discours critique du XVIIIᵉ siècle, le roman, genre décrié par la poétique classique comme à la fois frivole, immoral, invraisemblable et dénué de règles précises.

> S'il importe aux hommes d'être persuadés qu'indépendamment de toute considération ultérieure à cette vie, nous n'avons rien de mieux à faire pour être heureux que d'être vertueux, quel service Richardson n'a-t-il pas rendu à l'espèce humaine ? Il n'a point démontré cette vérité ; mais il l'a fait sentir : à chaque ligne il fait préférer le sort de la vertu opprimée au sort du vice triomphant. Qui est-ce qui voudrait être Lovelace avec tous ses avantages ? Qui est-ce qui ne voudrait pas être Clarisse, malgré toutes ses infortunes ? [...] Hommes, venez apprendre de lui à vous réconcilier avec les maux de la vie ; venez, nous pleurerons ensemble sur les personnages malheureux de ses fictions, et nous dirons : « Si le sort nous accable, du moins les honnêtes gens pleureront aussi sur nous. » Si Richardson s'est proposé d'intéresser, c'est pour les malheureux. Dans son ouvrage, comme dans ce monde, les hommes sont partagés en deux classes : ceux qui jouissent et ceux qui souffrent. C'est toujours à ceux-ci qu'il m'associe ; et, sans que je m'en aperçoive, le sentiment de la commisération s'exerce et se fortifie.

Diderot, *Éloge de Richardson*, 1762 [1].

---

1. *Op. cit.*, p. 899-900.

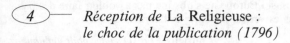

ASPECTS POLITIQUES

Dans le contexte très polémique de la période thermidorienne, où l'évaluation de la littérature des Lumières est indissociable de celle de la Révolution, la publication conjointe de _La Religieuse_ et de _Jacques le Fataliste_ concentre sur la figure de Diderot le débat concernant les « responsabilités » des idées des philosophes dans les dérives et les excès révolutionnaires, en particulier sous la Terreur : pour les adversaires contre-révolutionnaires des Lumières, _La Religieuse_ prouve l'athéisme de Diderot, et _Jacques le Fataliste_ son matérialisme. La réception des deux romans oppose assez clairement une presse « de droite » à une presse « de gauche », celle-ci se félicitant de la puissance militante et anticléricale de _La Religieuse_, celle-là y voyant un fanatisme philosophique insupportable après le traumatisme de la politique jacobine de déchristianisation violente, qui a transformé le cloître en lieu de martyre pour Dieu et le Roi...

> On a fort bien fait d'empêcher la publication d'un pareil livre sous l'Ancien Régime ; quelque jeune homme après l'avoir lu n'aurait pas manqué d'aller mettre le feu au premier couvent de nonnes ; mais on fait encore mieux de le publier à présent ; cette lecture pourra être utile aux gens assez fous (car il en est) pour s'affliger de la destruction de ces abominables demeures, et pour espérer leur rétablissement. [...]
>
> Ce singulier et attachant ouvrage restera comme un monument de ce qu'étaient autrefois les couvents, fléau né de

l'ignorance et du fanatisme en délire, contre lequel les philosophes avaient si longtemps et si vainement déclamé, et dont la Révolution française délivrera l'Europe d'ici à peu d'années, si l'Europe ne s'obstine pas à vouloir faire des pas rétrogrades vers la barbarie et l'abrutissement.

> Andrieux, *La Décade philosophique,*
> *littéraire et politique*, 21 octobre 1796.

Aux rédacteurs des Nouvelles politiques. Vous avez fait, à votre ordinaire, un extrait élégant et moral de *La Religieuse* de Diderot [1], dont la mémoire soit en bénédiction chez les athées. Il peint une religieuse imaginaire. J'en ai interrogé de véritables sur les malheurs qu'elles ont subis. [...] Il y avait trop de religieuses, dit-on. S'il est ainsi, il y a beaucoup trop de victimes sur lesquelles la Révolution a exercé des rigueurs insensées et barbares. On les a chassées de leurs asiles en les couvrant d'opprobre, en les poursuivant de menaces et de traitements indignes, en les traînant quelquefois à la mort. [...] Il faut dire qu'à Nîmes trente-deux ont été guillotinées dans l'espace d'un mois ; qu'à Paris, dans un seul jour, Fouquier-Tinville fit périr toutes les carmélites de Compiègne. Et comment celles-ci furent-elles immolées ? Ce qu'on appelait le peuple, et qui n'en est que l'écume, des furies de guillotine les accablaient d'injures ; et ces douces créatures répondaient : *Ne nous maudissez pas, nous prierons pour vous.*

> *Nouvelles politiques, nationales et*
> *étrangères*, 7 novembre 1796.

Si la religion, si Dieu même ont été calomniés de cent manières différentes, quand Diderot et ses apôtres prêchaient publiquement l'athéisme ; il n'est pas étonnant qu'ils aient versé par flots leurs mensonges calomnieux sur les autels, sur leurs ministres, sur les cloîtres, sur toutes les personnes religieuses et vouées à la piété. [...] C'était par amour pour

---

1. Le correspondant fait allusion au compte rendu du 27 octobre inséré dans le même journal, d'obédience plutôt républicaine et donc favorable à un bilan globalement positif de la Révolution.

les hommes, qu'ils demandaient à grands cris le renversement de toute religion, et par conséquent de la première base des gouvernements, sans laquelle nulle société ne peut subsister. (Nous examinerons quelque jour quel serait le sort d'une république d'athées, si elle parvenait à s'établir.) C'était par un sentiment d'humanité qu'ils travaillaient de toute leurs forces à la ruine des monastères qui renfermaient sans doute des intrigants et des victimes, mais qui étaient un asile pour l'infortune, pour les hommes inhabiles au monde, une retraite pour ceux qui avaient le courage de vouloir dompter leurs passions, ou de signaler leur repentir : double exemple si utile contre celui des vices ; une source enfin de charités abondantes, toujours ouverte pour tant de misérables qui sans cesse y puisaient le soutien de leur vie, et qui meurent aujourd'hui de faim au milieu du vaste canal de la bienfaisance philosophique. Afin d'accélérer la ruine de ces pieuses institutions, il fallait les rendre odieuses et ridicules aux yeux des peuples ; il fallait accumuler les accusations infamantes ; rejeter sur tous les cloîtres les torts de quelques mauvais moines, et d'un scandale particulier faire rejaillir un opprobre général sur la vie régulière.

Ce fut pour participer à cette œuvre d'humanité que Diderot composa sa *Religieuse* ; il profita d'un événement qui fit quelque bruit à Paris, en 1758 [1].

> Clément, *Journal littéraire*, 25 novembre 1796.

Mais de tous les écrits que cet amour de l'humanité et des principes fit éclore, le plus absurde, le plus calomnieux, le plus immoral, le plus ennuyeux, c'est le roman qu'on a attribué à Diderot, qu'on n'a publié que longtemps après sa mort, et quelque temps après la suppression des couvents, c'est-à-dire à une époque où il ne restait même plus de prétexte pour mettre au jour une œuvre si grossière, si dégoûtante, si scandaleuse.

> Feletz, *Journal des débats*, 11 novembre 1804.

---

1. Allusion à la perte du procès en appel de ses vœux de Marguerite Delamarre.

Soyons justes et de bonne foi. L'émission des vœux prématurés et forcés est un abus qui outrage également la nature, la raison et la religion. Sous ce point de vue, la critique de Diderot est fondée ; mais a-t-il été prudent, lorsqu'il s'est appesanti sur des détails que proscrivait la décence ?

Nouvelle Bibliothèque des romans [1],
juin 1798.

ASPECTS POÉTIQUES :
LA VRAISEMBLANCE ET LA BIENSÉANCE

La question de la vraisemblance de la peinture des cloîtres est difficilement dissociable du débat politique, puisqu'il s'agit de savoir si les excès peints dans *La Religieuse* sont de l'ordre du grossissement satirique ou s'ils ont eu une réalité, auquel cas la dénonciation de l'institution monastique serait justifiée. La composition du roman, ses innovations stylistiques ne suscitent guère d'intérêt, contrairement à *Jacques le Fataliste*. Seul Eusèbe Salverte s'arrête assez longuement sur ces questions d'écriture et de choix romanesques. Même les influences littéraires, évoquées en grand nombre à propos de *Jacques le Fataliste*, ne requièrent pas beaucoup les critique s'agissant de la *La Religieuse*. Tout au plus le *Journal de Paris* (28 février 1797) évoque-t-il *Le Moine* de Lewis (à cette réserve près que Diderot ne se sert pas du ressort du diable), mais sans aller plus loin, et Jean-Jacques Leuliette, dans les *Annales patriotiques et littéraires*, le journal de Louis Sébastien Mercier, est-il sensible au pathétique sombre qu'il rattache à Richardson (21 octobre 1796). Cependant, on souligne la nouveauté du projet diderotien par rapport au *topos* des vœux forcés.

---

1. Qui range le roman dans la cinquième classe des « romans satiriques »...

Une jeune fille est forcée par ses parents à prononcer ses vœux. Ce fonds est très commun ; mais ce qui ne l'est pas, c'est le motif qui détermine la mère à sacrifier sa fille ; c'est l'énergie du caractère de celle-ci ; c'est le genre de persécutions qu'elle éprouve ; c'est surtout cette idée si neuve et si philosophique de n'avoir fondé l'aversion insurmontable de la religieuse pour son état, ni sur l'amour, ni sur l'incrédulité, ni sur le goût de la dissipation. Si elle hait le couvent, ce n'est pas parce qu'une passion le lui rend odieux, c'est parce qu'il répugne à sa raison ; ce n'est pas qu'elle soit sans piété, c'est qu'elle est sans superstition ; ce n'est pas qu'elle veuille vivre dans la licence, c'est parce qu'elle ne veut pas mourir dans l'esclavage.

Jean Devaines, *Nouvelles politiques,*
nationales et étrangère, **27 octobre 1796.**

On pourrait s'intéresser au sort de la victime, si l'on pouvait croire à l'atrocité des bourreaux ; mais quand ces bourreaux sont une cinquantaine de pensionnaires de couvent, l'homme sensé jette le livre avec dédain, bien sûr qu'elles n'ont jamais eu ni pu avoir dans leur âme la centième partie des horreurs qui peuvent se trouver dans la tête d'un romancier *philosophe*, qui veut faire haïr la religion.

C'est encore une maladresse du *philosophe* de se montrer derrière le personnage qu'il fait parler ; c'est Suzanne qui raconte et souvent Diderot qu'on entend.

La Harpe, *Le Mémorial*, **15 juin 1797.**

Mais on n'a pas, ce me semble, assez insisté sur la simplicité des moyens. Les détracteurs même du roman avouent la variété et la profondeur des émotions qu'il leur fait éprouver. Pour inspirer tant de crainte, d'indignation, de douleur, qu'y a-t-il ? Les souffrances morales et les tourments physiques d'une femme, dont la vie est à peine une seule fois menacée ; d'une femme sans passions vives, mue uniquement par le besoin d'une liberté qu'aucune émotion du cœur ne lui fait souhaiter, dont sans but certain elle désire l'usage, et dont elle aurait horreur d'abuser. C'est ici qu'on reconnaît le génie véritable : l'imagination, brillante ou bizarre, peut soutenir l'attention du lecteur, en accumulant les fictions, en variant les machines, en prodiguant les épisodes. L'unité de conception distingue le génie : un trait simple lui suffit, parce que d'un coup d'œil il mesure l'étendue entière et aperçoit les bornes naturelles de son sujet ; parce que pour remplir sa carrière, il trouve en lui-même des ressources inépuisables, parce que son essence est d'être créateur.

> Eusèbe Salverte, *Éloge philosophique de Denis Diderot*, lu à l'Institut le 26 juillet 1800.

Le problème de la bienséance concerne la représentation de l'homosexualité à Arpajon : la question suscite en général un partage idéologique entre gauche et droite, même s'il convient de nuancer, en particulier à la lecture du témoignage de Naigeon, morceau de bravoure du moralisme bourgeois. Andrieux et Roederer, qui se situent du côté des héritiers proclamés des Lumières et de la Révolution, font preuve d'une certaine compréhension à l'égard de la supérieure « damnée », tandis que Clément, à droite, entonne sans surprise l'air des « obscénités ». De même, le rédacteur du *Nouvelliste littéraire* (4 janvier 1797) se dit « révolté des peintures lubriques et indécentes de cet amour sacrilège ». Peltier, dans *Paris pendant l'année 1796* (19 novembre 1796), écrivait déjà à propos de la peinture des amours saphiques : « L'auteur s'abandonne en cet endroit aux descriptions les plus obscènes et les plus révoltantes. On croit lire le roman de Faublas ou de Félicia, ou pis encore. » *Les Amours du chevalier de Faublas* de Louvet (1789-1791) et *Félicia ou Mes fredaines* de Nerciat (1776) étaient alors des classiques du roman libertin. L'argumentation est aussi politique : si l'on rattache *La Religieuse* à la tradition du libertinage, on peut « prouver » la collusion de la philosophie « athée » du XVIIIe siècle avec la corruption des mœurs, et envelopper l'héritage des Lumières dans une

double infamie. C'est pourquoi la plupart des journa-
listes situés à gauche insistent sur l'amour-passion de la
supérieure, plus tragique que libertine.

La pauvre supérieure d'Arpajon se prenait non pas de
goût, mais de passion pour ses religieuses successivement. Ce
n'est pas du libertinage, c'est de l'amour le plus ardent, le
plus emporté ; c'est Sapho ; c'est Phèdre ;

C'est Vénus tout entière à sa proie attachée.

Elle quitte la sœur Sainte-Thérèse pour la sœur Sainte-
Suzanne. La jalousie de la pauvre délaissée, sa douleur, ses
regrets touchants font oublier quel en est l'objet ; et l'on s'y
intéresse, comme s'il s'agissait d'un amour de bon aloi.

La sœur Suzanne est si candide, qu'elle ne sait ce qu'on lui
veut, ni surtout ce qu'une femme peut vouloir à une autre
femme ; ses entretiens, ses têtes-à-têtes avec la supérieure sont
curieux ; cependant il semble que ce soit le goût de l'auteur des
Bijoux indiscrets ; mais il faut avouer en même temps que la
sœur Suzanne raconte ces ordures avec tant de simplicité, de
naïveté et d'innocence, qu'elle n'en paraît pas souillée un
moment.

Andrieux, *La Décade philosophique,*
littéraire et politique, 21 octobre 1796.

Quelques scènes de désordre, quelques peintures assez
vives de l'abandon de la supérieure se rencontrent dans cette
partie. Elles ont servi de prétexte à des reproches injustes
contre Diderot. Ses tableaux sont vrais, mais ils devaient
l'être ; car sa tâche était de peindre les vices ainsi que les
malheurs du cloître. Sans doute, ils devaient aussi être voilés ;
mais ils le sont, et ils le sont d'une manière parfaite. C'est
Suzanne, c'est l'innocence même qui les peint ; la chasteté de
son cœur, de ses regards, de sa plume, sa candeur, son ingé-
nuité, sont toujours entre les objets qu'elle indique et l'attention de son lecteur ; l'on peut assurer que le langage de
Suzanne intéresse plus les âmes délicates, que les choses dont
elle parle, ne peut les occuper. Et d'ailleurs cette supérieure
elle-même n'est-elle pas aussi malheureuse ! N'est-elle pas
très à plaindre ! Ses fautes sont-elles sans intérêt, sans excuse,
ou plutôt ne sont-elles pas encore une accusation très forte

contre la vie monastique, qui, contrariant tous les penchants de la nature et tous ses besoins, réduit les victimes de serments inconsidérés, à lui donner le change par tous les moyens qui sont en leur pouvoir ?

> **Roederer,** *Journal d'économie publique, de morale et de politique*, **10** novembre **1796.**

Le triomphe de la *naïveté* enfantine se trouve dans la longue description des scènes les plus lascives que notre Agnès religieuse retrace à son protecteur, avec la plus scrupuleuse exactitude. Nous nous garderons bien d'en rapporter un seul mot : mais figurez-vous ce que c'est qu'une jeune vierge qui écrit à un homme pour l'intéresser en faveur de son innocence, et qui lui fait les peintures les plus raffinées et les plus graveleuses que puisse inventer une imagination corrompue ; qui s'épuise en détails de toute espèce sur une matière si chatouilleuse ; qui met à nu sous ses yeux les postures et les emportements de la lubricité ; qui lui présente enfin des tableaux tels qu'une courtisane consommée pourrait en offrir à des libertins blasés, pour réveiller en eux la luxure la plus engourdie.

> **Clément,** *Journal littéraire*, **25** novembre **1796.**

Au reste, si je pense que pour l'intérêt même de la gloire de Diderot, il fallait jeter au feu les trois quarts de *Jacques le fataliste*, et que les règles inflexibles du goût et de l'honnête en imposaient même impérieusement la loi à l'anonyme qui a publié le premier ce roman, je n'aurais supprimé de *La Religieuse* que la peinture très fidèle, sans doute, mais aussi très dégoûtante des amours infâmes de la supérieure. Les divers moyens qu'elle emploie pour séduire, pour corrompre une jeune enfant dont tout lui faisait un devoir sacré de respecter la candeur et l'innocence ; cette description vive et animée de l'ivresse, du trouble et du désordre de ses sens à la vue de l'objet de sa passion criminelle ; en un mot, ce tableau hideux et vrai d'un genre de débauche d'ailleurs

assez rare, mais vers lequel la seule curiosité pourrait entraîner avec violence une âme mobile, simple et pure, ne peut
jamais être sans danger pour les mœurs et pour la santé :
et quand il ne ferait qu'échauffer l'imagination, éveiller le
tempérament, de tous les maîtres le plus impérieux, le plus
absolu, et le mieux obéi, et hâter, dans quelques individus
plus sensibles, plus irritables, ce moment d'orgasme marqué
par la nature, où le désir, le besoin général et commun de
jouir et de se propager, précipite avec fureur un sexe vers
l'autre ; ce serait encore un grand mal. J'en ai souvent fait
l'observation à Diderot ; et je dois dire ici, pour disculper à
cet égard ce philosophe, que, frappé des raisons dont
j'appuyais mon opinion, il était bien déterminé à faire à la
décence, à la pudeur et aux convenances morales, ce sacrifice
de quelques pages froides, insignifiantes et fastidieuses pour
l'homme, même le plus dissolu, et révoltantes ou inintelli-
gibles pour une femme honnête.

Naigeon, *Œuvres de Denis Diderot*,
t. XII, « Avertissement », 1798.

CHRONOLOGIE

CHRONOLOGIE

	REPÈRES HISTORIQUES ET CULTURELS	VIE ET ŒUVRE DE DIDEROT
1709-1711	Dispersion et destruction de Port-Royal.	
1712	Naissance de Rousseau.	
1713	Bulle *Unigenitus*. Challe, *Les Illustres Françaises*.	Naissance à Langres dans un milieu d'artisans.
1715	Mort de Louis XIV et début de la Régence de Philippe d'Orléans. Lesage, *Histoire de Gil Blas* (jusqu'en 1735).	Naissance de sa sœur Denise.
1718	Excommunication des « appelants » jansénistes. Voltaire, *Œdipe* (tragédie).	
1719	Abbé Dubos, *Réflexions critiques sur la poésie et la peinture.* Daniel Defoe, *Robinson Crusoé.*	
1720	Grave crise financière dans le royaume, liée aux manipulations du banquier Law.	Naissance de sa sœur Angélique, future religieuse.
1721	Montesquieu, *Lettres persanes*. Lancement du *Spectateur français* de Marivaux.	
1722		Naissance de son frère Didier, futur prêtre et chanoine.
1723	Mort du Régent. Le code de la librairie réglemente la censure et les privilèges des métiers du livre.	

1723-1728		Scolarité brillante chez les jésuites à Langres.
1724	Marivaux, *La Fausse Suivante*.	
1726	Début du ministère Fleury. Répression accrue des jansénistes. Swift, *Les Voyages de Gulliver*.	Reçoit la tonsure.
1727-1733	Période de crise politique autour de la question janséniste. Après la mort du diacre Pâris, janséniste, scènes de miracles puis de convulsions sur sa tombe à Saint-Médard. Le cimetière sera fermé par les autorités en 1732.	
1728	Prévost, *Mémoires et aventures d'un homme de qualité qui s'est retiré du monde*.	
1729		Installation à Paris et fréquentation du grand collège jésuite du Quartier latin, Louis-le-Grand, mais aussi du collège d'Harcourt, jansénisant.
1730	La bulle *Unigenitus* devient loi du royaume.	
1731	Prévost, *Histoire du chevalier Des Grieux et de Manon Lescaut*. Marivaux, *La Vie de Marianne* (jusqu'en 1742). Prévost, *Le Philosophe anglais ou Histoire de M. Cleveland* (jusqu'en 1739).	

CHRONOLOGIE	REPÈRES HISTORIQUES ET CULTURELS	VIE ET ŒUVRE DE DIDEROT
1732	Voltaire, *Zaïre*.	Reçu maître ès arts à l'Université de Paris. Début des années de la bohème parisienne, dont il se souviendra avec ironie dans *Le Neveu de Rameau*.
1734	Marivaux, *Le Paysan parvenu*. Montesquieu, *Considérations sur les Romains*.	
1735	Prévost, *Le Doyen de Killerine*.	Bachelier en théologie. Ne trouvant pas le bénéfice ecclésiastique sur lequel il comptait à Langres, il se tourne momentanément vers le droit.
1736	Crébillon, *Les Égarements du cœur et de l'esprit*.	
1737	Marivaux, *Les Fausses Confidences*. Le chancelier d'Aguesseau tente de faire interdire officiellement la publication des romans.	Son père lui coupe les vivres. Subsiste de petits emplois (traducteur, précepteur…).
1740	Prévost, *Histoire d'une Grecque moderne*. Richardson, *Paméla ou la Vertu récompensée*.	
1741	Duclos, *Les Confessions du comte de ****. Gervaise de La Touche, *Histoire de dom B***, portier des Chartreux*. Voltaire, *Le Fanatisme ou Mahomet le prophète*.	Rencontre d'Antoinette Champion.
1742	Fielding, *Joseph Andrews*. Crébillon, *Le Sopha*. Les Jésuites sont désavoués par le pape : querelle dite « des rites ».	

1743	Mort de Fleury. Louis XV choisit de ne pas le remplacer et de gouverner seul.	Il revient à Langres, et son père l'enferme dans un monastère pour empêcher son mariage. Il s'évade, revient à Paris et épouse clandestinement Antoinette.
1744	Louis XV reçoit le surnom de « Bien-Aimé ».	Rencontre de Condillac et de Toussaint.
1745	Mme de Pompadour devient favorite royale.	Traduction de Shaftesbury, *Essai sur le mérite et la vertu*.
1746	Condillac, *Essai sur l'origine des connaissances humaines*. Vauvenargues, *Maximes*. Voltaire est élu à l'Académie française. Christophe de Beaumont devient archevêque de Paris.	Publication anonyme des *Pensées philosophiques* où Diderot développe une philosophie déiste qui dialogue ouvertement avec la figure de l'athée. Le livre, jugé « scandaleux », contraire à la religion et aux bonnes mœurs », est brûlé. Passion pour Mme de Puisieux.
1747	Richardson, *Clarissa Harlowe*. Mme de Graffigny, *Lettres d'une Péruvienne*.	Diderot et d'Alembert deviennent par contrat directeurs de la future *Encyclopédie*. Début de l'amitié forte avec Rousseau, rencontré en 1742.
1748	Parution anonyme de *Thérèse philosophe*. Voltaire, *Zadig*. La Mettrie, *L'Homme-machine*. Montesquieu, *De l'esprit des lois*.	Mort de la mère de Diderot et de sa sœur Angélique, devenue folle, au couvent des Ursulines. Publication clandestine des *Bijoux indiscrets*.
1749	Fielding, *Tom Jones*. Buffon, *Histoire naturelle* (jusqu'en 1788). Début de la controverse sur les refus de sacrements, ou « affaire des billets de confession », qui durera officiellement jusqu'en 1758.	Incarcéré à Vincennes suite à la publication de la *Lettre sur les aveugles* (août-novembre). Reçoit la visite de Rousseau, qui en tire la « révélation » de l'argumentation de son *Discours sur les sciences et les arts*.

	REPÈRES HISTORIQUES ET CULTURELS	VIE ET ŒUVRE DE DIDEROT
1750	L'académie de Dijon couronne Rousseau pour son *Discours sur les sciences et les arts*. Montesquieu, *Défense de l'Esprit des lois*. Voltaire part pour Berlin.	Rencontre de Grimm. Rédaction du *Prospectus* de lancement de l'*Encyclopédie*.
1751	Voltaire, *Le Siècle de Louis XIV*.	Publication avec permission tacite de la *Lettre sur les sourds et muets*. Premier volume de l'*Encyclopédie*. Article « Autorité politique », qui contribue à la décision de censure de l'année suivante.
1752	Querelle des Bouffons. Traduction française, que Diderot ne prisera guère, de *Clarissa Harlowe* par Prévost. Protestation du parlement de Paris contre le refus des sacrements (affaire des « billets de confession »).	Suspension du privilège de l'*Encyclopédie* et suppression des deux premiers volumes. La décision est tacitement annulée sur intervention de d'Argenson et de Mme de Pompadour. Diderot se réconcilie avec sa famille à Langres.
1753	Exil du parlement à Pontoise. Grimm prend la direction de la *Correspondance littéraire*, périodique manuscrit destiné aux cours européennes. De nombreux textes de Diderot y seront insérés.	Naissance de sa fille Angélique : c'est le seul de ses enfants qui survivra. *Pensées sur l'interprétation de la nature* ; troisième volume de l'*Encyclopédie*.
1754	Rappel du parlement. Condillac, *Traité des sensations*. D'Alembert élu à l'Académie française.	Nouveau contrat sur l'*Encyclopédie*, dont paraît le quatrième volume. Plus à l'aise, Diderot change de quartier et s'installe avec sa famille rue Taranne.

C H R O N O L O G I E

1755	Tremblement de terre de Lisbonne : crise de conscience de l'opinion « éclairée ». Rousseau, *Discours sur l'origine de l'inégalité*. Mort de Montesquieu. Crébillon, *La Nuit et le moment*.	Le cinquième volume de l'*Encyclopédie* s'ouvre sur un *Éloge de Montesquieu* par d'Alembert. Il contient le fameux article « Encyclopédie » de Diderot. Début de sa liaison avec Louise Volland, dite « Sophie ».
1756	Voltaire, *Essai sur les mœurs*. La bulle *Unigenitus* cesse d'être loi du royaume. Début de la guerre de Sept Ans.	Rencontre de Mme d'Épinay, compagne de Grimm. Sixième volume de l'*Encyclopédie*. La *Lettre à Landois* sur la question de la liberté et de la nécessité est insérée dans la *Correspondance littéraire*.
1757	Attentat de Damiens contre Louis XV. Raidissement du pouvoir. Les attaques contre le milieu encyclopédiste se précisent. Palissot, *Petites Lettres sur de grands philosophes*. Mort de Fontenelle.	Le *Fils naturel* et *Entretiens sur le Fils naturel*.
1758	Rousseau, *Lettre à d'Alembert sur les spectacles* : rupture avec les « philosophes » et Diderot.	Le *Père de famille* et *Discours sur la poésie dramatique*. D'Alembert abandonne l'*Encyclopédie*.
1759	Condamnation de *De l'esprit* d'Helvétius. Voltaire, *Candide ou l'Optimisme*. Sterne, *Vie et opinions de Tristram Shandy* (jusqu'en 1767).	Révocation du privilège de l'*Encyclopédie*. Mort de Diderot. Rédaction de son premier *Salon*.
1760	À l'occasion de la pièce satirique de Palissot, *Les Philosophes*, querelle littéraire et idéologique sur fond politique entre le milieu philosophique et ses adversaires.	Gestation et première rédaction de *La Religieuse*.

	CHRONOLOGIE	REPÈRES HISTORIQUES ET CULTURELS	VIE ET ŒUVRE DE DIDEROT
	1761	Rousseau, *Julie ou la Nouvelle Héloïse.*	Deuxième *Salon.* Représentation du *Père de famille* à la Comédie-Française.
	1762	Rousseau, *Du contrat social.* Affaire de l'*Émile* : décrété de prise de corps, Rousseau fuit le royaume.	*Éloge de Richardson.* Première rédaction probable du *Neveu de Rameau.* L'*Encyclopédie* paraît clandestinement sous une fausse adresse à Neuchâtel (volumes 8 à 17).
	1763	Voltaire, *Traité sur la tolérance.* Mort de Marivaux et de Prévost.	Troisième *Salon. Lettre sur le commerce de la librairie,* adressée à Sartine.
	1764	Dissolution de l'ordre des Jésuites en France. Voltaire, *Dictionnaire philosophique.*	Diderot découvre avec désespoir que le libraire Le Breton a censuré de nombreux articles de l'*Encyclopédie.*
	1765	Réhabilitation de Calas.	Correspondance avec le sculpteur Falconet sur le rapport de l'artiste à la postérité. Quatrième *Salon,* suivi de l'*Essai sur la peinture.*
	1766	Condamnation et exécution du chevalier de La Barre.	Achèvement de la publication de l'*Encyclopédie* (sauf les planches).
	1767	Voltaire, *L'Ingénu.* D'Holbach, *Le Christianisme dévoilé.*	Cinquième *Salon.* Catherine II nomme Diderot membre de l'Académie des arts de Saint-Pétersbourg.
	1768	Sterne, *Le Voyage sentimental.* Nomination de Maupeou.	
	1769		Rédaction du sixième *Salon* et du *Rêve de d'Alembert.* Passion pour Mme de Meaux.

1770	Mariage du Dauphin et de Marie-Antoinette. Disgrâce de Choiseul, notamment en raison de ses sympathies jansénistes et gallicanes : Maupeou devient l'homme fort du gouvernement. Retour de Rousseau à Paris. D'Holbach, *Système de la nature*.	Diffusion de la « préface » de *La Religieuse* et du conte *Les Deux Amis de Bourbonne* dans la *Correspondance littéraire*.
1771	Mort d'Helvétius. Son ouvrage *De l'homme* paraît en 1772. Lectures publiques de ses *Confessions* par Rousseau, au grand dam de Diderot et de ses amis. Maupeou réforme les parlements pour mettre fin à leur fronde incessante contre le pouvoir royal.	Diffusion de l'*Entretien d'un père avec ses enfants* dans la *Correspondance littéraire*. *Apologie de l'abbé Galiani*. Septième *Salon*.
1772		Collaborations à l'*Histoire des deux Indes* de l'abbé Raynal. Mariage de sa fille avec Caroillon de Vandeul, maître de forges.
1773-1774		Diffusion de contes dans la *Correspondance littéraire* : *Ceci n'est pas un conte*, *Madame de La Carlière*, *Supplément au Voyage de Bougainville*. Séjour en Russie auprès de Catherine II. Rédaction de l'*Entretien d'un philosophe avec la Maréchale* et des *Observations sur le Nakaz*.

CHRONOLOGIE

	REPÈRES HISTORIQUES ET CULTURELS	VIE ET ŒUVRE DE DIDEROT
1774	Mort de Louis XV et avènement de Louis XVI. Turgot ministre jusqu'en 1776, soutenu par le camp des « philosophes ». Renvoi de Maupeou et rétablissement des parlements.	
1775		Huitième *Salon*. Envoi du *Plan d'une université* à Catherine II.
1776		Pigalle sculpte son buste.
1778	Voltaire, revenu à Paris, y connaît un triomphe public avant de s'éteindre. Mort de Rousseau.	Première version de l'*Essai sur Sénèque*. Début de la diffusion de *Jacques le Fataliste* dans la *Correspondance littéraire*.
1780	Mort de Condillac.	
1780-1782		Seconde version de l'*Essai sur Sénèque*. Diffusion de *La Religieuse* puis du *Rêve de d'Alembert* dans la *Correspondance littéraire*. Rédaction du neuvième *Salon*. Prend ses distances avec Grimm en 1781.
1782	Parution des premiers livres des *Confessions* de Rousseau. Laclos, *Les Liaisons dangereuses*.	
1783	Mort de d'Alembert.	
1784	Beaumarchais, *Le Mariage de Figaro*. Bernardin de Saint-Pierre, *Études de la nature* (qui comprendront *Paul et Virginie* en 1788).	Mort de Sophie Volland et de Diderot.

BIBLIOGRAPHIE

PRINCIPALES ÉDITIONS MODERNES DE *LA RELIGIEUSE*

La Religieuse, éd. J. PARRISH, Genève, « Studies on Voltaire and the Eighteenth Century », Institut et Musée Voltaire, 1963.

La Religieuse, éd. R. LEWINTER, dans Diderot, *Œuvres complètes*, t. IV, Paris, Club français du Livre, 1970.

La Religieuse, éd. R. MAUZI, Paris, Gallimard, « Folio », 1972 [première édition par R. Mauzi en 1961, Paris, Armand Colin].

La Religieuse, éd. G. MAY et H. DIECKMANN, dans Diderot, *Œuvres complètes*, t. XI, Paris, Hermann, 1975.

La Religieuse, éd. A. COLLOGNAT-BARÈS, Paris, Pocket, 1999.

La Religieuse, éd. Cl. JAQUIER, Paris, LGF, Le Livre de Poche, 2000.

La Religieuse, éd. M. DELON, dans Diderot, *Contes et romans*, Paris, Gallimard, « Bibliothèque de la Pléiade », 2004.

ÉTUDES GÉNÉRALES SUR DIDEROT ET SON ŒUVRE

J. CATRYSSE, *Diderot et la mystification*, Paris, Nizet, 1970.

H. COULET, *Le Roman jusqu'à la Révolution*, Paris, Armand Colin, 1967.

H. DIECKMANN, *Cinq Leçons sur Diderot*, Genève, Droz/Paris, Minard, 1959.

C. JAQUIER, *L'Erreur des désirs. Romans sensibles au XVIIIe siècle*, Lausanne, Payot, 1998.

R. KEMPF, *Diderot et le roman*, Paris, Seuil, 1964.

G. MAY, *Diderot et La Religieuse*, New Haven, Yale University Press/Paris, PUF, 1954.

Articles sur *La Religieuse*

T. Belleguic, « Suzanne ou les avatars matérialistes de la sympathie : figures de la contagion dans *La Religieuse* de Denis Diderot », dans T. Belleguic, E. Van der Schueren et S. Vervacke (éds), *Les Discours de la sympathie. Enquête sur une notion de l'âge classique à la modernité*, Sainte-Foy, Presses de l'université Laval, 2008, p. 257-321.

J.-C. Bonnet, « Revoir *La Religieuse* », dans E. de Fontenay et J. Proust (éds), *Interpréter Diderot aujourd'hui*, Paris, Le Sycomore, 1984, p. 59-80.

J. Chouillet, « La vertu malheureuse », dans *Diderot*, Paris, SEDES, 1977, p. 179-188.

A. Coudreuse, « Pour un nouveau lecteur. *La Religieuse* de Diderot et ses destinataires », *Recherches sur Diderot et sur l'Encyclopédie*, n° 27, 1999, p. 43-57.

H. Dieckmann, « The Préface-annexe of *La Religieuse* », *Diderot Studies*, n° 2, 1952, p. 21-40.

C. Duflo, « Suzanne un instant philosophe. Amour, sexualité, violence à la lumière de quelques lignes de *La Religieuse* de Diderot », dans M. Wåhlberg et T. Kolderup (éds.), *Amour, violence, sexualité. De Sade à nos jours. Hommage à Svein-Eirik Fauskevåg,* Paris, L'Harmattan/Oslo, Solum Forlag, 2007, p. 43-54.

R. Ellrich, « The rhetoric of *La Religieuse* », *Diderot Studies*, n° 3, 1961.

A. Flandreau, « Du nouveau sur Marguerite Delamarre et *La Religieuse* de Diderot », *Dix-Huitième Siècle*, n° 24, 1992, p. 411-419.

C. Gepner, « L'autoportrait de la narratrice dans *La Religieuse*. Les ruses du regard », *Recherches sur Diderot et sur l'Encyclopédie*, n° 17, 1994, p. 55-67.

R. Joly, « Entre *Le Père de famille* et *Le Neveu de Rameau* : conscience morale et réalisme romanesque dans *La Religieuse* », *Studies on Voltaire*, vol. 88, 1972, p. 845-857.

D. Jullien, « *Locus hystericus* : l'image du couvent dans *La Religieuse* de Diderot », *French Forum*, XV (2), 1990, p. 133-148.

S. Kofman, « Séduction, essai sur *La Religieuse* de Diderot », dans *Séductions. De Sartre à Héraclite*, Paris, Galilée, 1990, p. 9-60.

E. LIZÉ, « *La Religieuse*, un roman épistolaire ? », *Studies on Voltaire*, n° 98, 1972, p. 143-163.

J. MACARY, « Structure dialogique de *La Religieuse* », dans J. Schlobach (éd.), *Denis Diderot*, Darmstadt, 1992, p. 169-183.

L. PEROL, « Les avatars du lecteur dans la genèse d'un roman : Diderot, *La Religieuse*, et le charmant marquis », dans A. Montandon (éd.), *Le Lecteur et la lecture dans l'œuvre*, Publications de la faculté des lettres et sciences humaines de Clermont-Ferrand, 1982, p. 102-114.

R. POMEAU, « Sur la religion de *La Religieuse* », *Travaux de linguistique et de littérature*, vol. 13 (2), 1975, p. 557-567.

J. PROUST, « Nouvelles recherches sur *La Religieuse* », *Diderot Studies*, n° 6, 1964, p. 197-214.

J. RUSTIN, « *La Religieuse* de Diderot : Mémoires ou journal intime ? », dans V. Del Litto (éd.), *Le Journal intime et ses formes littéraires*, Droz, 1978, p. 27-46.

–, « Problèmes de structure et inventaire de l'espace dans *La Religieuse* », *Études sur le XVIIIe siècle*, Strasbourg, Faculté de lettres modernes, 1982, p. 75-91.

P. SAINT-AMAND, « Séductions familiales : *La Religieuse* de Diderot », dans *Séduire ou la Passion des Lumières*, Klincksieck, 1987, p. 39-58 et 144-146.

J.-P. SERMAIN, « Diderot et l'éloquence religieuse », dans T. Mueller, J.G. Pankau et G. Ueding (éds.), *Nicht allein mit den Worten, Festschrift fuer Joachim Dyck*, Stuttgart-Bad Cannstatt, Frommann-Holzboog, 1995, p. 283-290.

J. SGARD, « La beauté convulsive de *La Religieuse* », dans *L'Encyclopédie, Diderot, l'esthétique. Mélanges en hommage à J. Chouillet*, Paris, PUF, 1991, p. 209-215.

L. SPITZER, « The style of Diderot », dans *Linguistics and Literary History : Essays in Stylistics*, New York, Princeton Press, 1948, p. 137-151.

Ph. STEWART, « A note on chronologie in *La Religieuse* », *Romance Notes*, n° 12, 1970, p. 149-156.

M.-C. VALLOIS, « Politique du paradoxe. Tableau des mœurs/ tableau familial dans *La Religieuse* de Diderot », *Romanic Review*, n° 76, 1985, p. 162-171.

Composition et mise en pages

NORD COMPO
m u l t i m é d i a

Nº d'édition : L.01EHPN000148.C002
Dépôt légal : janvier 2009
Imprimé en Espagne par Novoprint (Barcelone)